JENNY L. HOWE

The Love Test

Versuch's noch mal mit Liebe

atb aufbau taschenbuch

JENNY L. HOWE

The Love Test

Versuch's noch mal mit Liebe

Roman

Aus dem Amerikanischen
von Annette Hahn

atb aufbau taschenbuch

Die Originalausgabe unter dem Titel
The Make-Up Test
erschien 2022 bei St. Martin's Griffin, an imprint
of St. Martin's Publishing Group, New York.

FSC www.fsc.org
MIX
Papier | Fördert
gute Waldnutzung
FSC® C083411

ISBN 978-3-7466-4028-0

Aufbau Taschenbuch ist eine Marke
der Aufbau Verlage GmbH & Co. KG

1. Auflage 2023

Satz Greiner & Reichel, Köln
Druck und Binden CPI books GmbH, Leck, Germany
Printed in Germany

www.aufbau-verlage.de

Für meine Mutter, die immer sagte, ich könne fliegen.
Und für Kevin, der mir half, meine Flügel zu finden.

Vorbemerkung der Autorin

Liebe Leserin, lieber Leser,

zuallererst vielen Dank, dass Ihr da seid, dass Ihr *The Love Test – Versuch's noch mal mit Liebe* lest. Ich habe schon viel geschrieben und bin überglücklich, dass *The Love Test* nun als mein erster Roman erscheint. Es steckt alles darin, was ich liebe (Romantik, Kreuzstickerei, Hunde, gute Freundinnen und Freunde, gutes Essen, Ritter und anderer Mittelalterkram, Bücher … nein: UNGLAUBLICH VIELE BÜCHER), und ich hoffe, Ihr werdet ebenso viel Freude beim Lesen haben wie ich beim Schreiben.

The Love Test ist das Ergebnis ganz verschiedener Erfahrungen: meiner Liebe zu mittelalterlicher Literatur, meiner eigenen Studienzeit, meiner Begeisterung für Geschichten, in denen die Liebe eine zweite Chance bekommt, und über akademische Rivalen. Vor allem aber ist *The Love Test* das Buch, das ich als dicke Frau in vielen Momenten meines Lebens dringend gebraucht hätte – und auch heute noch immer wieder brauche. Meine Protagonistin Allison Avery ist dick, wenngleich das nur *eine* Facette ihrer Persönlichkeit ist. In ihrer Geschichte geht es nicht ums Abnehmen und auch nicht darum zu lernen, sich selbst zu lieben, wie man eben ist oder aussieht. Das alles hat sie längst hinter sich. Es geht darum, dass man Veränderungen gegenüber offenbleiben und erkennen sollte, dass nicht nur wir selbst, sondern auch die Menschen um uns herum sich ändern können. Darum, der Liebe wieder neu zu vertrauen, auch wenn uns das Herz gebrochen wurde. Und es geht darum, alles, was man sich wünscht, mit viel Vertrauen in sich selbst und aller Kraft zu verfolgen – und daran zu glauben, dass man es auch erreichen kann.

Im Wort »dick« muss nichts Negatives liegen. Um das zu erreichen, müssen wir ihm aber seine Macht nehmen, und ich bin fest davon überzeugt, dass Geschichten wie diese ein entscheidender Schritt dazu sind. Dicke Menschen sind mehr als ihre Körper. Auch wir haben unsere Happy Ends verdient, im romantischen wie in jedem anderen Sinne. Und ich freue mich riesig, Allison ein Happy End schenken zu können.

Denn selbst wenn sie sich selbst liebt und akzeptiert, lebt sie doch in einer Welt, in der Dicke nicht geliebt und akzeptiert werden, weshalb es in *The Love Test* um buchstäblich schwerwiegende Probleme geht. Manches davon mag für manche unangenehme Erinnerungen auslösen: An einigen Stellen im Text ist Fettphobie ein Thema, an anderen Stellen geht es um Krankheit, Tod und Verlust. Ich hoffe, ich habe diese Themen mit der gebotenen Vorsicht behandelt, und wünsche mir, dass Ihr beim Lesen auf Euch achtgebt.

xoxo

Jenny L. Howe

Kapitel 1

Wenn irgendjemand noch ein einziges Mal das Wort *hegemonisch* in den Mund nähme, würde Allison Avery laut aufschreien.

Nach fast zwei Wochen an der Claymore University sollte sie sich zwar an die Eigenarten der literaturwissenschaftlichen Oberseminare gewöhnt haben, aber es … verlangte ihr immer noch viel ab.

Alle hier wirkten so viel älter – Link etwa, der für jeden Kurs spezielle, themenbezogene Hosenträger und Fliegen trug, oder Kara mit ihren derart glatt gebügelten Blusen, dass man meinen könnte, wenn sie damit über eine Wiese rollte, würden sie trotzdem kein einziges Fältchen abkriegen. Und alle hatten neue, glänzende Laptops vor sich stehen, auf denen sie mit einem solchen Eifer herumtippten, wie Allison ihn nur schwer aufbringen konnte, während sie wie eine Fortschrittsgegnerin hektisch in ihr Notizbuch kritzelte und dabei jedes zweite Wort von Professorin Behi verpasste.

Als irgendein Politiker, dessen Namen sie hätte kennen müssen, im Mai bei der Eröffnungsrede ihrer College-Abschlussfeier davon schwafelte, das Beste aus seinen Chancen zu machen, war sie in Gedanken schon in den Herbst abgeschweift und hatte sich vorgestellt, wie sie im hübschen Blumenkleid auf einem gemütlich abgewetzten Sessel in einer kuscheligen Bibliotheksecke säße und aufmerksam ihren Professoren lauschte, die wortgewandt über Chaucer, Boccaccio und Juliana von Norwich dozierten. Dass sie hingegen in ähnlich überfüllten Räumen sitzen würde wie ganz zu Beginn ihres Studiums, an ähnlichen Stuhl-Pult-Kombis, die ihren Körper von allen Seiten einzwängten, ganz egal, in welche Richtung sie sich verbog, war das Letzte, womit sie gerechnet hätte. Ebenso wenig wie damit, dass sie sich bis in die frühen Morgenstunden mit roten Augen über zwei Absätze des französischen Philosophen und Literaturwissenschaftlers Jacques Derrida den Kopf zerbrechen würde, um vergebens zu versuchen, deren Sinn zu ergründen.

Und auf überhaupt gar keinen Fall hätte sie damit gerechnet, Colin Benjamin gegenüberzusitzen. Ihrem Ex-Freund.

Es überraschte kaum, dass Colin derjenige gewesen war, der Allison gerade mentale Pusteln verursachte, indem er das Wort *hegemonisch* in einem seiner Endlossätze zweimal untergebracht hatte. Was der Grund war, weshalb sie ihn jetzt anstarrte.

Während ihre Professorin sich auf der Suche nach einer neuen Wortmeldung in ihrem Stuhlkreis umsah, ließ Colin sich ein lässiges Stückchen tiefer rutschen. Einer seiner schmalen Knöchel ruhte auf einem seiner ebenso schmalen Knie – nicht ohne Grund hatte Allison ihn gern »Giacometti« genannt –, wobei er einen lila Socken mit etlichen sich räkelnden kleinen Kätzchen zur Schau stellte.

Allison biss sich heimlich auf die Wange, um bloß keine Reaktion zu zeigen. Es sollte gesetzlich verboten werden, dass jemand wie Colin Benjamin niedliche Socken trug. Oder sich in sonst irgendeiner Weise nett verhielt. Die für ihn reservierten Adjektive sollten ausschließlich *lästig*, *unerträglich* und *nervtötend* lauten.

Jetzt sah er sie durch seine dicke, dunkelrot gerahmte Brille aus haselnussbraunen Augen an und fuhr sich mit der Hand durchs Haar. Wie damals trug er das Deckhaar lang und die Seiten rasiert, und obwohl er die langen Strähnen mit viel Gel nach hinten gekämmt hatte, wusste Allison, wie seidenweich sie sich anfühlten.

Bei dem Gedanken wurde ihr schwummrig. Um sich abzulenken, reckte sie spontan einen Arm in die Luft.

Professorin Behi lächelte, was sie auf einen Schlag zehn Jahre jünger wirken ließ, als die grauen Strähnen in ihrem schwarzen Haar und die ausgeprägten Falten um ihre Augen vermuten ließen. »Ja, bitte, Allison?«

Auch wenn die kleine Tischplatte vor ihr fast als Schutzschild herhalten konnte, bekam Allison heiße Wangen und hatte Mühe zu sprechen. »Profess… äh … Isha …« In der Einführungsveranstaltung waren sie angewiesen worden, ihre Professorinnen und Professoren mit Vornamen anzureden. »Ihr steht doch jetzt auf derselben Stufe«, hatte die junge Frau, die kurz vor Abschluss ihrer Promotion stand, voller Stolz betont, als wolle sie noch einmal daran erinnern, was für eine Ehre die Aufnahme in dieses wohl prestigeträchtigste aller PhD-Programme des Landes war. Als ob Allison das je vergessen könnte! Ihre Mutter hatte ihren Zulassungsbescheid für das Postgraduiertenstudium gerahmt über den Kamin gehängt und achtete darauf, dass all ihre Gäste das cremefarbene Papier mindestens zehn Sekunden lang bewunderten.

Solange jene »Gleichgestellten« allerdings nach eigenem Gutdünken Promovierende aus dem Programm ausschließen konnten, schien die Parität jedoch bestenfalls fragwürdig. Allison würde ihre Lehrkraft also lieber mit »Professorin« anreden, um das Machtgefälle transparent zu halten.

Sie räusperte sich. »Das ist wahrscheinlich eine dumme Frage, aber wenn Derrida so viel daran lag, die Bedeutung von Texten zu ergründen: Warum hat er sich dann alle Mühe gegeben, seine eigenen Texte so dermaßen …« Auf der Suche nach dem richtigen Wort biss Allison sich in die Unterlippe. Bei zwölf auf sie gerichteten Augenpaaren – einschließlich des bebrillten von Colin Benjamin – gelang es ihr natürlich nur bedingt, einen klaren Gedanken zu fassen. »… unergründlich zu formulieren«, murmelte sie schließlich.

Colin hob die Hand. Natürlich tat er das. Colin Benjamin ließ keine Gelegenheit aus, um zu provozieren. Oder seine eigene Stimme zu hören.

Die, wie Allison zugeben musste, sanft, sonor und beruhigend war. Er hätte einen exzellenten Hörbuchsprecher abgegeben.

Bevor Professorin Behi ihm das Wort erteilen konnte, verkündete Ethan Windmore (den Allison insgeheim »Ethan Windbeutel« nannte): »Da hast du das Konzept seiner Theorie wohl gründlich missverstanden.«

Auch wenn darauf niemand etwas erwiderte, spürte Allison den kollektiven Wunsch der Gruppe, laut aufzustöhnen. Das Unbehagen drückte von innen gegen die trüben Fensterscheiben und machte die miefige Luft dieses schwülen Septembernachmittags in Neuengland noch stickiger. Nach vier Jahren

Studium an der Brown University hätte Allison sich daran gewöhnt haben sollen, dass es in Providence, Rhode Island, vor November keinen richtigen Herbst gab. Sie vermisste das Klima Maines, wo die Luft schon zum Semesterbeginn deutlich kühler wurde.

Ethan umfasste die Vorderkante seines Pults, so dass sich sein Bizeps unter dem T-Shirt wölbte. *Auf keinen Fall sollte dieser Mann einen derart beachtenswerten Bizeps haben,* entschied Allison. Niemand, der über ein so hohes Nervpotenzial verfügte, sollte mit solcherlei Vorzügen ausgestattet sein.

Sie hoffte, jemand würde ihr zur Seite stehen, aber alle im Kurs interessierten sich plötzlich eingehend für das jeweils nächstgelegene Objekt. Link wischte über den Bildschirm seines Laptops, als hätte er eine Windschutzscheibe voll Insektenleichen vor sich. Kara strich versonnen über das Pseudo-Holzfurnier ihres Pultes. Alex und Mandy, sonst Allisons Verbündete, knibbelten an ihren Fingernägeln.

Allison hasste es, im Zentrum der Aufmerksamkeit zu stehen. Aber drei Minuten vor Ende des Kurses wollte sie Ethan um keinen Preis das letzte Wort überlassen. »Ich verstehe das Konzept sehr wohl.« Lüge. Sie hätte Derridas Text genauso gut im französischen Original lesen können und kaum weniger verstanden. Aber eher würden Schweine fliegen und die Hölle gefrieren und weiße Typen zugeben, dass sie im Unrecht waren, als dass Allison öffentlich bekunden würde, nichts von Literaturtheorie zu verstehen. »Ich schätze, mich beeindrucken einfach keine Autoren, denen bei Unergründlichkeit einer abgeht.«

Ethan klappte die Kinnlade herunter, was Allison mit einer gewissen Genugtuung erfüllte.

Professorin Behi lachte. »Das scheint mir ein gutes Schlusswort für heute. Denken Sie bitte alle an Allisons Worte und überlegen sich bis zum nächsten Mal, was Derridas Texte so …«, sie sah Allison an und schmunzelte, »… ›unergründlich‹ macht.«

Die Studierenden fingen an, aufzustehen und ihre Laptops zuzuklappen, doch Professorin Behi klatschte noch einmal in die Hände. »An alle Promotionsstudenten im ersten Jahr: Es wurden nun endlich die Stellen für die Lehrassistenten zugeteilt. In Ihrem Postfach finden Sie einen Brief mit entsprechenden Angaben zu dem Ihnen zugewiesenen Kurs, Ihren Aufgaben dort und so weiter. Es tut mir leid, dass sich die Angelegenheit verzögert hat – ein paar kurzfristige Änderungen bei den Kursangeboten hatten für Verwirrung gesorgt.«

Während sie ihre Sachen zusammenpackte, spürte Allison, wie ihr Herz vor Aufregung schneller schlug. Endlich würde sie wissen, ob sie Professorin Frances' Kurs zugewiesen worden war: *Die Greatest Hits der britischen Literatur vor 1800.*

Da sie für ihre weitere Karriere eine Spezialisierung auf mittelalterliche Literatur anstrebte, wäre eine Assistentenstelle bei Professorin Wendy Frances der perfekte Ausgangspunkt. Diese Frau war ein Genie. Indem sie auch die älteste Literatur auf moderne Weise diskutierte, geriet sie zwar immer wieder in Clinch mit den Traditionalisten, aber Allison war sicher, dass die Welt genau diese Form akademischer Arbeit dringend brauchte – und keine Literaturkritik, die so abgehoben formuliert war, dass man dafür ein Wörterbuch benötigte. Professorin Frances' Arbeit ging über die Grenzen des Wissenschaftlichen hinaus. Die Leute lasen ihre Texte zum Vergnügen und wurden dank ihnen neugierig auf Werke jenseits der üblichen Verdächtigen. Sie half den Menschen, Zugang zu genau der Literatur zu finden, die Allison liebte.

Genau das war es, was auch Allison tun wollte. Und zwei Etagen höher könnte nun also ein Umschlag in ihrem Postfach im Aufenthaltsraum stecken, der ihr diesen Weg eröffnete.

Das westliche Treppenhaus von Haber Hall hatte keine Fenster, und die Beleuchtung flackerte. Allison fröstelte, während sie die Stufen hochstieg. Am obersten Treppenabsatz angekommen, schob sie die Tür zum hellen Eingangsbereich der Englischen Fakultät auf. Anders als der graue Rest des Gebäudes war der dritte Stock in einem warmen, einladenden Buttergelb gestrichen. An den Wänden hinten bunte Aushänge mit Hinweisen auf Literaturkongresse, Schreibwerkstätten, Indie-Filme und literarische Neuerscheinungen. Die Türen der meisten Professorenbüros standen offen, man hörte gedämpfte Gespräche und das schnelle Klackern von Tastaturen.

Allison schlüpfte in den Aufenthaltsraum, in dessen Mitte ein paar zusammengewürfelte Tische standen. Unter dem Fenster gegenüber der kleinen Küchenzeile thronte ein abgewetztes braunes Ledersofa. An der hinteren Wand befanden sich mehrere Reihen von Postfächern, davor eine lange Theke mit einem Drucker und diversen Büro-Utensilien, die seit 2006 sicher kaum jemand mehr benutzt hatte.

Und wer stand da – natürlich – vor den Postfächern? Colin Benjamin. Das Licht der Deckenlampen ließ sein gegeltes Haar gläsern wirken. In der Hand hielt er einen Brief, den er gedankenverloren anstarrte, womit er den gesamten Postfachbereich wie ein Supermarktkunde blockierte, der seinen Einkaufswagen mitten im Gang stehen ließ, um die Waren im obersten Regal genauer zu beäugen.

Das Klügste wäre wohl zu warten, bis er fertig wäre. Doch zum Warten brauchte man Geduld, und das war keine Eigenschaft, mit der Allison glänzen konnte. Vor allem nicht in diesem Augenblick, nach Wochen des Wartens auf die Nachricht zu ihrem Assistentinnenjob. Den braunen Umschlag in ihrem Postfach hatte sie auf den ersten Blick entdeckt, und nun musste sie ihn einfach öffnen.

Sie presste die Lippen zusammen, strich ihr seidiges gepunktetes Oberteil glatt und warf sich das Haar über die Schulter. Dann betrat sie die Postfachnische.

Während sie langsam auf Colin zuging, versuchte sie, möglichst geräuschlos zu atmen und den Bauch einzuziehen, um sich zwischen ihm und der Theke vorbeizuschieben.

Auch wenn ihre Mutter alles dafür getan hatte, dass Allison sich selbst als hübsches und normales Mädchen wahrnahm, war es für sie als Plus-size-Frau unmöglich, in Momenten wie diesen nicht an ihren Körper zu denken. Nichts auf der Welt war im Hinblick auf Menschen mit ihrer Statur gebaut worden, womit jeder Raum zu einem mathematischen Problem wurde, bei dem Winkel analysiert und Gleichungen berechnet werden wollten.

Und Allison *hasste* Mathematik.

Dass sich ihr Postfach auch noch in der obersten Reihe befand, hatte sie dem Fluch ihres väterlichen Nachnamens zu verdanken. Um es zu erreichen, musste sie sich auf Zehenspitzen stellen, und obwohl sie sich so hoch reckte, wie es ihre kurzen Schenkel erlaubten, erreichte sie trotzdem nur eine Ecke des Umschlags. Immerhin! Ihr Triumphgefühl dauerte jedoch nur jene Sekunde an, bis sie merkte, dass sie bei der Aktion mit ihrem Hinterteil irgendetwas angerempelt hatte.

Genauer gesagt, irgendjemanden.

Und nur *ein* weiterer Irgendjemand war in diesem Raum.

Schamesröte überzog ihr Gesicht, und sie wich blitzschnell zurück. Wich so weit zurück, dass sie plötzlich die Ledercouch in den Kniekehlen spürte, die unangenehm an ihrer nackten Haut kratzte. In ihrer Faust knisterte das dicke Papier des Briefumschlags.

Auch Colins schmale Wangen wurden rot, und er sah Allison aus großen Augen an. Ob dieser überaus unglückselige Körperkontakt dieselben Erinnerungen bei ihm ausgelöst hatte wie bei Allison?

An ihre erste Begegnung? Auf der Party?

Am Abend vor dem Vorlesungsbeginn ihres ersten Semesters an der Brown hatten Allison und ihre beste Freundin Sophie auf einer Feier in der Wohnung eines älteren Studenten so wild getanzt, als hinge ihr Leben davon ab, und plötzlich hatte Allison in der dicht gedrängten Menge jemanden hinter sich gespürt. Zuerst hatte sie gedacht, sie wäre einfach mit jemandem zusammengestoßen, doch die Sekunden vergingen, und der fremde Körper verharrte dicht an sie gepresst. Aus einer plötzlichen Laune heraus erwiderte sie den Druck und ließ sich wider besseres Wissen auf die Bewegungen des Fremden ein.

Einen halben Song lang genoss sie die Anonymität, dann drehte sie sich zu ihm um.

»Hi, ich bin Allison«, schrie sie über die Musik hinweg.

»Und ich …« Er schürzte die Lippen und zog die Augenbrauen über den Rand seiner Brille nach oben. »… wollte hier eigentlich nur durch.«

Erst in diesem Moment nahm sie ihn richtig wahr. Sie kniff die Augen zusammen, um durch ihren Alkoholnebel hindurch besser fokussieren zu können. Der Typ hielt die Arme über den Kopf, und sein Unbehagen war ihm deutlich anzusehen. Sie hatte diesen armen Kerl ahnungslos gegen die Wand gedrängt und ihm mit ihrem Hintern den Weg blockiert.

In diesem Moment lernte Allison, dass Scham körperliche Schmerzen bereiten konnte.

Während der letzten zwei Jahre hatte sie immer wieder versucht, diesen Abend und die folgenden acht Monate ihres Zusammenseins zu vergessen. Aber seit sie ihn bei der Einführungsveranstaltung der Claymore gesehen hatte, kamen alle Erinnerungen, jedes noch so kleine Detail ihrer gemeinsamen Zeit, ungebeten wieder hoch. Etwa ihr Entsetzen zwei Tage nach besagter Party bei der Entdeckung, dass er in ihrem Kurs für Literaturtheorie saß; ihre missglückten Versuche, ihm aus dem Weg zu gehen; ihr erstes gemeinsames Kaffeetrinken eine Woche später; eine weitere Woche danach ihr erster Kuss. Und dann alle weiteren ersten, zweiten und dritten Male gemeinsamer Erlebnisse – bis er sie wie beiläufig mitten im Sommersemester abservierte.

Mit ihm hatte Allison einige der besten ebenso wie einige schlimmsten Momente ihres Lebens erlebt, und sie wünschte, sie könnte sie allesamt vergessen.

Colin rückte ein Stück zur Seite, und zu ihrer großen Überraschung lächelte er. Als würde er sich tatsächlich freuen, sie zu sehen. »Oh, hey …«

Allison war nicht nach Lächeln zumute. Sie hatte keine Lust auf Smalltalk mit dem Mann, der ihr das Herz gebrochen hatte, vor allem nicht in diesem Augenblick, da sie ein Papier in der Hand hielt, das über den weiteren Verlauf ihres Lebens bestimmen könnte.

»Würdest du dich hier bitte nicht so breitmachen? Andere wollen auch an ihre Postfächer.« Sie löste das rote Verschlussband vom Knopf auf dem Umschlag und wickelte es Runde um Runde ab, bis es sich löste.

Ihre Worte schienen ihn zu amüsieren, denn er zog den rechten Mundwinkel ein Stück höher. Mit süffisantem Grinsen sagte er: »Ich dachte, du wolltest vielleicht … tanzen?«

Sie hätte schreien mögen. Genau das war der Grund, weshalb sie ihm seit der Einführung aus dem Weg gegangen war. Für ihn mochte ihre gemeinsame Vergangenheit ja ein Witz sein, für sie jedoch war ihre Trennung eine der schmerzvollsten Erfahrungen ihres Lebens gewesen.

Bevor sie entscheiden konnte, wie sie reagieren sollte, erklang mitten in ihr Patt eine Stimme. »Ach, das ist ja perfekt.«

Im Türrahmen stand eine stattliche Frau Ende vierzig. Das aschblonde Haar war zu einem unordentlichen Knoten gebunden, dessen losen Strähnen ihr Gesicht umrahmten und sich in den blattförmigen goldenen Ohrringen verfingen. Um ihre graublauen Augen hatte die Frau perfekte Eyeliner-Striche gezogen, die ihr ein katzenhaftes Aussehen verliehen, und ihr Lippenstift traf genau den Rotton, der jeder Frau gut stand. Zum schlichten schwarzen Etuikleid trug sie einen weiten Chiffon-Kimono mit Blumenmuster in Blau und Gelb, worin sie so professionell und unkonventionell zugleich wirkte, dass Allison sofort neidisch wurde.

Das Herz schlug ihr bis zum Hals – würde sie einem Filmstar gegenüberstehen, könnte sie kaum aufgeregter sein. Professorin Frances kam auf sie zu. »Allison, wunderbar! Ich hatte gehofft, Sie vor unserem Kurs am Dienstag noch persönlich zu treffen.«

»*Unserem* Kurs?« Allison sah auf den noch ungeöffneten Umschlag in ihrer Hand.

»Sie denken doch wohl nicht, dass ich Sie nach Ihrem Aufsatz über die Ähnlichkeiten zwischen der ›Frau von Bath‹ in den *Canterbury Tales* und Ursula aus dem Disney-Film der *kleinen Meerjungfrau* zu jemand anderem hätte gehen lassen?« Die Professorin schmunzelte.

Allison hätte vor Freude am liebsten gequiekt. Genau darauf hatte sie gehofft: auf die Chance, die renommierteste Professorin für altenglische Literatur gleich zu Beginn ihres Doktorandenstudiums als Mentorin zu gewinnen. Wenn sie gut miteinander klarkämen, würde Professorin Frances sie vielleicht zu ihrer wissenschaftlichen Mitarbeiterin ernennen, sie zu Reisen nach Europa mitnehmen, um Originale der ältesten Werke der Literatur zu sichten, und mit ihr gemeinsam Publikationen verfassen. Es könnte genau der richtige Auftakt sein, um zu erreichen, wovon Allison träumte, seit ihr Vater über ihre Zulassung an der Brown vor vier Jahren schallend gelacht und gefragt hatte, wie sie und ihre Mom die Studiengebühren vom Gehalt einer Kellnerin bezahlen wollten. (Manchmal wünschte Allison, ihre Eltern hätten sich schon *vor* ihrem ersten Studienjahr scheiden lassen, aber weil die unverrückbar negative

Einstellung ihres Vaters sie zu durchweg guten Leistungen motiviert hatte, würde sie ohne ihn jetzt nicht an der Schwelle ihrer Träume stehen. Seht her, ihr Zitronen, was eure Limonade vollbringt.)

Professorin Frances blickte von Allison zu Colin, dessen Existenz Allison vorübergehend ausgeblendet hatte. Lächelnd sprach sie dann jene elf Worte, die Allisons Welt nachhaltig erschüttern sollten.

»Und ich freue mich so, dieses Semester mit Ihnen beiden zusammenzuarbeiten.«

Kapitel 2

Mit Ihnen beiden.

Auch vierundzwanzig Stunden später klebten die Worte noch so hartnäckig in Allisons Eingeweiden, wie sie sich als Kind immer vorgestellt hatte, dass hinuntergeschluckte Kaugummis es täten.

Jetzt würde sie ihren Ex-Freund nicht nur dreimal pro Woche in all ihren Unikursen sehen, sondern sich mit ihm auch noch die Tutorenstelle bei Professorin Frances teilen. Was hieß, dass sie sich ihm gegenüber höflich und professionell verhalten musste und ihn nicht einfach ignorieren konnte, sosehr sie sich das auch wünschte.

Was für eine Katastrophe. Eine grauenvolle Tragödie. Ein Schicksalsschlag Dickens'schen Ausmaßes.

Allison stöhnte laut auf, schloss die Augen und reckte das Gesicht in die Sonne. Sie hatte gehofft, ihre Stimmung würde sich aufhellen, wenn sie ihre Nachmittagslektüre mit nach draußen nähme, aber auch hier konnte sie sich kaum konzentrieren. Dafür schwitzte sie umso mehr. Sie wischte sich über die Stirn, klappte Derridas *Grammatologie* zu und schubste sie über den Glastisch.

»Seit wann lassen wir unsere schlechte Laune an Büchern aus?« Die Hintertür knarzte, als Sophie zu Allison in den Garten kam. Sie hatte am Morgen einen Zahnarzttermin gehabt, und für Sophie Andrade war jeder noch so kurze Termin eine gute Ausrede, um sich den ganzen Tag freizunehmen, vor allem an einem Freitag.

»So etwas würden wir niemals tun«, erwiderte Allison. »Außer mit diesem Buch.« Zur Betonung nahm sie ihren Stift und schob das Buch damit weiter bis zum Tischrand – und darüber hinaus. Mit einem befriedigenden Rumms plumpste es zu Boden.

Der laute Knall brachte Allisons sieben Monate alten Corgy-Welpen Monty auf Sophies Arm dazu, sich wie eine aus dem Ruder geratene Schiffsschraube um sich selbst drehen. Kaum hatte sie ihn auf den Boden gesetzt, sauste er kreuz und quer über die kleine Terrasse, und seine kleinen Krallen klickten und klackerten über die Holzbohlen.

»Gerade habe ich das Biest dabei erwischt, wie es das Nadelkissen meiner Tante als Tennisball benutzte.« Tagsüber arbeitete Sophie in der Datenerfassung, abends designte sie ihre eigene Kollektion von Plus-size-Mode, so dass ihr Zimmer ständig aussah wie ein Bastelladen, in dem eine Bombe explodiert war. Für einen ungezogenen Hund ein wahres Füllhorn an Verlockungen, und Monty besaß absolut keine Selbstbeherrschung.

»Das wie eine Tomate aussieht?«

»Jepp.«

Allison seufzte. »Genau das, was ich nach dieser Woche noch brauche: dass mir der Tierschutzverein meinen Hund wegnimmt, weil er Nähnadeln verschluckt hat.«

»Ich verspreche hoch und heilig, dass er keine Nadeln gefressen hat.« Sophie nahm neben Allison auf der Liege Platz und schob sich ihre übergroße Sonnenbrille auf die Nase. Mit ihrem schwarz-weiß gestreiften Jumpsuit erweckte sie den Eindruck, den Tag an einer Strandpromenade ausklingen lassen zu wollen. »Hat dein Studium nicht gerade erst angefangen? So schlimm kann es doch noch nicht sein, oder?«

Allison runzelte die Stirn. »Diese Promotion wird heftig, das war doch klar.« Sophie war in letzter Zeit nicht häufig genug da gewesen, um das mitzubekommen.

Als sie und ihre Freundin nach ihrem Studienabschluss an der Brown aus dem Campus-Apartment in dieses kleine Mietshaus umgezogen waren, hatte Allison sich ausgemalt, es würde einfach eine Fortsetzung ihres Studentinnenlebens werden. Endlose Nächte mit Filmen und Spielen, viel zu langem Aufbleiben und Restetrinken nach Partys. Alles wie vorher, nur besser, weil es keine nervigen Hausregeln und keine Hausarbeiten mehr gäbe (zumindest nicht für Sophie).

Doch stattdessen waren da nun Rechnungen und Verpflichtungen und Wecker, die morgens um sechs Uhr klingelten. Sophie hatte durch ihre Arbeit neue Freunde gewonnen und auch Designer kennengelernt, mit denen sie sich in ihrer wenigen freien Zeit traf. Allison konnte sich nicht erinnern, wann sie das letzte Mal länger als zehn Minuten miteinander geredet hatten.

Sie stemmte die Absätze ihrer Sandaletten in den Holzboden. »Ich muss unfassbar viel lesen. Und die Professoren setzen so vieles als bekannt voraus. Es ist, als müsste man eine neue Fremdsprache gleich im Fortgeschrittenenkurs erlernen. Außerdem habe ich jetzt meine Lehrassistentenstelle bekommen, was bedeutet, dass ich auch noch meine eigenen Tutorien vorbereiten muss.«

Einer Tutorengruppe waren etwa zehn bis fünfzehn Studierende zugeteilt, so dass Allison zwei Kurse würde leiten müssen. Und das, während Colin wie ein unheilvoller Geist im Hintergrund lauerte. Aber das konnte sie Sophie nicht sagen. Noch nicht. Sie hatte noch keine Lösung dafür gefunden, wie sie ihrer besten Freundin beibringen sollte, dass Colin gleichfalls an der Claymore war.

Denn Sophie würde sie sofort verdächtigen, wieder zu jener Allison zu werden, die vor Rührung nicht an sich halten konnte, wenn Colin ihr ein Buch schenkte, von dem sie einmal beiläufig erwähnt hatte, dass es sie interessiere. Oder wenn er beim Happy End eines Films in Tränen ausbrach. Jene Allison, die sich eine ganze Weile so sicher gewesen war, in Colin ihren *Friend'schen* »Hummer« und Seelenverwandten gefunden zu haben.

Obwohl sie nicht mal ein volles Jahr zusammen gewesen waren, hatten sie und Colin wegen der wenigen Pflichtveranstaltungen an der Uni sehr viel Zeit miteinander verbringen können. Sie hatten Tisch und Bett ebenso geteilt wie gute und schlechte Tage, hatten die zerzausten Haare, den verkaterten Atem und die mitternächtlichen Panikattacken vor Abgabeterminen von Seminararbeiten des anderen erlebt. Es hatte sich alles so unglaublich vertraut und intim angefühlt. Der etwas ältere Colin war charmant und witzig, aber er hatte sie auch hinter seine Sunnyboy-Fassade blicken lassen und ihr seine anderen, verborgenen Seiten offenbart: seine Liebe zu Katzen, seine Angst vor Motten und anderen geflügelten Insekten (von ihm

»kleine Angriffsflugzeuge« genannt), die Liebe zu seiner Mutter und seinem Großvater, die so stark war, dass es ihn manchmal fast zerriss, wie er selbst sagte.

Angesichts all dessen war es doch kein Wunder, dass ihr seine negativen Seiten entgangen waren, wenngleich Sophie sie mehrfach darauf hingewiesen hatte.

Aus diesem Grund musste sie sich sehr genau überlegen, wie sie ihrer Freundin von Colins Wiederauftauchen berichtete. Zeit und Schokolade und eine gute Sangria wären vonnöten. Womöglich auch ein vorbereiteter Text. Und all das hatte Allison gerade nicht parat.

Sophie sah sie mit großen Augen an. »Ich dachte, als Assistentin musst du einfach nur zu den Seminaren gehen und Arbeiten korrigieren oder so etwas. Du musst eigene Kurse leiten?«

»Jepp. Professorin Frances möchte, dass ihre Doktoranden schon früh ein Gefühl fürs Unterrichten bekommen, also werden wir das bei ihr mehr als sonst üblich machen.«

Sophie schnitt eine Grimasse. »Aber die Bücher müsstest du doch allesamt schon kennen, oder? So wie ich dich kenne, hast du alles gelesen, was es auf der Welt gibt.«

Allison zog den Lehrplan für das Seminar *Die Greatest Hits der britischen Literatur vor 1800* hervor und überflog die Lektüreliste, als hätte die sich grundlegend geändert, seit sie sie vor einer halben Stunde das letzte Mal unter die Lupe genommen hatte. *Beowulf*, das bedeutendste epische Gedicht in Altenglisch aus dem frühen Mittelalter. Die *Canterbury Tales* von Geoffrey Chaucer. Malorys *Le Morte d'Arthur* und eine Handvoll anderer lyrisch-epischer Romanzen zu König Arthur. *Fünf Gesänge der Feenkönigin* von Edmund Spenser, eines der längsten frühneuenglischen Gedichte. Natürlich Shakespeare. Und Jonathan Swifts *Gullivers Reisen*. Allison kannte alles bis auf wenige Gedichte von John Donne. (Nach ihrem erfolglosen Versuch, sein Gedicht über einen Floh zu verstehen, hatte Allison beschlossen, sie wäre durch mit Donne.)

»Die meisten, ja.«

»Na, siehst du. Du wirst schon klarkommen.«

Allison schüttelte den Kopf. »Die Bücher zu lesen ist nicht dasselbe, wie sie zu erforschen. Ich habe zum Beispiel keine Ahnung von den gängigen Interpretationen von *Gullivers Reisen* oder von den zeitgeschichtlichen Einflüssen auf Shakespeare. Was mache ich, wenn ein Student mich etwas fragt und ich die Antwort nicht weiß?« Schon bei der Vorstellung wurde ihr vor lauter Herzklopfen schwindelig.

Sie konnte nicht damit umgehen, Fehler zu machen – sie war es einfach nicht gewöhnt und hätte diesen Teil der Realität gern aus ihrer Lebenswelt verdrängt. Nicht aus Stolz, sondern weil sie sich nur solange klug fühlte, wie sie sich auch wirklich im Recht wusste. Und für Allison war es unabdingbar, klug zu sein.

Dieses Adjektiv definierte ihr ganzes Sein, seit ihre Mutter sie im Alter von zehn Jahren zu einem Besuch ihres Cousins zum Bates College mitgenommen hatte. Schon im ersten Moment, als sie den Universitätscampus betreten hatte, hatte Allison sich wie zu Hause gefühlt. Als gäbe es dort einen Freiraum, eine Aussparung, die genau ihre Größe hatte und nur auf sie wartete. Ihre Seelenverwandtschaft galt nicht einem Menschen, sondern diesem Ort, diesem Geisteszustand, und von da an hatte sie nur noch ein Ziel: zu studieren, wissenschaftlich zu arbeiten und den Titel Professorin zu erlangen.

Als sie bei ihrer Rückkehr vor Aufregung nur so sprühte, hatte ihr Vater gelacht. Kein belustigtes oder liebevolles Lachen – nichts davon hätte zu Jed Avery gepasst –, sondern eines, dass sie entmutigen sollte, damit sie ihre Träume aufgab, noch ehe sie voll entfaltet waren.

Ihr Vater hatte nach der High School eine Elektrikerlehre gemacht und im Anschluss gutes Geld verdient, was gemäß seiner (sehr beschränkten, sehr konservativen, sehr *falschen*) Vorstellung der normale Weg war. Ein Studium betrachtete er als rausgeworfenes Geld, nichts weiter als eine Tagesbetreuung für junge Menschen, die nicht erwachsen werden wollten. Immer wieder hatte er betont, er werde keinen Cent in ein Studium seiner Tochter investieren.

Um ihn vom Gegenteil zu überzeugen, hatte Allison in den nächsten acht Jahren hart daran gearbeitet, ihm auf alle erdenkliche Weise zu beweisen, wie klug sie war. Sie hatte Buchstabier-, Schreib- und Wissenswettbewerbe gewonnen und ihre Schuljahre stets mit dem besten Notendurchschnitt abgeschlossen (selbst in dem blöden ersten Jahr auf der High School, in dem aufgrund einer Pandemie fast nur online unterrichtet worden war). Sie hatte Stipendien, Trophäen und Medaillen gewonnen. War als Jahrgangsbeste an einer Universität der Ivy League angenommen worden. Selbst als ihr Vater sich vor vier Jahren von ihrer Mutter scheiden ließ, gab Allison noch ihr Bestes, um ihn zu beeindrucken. An der Brown hatte sie sich abgerackert, hatte exzellente Noten bekommen (abgesehen von dem einen Semester, das unter Colins Arschigkeit gelitten hatte) und summa cum laude abgeschlossen.

Der obere Flur ihres Elternhauses war zum Schrein ihrer schulischen und akademischen Erfolge geworden. Aber selbst, als ihr Vater noch bei ihnen gewohnt hatte, war er nie dort hingegangen.

Allisons Zulassung an der Claymore war die erste Auszeichnung, von der sie ihm nichts erzählt hatte. Sie wollte diesen Erfolg ganz für sich behalten. Doch statt nun weniger Druck zu empfinden, spürte Allison ihn nur noch mehr, diesen Zwang, klug zu sein … die Beste … perfekt. Wenn ihr das nicht gelänge, drohte sie alles wieder zu verlieren – denn wenn sie in der universitären Welt nicht die Beste war, nicht diejenige, die »jedes Buch der Welt« gelesen hatte, wer war sie dann überhaupt?

Sie ließ den Kopf auf den Tisch sinken. »Was, wenn ich versage? Wenn sie mich hassen? Wenn sie mich ausbuhen oder Tomaten nach mir werfen oder so etwas?«

Sophie lachte. »Zunächst einmal: Du bist alles andere als ein Fozzie-Bär, der schlechte Witze erzählt. Du musst wirklich aufhören, mit deiner Mutter diese alten Shows zu streamen.«

»Die Muppets werden von unserer Generation unterschätzt«, murmelte Allison in ihr Glas. »Fozzie-Bär kennt meinen Schmerz …«

»Dir ist schon klar, dass du dich gerade mit einer Puppe identifizierst, oder?« Allison stöhnte, und Sophie fuhr etwas nachsichtiger fort: »Hast du je einen Dozenten oder eine Dozentin ausgebuht oder mit Tomaten beworfen?«

»Natürlich nicht.«

»Diese Kids sind gerade mal drei, vier Jahre jünger als wir. Die werden auch nicht anders sein als wir damals.«

»Aber das hier ist Claymore. Da wird eine gewisse Grundbildung erwartet. Was, wenn ich ihnen die nicht bieten kann?« Allison richtete sich auf und fuhr sich mit der Hand durchs Haar. »Ich brauche ein WCS.«

Seit Allison und Sophie sich kannten und Sophie aus Versehen einmal Nagellack über die Lieblingsjeans ihrer neuen Freundin geschüttet hatte, gingen die beiden mit Vorliebe WCS (Worst-Case-Szenarios) durch. Für beide war es einfacher, sich Problemen zu stellen, wenn sie auf den schlimmstmöglichen Ausgang eines Konflikts vorbereitet waren.

Monty sprang auf die Liege und tapste zu Sophies Schoß. Nachdenklich kraulte sie ihm die Ohren.

»Okay.« Die Liege quietschte, als sie sich aufrichtete. »Drei Szenarien. Das erste: Sie starren die gesamten fünfzig Minuten auf ihre Handys. Das zweite: Sie hinterfragen alles, was du sagst. Das dritte: Sie verweigern jegliche Teilnahme an der Diskussion.«

Bei jedem Szenario zuckte Allison zusammen. Es war, als hätte Sophie ihren Schädel geöffnet und die schlimmsten Alpträume herausgepickt.

Sie brauchte eine Weile, um Lösungsstrategien zu formulieren. »Ähm …«, stammelte sie und rollte den Umschlag ihres Notizbuchs ein. »Erstens: Ich benutze die Chat-App von Claymore, um sie darüber mit Infos zu den Texten zu bombardieren.«

»Gute Idee.«

»Zweitens: Alle kriegen null Punkte. Ich bin Oprah, aber bei mir kann man durchfallen.« Schon jetzt spürte sie, wie ihr verspannter Nacken sich langsam lockerte. Das WCS-Spiel zeigte bei ihr stets die Wirkung eines guten Schneepflugs nach einem Blizzard – es ebnete ihr einen Weg durch den dichten Nebel, den ihre Sorgen und Befürchtungen auf ihre Gedanken sinken ließen.

Sophie schnaubte. »Ich bezweifle, dass deine Professorin das zulassen wird, aber das drakonische Flair gefällt mir.«

»Drittens: Ich teile sie in Gruppen ein oder suche ein anderes Thema, über das sie sprechen wollen, um das Eis zu brechen.«

Sophies dunkle Locken wippten beim Nicken. »Siehst du: Der Instinkt ist da. Den Rest wirst du schon noch lernen.«

Aber genau da lag das Problem: Allison hatte keine Zeit, um zu lernen. Sie musste es wissen. »Aber nicht bis nächste Woche.«

»Okay, genug jetzt.« Sophie sprang auf und klatschte. »Es ist fast fünf an einem Freitagnachmittag, und du steckst viel zu sehr in diesem Problem fest. Wir gehen aus.«

»Was? Wohin?«

Sophie packte Allisons Handgelenk und versuchte, sie hochzuziehen. »Mein ganzes Büro geht zur Happy Hour im *The Cutter*. Janie, Brooks und Sarah werden da sein. Und die ganzen heißen Praktikanten.« Anzüglich ließ sie ihre Augenbrauen tanzen.

Allison klammerte sich an ihren Bücherstapel wie an eine Rettungsboje. »Ich muss noch ungefähr vierhundert Seiten lesen. Ich habe keine Zeit für heiße Praktikanten.« Oder einen Kater. Oder einen endlosen Abend mit Sophies Freunden von der Arbeit, die ständig über irgendwelche Kollegen lästerten, die sie nicht kannte. Und je mehr sie versuchen würden, Allison mit einzubeziehen, umso mehr würde sie sich außen vor fühlen. Denn nichts war bei Gossip unlustiger, als einem Außenstehenden erst einmal zehn Minuten lang die Hintergründe erklären zu müssen.

»Diese Bücher gibt es schon seit Hunderten von Jahren, sie werden morgen auch noch da sein.« Diesmal mit beiden Händen, schaffte es Sophie, ihre Freundin vom Stuhl zu ziehen. »Seit der Sache mit Colin bist du kaum noch ausgegangen.« So wie sie dabei das Gesicht verzog, hätte sein Name auch eine riesengroße Tablette sein können, die sie trocken hinunterschlucken musste. »Du musst endlich einen Schlussstrich ziehen.«

Allison verschränkte die Arme. »Ich *habe* einen Schlussstrich gezogen.« Das war genau der Grund, weshalb sie ihrer Freundin nicht erzählen konnte, dass Colin an der Claymore aufgetaucht war. Offenbar brauchte Sophie ja nur seinen Namen zu nennen, und ihre Nackenhaare stellten sich auf wie bei Monty, wenn er einen Eindringling witterte.

»Und deshalb findest du an jedem Typen etwas auszusetzen, der sich für dich interessiert? Weil du einen Schlussstrich gezogen hast und bereit für Neues bist?« Mit ungläubigem Kopfschütteln lehnte Sophie sich an die Brüstung. Ihr Blick wurde wieder weich, als sie Monty beobachtete, der einem im Wind tanzenden Blatt hinterherjagte. »Ich hasse es, dass er dich offenbar so sehr verletzt hat, dass du Angst hast, dich auf jemand Neues einzulassen.«

»Was? Ich habe keine … er hat mich nicht … Himmel, Sophie, das hat doch nichts mit Angst zu tun. Ich habe so viel um die Ohren, dass ich einfach keine Zeit habe, jemand Neues kennenzulernen. Das ist alles. An der Brown habe ich mich darauf konzentriert, mich für ein Promotionsstudium zu qualifizieren. Und jetzt, wo ich dabei bin, muss ich das gut hinbekommen, hervorragend sogar. Das ist meine einzige Chance, hinterher einen Job zu finden. Auf keinen Fall will ich mich von einem Typen und Beziehungsstress und all so was ablenken lassen.«

Das war sogar die Wahrheit, auch wenn Allison sie für Sophie ein kleines bisschen zurechtgebogen hatte.

Aber in ein paar Jahren, als *Professorin* Avery, hätte sie mehr Zeit als genug, Männer kennenzulernen. Bis dahin würde sie nicht zulassen, dass irgendjemand sich ihrem Ziel in den Weg stellte, und dazu gehörte auch, dass sie Sophies heiße Praktikanten ebenso mied wie jede weitere Diskussion über Colin.

Allison räusperte sich. »Wie wäre es, wenn wir stattdessen einfach zu Hause etwas trinken? Wir könnten bei *Gatsby's* Trüffelpommes und Salatwraps und vielleicht noch Teigtaschen bestellen und unsere Lieblingssäfte mixen und dieses Hexenserie gucken, die du so liebst.«

Sophie bekam leuchtende Augen, und die Happy Hour war vergessen. Nichts vermochte sie mehr zu begeistern als lesbische Hexen. »Können wir die Folge noch mal sehen, wo Raven und Natalya rummachen?«

»Klar.«

Während Allison ihr ins Haus folgte, zählte Sophie alle anderen Folgen auf, die sie gern sehen würde. Und im Gegensatz zu ihrem ursprünglichen Plan würde *das* wirklich ein perfekter Abend werden.

Wie in guten alten Collegezeiten: leckeres Essen, Wohlfühlklamotten und keine Kollegen oder heißen Praktikanten oder Colin Benjamin, die sich zwischen sie drängten.

Kapitel 3

Nichts übte auf Studierende mehr Anziehungskraft aus als kostenloses Essen.

Aus genau diesem Grund drängten sich Allison, Link, Ethan und Mandy morgens um halb zehn im Lesesaal von Haber Hall um einen kleinen Tisch.

Jeden dritten Dienstag im Monat versuchte die englische Fakultät, mit einem Frühstücksbuffet möglichst viele ihrer Mitglieder zu einer Präsentation ihrer aktuellen Projekte zu locken, und weder Allison noch ihre Kollegen wollten sich die zumeist selbstgebackenen Leckereien entgehen lassen.

Während sie darauf wartete, dass die Professorin für Kreatives Schreiben über ihr neues Buch berichtete, ließ Allison den Blick schweifen. Die Wände waren mit matt honigbraunem Holz getäfelt, und das Möbelinventar bestand aus nicht zusammenpassenden Lehnsesseln und Sofas. Im hinteren Bereich, in dem sie saßen, stand eine Reihe massiver Eichentische mit grün beschirmten Leselampen, deren weiches Licht das perfekte Studienambiente bot. Dies war ein Ort, an dem sich gewichtige Ideen formen und entwickeln, an dem millionenfach gelesene Bücher neu entdeckt werden konnten.

Mei, die in der Fakultätsverwaltung arbeitete, lächelte zur Begrüßung und stellte einen Teller Gebäck vor Allison auf den

Tisch. Dank Allisons zwanghafter Neigung, jegliches Formular akkurat ausfüllen zu wollen, waren die beiden seit April so häufig ins Gespräch gekommen, dass sie Allison fast eine Freundin geworden war.

»Du verteidigst nächsten Monat deine Dissertation, richtig?«, fragte Allison.

Mei kreuzte zwei Finger und wedelte damit durch die Luft. »Wünsch mir Glück.« Bei einem ihrer Gespräche hatte sie Allison von ihren Erfahrungen mit dem Promotionsstudium an der Claymore erzählt, das sie mit zwei Kindern unter drei Jahren begonnen hatte. Um alle Kurse zu absolvieren, hatte sie doppelt so viel Zeit gebraucht, so dass ihr Stipendium bereits ausgelaufen war, als sie mit dem Schreiben der Doktorarbeit begann. Also hatte sie einen Job in der Verwaltung angenommen, weil er mehr Stabilität (und Bezahlung) bot als eine Assistentenstelle.

Allison schüttelte den Kopf. »Ich habe keine Ahnung, wie du das alles schaffst.«

»Viele Kalender-Apps, sehr wenig Schlaf.« Mei lachte.

Falls sie noch etwas hatte hinzufügen wollen, kam sie nicht mehr dazu, denn in diesem Moment polterte Colin in den Raum. Mit viel Brimborium ließ er seine Aktentasche auf den Boden fallen und zog den Stuhl heran, der Allison am nächsten stand. Als er sich setzte, quietschten die Stuhlbeine über das Linoleum.

Mei war während seines Auftritts verschwunden, um die letzten Teller zu holen, und Allison wünschte, sie könnte ihr hinterhereilen und helfen. Colin Benjamin war kaum zwei Sekunden hier, und schon hatte sie mehr als genug von ihm.

»Uff, ist das heiß draußen«, stöhnte er und fächelte sich mit einer Ecke seiner blau gestreiften Jacke Luft zu. Er saß Allison so nahe, dass sein Knie gegen ihres stieß.

Und dort verblieb.

Allison versteifte sich, wollte ihr Knie jedoch nicht zurückziehen. Warum sollte sie auch? Sie war zuerst hier gewesen. »Dann solltest du bei über fünfzehn Grad vielleicht keine Strickjacken mehr tragen.«

»Strickjacken gehören aber zu meinem Look.«

Das stimmte. Es gab kaum einen Tag, an dem er keine trug. Als sie noch zusammen gewesen waren, hatte er manchmal sogar direkt nach dem Sex eine angezogen und war damit wie in einem Bademantel herumspaziert. Einmal hatte er zugegeben, sich damit sicherer zu fühlen. »Die Welt kann mir dann nichts anhaben«, hatte er gesagt. »Sie kann keine Spuren hinterlassen.« Als würde der feine Wollstrickstoff wie ein Titaniumschild wirken.

Bevor Allison herausbekommen konnte, welche Wunden er wohl darunter verbarg, waren sie schon getrennt gewesen.

Eine volle Minute verging, ohne dass Colin sein Knie wegnahm, ganz gleich, wie durchdringend sie ihn von der Seite anstarrte. Er guckte derart unbeteiligt, dass man fast hätte meinen können, er merke nicht, was passierte.

Aber nur *fast*.

Und nun fing Allisons Herz auch noch an, irgendwelche unwillkürlichen Reaktionen zu zeigen – es klopfte schneller und setzte hin und wieder einen Schlag aus. Sie verschränkte die Arme vor der Brust. Sie sollte nicht derart auf Colin reagieren. Die einzige körperliche Reaktion, die er bei ihr hervorrufen durfte, war ein Würgereflex.

Einen Moment lang erwog sie das Für und Wider, ihm kräftig auf den Fuß zu treten, dann nutzte sie aber lieber den Kuchen als Vorwand, um von Colin abzurücken. Noch während sie die Auswahl begutachtete, ärgerte sie sich über das spürbare Gefühl von Kälte an der Stelle, an der sie sich nun nicht mehr berührten.

Sie würde sich *nicht* von seiner Anwesenheit beeinträchtigen lassen. Sie würde *rein gar nichts* für Colin Benjamin empfinden. Wie sie auf unangenehme Weise bereits gelernt hatte, würde dieser emotionale Irrweg nur dazu führen, dass schöne Träume sich in Luft auflösten.

Sie griff nach einem Croissant und versuchte, sich ganz und gar auf dessen köstlichen buttrigen Geschmack zu konzentrieren.

Colin beobachtete, wie sie ein Stück abriss und es sich in den Mund schob. »Manche Dinge ändern sich nie, hm?«

»Bitte?«

Er deutete mit dem Kinn auf ihre Hände und schmunzelte. »Deine Vorliebe für Croissants.«

Allison legte die Köstlichkeit auf ihrer Serviette ab. Auf einmal hatte sie keinen Appetit mehr.

An der Brown hatte sie Colin in den ersten zwei Wochen des Literaturtheoriekurses gemieden, so gut es eben ging. Schon am ersten Tag, als er sie beim Verteilen des Kursplans süffisant anlächelte, war klar, dass er sie von der Party wiedererkannt hatte, aber Allison hatte keine Lust, bei jeder ihrer Begegnungen einen der peinlichsten Momente ihres Lebens von Neuem zu durchleben. Also ging sie ihm aus dem Weg. Sie arrangierte es so, dass sie den Kursraum erst kurz vor der Professorin betrat und ihn auf schnellstem Weg wieder verließ, sobald sie das letzte Wort gesprochen hatte. Was wunderbar funktionierte bis zu dem Tag, an dem Sophie einen verzweifelten Schwall an WCS textete und Allison derart abgelenkt war, dass sie beim Hinausgehen geradewegs mit Colin zusammenstieß.

»Wir sollten echt aufhören, uns auf diese Weise zu treffen«, meinte er grinsend.

Allison wurde rot vor Scham. »Es tut mir schrecklich leid. Ich kann nicht fassen, was da neulich passiert ist. Ich hatte ein bisschen viel getrunken und ...«

Er hob die Hand, um sie zu unterbrechen. »Nein, *mir* tut es leid. Du bist weggelaufen, bevor ich noch was sagen konnte.«

»Ich habe dich mit meinem Hintern belästigt«, platzte sie heraus.

Es war das erste Mal, dass sie Colin lachen hörte. Es klang weder melodiös noch sexy. Mehr wie ein Vogel, der piepsend um Aufmerksamkeit heischte. Sie wurde augenblicklich schwach.

»Du hast mich nicht belästigt«, sagte er. »Ich war nur ... überrascht. Und wenn ich überrumpelt werde, neige ich dazu, mich von der schlechtesten Seite zu zeigen.« Mit seinen langen Fingern trommelte er zu einer unhörbaren Melodie auf seinen Oberschenkel, dann biss er sich kurz auf die Lippe und runzelte die Stirn, als würde er über etwas nachdenken. »Vielleicht könnte ich ... dich auf einen Kaffee einladen? Um es wiedergutzumachen?«

Allison war so überrascht, dass ihr nichts anderes einfiel, als zuzusagen.

Sie gingen in eines der Cafés auf dem Campus. Es war gerade Primetime für Koffeinnachschub, und die Schlange reichte fast ganz um das gesamte kleine Gebäude herum. Während sie warteten, erkundigte sich Colin, welches ihrer Meinung nach die drei besten Frühstücksteilchen seien. Nach ihrem ausführlichen Vortrag über die Perfektion des Croissants an sich, bei dem er kaum still bleiben konnte, versuchte er, sie mit der wortgewandten Huldigung von Blaubeermuffins zu übertrumpfen. Ihr kleines Wortgefecht war albern und lustig zugleich, und wenn Allison ehrlich war, hatte sie der komplexe Aufbau seiner Streitrede sogar irgendwie angemacht. Ehe sie sich's versahen, vergingen über ihre bald leeren Kaffeebecher einige Stunden angeregter Unterhaltung.

Als sie zwei Tage später in den Literaturtheoriekurs kam, lag auf ihrem Pult eine Tüte mit einem noch warmen Croissant. Colins Lächeln, das er ihr von der anderen Seite des Raumes aus zuwarf, hätte Metall zum Schmelzen gebracht. Von dem Tag an bis zum Ende des Semesters hatte jede Woche ein Croissant auf ihrem Platz gelegen.

Allison schüttelte den Kopf. Um keinen Preis wollte sie sich mit Erinnerungen befassen, die ihr nur wieder ins Gedächtnis riefen, warum sie sich in Colin verliebt hatte. Lieber wollte sie sich auf all das konzentrieren, weshalb sie froh über das Ende ihrer Beziehung war. Etwa seine laute Stimme, die immer gleich alle Aufmerksamkeit auf ihn lenkte. Die anderen wussten nichts von ihrer Vorgeschichte, und dabei wollte sie es auch belassen.

Sie wischte seine Bemerkung also mit einer schlichten Geste fort.

Colin sah sie mit großen Augen an. »Schämst du dich etwa für deine ungezügelte Leidenschaft für Croissants?«

»Ich bitte dich: Für guten Geschmack muss man sich ja wohl nicht schämen.« Reflexartig warf sie ihr Haar über die Schulter zurück. Ein Reflex von früher, um ihre Verlegenheit zu kaschieren, wenn ihr flirtendes Geplänkel sie angemacht hatte. »Allerdings würde ich mein Croissant lieber essen, anstatt mit dir darüber zu diskutieren.« Sie riss ein weiteres Stück ab und schob es sich demonstrativ in den Mund.

Colin ließ eines seiner seltsam unmelodischen Lachen vernehmen. Allison hasste sich dafür, dass ihr Körper sofort reagierte und sie ein feines Bauchkribbeln verspürte. Sie durfte nicht weiter auf diese Weise mit ihm reden. Nur zu leicht könnte sie in alte Gewohnheiten zurückfallen.

In alte Gefühle.

Sie wandte sich ab und lehnte sich über den Tisch zu den anderen. »Wo habt ihr denn eure Assistentenstellen bekommen?«

Link rückte seine Fliege zurecht. »Afroamerikanische Schriftsteller:innen bei Morgan Sharpe. Genau da wollte ich auch hin. Ich finde es echt bescheuert, dass es nicht mehr Seminare zu Writers of Color gibt. Ich kann es kaum erwarten, wenn wir im nächsten Jahr eigene Kurse anbieten dürfen. Ich habe schon eine komplette Leseliste zu Afrofuturismus zusammengestellt.«

»Das wäre ein Kurs, bei dem ich unbedingt dabei sein möchte«, sagte Allison, und Link strahlte.

»Ich auch«, verkündete Mandy. »Ich bin bei Professor Haselbach im Seminar über Kinderliteratur.«

Windbeutel lehnte sich zurück und verschränkte die Arme. »Kinderbücher sind doch keine Literatur. Da geht es nur um Vampire, um dystopische Wettkämpfe auf Leben und Tod, um Hexen und Magier oder niedliche sprechende Tiere. Das sind doch keine substanziellen Inhalte, das ist bloße Unterhaltung.« Er saugte lang und kräftig an seinem Protein-Shake.

Mandy sah ihn böse an und zog ihren Haarknoten aus braunen Locken straffer, wie um sich für einen Kampf zu rüsten. »Da du dein Wissen über Kinderliteratur offensichtlich nur aus vierter Hand hast, finde ich nicht, dass dir da irgendeine Meinung zusteht.«

»Außerdem«, fügte Allison hinzu, »kennt man genau diese Inhalte auch in ›ernsthafter‹« – sie setzte mit den Fingern deutliche Anführungszeichen in die Luft – »Literatur. In *Dracula* geht es um Vampire, in *Der Herr der Fliegen* wird erbittert gekämpft, *Der Herr der Ringe* strotzt nur so vor Magiern und Zauberern, und in *Farm der Tiere* hast du jede Menge sprechender Tiere.«

»Aber die Aufbereitung ist vollkommen anders.« Ethan tippte sich ans Kinn und sah aus, als wollte er gleich einen Vortrag halten.

Mandy schüttelte den Kopf und winkte ab. »Was ist mit dir?«, wollte sie von Allison wissen. »Bei wem bist du?«

»Wendy Frances. *Die Greatest Hits der britischen Literatur vor 1800.*«

»Genau wie ich«, hörte sie Colin sagen und zuckte zusammen.

»Hat sie denn *zwei* Fachgruppen?«, fragte Link nach.

Allison schüttelte den Kopf. »Es ist einfach ein großer Kurs.«

Colins Stuhlbeine quietschten wieder laut über den Boden, als er näher an den Tisch rückte. »Das wird bestimmt toll. Allison weiß alles über mittelalterliche Literatur.« Er sah dabei nicht sie an, sondern die anderen.

Allison erstarrte. Was sollte das? Erst die Bemerkung mit dem Croissant, und jetzt das. Versuchte er allen Ernstes, nett zu sein? Nach allem, was zwischen ihnen vorgefallen war?

Zum Glück begann nun der Vortrag, so dass ihr erspart blieb, darauf reagieren zu müssen.

Obwohl sie sich bemühte, aufmerksam zuzuhören, musste sie in der nächsten halben Stunde immer wieder an seine Worte denken. Der Colin Benjamin, den Allison kannte, war ehrgeiziger als ein olympischer Athlet. Er verwandelte alles in einen Wettkampf, der gewonnen werden wollte: Noten, Seminararbeiten, Einkaufen, egal was. Als sie morgens einmal spät dran gewesen waren, hatte er sie zum Um-die-Wette-Zähneputzen herausgefordert. Sein obsessiver Drang zur Rivalität war auch ein Grund für ihre Trennung gewesen. Was also sollte dieses Eingeständnis, dass sie besser war, bedeuten?

Allison ballte unter dem Tisch die Fäuste. Bestimmt wollte er sie nur aufziehen. Das war die einzige Erklärung. Auf keinen Fall würde sie sich von ihm verrückt machen lassen.

Sobald der Vortrag vorbei war, schob sie ihren Stuhl zurück. »Zeit für den Kurs«, sagte sie, bereits auf dem Weg zur Tür. Vor ihrem ersten Einsatz als Tutorin brauchte sie noch ein wenig Luft – und Abstand von Colin.

Natürlich folgte er ihr. »Darf ich dir Gesellschaft leisten?«

Definitiv nicht! »Ich hatte gehofft, noch ein paar Minuten für mich zu haben, um meine Gedanken zu ordnen.«

»Aber wir werden doch nur dabeisitzen und zuhören.«

Allison schürzte die Lippen. »Vielleicht. Aber ich möchte sichergehen, dass ich etwas zu sagen habe, falls Professorin Frances einen Beitrag von uns wünscht.«

Colin schmunzelte. Er sah sowieso immer aus, als müsste er mit aller Macht ein pikantes Geheimnis zurückhalten, und sein Gegrinse machte es nur noch schlimmer. Vermutlich lag das an seinen aufwärts gebogenen Mundwinkeln und den permanent leicht zusammengekniffenen Augen. Hätte Allison einen Markierstift zur Hand gehabt, hätte sie diesen Gesichtsausdruck, der ihr viel zu sehr unter die Haut ging, gern für alle Zeit geändert.

Am Ausgang des Haber-Gebäudes hielt er ihr die Tür auf. Allison verschränkte die Arme und wartete darauf, dass er als Erster durchging. Seine Galanterien konnte er sich, wie ihre Großmutter zu sagen pflegte, »sonst wohin stecken«. Auf solch plumpe Schmeicheleien würde sie nicht hereinfallen.

Kopfschüttelnd kam Colin ihrer stummen Aufforderung nach. Allerdings ließ er es sich nicht nehmen, seine Hand so lange auf einem der Glaspaneele zu belassen, bis Allison nach dem Türknauf griff. Im Vorbeigehen würdigte sie ihn keines Blickes.

Statt den langen Weg zum Litvak-Gebäude zu nehmen, in dem der Kurs stattfinden würde, ging sie die Abkürzung mitten über den Campushof, eine viereckige Rasenfläche, die von der Bibliothek, der Zentralverwaltung, der Sporthalle und dem Fakultätsgebäude umgeben war. Da es hier keine schattenspendenden Bäume gab, schien ihr die frühe Herbstsonne warm auf Gesicht und Arme, so dass sie sich nach einer kühlen Brise sehnte.

Die Claymore University lag zwischen East Providence und Barrington, Rhode Island, und wirkte inmitten dieser modernen Ostküstenvorstädte wie aus der Zeit gefallen. Anders als die meisten Universitäten, die ihre alten Gebäude durch möglichst neue und futuristische Bauwerke zu ergänzen suchten, hatte man sich bei der Renovierung hier große Mühe gegeben, das neugotische Antlitz zu bewahren. Es gab Schmucksteine und hohe, schmale Fenster, Strebebögen und Wasserspeier. Der schmiedeeiserne, mit Efeu umrankte Zaun, der das Gelände umgab, unterstrich den krassen Gegensatz zwischen dem altertümlichen Campus und den umliegenden Hipster-Lokalitäten mit all ihren SoulCycle-Tempeln und Craft Brewerys der Stadt.

Im Gehen fielen Allison die ersten Zeilen von *Beowulf* ein, in denen es um Heldentum und Männlichkeit und solch langweiliges Blablabla ging, dass es ihr schwergefallen war, Ideen für ihr erstes Tutorium zu entwickeln (zwischen den Folgen von Sophies Hexendrama war ihr dann aber doch noch einiges eingefallen, was sie Professor Frances dann gemailt hatte). Trotzdem suchte sie jetzt nach ein paar griffigen Worten, die sie sagen könnte. Nur für den Fall. Das war Colin gegenüber nicht gelogen gewesen.

Ein kleines Kieselsteinchen sprang ihr gegen die Wade und riss sie aus ihren Gedanken. Zehn Schritte hinter ihr ging Colin.

Es hätte sie nicht überraschen sollen. Schließlich hatte er ihr noch nie richtig zugehört. Das eine Mal zum Beispiel, als sie eine fürchterliche Grippe gehabt und ihn um Toast und Ginger Ale gebeten hatte, war er mit Tomatensuppe (ohne Kohlenhydrate) bei ihr aufgekreuzt mit der Behauptung, dass das viel stärkender sei.

Allison hätte am liebsten laut aufgeschrien, stattdessen behielt sie einfach ihren schnellen Schritt bei. »Was machst du hier?«, warf sie ihm über ihre Schulter zu.

»Ich gehe zum Kurs.«

»Ich habe dir doch gesagt, dass ich allein sein will.«

»Deshalb gehe ich ja hinter dir.«

Gegen ihren Willen verlangsamten sich ihre Schritte. »Es gibt mindestens fünf verschiedene Wege zum Litvak.«

»Ja, und dieser hier ist der kürzeste. Du weißt doch, wie sehr ich Effizienz liebe.«

In der Tat. Gleich nach seinem Drang, zu gewinnen, war das seine zweite Antriebskraft.

Allison blieb stehen. Sie ließ den Kopf in den Nacken fallen und stöhnte Richtung Himmel. Es wurde Zeit für klare Worte. »Im Ernst, Colin. Was willst du hier?«

»Das habe ich dir doch gesagt: Ich gehe zu unserem Kurs.«

Sie seufzte. Er stellte sich offenbar absichtlich blöd. »Nein, ich meine *hier*, an der Claymore. Solltest du nicht schon zwei Jahre lang in Oxford oder Harvard oder Stanford oder wo auch immer sein, tief versunken in die verdienstvolle Lektüre von Science-Fiction unter psychoanalytischen Aspekten? Ist das nicht der Grund, weshalb du mich verl…«

Allison klappte den Mund zu, und das so ruckartig, dass sie sich aus Versehen auf die Unterlippe biss. Sie richtete all ihre Konzentration darauf, den letzten Gedanken so rasch wie möglich zu verdrängen. Der Tag ihrer Trennung existierte nicht. Ebenso wenig wie die harten, schmerzhaften Worte, die er gesagt, und all jene Ereignisse, die sie zu diesem Punkt geführt hatten. Wie eine von Wasser durchtränkte Pergamentschrift, deren Sätze zur Unlesbarkeit verschwommen waren, oder ein Dokument, das man geschlossen hatte, ohne zu speichern, hatte sie diesen Tag aus ihrem Gedächtnis gelöscht. Aus ihrem Leben.

Plötzlich wirkte Colin überaus eifrig. Als hätte er nur darauf gewartet, dass sie ihre gemeinsame Vergangenheit ansprach. »Allison, ich …«

»Hör zu«, unterbrach sie ihn sofort. »Wie es aussieht, werden wir hier miteinander klarkommen müssen. Aber das heißt nicht, dass wir die alten Geschichten von der Brown hervorkramen werden.« Sie machte eine wegwerfende Handbewegung über die Schulter. »Das liegt alles in der Vergangenheit, also lassen wir es da. Ohne Rückspiegel. Ohne Schulterblick.« Es war die einzige Art, wie Allison mit der ständig lauernden Gefahr, ihm an der Claymore zu begegnen, fertigwerden und ihren Weg fortsetzen könnte. Sie wollte auf keinen Fall den Rückwärtsgang einlegen.

Colin richtete sich zu voller Größe auf. »Tja, also … Wenn es das ist, was du willst …«

»Genau das ist es.«

Schweigend standen sie sich auf dem Fußweg gegenüber. Colin starrte sie an. Allison blickte in eine andere Richtung.

Sie fühlte sich unwohl, und um das Schweigen zu durchbrechen, sprach sie das Erste aus, was ihr in den Sinn kam. »Hier wird sowieso alles ganz anders.«

Er neigte den Kopf (wobei sich kein einziges seiner gegelten Haare bewegte). »Was soll denn das schon wieder heißen?«

An der Brown war Colin so etwas wie ein akademischer Superstar gewesen. Er hatte die Uni auf etlichen Kongressen vertreten, war zu Networking-Events eingeladen worden und diente bis heute in verschiedensten Werbebroschüren und -filmen als Vorzeigestudent. Und er hatte in seinem Abschlusssemester den *Rising Star Award* erhalten, die höchste akademische Auszeichnung der Hochschule. Sämtlichen Dekanen und Professoren war er namentlich bekannt gewesen, selbst wenn er nie einen Kurs oder eine Vorlesung von ihnen besucht hatte. Neben ihm über den Campus zu gehen war ihr stets vorgekommen, als würde sie an der Seite eines Promis laufen. Der Dozent ihres Literaturtheoriekurses hatte Colin behandelt, als wäre er der einzige Kursteilnehmer weit und breit gewesen, hatte ihn immer zuerst aufgerufen und viel länger reden lassen als alle anderen.

»In Frances' Kurs wirst du nicht die klügste oder belesenste Person im Raum sein.«

Er lächelte. Nichts machte Colin Benjamin mehr Freude als die Aussicht auf einen Wettkampf. »Ach ja?«

Allison nickte entschieden. Zur Verstärkung stemmte sie die Hände in die Hüften. »Darauf kannst du dich verlassen.«

»Tja, dann werden einfach mal schauen, wer der bessere Tutor ist, hm?« Sein schmeichelndes Lob von vorhin schien vergessen. Er grinste sein amüsiertes Grinsen – mit dem er wohl zum Ausdruck bringen wollte, dass diese Runde an ihn gehen würde. So wie bisher *alle* Runden an ihn gegangen waren.

Aber damit wäre nun Schluss.

Allison fasste den Riemen ihrer Schultertasche mit beiden Händen, ging weiter und ließ ihn einfach stehen.

Kapitel 4

Allison wäre die Erste, die zugegeben hätte, dass sie in Mathe nicht besonders gut war, aber die Summe der Gesichter, die im Vorlesungssaal erwartungsvoll nach vorn gerichtet waren, betrug ihrer Schätzung nach mindestens sechzig.

Professorin Frances hatte gerade ihren Vortrag über die Geschichte von *Beowulf* beendet (dass jemand das Manuskript beim Brand der Bibliothek im Jahr 1731 einfach aus dem Fenster geworfen und auf diese Weise gerettet hatte, fand Allison immer wieder faszinierend) und machte nun eine ausladende Geste in Allisons und Colins Richtung, die an der Seite saßen. Ihre Türkisarmbänder klimperten dabei wie kleine Glöckchen.

»Und nun möchte ich Ihnen meine beiden Assistenten für dieses Semester vorstellen: Allison Avery und Colin Benjamin. Sie werden die Tutorien leiten und Ihnen bei Ihren Hausarbeiten und den Vorbereitungen für die Abschlussprüfung hilfreich zur Seite stehen.«

Doppelt so viele Augen wie Gesichter wandten sich nun Allison zu. Ihre Wangen wurden glühend heiß. Sie zwang sich zu lächeln und umklammerte ihren Stift, bis ihre Fingerknöchel weiß wurden.

Daran musst du dich gewöhnen, schalt sie sich selbst. *Du kannst nicht als Hologramm von deinem Zimmer aus unterrichten* (aber, o Wonne, was wäre das für eine himmlische Vorstellung!). *Die Leute werden dich ansehen.*

Nicht, dass Allison nicht selbstbewusst wäre. Ihr ganzes Leben schon war sie dick gewesen, und sie fühlte sich mit ihrem Körper so wohl wie mit einem bequemen Pullover. Doch je mehr Aufmerksamkeit ihr zuteilwurde, desto größer war die Gefahr, dass sie unbeholfen oder unwissend rüberkam. Dass sie auf etwas keine Antwort parat hatte.

Als hätte Professorin Frances nicht schon genug getan, damit alle zu ihnen sahen, setzte sie nun noch eins obendrauf. »Warum stellen Sie beide sich nicht kurz einmal vor?«

Beinahe hätte Allison laut aufgelacht. Ihre Professorin hatte offenbar noch nicht viel Zeit mit Colin verbracht, denn sonst wüsste sie, dass seine Auffassung von »kurz« eine PowerPoint-Präsentation inklusive einer zehnminütigen Pause bedeutete, damit sich alle die Beine vertreten konnten.

In den letzten 68 Minuten hatte Allison die außerordentliche Leistung erbracht, Colin zu ignorieren, aber nun musste sie ihn ansehen, denn sein Blick schien zu fragen, wer von ihnen beginnen sollte.

»Mach du«, formte sie lautlos mit den Lippen. Sollte er ruhig die Bühne bereiten, damit sie folgen und ihn übertrumpfen konnte (denn natürlich wäre mit Colin Benjamin auch das Sich-Vorstellen ein sportlicher Wettkampf).

Er stand auf. »Hallo zusammen«, sagte er mit fast ekelhafter Gelassenheit. Er ging um ihren Tisch herum und lehnte sich gegen die Kante.

Direkt vor Allison.

Jedes seiner schlaksigen Körperteile verdeckte ihr die Sicht:

seine knochigen Schultern und Ellbogen, sein langer Rücken, sein flacher Hintern. Alles, was sie schon millionenfach berührt hatte.

Und was sie jetzt gern mit einem scharfen Gegenstand gepiekt hätte.

»Hm, mal überlegen … Was solltet ihr über mich wissen?«

»Nichts«, brummte Allison leise vor sich hin. Allerdings wohl nicht leise genug, denn Colin drehte sich zu ihr um. Wegen des grellen Oberlichts konnte sie seinen Blick nicht deuten, doch sein Grinsen sprach Bände – von allen möglichen intimen Geheimnissen, beispielsweise, die er hätte preisgeben können.

Er zeigte mit dem Daumen über seine Schulter auf sie. »Meine Freundin hier meint: nichts.« Er stimmte in das allgemeine Lachen mit ein.

Freundin? Wie kam er dazu? Das war auf keinen Fall die korrekte Bezeichnung für ihre momentane Beziehung – und hatten sie nicht gerade erst besprochen, dass sie ihre gemeinsame Vergangenheit vergessen würden?

»Aaaaaber …« Er zog das Wort anbiedernd in die Länge.

Gleich würde Allison eine Kotztüte brauchen.

»Ich habe meinen Bachelor in Literaturwissenschaften an der Brown gemacht und bin die letzten zwei Jahre herumgereist, um etwas mehr Lebenserfahrung zu bekommen und mir über ein paar Sachen klarzuwerden.« Während er sprach, lehnte er sich stärker gegen den Tisch und drückte ihn so gegen Allisons Bauch. »Ich denke, den schönsten Teil der Zeit habe ich in London verbracht.«

Mit einem kleinen Hopser schob er seinen Hintern auf die Tischplatte und stieß dabei gegen den Rand ihres Notizbuchs.

Sein Oberkörper war nun so nah, dass sie seinen Geruch nach Kaffee und Haargel und *Colin* einatmete.

Sie hustete vernehmbar.

»Jeden Morgen habe ich Chaucers Grab in der Westminster Cathedral besucht«, redete er deutlich lauter weiter. »Auch wenn ich noch nicht endgültig entschieden habe, auf welches Themengebiet ich mich spezialisieren möchte, wird es auf jeden Fall in der Mediävistik liegen, und deshalb freue ich mich riesig, bei diesem Kurs dabei zu sein.«

Allison hustete erneut, diesmal, um zu verhindern, dass sie vor Entsetzten aufquiekte. Was sollte das denn?

Colin war immer ein Fan der Theorie gewesen. Während ihrer gemeinsamen Zeit war er von Slavoj Žižek und Lacan'scher Theorie geradezu besessen gewesen, auch wenn zurzeit nichts davon in der Literaturtheorie besonders angesagt war. An mittelalterlicher Literatur hatte er indes nicht das geringste Interesse gezeigt, außer, dass er ihr mit halbem Ohr zugehört hatte, wenn sie ihm von der Lektüre für ihre Kurse erzählte.

Das war doch mit Sicherheit ein Trick, um Professorin Frances für sich einzunehmen. Und sie schien auch noch darauf reinzufallen, denn bei jedem seiner hinterlistigen Worte lächelte sie und nickte.

Frustriert beugte Allison sich über ihr Notizbuch und kritzelte ein paar Ideen in die Ecke, wie sie die Aufmerksamkeit ihrer Professorin wieder auf sich lenken könnte. Vielleicht durch die Verbindung von mittelalterlicher und moderner Romantik, um zu zeigen, dass sie mit ihren Forschungsschwerpunkten vertraut war?

Colin erzählte immer noch ausschweifend von seinen angeblichen Lieblingstexten, die natürlich allesamt auf der Lektüreliste standen. Dieser Typ war der ultimative Schleimer. Als er von der »Geschichte des Müllers« aus den *Canterbury Tales* anfing, als wäre er ein wandelndes Wikipedia-Lexikon, piekte Allison ihm mit ihrem Kugelschreiber in den Rücken.

Er reagierte nicht, also wiederholte sie die Bewegung noch einige Male mit mehr Nachdruck. Die Stunde war beendet, und sie hatte noch kein Wort über sich erzählen können. Normalerweise wäre das in Ordnung gewesen, aber nicht, wenn er sie dadurch ausstach.

Er rollte seine Schultern und schien ihren Protest endlich wahrzunehmen. Während er auf dem Tisch hin und her rutschte, bewegte sich der Stift auf seiner Jacke mit und hinterließ eine Reihe unzusammenhängender schwarzer Striche.

Allison klappte vor Schreck der Mund auf, und sie ließ abrupt den Stift fallen. Er prallte von ihrem Notizblock ab, rollte über die Tischkante und fiel zu Boden. Ihr war nicht klar gewesen, dass sie die Mine nicht eingezogen hatte. Colins Strickjacke war so hell, dass man die Kritzelei auf seinem unteren Rücken unmöglich übersehen konnte. Es sah aus wie damals, als das Nachbarmädchen die weißen Wände ihres Elternhauses mit dickem Filzstift beschmiert hatte.

Aber Hannah war drei gewesen.

Allison musste sich auf die Lippe beißen, um nicht laut loszulachen, und spürte in sich hinein, ob sie ein schlechtes Gewissen hatte. Wahrscheinlich hatte sie seine Strickjacke ruiniert, die leider teuer aussah.

Doch alles, was sie empfand, war Genugtuung. Es geschah Colin nur recht – dafür, dass er ihr keine Redezeit gelassen hatte, dass er ihr die Sicht genommen hatte, eigentlich für alles, was er ihr seit jener Party angetan hatte, als ihre Wege sich zum ersten Mal gekreuzt hatten. Wenn sie genau darüber nachdachte, dann hatte jede einzelne von Colins Entscheidungen der letzten Jahre ihn zu genau diesem Moment geführt, zu dieser wohlverdienten Verunstaltung seiner Klamotte.

Entspannt lehnte Allison sich zurück, und ihre Zufriedenheit wärmte sie von innen wie ein guter Schluck Whisky.

Nach einem schnellen Blick auf die Uhr räusperte sich Professorin Frances. »Vielen Dank, Colin, für Ihre Ausführungen.« Sie lehnte den Oberkörper zur Seite, damit sie um Colin herum zu Allison sehen konnte. »Wir werden dann dafür sorgen, dass Allison am Donnerstag gleich als Erste zu Wort kommt. Einverstanden?«

Allison nickte. Perfekt. Damit blieb ihr ausreichend Zeit, eine minutiös ausgearbeitete Stegreifrede vorzubereiten. Und sie würde demonstrieren, dass ihr die Bedeutung von »kurz« sehr wohl bewusst war.

Professorin Frances entließ den Kurs, und eine Gruppe Studierender stürmte sofort zu ihrem Pult. Allison schlug die Beine übereinander und machte es sich bequem. Sie hatten sich noch zu einer kurzen Besprechung zu dritt verabredet, aber bis die Professorin dafür Zeit hätte, würde es offenkundig noch ein Weilchen dauern.

Colin drehte sich zu Allison um. »Ich glaube, das lief ganz gut.«

»Klar. Für alle diejenigen, die Gelegenheit hatten, etwas zu sagen.« Sie wippte mit dem Knie, so dass die Fußspitze ihres übergeschlagenen Beines immer wieder von unten an die Tischplatte klopfte.

»Stimmt. Tut mir leid.« Er grinste. Schon wieder. Allison bekam allmählich Lust, sein Gesicht als Tennisball zu benutzen. Und eine Bratpfanne als Schläger.

»Ich hoffe, dir ist gelungen, was auch immer du zu beweisen versucht hast.«

»O ja. Danke.« Er klang ruhig und gelassen, aber Allison sah die Herausforderung in seinem Blick, dieses altbekannte Funkeln in seinen hellbraunen Augen, das jedem Sich-Messen zwischen ihnen vorausgegangen war (hin und wieder auch ihrem wunderbaren Sex). »Ich wollte klarstellen, dass beide ihrer Assistenten über ausreichend Vorwissen auf diesem Gebiet verfügen.«

Vorwissen auf diesem Gebiet. Von wegen! Allison bezweifelte, dass Colins Wissen um mittelalterliche Literatur über das hinausging, was er auf der High School und dem College zwangsweise hatte lesen müssen, womöglich erweitert um etwas halbherzige Google-Recherche.

Bevor sie sich ihre Vermutung bestätigen lassen konnte, klatschte die Professorin in die Hände und verließ ihr Podest. »Sorry, sorry, sorry. Die Studierenden haben sich schon eine Menge Gedanken zu unserem Thema gemacht.« Sie trat direkt an ihren Tisch. »Ich weiß, dass Sie gleich in Ihr Seminar müssen, also will ich Sie nicht lange aufhalten. Ich wollte nur kurz wissen, ob Sie zu Ihren ersten Tutorien noch Fragen haben.«

Colin klappte seinen Rechner auf und scrollte derart schnell durch den Lehrplan, dass Allison schwindelig wurde. »Anwesenheit überprüfen, Fragen beantworten, die Leute zum Reden bringen, richtig?«

Ihre Professorin nickte. »Außerdem hätte ich gern, dass Sie beide je zwei Sprechstunden pro Woche anbieten, vor allem, sobald es auf die Prüfungen und Abgabetermine für die Hausarbeiten zugeht. Zeit und Ort können Sie selbst bestimmen. Lassen Sie mich wissen, wie Sie es einrichten möchten, dann gebe ich es an die Kursteilnehmer weiter.«

Nun sah sie Allison an. »Auch wenn ich mich über die Zusendung Ihrer Stundeninhalte gefreut habe, Allison, denke ich doch, dass Sie selbst entscheiden können, was Sie mit Ihren Gruppen machen. Sie müssen mir Ihre Unterrichtspläne nicht vorlegen. Ich verstehe diese Tutorien als Möglichkeit, sich im literarischen Diskurs zu erproben, ohne den Druck, dass sechzig Leute einen anstarren. Lassen Sie die Leute Texte lesen und darüber reden und Fragen stellen. Das sind Ihre Ziele. Wie Sie das anstellen, liegt ganz bei Ihnen. Sie haben dabei die Chance, ein bisschen herumzuexperimentieren, wie man einen Kurs leitet.«

Allisons Wangen brannten. Obwohl Professorin Frances sie freundlich ansah und mit ermutigender Stimme sprach, hatte sie dennoch das Gefühl, wegen Übereifrigkeit zurechtgewiesen worden zu sein. Sie hatte mit ihrer Vorlage nur signalisieren wollen, dass sie gut vorbereitet war und die Sache professionell anging, aber vielleicht erwartete Professorin Frances in dieser Hinsicht mehr Lässigkeit.

»Wenn Sie noch Fragen haben, schreiben Sie mir einfach eine Mail. Ansonsten freue ich mich darauf, Sie am Donnerstag wiederzusehen und in der nächsten Woche dann von Ihren

Tutorenkursen zu hören.« Mit bimmelnden Armbändern und bauschendem Chiffonschal verließ sie den Raum.

Colin sah Allison eindringlich an. »Was ist?«, wollte sie wissen, ohne seinen Blick zu erwidern. Stattdessen beschäftigte sie sich so eingehend damit, ihr Notizbuch zusammenzuklappen, als würde sie den Heiligen Gral verpacken.

»Du hast ihr *Stundenablaufpläne* geschickt?«

Allison presste kurz die Kiefer zusammen. »Na und?«

»Kleine Streberin, hm?«

Sie riss ihre Tasche vom Boden hoch und knallte sie auf den Tisch. »Es ist nichts falsch daran, gut vorbereitet zu sein.« Aus dem Augenwinkel sah sie wieder sein süffisantes Grinsen. Sie unterdrückte das Bedürfnis, sich über die Kritzeleien auf seinem Rücken zu mokieren. Oder ihren Stift zu nehmen und noch ein paar weitere auf seine Stirn, sein Kinn, seine Brust hinzuzufügen.

»Was hast du ihr denn geschickt?«

»Die Monster aus *Beowulf* als Diskussionsgrundlage. Eine Art Streitfrage: Welches ist das schlimmste?« Sie zuckte die Achseln, stand auf und hängte sich die Tasche über die Schulter. Im Geiste sah sie sich als ruhig und beherrscht. Nonchalant. Über den Dingen stehend. »Ich dachte, über diesen Umweg kann man sie gut zu den verschiedenen Themen hinführen. Und Diskussionen sind ja immer spannender, wenn man unterschiedliche Meinungen hat und die anderen zu überzeugen versucht.«

Jetzt lächelte Colin auf ganz andere Art. Weniger breit, mit geschlossenem Mund, und trotzdem strahlender. Als würde er sich an all ihre Streitgespräche erinnern und daran, wie viel Spaß es machte, mit einem Gegenüber intensiv und hitzig über die Bücher zu diskutieren, die man liebte, selbst wenn dieser Andere schrecklich verquere Meinungen dazu hatte (natürlich war es immer Colin gewesen, der die falschen Standpunkte vertreten hatte).

Er nahm seinen Laptop und begann zu tippen. »Das ist eine tolle Idee. Die muss ich, glaube ich, klauen.«

»Ach! So wie du mir meine Uni geklaut hast? Mein PhD-Programm? Meine Fachrichtung?«

Er zuckte zusammen, als hätte sie ihn geschlagen, und sein amüsierter Blick wurde ernst.

»Seit wann interessierst du dich für mittelalterliche Literatur?«, fuhr sie fort. »Was ist aus H.G. Wells und Jules Verne und Isaac Asimov geworden?«

Er betrachtete das leere Whiteboard. »Pläne ändern sich eben.«

Allison stellte sich vor ihn hin und verschränkte die Arme. »Und wie kommt das? Was war der Anlass?«

Er seufzte. »Du.«

Sein zögerlicher Tonfall, die Anspannung in seinem Kiefer, die Art, wie er nervös die Hände zu Fäusten ballte und wieder öffnete … Das alles war sehr verwirrend. »Wie bitte?«

»Ich dachte, du wolltest nicht über früher reden.«

Sie schluckte schwer. »Wir machen hier eine Ausnahme.«

Er zog die Schultern hoch und ließ sie wieder fallen. »Du weißt sicher noch, wie du ständig von den ganzen Büchern geschwärmt hast, die du für deine Kurse gelesen hast. Wie witzig und brillant Chaucer war, wie eigentümlich die höfischen Romane von Chrétien de Troyes und wie interessant die Texte von Frauen wie den Paston-Schwestern sind, die aus einer Zeit stammen, von der die Menschen heute annehmen, dass Frauen keinen Zugang zu Bildung, keine Autorität und erst recht keine Fürsprecher hatten. Nichts davon habe ich vergessen.« Er wurde immer zappeliger. Wenn es nicht bedeutet hätte, dass sie ihn hätte berühren müssen, hätte Allison ihm gern zur Beruhigung die Hand auf den Arm gelegt. »Ich habe … also, als ich mir vor dem Graduiertenstudium diese zwei Jahre Auszeit nahm, habe ich eine ganze Reihe dieser Werke gelesen. Und du hattest recht. Ich meine, *Troilus und Cressida* habe ich mindestens dreimal gelesen.«

Allison wurde warm ums Herz. Wenn das stimmte, hatte sie während ihrer gemeinsamen Zeit mehr Einfluss auf ihn gehabt, als sie gedacht hatte.

Und doch war sie zugleich verletzt, denn es war nicht zu ignorieren gewesen, dass er in den letzten zehn Minuten mit voller Absicht alles getan hatte, um sie zu übertrumpfen. So wie er es die ganze Zeit ihrer Beziehung auch gemacht und ihr dann auch noch den *Rising Star Award* vor der Nase weggeschnappt hatte.

Allison ging ein paar Schritte zu ihm zurück. Er saß noch immer auf der Tischplatte, und so befanden sie sich ausnahmsweise auf Augenhöhe. Sie versuchte auszublenden, dass sie praktisch zwischen seinen Knien stand. Oder wie oft sie in genau dieser Stellung rumgeknutscht hatten. Lieber ließ sie ihren Ärger über diese Erinnerungen in ihre nächsten Worte fließen. »Du willst mir hier also echt den Weg verbauen, obwohl du weißt, wie hart ich für das alles gearbeitet habe? Wie viel es mir bedeutet, in genau diesem Kurs zu assistieren? Ich habe jahrelang von nichts anderem gesprochen.«

Er schüttelte den Kopf. »Ich habe auch hart gearbeitet. Das hier ist mir genauso wichtig. Von Professorin Frances gefördert zu werden, kann viele Türen öffnen, und das ist heutzutage manchmal der einzige Weg, um an Unis eine unbefristete Stelle zu bekommen. Ich …« Er schürzte die Lippen und dachte kurz nach. »Ich kann nicht einfach beiseitetreten und diese Gelegenheit verstreichen lassen.«

»Ich auch nicht.« Allison versuchte, nicht zu blinzeln, während sie ihn wütend anstarrte. Zwar hatte Professorin Frances sie beide als Assistenten erwählt, aber Lehrkräfte haben immer ihre Lieblinge. Wenn Allison sich bewährte, könnte Wendy Frances sie als Mentorin unterstützen und ihr helfen, ihre Ziele zu erreichen. Aber genau das hatte Colin auch im Sinn.

»Ich werde mich kein bisschen zurücknehmen. Alles, was wir gesagt haben, als wir zusammen waren, oder was wir übereinander wissen, spielt für mich hier keine Rolle.« Nein, sie wollte nicht mehr daran denken, wie sie ihm einmal ihre Liebe gestanden und es absolut ernst gemeint hatte. Oder wie er ihr anvertraut hatte, dass er mit einer minderjährigen Mutter aufgewachsen und seine wichtigste Bezugsperson sein Großvater gewesen war. Er würde sie nicht davon abbringen, ihre Ziele zu verfolgen. Nicht schon wieder. Notfalls müsste sie ihn aus dem Weg räumen wie ein Rammbock ein Burgtor. Sie hoffte, dass er genau das jetzt von ihrem Gesicht ablesen könnte.

Colin reckte das Kinn. »Für mich ist die Vergangenheit ebenfalls passé.«

»Gut.«

»Möge der Bessere gewinnen.«

Allison warf sich das Haar über die Schulter und drückte den Rücken durch. Strich den Bleistiftrock und das gestreifte Oberteil glatt. Herauszufinden, wie sie in unmittelbarer Nähe ihres Ex zurechtkommen sollte, war knifflig, aber diese Herausforderung anzunehmen, würde ihr leichtfallen. Sich mit Colin zu messen war für sie dasselbe wie Atmen.

»Ich halte die Vorstellung, dass ›der‹ Bessere gewinnt, für ziemlich überholt.« Sie war schon fast an der Tür, als sie sich noch einmal umdrehte. »Übrigens solltest du dich vor dem nächsten Kurs vielleicht noch umziehen. Deine Jacke sieht aus, als hätte ein Vorschulkind sie als Malunterlage benutzt.«

Das Letzte, was sie sah, war, wie Colin sich um sich selbst drehte, um auf den eigenen Rücken schauen zu können – wie ein Hund, der vergeblich seinem eigenen Schwanz hinterherjagte.

Kapitel 5

Colin hatte einen Hang dazu gehabt, *alles* zu feiern. Ihren ersten Kuss, ihre erste gemeinsame Nacht, das erste Mal, dass Allison etwas probierte, das er gekocht hatte … was auch immer es war, Colin sah darin einen Grund, sich einen besonderen Nachtisch oder ein neues Buch oder sonst etwas Schönes zu gönnen.

Es war also nicht weiter überraschend gewesen, dass er sich zu ihrem einmonatigen Jubiläum etwas ganz Besonderes ausgedacht hatte. Blumen, Schokolade und ein Tisch in diesem schicken Grillrestaurant außerhalb von Boston.

Was sie nicht wussten, war, dass dort der allmonatliche Line-Dance-Abend stattfände und alle Gäste aufgefordert würden mitzutanzen.

Nachdem der Wirt ihnen die Speisekarten gegeben hatte, deutete er zur Bühne, auf der sich bereits vier oder fünf Reihen von Leuten formiert hatten, zumeist in Cowboystiefeln, Jeans und Cowboyhüten – was ein krasser Gegensatz zu Allisons engem Kleid und hohen Absätzen war und an einen Flashmob mit einem Honky-Tonk-Song erinnerte. Es wurde geklatscht, gejohlt und mit den Füßen gestampft – genau das Gegenteil des romantischen Abendessens bei Kerzenschein, das sie erwartet hatten.

Allison sah Colin fragend an. Sie selbst tanzte einigermaßen passabel, während sein Rhythmusgefühl dem eines betrunkenen Flamingos gleichkam, und sein entsetzter Blick legte nahe, wie bewusst ihm das war.

Die Ansagerin wies sie indes so euphorisch wie unmissverständlich darauf hin, dass dies die perfekte Zeit sei einzusteigen.

Es galt zu entscheiden, was peinlicher wäre: sich beim Line Dance zu blamieren oder dass alle sie anstarrten und für Spielverderber hielten. Also ergaben sich Colin und Allison ihrem Schicksal und zwängten sich in die hinterste Reihe.

Als kurz darauf ein neuer Song begann, verkündete die Ansagerin über ihr Mikro: »Das ist der Cowboy Hustle – und für alle Neuen unter euch: Er ist leicht zu lernen.« Sie zwinkerte ihnen zu.

Colin stöhnte. »Wie will sie beurteilen, was für uns leicht ist? Ich wette, ihre Füße tanzen den Cowboy Hustle im Schlaf.«

Allison fasste ihn am Arm. »So kompliziert ist das gar nicht, versprochen. Pass auf …« Sie stellte sich dicht neben ihn, Hüfte an Hüfte. »Du tippst zweimal mit dem Fuß auf, und zwar so …« Sie führte das rechte Bein zweimal nach außen und tippte jedes Mal mit der Fußspitze auf den Boden. Colin tat es ihr nach und stieg ihr dabei prompt auf den Fuß.

Allison musste sich ihr Lachen verkneifen. Sein Gesicht war ganz verkniffen vor Frust und Konzentration, und sie wollte ihn auf keinen Fall entmutigen.

»Und jetzt zweimal mit der Zehenspitze nach hinten«, fuhr sie fort.

»Ich glaube, erst kommt die Ferse«, meinte er mit Blick auf die Ansagerin, die es gerade noch einmal vormachte.

»Ach ja?« Bei der lauten Musik, all den Leuten um sie herum und Colin so dicht an ihrer Seite, als wäre sie sein Stützpfeiler, hatte Allison ihre Mühe, bei der Sache zu bleiben.

So gefiel Colin ihr fast am besten: In seiner Unsicherheit zeigte er sich von seiner verletzlichen Seite und schien sich ausnahmsweise mal gar keine Gedanken zu machen, ob er gerade der Beste war oder nicht. Am liebsten hätte sie ihn augenblicklich in eine dunkle Ecke gezogen und vernascht. Stattdessen begnügte sie sich mit einem langen, leidenschaftlichen Kuss, ungeachtet der mehrfachen Rempler durch die anderen Tänzer, weil sie mitten im Weg standen.

Schließlich bekamen sie es nach den ersten holprigen Versuchen doch noch ganz gut hin und tanzten mit untergehakten Armen lachend durch den Rest des Songs.

Es hatte noch weitaus romantischere Momente gegeben als diesen, trotzdem war er eine der liebsten Erinnerungen Allisons. Und obwohl sie es sich eigentlich gerade auf der Couch gemütlich gemacht hatte, um etwas über viktorianische Literatur zu lesen, bekam sie das Bild dieses Abends einfach nicht aus dem Kopf. Colin Benjamin war wie ein Parasit. Je mehr sie versuchte, ihn zu vergessen, desto penetranter drängte er sich in ihre Gedanken.

Zum Glück klingelte nun ihr Handy, und der auf ihrem Display erscheinende gescheckte Pitbull ihrer Mutter sorgte für Ablenkung. Die Hündin ließ ihre Zunge aus dem geöffneten Maul hängen, und die weißen Spitzen ihrer Ohren wackelten lustig beim Hecheln.

»Cleo«, begrüßte Allison das Tier. »Sag Mom bitte, sie soll den Knopf für den Wechsel der Kamera tippen.«

»Habe ich doch!«, erklang die Stimme ihrer Mutter.

»Den mit den Pfeilen, die einen Kreis bilden?«

»Ja.« Das Bild von Cleo geriet ins Wackeln, während ihre Mutter die Kamera zu bedienen versuchte.

»Tipp noch mal.«

Sie hörte ein Seufzen, und eine Sekunde später erschien ihre Mutter auf dem Bildschirm.

Allison und sie hätten Zwillinge sein können, mit dem einzigen Unterschied, dass ihre Mutter blond war und braune Augen hatte. Ansonsten hatten sie das gleiche runde Gesicht, die gleiche schmale Nase und niedrige Stirn, den gleichen kleinen Mund und das gleiche Lächeln. Sogar in ihrem Teint ähnelten sie sich, wobei Allisons Mutter mehr Zeit im Freien verbrachte, so dass ihre Wangen einen Hauch jener gesunden Farbe zeigten, die Allison mit jedem Semesterbeginn abhandenkam.

Als ihre Mom Allisons lockeren Haarknoten und das bequem weite T-Shirt sah, machte sich Entsetzen auf ihrem Gesicht breit. »Bitte sag mir, dass du das nicht an deinem ersten Tag als Kursleiterin getragen hast!«

Allison verdrehte die Augen. »Zunächst einmal war das nicht mein erster Tag als Tutorin, das wird erst am Freitag sein. Heute habe ich nur dabeigesessen und mir Notizen gemacht. Und zweitens habe ich *natürlich* nicht das hier getragen.«

»Gut, denn gerade wir Frauen mit Birnenkörper müssen gut aufpassen, was wir anziehen.«

Allison und ihre Mutter hatten auch den gleichen üppigen Körperbau mit der gleichen Schilddrüsenfehlfunktion, was bedeutete, dass, egal wie gesund sie aßen oder wie häufig sie Sport machten, sie immer dick sein würden – etwas, worunter

Allisons Vater Jed sie sehr hatte leiden lassen. Er hatte ihnen endlose Vorträge über Ernährung und Selbstachtsamkeit gehalten, während er Brathühnchen mit Kartoffelpüree ohne auch nur einen einzigen Gemüseschnitz zum Abendessen servierte und niemanden aufstehen ließ, bevor nicht alles aufgegessen war.

Allison stemmte eine Ferse in den Teppich im Bemühen, ihren Frust abzuleiten und vor Ärger nicht das Gesicht zu verziehen. »Ma! Du weißt, wie sehr ich diese Titulierung hasse.«

Ihre Mutter runzelte die Stirn. »Ich habe keine Ahnung, wieso. Sie ist zutreffend und süß.«

»Sie ist lächerlich, vor allem aber unterstreicht sie das Vorurteil, dass dicke Menschen vom Essen besessen sind.«

Allison hatte einmal alle Beschreibungen aufgelistet, die ihr für dicke Menschen eingefallen waren, und so gut wie alle hatten mit Nahrungsmitteln zu tun: birnenförmig, apfelförmig, Orangenhaut, Wurstbeine, Melonenbrüste ... Es war schrecklich. Solange man also dünne Menschen nicht generell als »spargelförmig« bezeichnete, würde Allison sich selbst lieber »kurvig« oder »übergroß« nennen oder, wenn sie schockieren wollte, gern auch »fett«.

Ihre Mutter schüttelte den Kopf. »Diese Diskussion will ich nicht schon wieder führen.«

»Na toll. Dann habe ich ja gewonnen.«

Siege davonzutragen gehörte zu Allisons Lieblingsbeschäftigungen, und nach ihrem Gespräch mit Colin in der Uni hatte sie heute nur noch gewonnen. Sie hatte auf Twitter ein Buchgeschenk ergattert, Professor Stanton war über ihre Theorien zu Chinua Achebes *Okonkwo oder das Alte stürzt* ins Schwärmen geraten, und Colin hatte während der gesamten zwei Stunden des Seminars kleinlaut auf seinem Stuhl gekauert, um die beschmierte Jacke zu verbergen, und kein einziges Mal die Hand gehoben. Und jetzt hatte sie ihre Mom dazu gebracht, ihren Protest gegen eines der von ihr am meisten gehassten Wörter zu akzeptieren.

Eine Win-win-win-Situation gewissermaßen.

»Und? Wie geht es dir?«, erkundigte sich Allison.

Ihre Mutter gehörte zu den Menschen, die nicht gern über sich selbst redeten. Wenn Allison sie nicht geradeheraus fragte, ob sie regelmäßig zum Arzt ging, wie hoch ihr Blutdruck war oder ob sie mit ihrem Geld auskam, würde sie nichts über das Leben ihrer Mutter erfahren.

»Ach, du weißt schon …«

»Wie läuft es auf der Arbeit?«

»Geht so. Debbie musste den Mädchen ein paar Schichten streichen, weil das Geschäft so schlecht läuft.«

»Lass mich raten: Du hast ihnen deine überlassen.« Allisons Mutter würde ihren letzten Penny hergeben, wenn jemand danach fragte, auch wenn sie ihn selbst dringender benötigte.

Ihre Mom lächelte schmallippig. »Die beiden sind alleinerziehende Mütter mit kleinen Kindern, ohne andere Jobs. Ich habe ja noch meine Nebeneinkünfte mit den Backsachen.«

So köstlich sie auch sein mochten, würden die Cupcakes, Cookies und Keksriegel, die ihre Mom gelegentlich an Nachbarn und auf Festen verkaufte, kaum ausreichen, um die monatliche Hypothek für das Haus zu bezahlen, und Jeds erbärmlich geringe Unterhaltsleistung konnte die Lücke bei Weitem nicht schließen.

Im Kopf überschlug Allison schnell ein paar Zahlen. Ihr Stipendium belief sich auf 30 000 Dollar pro Jahr. Damit konnte sie ihre Miete, Versicherungen und einige Rechnungen begleichen und hätte gerade noch ein wenig Taschengeld übrig. Wenn sie aber alles Bargeld dieses Monats zusammenkratzte und etwas von ihren knappen Ersparnissen dazugab, könnte sie ihrer Mutter vielleicht die Hälfte der Rate für das Haus dazuschießen.

Als sie es anbot, schnitt ihre Mutter eine Grimasse. »Ach Schätzchen, ich bin *deine* Mutter und nicht andersherum. Es ist nicht deine Aufgabe, meine Rechnungen zu bezahlen.«

»Das ist es sehr wohl, wenn du es dir nicht leisten kannst.«

Die meiste Zeit über genoss Allison ihr Dasein als Einzelkind. Es gefiel ihr, dass sie ihre Mutter mit niemandem teilen musste und nicht mit Geschwistern verglichen werden konnte. Aber bei Gelegenheiten wie dieser wünschte sie sich durchaus jemanden, der mit ihr zusammen die Verantwortung schulterte, sich mit ihr um ihre Mutter sorgte, die allein in dem großen Haus mit den hohen Rechnungen lebte und sich weigerte, andere um Hilfe zu bitten.

»Ich komm schon klar, mein Schatz, das verspreche ich.«

Allison hatte das Gefühl, als würde sich jemand auf ihren Brustkorb setzen. Sie hob Monty auf den Schoß und nahm eine seiner kleinen Pfoten, um ihrer Mutter damit zuzuwinken. Der Welpe war ein Geschenk zum Abschluss ihres Studiums gewesen, wobei Allison sich insgeheim dachte, dass es wohl eher ein Trost sein sollte, weil Jed Avery es nicht für nötig gehalten hatte, anwesend zu sein, wenn sein einziges Kind mit Bestnoten von einer Eliteuniversität entlassen wurde.

Nicht, dass es sie überrascht hätte. Bei ihrer High-School-Abschlussfeier war er mitten in ihrer Dankesrede aufgestanden, um »einen dringenden Arbeitsanruf anzunehmen«.

Egal, wie tief sie ihre Erwartungen auch schraubte, ihr Vater schaffte es immer, sie zu unterbieten. Und das tat weh.

»Hallo, mein kleiner Montague«, gurrte ihre Mom.

»Monterey, Ma. Wie der kalifornische Käse. Monterey Jack.«

Ihre Mutter zog die Stirn kraus. »Aber die Anspielung auf *Romeo und Julia* wäre für dich doch viel passender gewesen.«

»Passt meine lebenslange Leidenschaft für Käse etwa nicht?«

»Käse hat so viel Cholesterin.«

»Haaaaallooo … jetzt sind wir schon wieder beim Essen.« Allison versuchte es zu vermeiden, so gut es ging, aber bei jedem Gespräch mit ihrer Mutter wurde Essen zum Thema. Ständig folgte sie irgendwelchen Diättrends und pflegte ihre unerschöpfliche Liebe zum Kalorienzählen und zu Nährwertkennzeichnungen, während Allison versuchte, sich ohne jede Zählerei einfach ausgewogen zu ernähren. Wenn Essen zu einem mathematischen Problem wurde, dann wollte sie lieber ungesund leben.

Ihre Mutter zog die Augenbrauen hoch und schüttelte den Kopf, schwieg jedoch. Dann sagte sie: »Und gibt es sonst noch etwas außerhalb der Uni? Wie geht es denn Sophie?«

Allison überlegte kurz, ob sie ihrer Mutter von Colin erzählen sollte. Damals hatte sie ihn zweimal getroffen und eigentlich gern gemocht, auch wenn sie sich nie an seinen Namen erinnern konnte und ihn immer »Brillenjunge« oder »Cody« nannte. Aber wenn Allison ihr jetzt sagte, dass Colin an der

Claymore war, sie zusammen Seminare besuchten und Assistenten bei derselben Professorin waren, würde sie täglich nach ihm fragen, und Allison hatte auch so schon genug damit zu tun, nicht ständig an ihn zu denken.

»Sophie geht's gut«, sagte sie also.

»Ist sie da? Kann ich ihr Hallo sagen?« Ihre Mutter betrachtete Sophie fast wie ein eigenes Kind.

»Nein, sie ist unterwegs.«

»Schon wieder?«

Allison zuckte die Achseln. »Sie ist in der Stadt essen gegangen.«

Die Brauen ihrer Mutter zogen sich noch weiter in Höhe, während, für Allison unsichtbar, das Halsband der sich schüttelnden Cleo klimperte. »Und da hat sie dich nicht mitgenommen?«

Monty auf ihrem Schoß zappelte und brachte das Unwohlsein zum Ausdruck, das Allison spürte. »Das ist irgend so ein Designertreffen, bei dem ich mich sowieso langweilen würde, das weiß sie.« Es war eines von immer mehr Dingen in Sophies Leben, bei denen Allison nicht recht dazu passte. Sie unterdrückte ein Seufzen. »Außerdem«, fügte sie hinzu, »muss ich für Viktorianische Literatur morgen noch einen Riesenberg Lektüre bewältigen.«

Ihre Mutter zupfte an den Enden ihres schulterlangen Bob. »Versteck dich nicht hinter deiner Lernerei, meine Süße.«

Allison legte den Kopf in den Nacken und schloss die Augen. »Mom, ich bin keine dreizehn mehr. Ich verstecke mich nicht. Dieses Studium ist quasi mein Job. Außerdem treffe ich mich am Wochenende mit meinen Kommilitonen.« Das war nicht einmal gelogen. Sie hatten das Treffen schon vor Wochen geplant, nach ihrer ersten Stunde bei Professorin Behi.

»Dann hast du also Freunde gefunden …«

»Ma.«

Ihre Mutter hob die Hände und ließ dabei das Handy fallen. Cleos Gesicht erschien auf dem Display, dann leckte sie über die Kamera. Für die Hündin war alles ein potenzielles Leckerli.

Ihre Mutter scheuchte sie davon und eroberte sich den Platz auf dem Bildschirm zurück. »Du neigst nun mal dazu, dich hinter deinen Gewohnheiten zu verschanzen und nichts Neues zuzulassen, das ist alles. Dieselben Freunde, dieselbe Stadt, dieselbe Nachbarschaft …«

»Neues Zuhause, neue Uni, neue Verantwortung …« Allison spürte Ärger in sich aufsteigen. Dasselbe musste sie sich immer wieder von Sophie anhören, was offen gestanden mehr als nur ein bisschen nervig war. Allison ging genug neue Wagnisse ein, und nur, weil es nicht immer genau das war, was ihre Mutter und ihre Freundin sich für sie vorstellten, waren sie deshalb nicht weniger herausfordernd.

Ihre Mutter lächelte versöhnlich. »Tja, wo ich dich nun ausreichend auf die Palme gebracht habe, sollte ich dir vielleicht von deinem Vater erzählen.«

Allison versteifte sich. »Was ist mit Jed?«

»Er hat … was am Herzen.«

»Was soll das heißen?«

»Er war in den letzten drei Monaten einige Male mit Vorhofflimmern in der Notaufnahme.«

»Ist das so was wie ein Herzinfarkt?« Diese Nachricht hätte

Allison vermutlich berühren sollen, aber sie spürte nur Kälte und Taubheit.

»Eher wie Herzversagen.«

»Ist es schlimm?«

»Man muss es genau beobachten.«

Allison suchte mit ihren Füßen Halt auf dem Teppich. »Wieso erzählst du mir das?«

»Er ist dein Vater.«

»Nur im biologischen Sinne.«

»Eine Krankheit kann so etwas ändern.« Ihre Mutter sprach mit Bedacht.

»Scheiß drauf. Er kriegt keinen Freibrief, nur weil er krank ist. Woher weißt du das überhaupt?«

Ihre Mutter blickte zur Seite.

Allison stöhnte. »Sprichst du etwa noch mit ihm? Ist das dein Ernst?«

»Er ruft manchmal an …«

»Ma.«

»Schatz, ich weiß, du bist jetzt erwachsen und hast viel über die Welt gelernt, aber eine Ehe ist eine komplizierte Angelegenheit. Wenn du erst einmal auf diese Weise mit jemandem verbunden warst – ein Kind mit ihm bekommen hast, ein gemeinsames Leben hattest –, dann wirst du für immer mit ihm verbunden bleiben, selbst wenn du dich trennst.«

Eine Million böser Wörter drängten sich in Allisons Mund, doch sie schluckte sie hinunter. Stattdessen verabschiedeten sie sich mit etlichen Hab-dich-lieb-Bekundungen und Luftküssen für die Hunde voneinander.

Allison griff sich wieder Dickens' *Nicholas Nickleby*. Als sie ihren Stift aufnehmen wollte, schnappte Monty nach ihrer Hand.

Sie seufzte. Ihre Mutter daran zu erinnern, wie wenig ihrem Vater an ihnen beiden lag, würde wohl kaum dazu führen, dass sich eine von ihnen besser fühlte oder dass ihre Mutter ihren Umgang mit Menschen ändern würde. Cassandra Avery würde immer viel zu nett und nachgiebig sein und sich für andere über ihre Kräfte hinaus aufopfern.

Und Allison würde weiterhin versuchen, für ihre Mutter da zu sein, weil Töchter das nun einmal taten.

Kapitel 6

Allisons Tutorien für den Kurs *Die Greatest Hits der britischen Literatur vor 1800* fanden in einem abstellraumgroßen Kabuff der Fyler Bibliothek statt.

Ein Konferenztisch, an den so gerade eben sechzehn Stühle passten, nahm den größten Teil des Raumes ein, und die Studierenden konnten nur mit Mühe – und vielen angestoßenen Ellbogen und Knien – ihre Plätze einnehmen. Die überaus zahlreichen Feueralarmübungen während ihrer Schulzeit machten Allison auf etwas beunruhigende Weise bewusst, dass sie die nächsten zwei Stunden in einer Art sicherheitstechnischer Todesfalle sitzen würden.

Drei Stühle waren noch leer, aber ihr Handy zeigte zehn Uhr, also trat sie ans Whiteboard.

Gott sei Dank hatte sie ihre eigenen Markierstifte und Radierer mitgebracht, denn die Ablage war natürlich leer. Einen Beamer gab es auch nicht, so dass ihr Unterricht ziemlich old school ablaufen würde, aber das war Allison eigentlich ganz recht. Sie war ein Stift-auf-Papier-, Marker-auf-Tafel-, Blick-ins-Buch-Typ. Zum Schreiben und Recherchieren hatte sie zwar einen teuren Computer, aber vor die Wahl gestellt, würde sie ihre Arbeiten lieber mit der Hand schreiben und für ihre Recherchen die Bibliothek durchforsten. Natürlich lief das heutzutage nicht mehr so, aber Allison empfand es auf gewisse Weise als anachronistisch, mittelalterliche Literatur über das Internet zu erforschen. Sie wollte den *Nowell Codex* – das Manuskript mit der ältesten Version von *Beowulf* – nicht auf Fotos sehen, sondern durch das Glas der Vitrine, in der es in der British Library ausgestellt war. Jeden Brandfleck, jeden Riss, jeden Kratzer, jede Rune wollte sie dort mit eigenen Augen begutachten.

Wenn sie Sophie so etwas erzählte, kommentierte diese immer, dass Allison nach dieser Logik auch bei Kerzenlicht lesen und einen Nachttopf benutzen müsse.

Mit laut quietschendem Stift schrieb sie ihren Namen an das Board, was die noch tuschelnden Studierenden zum Verstummen brachte. Sie drehte sich um und fand ganze zwölf Augenpaare auf sich gerichtet. Diesen Trick musste sie sich merken. (Lehrtipp Nr. 1: *Nervige Geräusche sorgen für Aufmerksamkeit.*)

Sofort spürte sie die Hitze gleich einer Ameisenkolonie ihren Nacken hinaufwandern. Sie räusperte sich, einmal, zweimal, um ihre Stimme zu finden. Es waren so viele Leute in diesem Raum, der immer stickiger wurde, und kein Fenster ließ sich öffnen.

Vor zwei Wochen hatte sie Professorin Behi dabei beobachtete, wie sie ihre erste Kursstunde gab. Jetzt stand sie selbst auf der anderen Seite des Lehrpults. Wie sollte sie vorgehen? Sie hatte keinerlei Übung in so etwas. Und nichts an diesem Moment passte zu den Phantasien, die sie vom Unterrichten gehabt hatte. Niemand lachte oder machte sich Notizen, keine *Aha!*-Momente der Erkenntnis waren auf den Gesichtern der Studierenden zu sehen. Sie wirkten vor allem … gelangweilt. Ein paar von ihnen fingen an, auf ihren Handys zu scrollen.

Allison ahnte, dass sie niemals eine Bastion des Wissens würde, die das Leben dieser jungen Leute für immer verändern könnte. Sie war doch nur eine verschüchterte Dreiundzwanzigjährige, die gerade mal so eine Ahnung davon bekommen hatte, was es bedeutete, erwachsen zu sein.

Nein, schalt Allison sich und umklammerte den Stift. *Du wirst deine Mom und Sophie widerlegen und beweisen, dass du auch Dinge wagst, die dir unangenehm sind.*

Sie räusperte sich ein letztes Mal, dann zwang sie sich zu sprechen.

»Hallo.«

Vier von ihnen lächelten.

Sie startete einen zweiten Versuch. »Wie geht's euch?«

Einige zuckten die Achseln, ein paar brummten »gut«. Dann: Schweigen.

Die bedrückende Stille gab Allison das Gefühl, durch zähen Teer zu waten, doch sie zwang sich, einmal um die zusammengestellten Tische herumzugehen und Professor Frances' Regeln für Tutorien und ein Blatt festes Kartonpapier zu verteilen. Dann bat sie alle, ihre Namen darauf zu schreiben und, falls sie sich damit wohler fühlten, ihre Pronomen. »Damit wir einander korrekt ansprechen können.«

Alle folgten dieser Aufforderung, bis auf einen jungen Mann, der ihr direkt gegenübersaß. Er hatte die kräftigen Arme vor der breiten Brust verschränkt und grinste sie provozierend an. Sein Namensschild hatte er ein Stück weiter vorgeschoben als die anderen, als wolle er sicherstellen, dass sie es auch bestimmt las.

Name: Schnucki

Allison nahm ihr ganzes Selbstvertrauen zusammen. »Schreib doch bitte deinen richtigen Namen.«

»Ich möchte mit Schnucki angeredet werden.«

Allison presste die Lippen zusammen und zog einen Stift aus ihrer Tasche, den sie quer über den Tisch rollen ließ, so dass er gegen das Namensschild stieß. »Ich nehme es sehr ernst, mit welchem Geschlecht sich Menschen identifizieren und wie sie angesprochen werden möchten. Und das erwarte ich auch von anderen.«

Nach gefühlten drei Stunden ihres stummen Anstarr-Wettbewerbs (der vermutlich nur eineinhalb Minuten dauerte), nahm Mitchell, der Student neben »Schnucki« den Stift und schrieb auf die andere Seite des gelben Kartons: *Name: Colin Harcourt/ Spitzname: Cole.*

War ja klar, dass der Typ Colin heißt. Allison hätte laut aufschreien mögen.

Mitchell schüttelte den Kopf, während er das Schild vor Colin aufstellte, und murmelte: »Jetzt sei kein Arschloch.«

Einigermaßen beruhigt (und Mitchell dankbarer, als sie je zugegeben hätte) wandte Allison sich wieder dem ganzen Kurs zu und widerstand dem Drang, sich ihre Notizen vor das Gesicht zu halten und direkt abzulesen.

»Ich würde mir wünschen, dass wir alle hier eine Gelegenheit finden, gemeinsam in diese besondere Art von Literatur einzutauchen. Ich weiß, die Sprache kann manchmal schwierig wirken, und die Struktur der Geschichten unterscheidet sich sehr von der, die ihr aus modernen Romanen kennt. Aber sobald ihr euch erst mal damit vertraut gemacht habt, werdet ihr sehen, dass mittelalterliche Texte spannend und witzig sein können und sich oft um dieselben Fragen drehen, die wir uns auch heute stellen. Ohne *Beowulf* und Chaucer und Sir Thomas Malory hätten wir keinen *Herrn der Ringe* und auch kein *Game of Thrones*. Die alten englischen Epen und Mittelalterromane bilden die Grundlage des gesamten Fantasy-Genres.«

Allison spürte, dass ihr Herz vor Aufregung klopfte, aber diesmal nicht, weil sie nervös war. In diesem Moment fühlte sie sich als Expertin, als jemand, der diesen Studierenden wirklich helfen konnte, die alten Texte zu verstehen (und sie vielleicht sogar lieb zu gewinnen).

Leider war dies der einzige glorreiche Moment eines ansonsten desaströsen Tages. In den nächsten zwei Stunden schaffte Allison es,

1. dieselbe Studentin ganze drei Mal mit dem falschen Namen anzusprechen, obwohl doch das Namensschild vor ihr stand (Was konnte Allison dafür, dass sie genauso aussah wie ein Mädchen, mit dem sie zur High School gegangen war?)
2. eine Reihe von Fragen zur Diskussion zu stellen, aus der sich absolut keine Diskussion entwickelte
3. vorgeworfen zu bekommen (natürlich von Cole), einen über tausend Jahre alten Text zu »spoilern«, weil sie Grendels Tod im kommenden Leseabschnitt erwähnt hatte
4. beim Gehen über ihre eigenen Füße zu stolpern
5. zu entdecken, dass sie ihre Ausgabe von *Beowulf* im Auto

vergessen hatte – und das nach einem fünfminütigen Vortrag darüber, wie wichtig es sei, das Buch immer dabei zu haben

6. ganze vier Mal »Fuck« zu sagen
7. mit ihrem gelben Kleid versehentlich das Whiteboard abzuwischen, als sie sich dagegen lehnte (was sie allerdings erst bemerkte, als eine Studentin sie im zweiten Kurs diskret darauf hinwies).

Nachdem alle weg waren, sank Allison erschöpft auf ihren Stuhl. Ihr Magen schmerzte vor Anspannung, und ihr ganzer Körper war elendig versteift.

Auf mindestens zwölffache Weise hatte sie ihren Studierenden gerade bewiesen, dass sie vom Unterrichten keine Ahnung hatte. Sie hatte versagt. Das Gefühl war Allison so fremd, dass sie nicht die geringste Ahnung hatte, wie sie damit umgehen sollte. Sie fühlte sich fremd in ihrer eigenen Haut, es juckte überall. Sie zog sich ihre Tasche auf den Schoß und wühlte darin herum (warum hatte sie eigentlich viermal den gleichen Lipgloss?), während sie mit äußerster Mühe ihre Tränen zurückhielt. Große Mädchen weinten nicht. Und Lehrerinnen schon gar nicht.

Sie brauchte Sophie. Dieser Tag schrie nach einer fetten WCS-Liste. Einer Meta-Liste: WCS für ein WCS. Erst wenn sie damit fertig wäre, wenn alle Szenarien durchgekaut und alle weiteren Monster, die noch irgendwo auf sie lauerten, aus ihren Verstecken gelockt worden waren, würde dieses bescheuerte Gefühl der Hilflosigkeit nachlassen.

So funktionierte es. So hatte es immer funktioniert.

Aber als sie ihr Handy endlich fand, gab es ein neues WCS. Das schlimmstmögliche von allen.

Unbekannt

Ich hoffe, dein erster Tag als Tutorin lief so toll wie meiner!

Es gab nur eine einzige Person in Allisons Bekanntenkreis, die in dieser Woche ebenfalls ihre ersten Tutorien abhielt, und obwohl sie es nur ungern zugab, erkannte sie die Nummer von damals.

Verdammter Colin Benjamin.

Entnervt schloss sie die Augen.

Allison Avery

Woher hast du diese Nummer?

Unbekannt

Ich habe darauf spekuliert, dass es noch die von damals ist.

Und offensichtlich habe ich recht.

Allison Avery

Na, das musste ja irgendwann passieren.

Unbekannt

🙃

Allison ließ ihr Handy auf den Konferenztisch fallen, als hätte sie sich daran verbrannt. Emojis waren Freunden und Flirtereien vorbehalten, aber ganz bestimmt nicht Colin Benjamin.

Unbekannt

Und? Hast du sie mit deinem Wissen umgehauen? Bist du schon Mrs. Superteacher? 😉

Allison Avery

Wieso? Hast du's etwa verkackt? 😂

Unbekannt

Das hättest du wohl gern.

Allison Avery

Als ob ich meine Zeit damit verschwenden würde, mir Gedanken über dich zu machen!

Natürlich hatte sie seit ihrem Streit in Professorin Frances' Kurs an kaum etwas anderes gedacht als an Colin Benjamin. Wortgefechte mit ihm waren wie ein verdammtes Aphrodisiakum, und genau deshalb hätte Allison ihn am liebsten erwürgt.

Andererseits half ihr das gerade, über ihren Frust hinwegzukommen, denn im Moment wünschte sie sich nichts sehnlicher, als die letzten zwei Stunden aus ihrem Gedächtnis zu streichen. Ihr war alles recht, wenn sie nur nicht mehr an ihr Versagen denken musste.

Ausnahmsweise einmal würde Colin Benjamin ihr also von Nutzen sein.

Lächelnd begann sie wieder zu tippen. Mrs. Superteacher – die konnte er haben! Selbst wenn es nur Fiktion war …

Allison Avery

Aber wo du schon fragst: Meine Stunden waren 🔥🔥

Die Gruppe war voll bei der Sache, sie haben tausend Fragen gestellt.

Fast hätte die Zeit uns nicht gereicht.

Für seine Antwort brauchte Colin einige Minuten. Allison war schon mit gepackter Tasche im Flur, als seine nächste Nachricht kam.

Unbekannt

Bist du sicher, dass das nicht daher kam, weil DU so viel geredet hast?

Allison Avery

Pah! Wir wissen doch alle, dass das eher in DEINEN Kursen der Fall sein könnte, Captain Weitschweifig.

Unbekannt

Sorry, Superteacher. Meine Studierenden haben mich gar nicht zu Wort kommen lassen, sie waren viel zu beschäftigt, mir bei der Textlektüre ihre Fragen um die Ohren zu hauen.

Sie hatte sich nicht erkundigt, wie seine Kurse gelaufen waren – und es war ihr auch egal. Sie würde sich nicht davon beeindrucken lassen. Nie wieder würde Colin sich zwischen sie und ihre Ziele stellen. Sie würde jedes verfügbare Handbuch zur Unterrichtsgestaltung lesen, um besser zu werden, und bis dahin würde sie eben lügen.

Die Sonne schien noch schwach, als sie vom Bibliotheksgebäude wieder auf den Campus trat, aber so hell, dass sie sich ein schattiges Plätzchen auf einer Mauer suchte und erneut ihr Handy zückte.

Das Campusgelände war vor Semesterbeginn frisch bepflanzt worden, und der frische Rindenmulch zwischen all den gelben, rosa und roten Blumen verlieh der lauen Luft etwas Erdig-Frisches. Summend flogen Bienen von Blüte zu Blüte. Der raue Stein unter ihren Schenkeln war warm. Auch wenn er ein bisschen piekte, genoss Allison das Gefühl – als würde der leise Schmerz ihr helfen, einen klaren Kopf zu bekommen.

Für den Bruchteil einer Sekunde erwog sie, das Handy wieder in die Tasche zu schieben und es einfach sein zu lassen. In jeder Hinsicht. Es würde am Ende ja doch nichts Gutes dabei herauskommen, und zu Hause warteten Monty, ihr gemütliches Bett und ein Abend mit Popcorn und kitschigen Rom-Coms.

Aber dann könnte Colin vermuten, dass sie gelogen hatte. Das Wichtigste an jeder Geschichte waren die Details, und ihrer musste sie noch einige hinzufügen.

Und so entwarf sie also in den folgenden Minuten ausführliche Beschreibungen erdachter Gespräche zwischen ihren Kursteilnehmern zum Thema »Helden«. Ihre fiktiven Studenten boten nicht nur zahlreiche kluge Definitionen des Begriffs, sondern brachten auch jede Menge Beispiele moderner Helden und Antihelden, von Jon Snow über Deadpool und Mr. Darcy bis hin zu Maleficient und Elsa aus den Disney-Filmen. Eine Studentin, die in der High School Chaucer gelesen hatte, erwähnte sogar die Frau von Bath.

Colin antwortete nicht mehr. Nicht einmal mit einem Klatsch-Emoji.

Allison hatte gewonnen.

Es hätte sich besser anfühlen sollen, als es tatsächlich tat.

Kapitel 7

Schläfrig starrte Allison in ihre Schüssel mit Cornflakes und fragte sich, ob schon mal jemand in einer Schüssel Milch ertrunken war.

Sieben Uhr morgens war definitiv zu früh, um an einem Samstagmorgen wach zu sein (genau genommen auch an jedem anderen Morgen). Selbst Monty lag noch oben in ihrem Zimmer und schnarchte. Aber nach dem Traum, aus dem sie mit einem Riesenschreck erwacht war, konnte sie unmöglich wieder schlafen.

Allison rührte in ihren Cornflakes und versuchte, die Bilder dieses Alptraums wieder loszuwerden: Sie war in einer riesigen Bibliothek gewesen, beleuchtet von altmodischen Gaslaternen und mit geheimnisvollem Nebel, der ihr um die nackten Füße waberte. Da war ein wunderschönes ledergebundenes Buch mit goldenen Buchstaben gewesen, das sie nicht hatte lesen können, weil es sich zwischen ihren Fingern in eine Hand verwandelte, die sie durch das Bücherregal zog wie durch einen bloßen Vorhang. Auf der anderen Seite hatte Colin Benjamin auf seine so typische Art an einer weißen Wand gelehnt, als würde ihm die Welt zu Füßen liegen. Selbst im Traum hatte sie seine bloße Körperhaltung fuchsteufelswild gemacht.

Erst als sie an sich hinuntersah, merkte sie, dass ihrer beider Hände miteinander verschlungen waren. Er zog sie zu sich hin, seine braunen Augen sogen sie geradezu ein, und er sprach leise und ehrfurchtsvoll ihren Namen, fast wie ein Gebet. Ein Flehen. Als wäre er seit Ewigkeiten hinter diesem Regal gefangen und hätte nur auf sie gewartet, damit sie ihn erlöste.

Das ist eine ganz schlechte Idee, dachte sie, als sie sich ihm näherte.

Ich sollte mich einfach umdrehen und weglaufen, warnte sie sich selbst, als sie mit ihrer freien Hand nach dem Revers seiner sandfarbenen Jacke griff.

Das wird nur Ärger geben, sagte sie sich, als er seine Hand an ihre Hüfte legte.

Doch alle Zweifel verflogen, als ihre Körper sich berührten und sie von einer Welle der Begierde erfasst wurde. Das Gefühl war so intensiv, so instinktiv, dass es ihr nach dem Aufwachen noch lange nachhing. Selbst jetzt noch, am Küchentisch, spürte sie ihr Verlangen pulsieren.

Nicht einmal in ihren Träumen konnte sie Colin Benjamin entkommen.

Aber das war noch nicht einmal das Schlimmste gewesen. Sobald sie nahe genug war, hatte er langsam mit dem Daumen über ihre Wange gestrichen und dann über ihr Kinn. Dann hatte er es sanft angehoben, so dass sie ihm ins Gesicht sehen musste. Er hatte erneut ihren Namen geflüstert, rau und kehlig, voller Verlangen nach ihr. Allisons Herz hatte vor Erwartung immer schneller geklopft. Ihr Atem gestockt. Seine Lippen waren ihren so nah, dass Allison sich nur auf Zehenspitzen hätte stellen müssen. Jeder einzelne ihrer vergangenen Küsse drängte in ihre Erinnerung, während sie wartete … und wartete … darauf wartete, dass er den Abstand zwischen ihnen null und nichtig machte.

Und genau in dem Moment, in dem er sich vorneigte, war sie schlagartig erwacht.

Nach lautem Stöhnen hatte sie einen Fluch in Richtung ihres Deckenventilators geschickt. Ihre Stimme war belegt und brüchig vom Schlaf (und von körperlichen Reaktionen, die sie zu leugnen versuchte).

Wer hätte danach wieder einschlafen können?

Sie verfluchte ihr verräterisches Unterbewusstsein. Und diesen unsäglichen Chat vom gestrigen Nachmittag. Colin steckte ihr zu sehr im Kopf. Zu sehr in ihrer Welt.

Allison sollte überhaupt nicht an Colin Benjamin denken, schon gar nicht auf diese Weise. Wie sollte sie ihre Vergangenheit vergessen, wenn ihr Gehirn sie immer wieder an seine Küsse erinnerte? Trotz all seiner Fehler war er ein exzellenter Küsser gewesen, er hatte immer genau gewusst, wann er sanften und wann festen Druck ausüben und wie er mit ihrer Zunge spielen musste.

Nein. Nein. Nein. Allison knurrte laut, und der Ton hallte von den Küchenwänden wider. Sie würde weder an Colins Mund noch an seine Zunge denken, es sei denn in Verbindung mit all den schrecklichen Äußerungen, die diese zwei Körperteile hervorgebracht hatten.

Sie zielte mit dem Löffel auf eine Cerealie und drückte sie bis tief auf den Grund der Schüssel.

Als sie mordlustig die nächsten Cerealien zu ertränken versuchte, kam Sophie in die Küche. »Ach, du meine Güte! Steht der Weltuntergang bevor?« Sie sah auf ihr Handy, dann wieder zu Allison und machte große Augen.

»Sehr witzig«, murmelte Allison und schob sich einen Löffel voll Flakes in den Mund.

»Ich dachte, an Wochenenden stehst du nicht vor zehn Uhr auf.«

»Wenn ich gewusst hätte, dass die Spanische Inquisition auf mich wartet, wäre ich zweifelsfrei liegen geblieben.«

»Niemand erwartet die Spanische Inquisition.«

Allison stöhnte. »Und niemand braucht morgens um sieben Zitate von Monty Python.«

Mit zufriedenem Grinsen schnappte sich Sophie eine leere Schüssel und nahm Allison gegenüber Platz. »Na, sieh mal einer an, was ich dir schon alles beigebracht habe.« Sie goss Milch in die Schüssel und dann die Cornflakes (Sophie tat nichts auf konventionellem Weg, egal, wie gruselig es war). »Jetzt mal im Ernst: Wieso bist du so früh auf?«

Allison rührte mit ihrem Löffel durch die Milch, bis ihre Flakes wie in einem Whirlpool trudelten. Ein Teil von ihr wollte Sophie von dem Traum erzählen, allein schon, um ihn laut auszusprechen. Normalerweise nahm das den Alpträumen ihre Macht. Aber ihre beste Freundin hielt sich für einen Amateur-Freud, und sie würde alles interpretieren wollen. Und das Letzte, was Allison jetzt von Sophie hören wollte, war, dass sie angeblich immer noch Gefühle für Colin hegte. Dann müsste sie zugeben, warum sie überhaupt an ihn gedacht hatte und … nein. So viel konnte ihr müder Kopf gerade nicht verarbeiten.

Sie beschränkte sich auf den anderen Grund, der ihr gerade

den Schlaf raubte. »Mein Tutorium ist nicht besonders toll gelaufen.«

Sophie winkte ab. »Das kann ich mir bei dir nicht vorstellen. Du bist sicher zu streng mit dir. Niemand kann so über Bücher reden wie du. Weißt du noch, der Typ in der Buchhandlung damals, den du über den Unterschied zwischen Mittelalter und Renaissance aufgeklärt hast …«

»Frühneuzeit«, korrigierte Allison.

»Ja. Einfach so, aus dem Stegreif. Am Ende haben sie die ganze Abteilung umgeräumt. Habe ich dir das eigentlich erzählt?«

»Was? NEIN.« Allison lachte. Sie hatte an dem Tag gerade eine durchaus frustrierende Benotung für eine Hausarbeit bekommen, für die sie sich ernsthaft den Arsch aufgerissen hatte, und ihre Laune war dementsprechend gepfeffert gewesen. »Das ist genau *das*, was ich für mein Ego gerade brauche.«

Sophie grinste sie mit vollem Mund an. »Und bald sortieren alle deine Studierenden dank dir ihre Bücherregale zu Hause um.«

Allison musste gähnen, und die beiden gönnten sich einen Moment der Stille. Da Monty noch schlief, war das einzige Geräusch in der Küche ihr einträchtiges Kauen. Sophie griff über den Tisch nach ihrem Tablet und zog dabei gleichzeitig einen Stapel Papier hervor, den sie halb unter das Tischset geschoben hatte. Obenauf lag eine formell wirkende Auflistung ihrer Referenzen.

Allison nahm das Papier auf. »Warum hast du hier Lebensläufe herumliegen?«

Sophie zuckte die Achseln, während sie eine ihrer Zeichnungen begutachtete. »Habe ich einfach mal aktualisiert.«

»Ich dachte, du wolltest dich selbstständig machen? Auf Messen ausstellen und all so was … und nicht mit einem speziellen Label zusammenarbeiten? Dich nicht von den Visionen anderer beschränken lassen?«

Sophie wurde rot. »Ich will mir nur alle Optionen offenhalten. Vielleicht wäre es eines Tages ganz nett, für ein größeres Label zu arbeiten. Als Chefdesignerin oder so. Was ich da für Möglichkeiten hätte – mit all deren Ressourcen …«

»Aha, *eines Tages*.« Allisons Bein wippte. Ihre Stimmung war ohnehin nicht die beste, aber jetzt hatte sie einen neuen Grund für schlechte Laune gefunden. Das klang nicht nach einem Auffrischen des Lebenslaufs – es klang, als suche Sophie aktiv nach einem neuen Job.

»Brooks hat mir von ein paar Firmen in New York und einer in Boston erzählt, die seit Kurzem neue Designer suchen.«

Brooks. Na klar. Wann immer Allison mit Sophie und ihren Designerfreunden ausgegangen war, war er derjenige gewesen, der von Leuten geredet hatte, die sie nicht kannte, und über Insiderwitze gelacht hatte, die sie nicht verstand. Und nun ermunterte er Sophie, sich auf Stellen zu bewerben, die lange Zugfahrten entfernt lagen.

Wenn Allison sich schon in derselben Wohnung von ihrer besten Freundin zu entfernen drohte, was würde dann erst passieren, wenn sie auszog?

Sie hatte das Gefühl, als würde der Boden unter ihr nachgeben. Allison schob ihren Stuhl zurück. »Ich sollte mal langsam loslegen. Ich habe dieses Wochenende noch einen sehr beträchtlichen viktorianischen Roman zu lesen.«

»Warte.« Sophie fasste sie am Handgelenk. »Ganz egal, wo

ich bin, wir halten trotzdem zusammen. Das weißt du doch, oder?« Sie sah Allison fest in die Augen. »Außerdem habe ich mich noch nirgends beworben. Ich wäge nur meine Optionen ab.«

»Ich weiß.« Allison schüttelte den Kopf. »Aber mir hat unser ursprünglicher Plan gefallen. Studieren. Zusammenwohnen. Sich gegenseitig durch alle Höhen und Tiefen unterstützen, während wir unsere Karrieren in Schwung bringen … Und so weiter.«

»Das können wir trotzdem tun, auch wenn wir nicht zusammenwohnen.«

Da war etwas dran. Allison seufzte. »Tut mir leid, ich … Ich bin einfach mit dem falschen Fuß aufgestanden.« Sie wollte sich nicht anmerken lassen, was für ein Schock Sophies Ankündigung für sie gewesen war. Anscheinend hatte ihre Mutter doch recht, was ihre Angst vor Veränderungen betraf.

Aber wie Sophie gesagt hatte: Bisher hatte sie sich noch nirgends beworben, und so gab es keinen Grund, sich Sorgen zu machen. Zumindest *noch* nicht.

»Ja, den Tag solltest du rot im Kalender anstreichen.« Sophie grinste. »Normalerweise siehst du die Sonne samstags doch erst, wenn sie im Zenit steht. Das alles muss sehr verwirrend für dich sein.«

Allison reckte ihre beiden Mittelfinger in die Höhe, und die Freundinnen fielen einander lachend in die Arme.

Kapitel 8

Am Abend hatte sich Allisons Kohorte der Promovenden im ersten Jahr um Karas kleinen Couchtisch versammelt.

Bei der Einführung waren sie ermuntert worden, auch außerhalb der Kurse Zeit miteinander zu verbringen. »Sie werden Freunde brauchen, die hilfreiche Kritik üben, die mit Ihnen zusammen lernen und schreiben und denen Sie am Morgen Ihrer mündlichen Prüfung die Ohren volljammern können, weil Sie überzeugt sind, es nicht zu schaffen. Fangen Sie also jetzt schon an, diese Freundschaften zu knüpfen und zu vertiefen.«

Aus diesem Grund nahm Allison an diesem – im Prinzip aufgezwungenen – Befreundungstreffen teil, obwohl sie viel lieber zu Hause mit Monty herumgetollt und mit Sophie abgehangen hätte (sofern die ausnahmsweise einmal dagewesen wäre).

Ethan Windbeutel verzog das Gesicht, als Kara ihm ein Tablett mit dicht gedrängt stehenden Plastiksektgläsern vors Gesicht hielt, in denen eine hellrote Flüssigkeit schwappte.

»Hast du auch Scotch?«

»Nein, aber alles, was man für Starburst Martinis braucht. Stand in der Einladungsnachricht nicht BYOB? Alle anderen haben ihre Getränke mitgebracht.«

»Na ja, Scotch ist ja kein Bier.«

»Aber ein Getränk«, kommentierte Allison, die sich vorsichtig einen Cocktail vom Tablett nahm.«

»Und eklig«, fügte Mandy hinzu. Sie klatschten sich ab, bevor auch Mandy sich mit einem Cocktail zurücklehnte.

Sie, Mandy und Alex saßen zusammengequetscht auf dem Zweiersofa, dessen cremefarbener Bezug bei jeder Bewegung knarzte, während Ethan und Link es sich auf zwei roten Lehnsesseln bequem machten, die aussahen, als hätte Kara sie von ihrer Ur-(Ur-Ur-Ur-) Großmutter geerbt. Die Sessel hatten Quasten. *Quasten!* Aus Goldkordeln. *Gold! Kordeln!*

So wendig, wie ihre Gastgeberin sich zwischen ihnen bewegte, erinnerte sie an einen Kolibri (wiederum in einer faltenfrei glattgebügelten Bluse). Colin Benjamin lehnte erhaben wie ein Lord gegen den Kaminsims und spielte mit einer Kristallfigur, die wie eine Katze aussah. Wie er dort stand, erinnerte Allison allzu sehr an den Traum, aus dem sie am Morgen erwacht war, und sie beschloss, ihn einfach zu ignorieren. Oder falls sie seine lässige Pose nicht mehr aushielte (die sie auf überraschend irrationale Weise sexy fand), würde sie sich einfach vorstellen, er wäre jemand anders. Hal, zum Beispiel, einer von Karas Freunden außerhalb des Studiums, der heute Abend auch dabei war. Ja, das klang gut. Hal war unauffällig und leicht zu vergessen – und keine Pestbeule auf der Kehrseite von Allisons kompletter Existenz.

In den letzten fünfzehn Minuten hatten sie kollektiv über ihre Hausarbeiten gestöhnt, aber als Kara (die augenscheinlich »Was macht eine gute Gastgeberin aus?« gegoogelt hatte) mit ihrem Tablett Spezialcocktails hereingekommen war, hatte sie jeglichen Unigesprächen den Garaus gemacht.

Sobald alle (außer Windbeutel) ihren Drink in der Hand hielten, setzte sie das Tablett ab und klatschte kurz in die Hände. »Ich dachte, wir könnten heute Abend ›Zwei Wahrheiten, eine Lüge‹ spielen und uns so auf lustige Art besser kennenlernen.«

Allison zuckte zusammen. Das war ja fast, wie Quizkarten zu einem Date mitzubringen. Außer auf Familienhochzeiten hatte sie seit der Junior High School keine Partyspiele mehr gespielt. Normalerweise brauchte es doch nur ein wenig Alkohol, um das Eis zu brechen.

Kara stellte sich zu Colin an den Kamin. Irgendetwas an der Art, wie sie ihn anlächelte, bescherte Allison leichtes Magengrummeln. Aber Colin war noch so sehr mit den Figuren auf dem Sims beschäftigt, dass er ihre Gastgeberin nicht wahrnahm.

Kara räusperte sich. »Ich dachte, wir nehmen immer ein bestimmtes Thema. Weil das lustiger ist.« Sie strahlte Colin erneut an und sagte, dass sie mit ihm anfangen wolle.

Allison studierte Kara eingehend. Lief da etwas zwischen den beiden?

Nach einem weiteren kräftigen Schluck aus ihrem Sektbecher schüttelte sie den Kopf. Das war doch lächerlich. Kara war einfach eine aufmerksame Gastgeberin. Und selbst wenn mehr dahintersteckte, war das Allison ganz egal. Vollkommen egal. Colin konnte flirten (oder nicht flirten), mit wem er wollte.

Jetzt hob er unvermittelt den Kopf und sah Kara aus großen Augen an.

»Du fängst an«, wiederholte Kara. »Zwei Wahrheiten, eine Lüge zu … Musik.«

»Ähm …« Er stellte die Kristallkatze so vorsichtig auf den Sims zurück, als wäre sie lebendig, und kratzte sich am Kopf. »Okay. Also … mal überlegen … Erstens: Ich war noch nie auf einem Live-Konzert.«

Lüge. Allison und er hatten in der Kongresshalle von Providence mal eine Art Folk Festival besucht. Eine der Bands hatte sogar einen Waschbrettspieler dabeigehabt. Als selbsterklärte Liebhaberin übermäßig oft gespielter Top-40-Hits war Allison überrascht gewesen, wie gut es ihr gefallen hatte. Die Songs hatte sie bis heute in ihrer Spotify-Playlist.

Sie kippte den Rest ihres Martinis hinunter, um sich von dem wohligen Bauchkribbeln abzulenken.

Schluss. Mit. Erinnerungen.

Der Drink schmeckte so sehr nach frischgepresstem Erdbeer- und Orangensaft, dass der Wodka nur als ganz leichtes Brennen in der Kehle spürbar war, während er in Allisons viel zu leeren Magen rann. Diese Martinis könnten gefährlich werden, dachte sie, als sie sich einen zweiten vom Tablett nahm.

Colin hüstelte. »Zweitens: Ich liebe Musicals.«

Wahrheit. Allison versuchte, nicht an den Abend zu denken, als er ihr das komplette Musical *Dear Evan Hansen* vorgesungen hatte, während sie mit Menstruationskrämpfen zusammengerollt auf seinem Bett gelegen hatte.

»Drittens: Ich spiele Banjo.«

Wahrheit. Allison musste sich mächtig beherrschen, um nicht »Aber schlecht!« hinterherzurufen. Er hatte häufig in ihrem Wohnheimzimmer geübt, während sie lernen wollte, und jedes Mal, wenn sie ihn gebeten hatte aufzuhören, nur noch lauter geklimpert.

Kara zeigte auf Windbeutel. »Du rätst.« Ihr Befehlston ließ das Ganze weniger wie ein Spiel als wie eine Abfrage im Klassenzimmer wirken.

Ethan starrte Colin nachdenklich an, während er sich mit dem Zeigefinger gegen die Lippen tippte. »Das mit dem Musical muss die Lüge sein. Musicals sind unerträglich.«

»Herrje!«, entfuhr es Allison. Die zwei Martinis hatten ihr offenbar den Sinn für Etikette genommen. »Wer hat dich denn als Kind gequält?«

Ethan sah sie an. »Was?«

»Wie kannst du Musicals unerträglich finden? *Hamilton. Hadestown. Waitress. Mean Girls. LES MISÉRABLES!*«

Windbeutel reckte das Kinn. »Das Buch von Victor Hugo ist doch um Längen besser.«

Allison verdrehte die Augen, was angesichts der Menge Alkohol, die sie gerade zu sich genommen hatte, nicht die beste Entscheidung war, und ihre Welt geriet ins Wanken. Sie stützte sich an der Couch ab. »Hugos Buch ist ein überschätzter, misogyner Tragikporno.«

»YES!« Mandy und Allison klatschten sich wieder ab und sangen spontan (und gnadenlos falsch) den Refrain von »Do You Hear the People Sing?«.

Allisons Herz schien dazu seinen ganz eigenen Rhythmus zu schlagen, während der Alkohol ihre Adern durchflutete und ihren Blick sanft vernebelte. Sie hatte definitiv ihren Spaß, auch wenn sie sich in die Zeit ihrer Junior High School zurückversetzt fühlte.

Und was sagst du nun, Mom?, dachte sie zufrieden. *Sieh dir an, wie ich mich mit Leuten amüsiere, mit denen ich nicht zusammen-*

wohne. Und das sogar, während der verdammte Colin Benjamin dabei ist.

Colin zog den Reißverschluss seiner schwarzen Strickjacke auf, um auf sein T-Shirt zu zeigen – wie Superman, der auf das S auf seinem Anzug deutet, wenngleich Colin die personifizierte Antithese zu Superman war. Und so enthüllte er nur ein schwarzes T-Shirt mit der weißen Silhouette der Schuyler-Schwestern aus *Hamilton*. »Ich liebe Musicals«, sagte er. »Und Live-Konzerte.«

»Na, dann haben wir ja die Lüge!« Mit strahlendem Lächeln deutete Kara auf Ethan. »Du bist dran. Thema: Cartoons.«

Ethan runzelte die Stirn. »Ich habe noch nie im Leben einen Zeichentrickfilm oder eine Cartoonserie gesehen«, brummte er.

Allison ließ den Kopf gegen die Sofalehne sinken. Dieser Typ ging gar nicht!

»Nicht mal als Kind?«, fragte Link nach. Er öffnete die zweite seiner mitgebrachten Craftbeer-Flaschen, und seine dunklen Wangen schienen vom Alkohol ebenso zu leuchten wie Allisons mit Sicherheit gerötete Ohren.

»Ich habe lieber Dokumentarfilme geguckt.«

Allison überlegte, ob sie mit ihrem leeren Sektbecher auf Ethans Kopf zielen sollte. Hätte sie doch in Physik nur besser aufgepasst, dann könnte sie die Flugbahn genauer einschätzen …

Nachdenklich schürzte Kara die Lippen und zog ein Stück Papier aus der Tasche. »Hmm, okay … Wie wäre es mit Hobbys?«

Ethan nickte bedächtig. Während er eingehend über seine

Antworten nachsann (wobei er wie nebenbei *Die-Denker*-Pose einnahm), stellte Allison eine eigene Liste für ihn auf.

1. Breitbeiniges Mansplaining, wenn er Frauen die Rechte der Frauen erklärt
2. Das öffentliche Dissen jeder Form leichter Unterhaltung
3. Welpen treten

Seine eigenen Antworten waren allerdings noch besser.

»Erstens«, verkündete er dramatisch und mit erhobenem Zeigefinger, als könnten sie alle nicht zählen. »Grammatik.«

»Moment mal!« Mandy schüttelte den Kopf. »Grammatik ist doch kein Hobby.«

»Ich habe Spaß daran, Leuten Grammatik beizubringen«, entgegnete Ethan.

»Als Nachhilfelehrer?« Allison bewunderte Links Versuch, es zu Ethans Gunsten auszulegen.

»So ähnlich.« Ethan verschränkte die Arme vor der Brust. »Ich helfe Leuten, ihre Posts in Social Media zu verbessern, indem ich sie auf Fehler in ihrem sprachlichen Ausdruck aufmerksam mache.«

Na klar! Allison war fast enttäuscht von sich, dass sie nicht selbst darauf gekommen war.

»Zweitens«, fuhr Ethan fort, »Dressur.«

»Das mit den Pferden?«, fragte Colin nach.

Ethan nickte. Er fuhr mit der Hand durch die langen blonden Haarsträhnen, die sich aus seinem Knoten am Hinterkopf gelöst hatten. »Und drittens …«, wieder ein verdeutlichendes Aufzeigen der Finger, »ich spiele Schach. Extrem gut.«

Kara wandte sich an Colin. »Was ist die Lüge – dein Tipp?«

Colin nahm die Brille ab und rieb sich die Augen. »Das muss ja wohl dieses Dressurding sein.«

Ethan grinste. »Falsch.«

»Was war denn dann gelogen?«, wollte Allison wissen. Er wirkte durchaus wie jemand, der Schach mit der Ernsthaftigkeit eines Footballfanatikers betrieb. Und dass das Erste stimmte, davon war Allison felsenfest überzeugt.

»Was ich spiele, ist Dame, nicht Schach. Das ist in seiner Einfachheit noch deutlich komplexer.«

Allison wandte sich zu Kara um und hielt ihr ihre leeren Sektflöten entgegen. »Gibt's noch mehr?« Wenn sie sich mit Windbeutel anfreunden sollte, musste sie definitiv mehr trinken.

Bis ihre Gastgeberin mit einer neuen Runde Martinis zurückkam, hatten alle erfahren, dass Mandy gern blumige Kreuzstichmuster mit provozierenden Sinnsprüchen kombinierte, Link zu seinem hausgebrauten Craftbeer auch eigenes Brot backte und Alex kleine Tierfiguren häkelte und auf Etsy verkaufte. Mit jeder neuen Information wuchs Allisons Anerkennung für die Menschen, mit denen sie Tag um Tag in ihren Unikursen saß. Alle beschäftigten sich mit Dingen, mit denen auch sie etwas anfangen konnte.

Es gefiel ihr mehr, als sie erwartet hatte.

Als sie sich gerade gemütlich zurücklehnte, verkündete Kara, nun sei sie an der Reihe. »Thema: Tiere.«

Allison nippte erst ein, dann ein zweites Mal an ihrem fruchtig süßen Martini. »Okay.« Sie stellte das Plastikglas ab und setzte sich gerade. »Also los: Ich bin schon zwei Mal mit Delfinen geschwommen.«

Das war ihre Lüge. Sie hatte das nur ein einziges Mal gemacht, als ihre Tante Janice sie und ihre Mom zu deren vierzigstem Geburtstag nach Hawaii eingeladen hatte.

»Ich habe einen Corgi, der Monty heißt.« Die wichtigste Wahrheit.

»Mir ist einmal eine Ziege vom Streichelzoo bis nach Hause gefolgt.«

Schon als sie es sagte, bereute sie diese letzte Aussage. Colin würde wissen, dass sie der Wahrheit entsprach. Er war dabei gewesen. *Verdammt.*

Seine Augen scannten ihr Gesicht.

Verdammt hoch zwei.

Allison weigerte sich, ihn anzusehen, auch wenn sie spürte, wie ihre Haut unter seinem Blick warm wurde.

»Ich werde raten.« Vorsichtig stellte Kara ihren Martini auf dem Kaminsims ab. In der Zeit, in der Allison drei Cocktails getrunken hatte, hatte sie ihren ersten noch nicht einmal halb geleert.

Sie musterte Allison eingehend und knabberte dabei an ihrem Daumennagel. Doch bevor sie etwas sagen konnte, rief Colin: »Du hast keinen Corgi.«

Nun musste Allison ihn doch ansehen. Seine Stimme klang ein wenig rau. Sie stellte fest, dass er sich nicht rasiert hatte, denn auf seinem Kinn zeigten sich feine blonde Stoppeln. Was gut aussah. Ausgesprochen gut.

Ungewollt musste sie daran denken, wie oft sie diese stoppeligen Wangen gestreichelt und ihr leichtes Kratzen gespürt hatte, wenn sie in seiner Umarmung versunken war.

Verdammt hoch drei. Allison kippte die Hälfte ihres Martini hinunter und gab dann, so laut sie konnte, das Geräusch eines Buzzers von sich, in der Hoffnung, es könne ihre blödsinnigen Gedanken vertreiben. »Falsch«, bekräftigte sie dann.

Kara räusperte sich. »Ich würde ja auf …«

»Was ist denn mit Cleo passiert?« Colin hatte damals ein paar Videogespräche mit ihrer Mutter mitbekommen, und natürlich hatte sie jede Menge Fotos des Pitbulls an der Wand hängen gehabt.

»Cleo gehört meiner Mutter. Monty ist *mein* Hund«, sagte Allison mit Nachdruck. Er musste aufhören, solche Fragen zu stellen, sonst merkten die anderen, dass sie sich von früher kannten. Und jetzt und hier ihre gemeinsame Vorgeschichte erklären zu müssen, würde die Gegenwart unnötig belasten.

»Die Ziege ist es!«, rief Kara. »Das ist gelogen.« Sie sah immer wieder auf die Uhr, als würden sie gleich irgendein Zeitlimit überschreiten.

Allison war froh, dass dieser Lösungsversuch von Colin ablenkte. »Nein.« Sie grinste. »Ich bin erst *ein* Mal mit Delfinen geschwommen.«

»Na gut, aber jetzt musst du die Geschichte mit der Ziege erzählen«, drängte Mandy und stupste sie an.

In Allisons zweitem Jahr an der Brown hatte die Uni mit Unterstützung eines nahe gelegenen Bauernhofs einen kleinen Streichelzoo errichtet, um den Studierenden beim Stress-Management zu helfen. Colin hatte ihr angeboten, sie hinzufahren, sobald er seinen Aufsatz fertig geschrieben hätte, aber es dauerte länger als erwartet, und als sie beim Zoo ankamen, gab es für die Tiere kein Futter mehr. Allison hatte sich enttäuscht in eine Ecke gesetzt und mit einer schwarz-weißen Zwergziege geredet, als könnte die sie tatsächlich verstehen. Sie trug ein Glöckchen um den Hals und schlug immer wieder ihre kleinen Hinterbeine in die Luft, während sie fröhlich im Kreis sprang. Allison hatte sich auf der Stelle in das Tier verliebt.

Colin entschuldigte sich kurz, und als er wiederkam, legte er ihr eine Tüte Babykarotten in den Schoß. »Wo hast du die denn her?«, wollte sie wissen, doch er zwinkerte nur geheimnisvoll und sagte, er habe da so seine Mittel und Wege. Begeistert verfütterte sie die Karotten an ihre neue Freundin, die ihr direkt aus der Hand fraß und sie immer wieder mit der Stirn anstupste, um mehr zu bekommen. Allison kam der Aufforderung gern nach, bis plötzlich eine Horde Erstsemester eintraf, die gerade ein wichtiges Bio-Examen hinter sich hatten. Johlend und kichernd wie kleine Kinder drängten sie sich um die Tiere, und Allison und Colin verkrümelten sich lieber.

Einer von ihnen musste dann das Törchen nicht richtig geschlossen haben (Allison war sicher, dass es Colin gewesen war, während er – wenig überraschend – behauptete, sie sei es gewesen), und ihre schwarz-weiße Freundin entwischte unbemerkt. Sie waren schon am Wohnheim angelangt, als sie plötzlich das Glöckchen bimmeln hörten und sahen, dass die Ziege mit fröhlichen Hüpfern auf sie zu trippelte.

Voller Panik sprangen sie gleichzeitig auf das Tier zu, um es einzufangen, doch die Ziege lief blökend davon, während Allison und Colin zusammenstießen und, wie in einer dieser albernen RomComs, in einem Knäuel auf dem Boden landeten. Colin lag auf ihr, und was als verlegener Lachanfall begann, entwickelte sich zu ihrem ersten Kuss (die Ziege klaute indes die restlichen Babykarotten UND Allisons Handtasche und konnte erst auf der großen Campuswiese wieder eingefangen werden).

Unter Auslassung von Colins Beteiligung, ihren Blick fest auf Mandy gerichtet, erzählte Allison nun also die Geschichte. Es war eine großartige, lustige Geschichte, aber das kummervolle Ende mit Colin hatte in ihrer Erinnerung einen dunklen Schleier über das ganze Studienjahr gelegt. Allison konnte an nichts aus dieser Zeit denken, ohne Bauchweh zu bekommen.

Sie spürte Colins Blick im Nacken, der noch immer reglos am Kamin stand. Es war ihr unmöglich, sich nicht zu fragen, was er in diesem Moment dachte. Machte die Erinnerung auch ihm zu schaffen? Oder hatte er sie und alles drumherum längst hinter sich gelassen?

Sie war erleichtert, als Kara »Essen ist fertig« rief und alle in die Küche stürzten.

Allison wartete bewusst ab, um so viel Abstand wie möglich zwischen sich und Colin und diese bittersüßen Erinnerungen zu bringen.

Wie sehr sie sich nach frischer Luft gesehnt hatte, wurde Allison erst klar, als sie die Schiebetür öffnete und auf den Balkon trat. Sie atmete tief ein und ignorierte den beißenden Geruch der Abgase, die von der Straße heraufzogen, und konzentrierte sich auf das kühle, belebende Gefühl in ihren Lungen.

Karas Apartment war so klein, dass es mit sieben Leute quasi überfüllt war, und nach ihrem fünften (und, wie sie sich schwor, letzten) Starburst Martini hatte Allison sich plötzlich eingeengt gefühlt. Was häufiger passierte, wenn sie getrunken hatte. Als würde sie sich umso deutlicher der Maße ihres Körpers bewusst, je mehr der Alkohol die Welt um sie herum vernebelte.

Sie zog den Saum ihres Kleides nach unten, ließ sich auf die hölzernen Balkondielen sinken und lehnte den Kopf gegen das Metallgeländer. Die kalte Oberfläche kribbelte angenehm auf der warmen Haut ihrer Schläfe und half ihr, ihre Gedanken zu sortieren.

Sie war weder ausgesprochen introvertiert noch besonders gern allein. Im Gegenteil, manchmal fand sie die Anonymität großer Gruppen – wie bei Konzerten, Freizeitparks, Sommertagen am Strand – sogar reizvoll. Es fühlte sich gut an, für eine Weile niemand Besonderes zu sein, und ihr Körper schien dadurch zu schrumpfen. Sie hatte nicht mehr das Gefühl, dass alle sie anstarrten, nur weil sie mehr Körperfülle besaß.

In kleineren Gruppen hingegen, wo sich alle beim Namen kannten und man nicht einfach so abtauchen konnte, fand sie es schwieriger zurechtkommen. Ganz abgesehen davon, dass sie sich noch irgendwie durch das Minenfeld, das Colin Benjamin darstellte, manövrieren musste. Allison brauchte einen Moment, um durchzuatmen und einfach nur zu sich zu finden.

Es dauerte nur zwei weitere tiefe Atemzüge, bis sie Schritte hörte. Jemand kam zur Schiebetür, und auf Allison fiel ein Schatten.

Sie drehte sich um. Colin hatte den Kopf gegen die Tür gelehnt. »Diese Martinis hauen mehr rein als ein MMA-Champion.« Er sprach so leise, dass er von den Geräuschen der Stadt fast übertönt wurde.

»Ich verstehe diese ballsportliche Referenz nicht.«

»Was daran liegen könnte, dass es bei den Mixed Martial Arts in der Regel keinen Ball gibt.«

Allison warf genervt die Hände in die Luft. »Du und deine ewige Semantik!«

Er grinste. »Warum sitzt du hier draußen?«

»Luft.«

»Da sind doch nur sieben Menschen in der Wohnung.« Er deutete mit dem Daumen nach innen.

»Und da sind viereinhalb Martinis in meinem Bauch.« Allison deutete mit dem Daumen auf sich selbst. »Deswegen: Luft!«

»Ah.« Colin ließ seinen Blick kurz über den Balkon schweifen. »Passt noch eine Person dazu?«

Die Dunkelheit, die ihn umgab, schien auszulaufen, als wäre die Welt in Wasserfarben getaucht. Allison spürte, wie der Alkohol sich in ihr immer mehr bemerkbar machte und dabei ihre Gliedmaßen lockerte – und ihre Zunge. »Warum?«, fragte sie.

Colin gab einen Laut zwischen Husten und Lachen von sich. »Warum ich mich zu dir setzen will?«

Allison zuckte die Achseln, während es in ihrem Kopf *Warum – warum – WARUM?* schrie.

»Ich brauche mal eine Pause. Trotz meiner umfangreichen Sammlung weiß ich nicht genug über Comics, um mit Alex und Link mithalten zu können.«

»Das könnte sicher niemand. Nicht mal die Comic-Autoren selbst.«

Er lachte und schien ihre Antwort als Einladung zu deuten, denn er setzte sich zu ihr auf den Boden. Damit für seine langen Beine ausreichend Platz war, musste Allison ihre durch die Stäbe der Brüstung stecken und herunterbaumeln lassen, und er tat es ihr nach, bis sie auf dem kleinen Balkon so dicht nebeneinander saßen, dass sich ihre Arme berührten und die Beine in entgegengesetzten Rhythmen schlenkerten.

Die Ampel am Ende des Häuserblocks durchlief eine, zwei, drei Phasen. Allison beobachtete den Tanz der Farben: grün, gelb, rot, grün, gelb, rot. Selbst im Sitzen schwankte sie ein wenig, und die Welt begann sich leicht zu drehen. Ihre Lider wurden schwer, dann der ganze Kopf. Es war eine gute Entscheidung gewesen, sich von den anderen mitnehmen zu lassen, als selbst zu fahren.

»Warum hast du das mit der Ziege erzählt?«, fragte Colin unvermittelt.

»Was?«

»Die Ziege. Vorhin. Du hattest doch gesagt, wir sollten die Vergangenheit ruhen lassen.«

Allison seufzte. »An unseren Kuss damals hatte ich gar nicht mehr gedacht.« Lüge. »Es ist einfach eine gute Geschichte. Perfekt für dieses Spiel. Und du weißt ja, wie gern ich gewinne.«

»Ach, weiß ich das?«

Sie riss sich sehr zusammen, um ihn böse anzugucken, hatte allerdings keine Ahnung, ob es ihr gelang. »Hör auf damit.«

»Ich meine es ernst. Wie soll ich die Vergangenheit vergessen? Was, wenn ich …«

»Tu's einfach.« Allison hob die Schultern und blies Luft aus den geblähten Backen. »So. Siehst du? Einfach das Thema wechseln.« Sie rieb sich die Hände. »Ich wette, Bo geht es immer noch prima.« Ihr war in diesem Moment eingefallen, dass sie die Ziege damals Bo getauft hatte.

»Dieses Tier hatte keinerlei Überlebensinstinkt. Wahrscheinlich ist es irgendwann über eine Autobahn gelaufen.«

Allison knurrte. Und bevor ihr bewusst wurde, was sie da tat, hatte sie Colin in den Oberarm geknufft. Der härter war, als sie ihn in Erinnerung hatte. Er blickte auf genau die Stelle seines gestrickten Ärmels, die sie berührt hatte.

Sie spürte ihren Puls im Handgelenk pochen. »Immerhin ist es ihr gelungen, sich eine ganze Tüte Karotten unter den Nagel zu reißen. Das scheint mir auf einen recht guten Selbsterhaltungstrieb hinzuweisen.«

»Nicht, wenn sie die alle auf einmal gefressen hat.«

Allison schnaubte lachend. Das Geplänkel mit Colin fühlte sich merkwürdig an und gleichzeitig wohlig vertraut. Sie hatten ständig auf irgendeine Weise herumgefrotzelt, auch zu ihren besten Zeiten.

Mandys lautes Lachen hallte durch die Wohnung und riss Allison aus ihren Gedanken. Sie und Colin sahen sich gleichzeitig um. Die anderen schienen weiter als nur zwei Räume entfernt.

»Hast du jemals …« Er zögerte. »Hast du jemals das Gefühl, nicht richtig reinzupassen?«

Allison kniff die Augen zusammen. »Was redest du da? Du bist Colin Benjamin. Du passt überall hin.« Es war eines der Dinge, die sie immer an ihm bewundert hatte: dass er sich problemlos jeder Situation anpassen konnte.

Er verzog das Gesicht, als wolle sie ihn nur aufziehen. »Nein, im Ernst: Die ersten Wochen hier waren ganz schön anstrengend, oder?« Er sah sie an, als würde er nach einem Hinweis suchen. »Zumindest für mich.«

»Für mich auch.« Der kleine Hauch Unsicherheit in seiner Stimme machte ihr das Geständnis leichter.

»Und das mit uns ...« Er schüttelte den Kopf. »Vielleicht könnten wir ... mit diesen Feindseligkeiten aufhören? Wir müssen uns ja nicht gegenseitig helfen – ich weiß, das wäre undenkbar.« Er schnitt eine Grimasse. »Aber vielleicht könnten wir so etwas wie eine dezente Waffenruhe vereinbaren.«

Dank der Martinis konterte Allison unverblümt: »Was zum Teufel soll denn ein dezente Waffenruhe sein?«

Er lachte auf seine eigenartige Weise. »Eine, bei der wir uns darauf einigen, dass wir beide super sind und uns nicht gegenseitig ausstechen müssen. Nichts spricht dagegen, dass Professorin Frances zwei gleichermaßen gute Assistenten haben kann.«

Allison staunte. So offen und direkt war Colin nur selten. Die wenigen Male, an die sie sich erinnern konnte, gehörten ihrer Meinung nach zu den besten ihrer Beziehung. Als er kleine flüchtige Einblicke in sein Leben zugelassen hatte, die eine andere Seite von ihm zeigten – und sie war sich vorgekommen, als hätte sie als Einzige schon einen heimlichen Blick in die ersten Seiten des neuen Buchs einer Reihe werfen dürfen.

»Es wäre tatsächlich nett, die ganze Energie, die ich gegen dich aufbringen muss, in andere Dinge zu stecken.« Sie warf ihm ein – wie sie hoffte – verschmitztes Lächeln zu. Ihre Gesichter waren kaum zwei Handbreit voneinander entfernt. Sein Atem roch von den Martinis süßlich, während der überaus saubere Duft seines Haargels in ihrer Nase brannte.

Die Höhe verstärkte ihr leichtes Schwindelgefühl, und sie lehnte sich mit der Stirn wieder gegen die Balkonstreben. In ihrem Schädel schienen gerade alle Martinis dieser Welt zu rumoren.

»Wir könnten sogar …«

»Ja?«, fragte Colin behutsam nach, ganz ohne die gewohnte Forschheit. Vielleicht bildete sie es sich nur ein, aber er schien ein Stück näher an sie heranzurücken.

Und noch näher.

Und …

»Wir könnten sogar ein … ups!« Allisons Kopf rutschte vom kühlen Metallgeländer ab, und sie stieß mit der Schläfe gegen Colins Brille.

Er gab ein komisches Geräusch von sich, und selbst von so Nahem konnte Allison erkennen, wie sich seine haselnussbraunen Augen weiteten, und sie sprach ungefiltert aus, was ihr in ihrer Trunkenheit in den Sinn kam.

»Wir könnten sogar ein gutes Team sein.« So wie damals beim Line Dance. Oder in den seltenen Momenten, in denen sie gemeinsam an einer Textinterpretation gearbeitet hatten, anstatt dem jeweils anderen beweisen zu wollen, dass er im Unrecht war.

Sie würde nie erfahren, ob Colin sie überhaupt gehört hatte.

Passend zur nächsten Ampelschaltung wurde auch sein Gesicht grün, und er gab einen Würgelaut von sich. Dann schluckte er schwer, so dass sie seinen Adamsapfel auf und ab tanzen sah.

Ihr blieb gerade genug Zeit, aufzuspringen, bevor er sich über den Balkon erbrach. Der Anblick war ernüchternd – als würde mit einem Schlag alles an Alkohol aus ihren Adern gesogen.

»Ich bringe dir mal ein Glas Wasser und …« Sie deutete auf den Boden. »Vielleicht einen Eimer?«

Colin stöhnte und drehte ihr langsam das Gesicht zu, wobei ihm fast die Brille in die Lache fiel. »Du musst dich nicht um mich kümmern.«

»Doch, muss ich. Wir haben dezente Waffenruhe, schon vergessen?«

Sie half ihm, ein Stück nach hinten zu rutschen, damit er sich gegen die Schiebetür lehnen konnte. Als sie schon mit einem Fuß wieder in der Wohnung war, griff er nach ihrer Hand und drückte sie.

Die Berührung dauerte kaum länger als einen Herzschlag. Als sie sich umsah, lag die Hand wieder in seinem Schoß, und er blickte Richtung Straße. Doch seinen Händedruck spürte sie noch den ganzen Weg durch Karas Wohnung.

Schon jetzt befürchtete sie, dass das Versprechen, das sie und Colin sich gerade gegeben hatten, nicht einzuhalten wäre. Wie sollten sie je die Vergangenheit vergessen, wenn diese so sehr mit der Gegenwart verwoben war?

Kapitel 9

Während Allison die gewölbte Decke des Speisesaals musterte und überlegte, was sie Professorin Frances von ihren ersten zwei Unterrichtswochen erzählen sollte, vibrierte ihr Handy.

Da sie davon ausging, dass es nur Sophie oder ihre Mutter sein konnten, öffnete sie die Nachricht, ohne genauer auf den Absender zu sehen.

Unbekannt

Bin spät dran! Aber gleich da.

Colin.

Vielleicht hätte sie seine Nummer in ihren Kontakten abspeichern sollen, aber irgendwas an »Unbekannt« gefiel ihr. Als wäre sein Platz in ihrer Welt nicht fest genug, dass er einen Namen verdiente. Auch wenn die Nachrichten, die sie einander nach Karas Party geschrieben hatten, eine andere Sprache sprachen.

Unbekannt

Ich kann nicht fassen, dass ich mitten auf Karas Balkon gereihert habe.

Allison Avery

Ich kann nicht fassen, dass du das Wort reihern benutzt.

Unbekannt

War es so schlimm, wie ich denke?

Allison Avery

Es war ziemlich spektakulär.

Technicolor-Qualität. Wie bei Josephs Mantel.

»… rot und gelb und grün und braun … und scharlach und schwarz und ocker und peach …«

Unbekannt

Hör auf, oder ich muss wieder spucken (brechen? kotzen? göbeln? speien? ist eins davon besser?)

Allison Avery

»… rubinrot, olive und lila und beige …«

Unbekannt

STOPP! AUFHÖÖÖÖÖREN!

Allison bekam wieder Herzklopfen – genau wie beim ersten Lesen der Nachrichten.

Sie sollten nicht auf diese Weise herumschäkern. Und Colin hätte ihre Hand auf dem Balkon nicht auf diese Weise berühren dürfen. Waffenruhe hin oder her, sie waren keine Freunde.

Oder sonst irgendetwas. Jede Interaktion mit ihm war gefährlich, als würde man eine Wunde aufkratzen, die noch nicht verheilt war.

Sie brauchten Abstand voneinander. Räumlich wie zeitlich. Einen Meter fünfzig und zwei Jahre Schweigen, das sollten sie ein für alle Mal beibehalten. Allison stellte ihr Handy stumm und legte es mit dem Display nach unten auf den Tisch. Das war zumindest ein Anfang.

Sie hörte erst das Klimpern von Armreifen, dann kam ihre Professorin um den Tisch und zog den Stuhl ihr gegenüber hervor. Sie sah heute weniger förmlich aus in ihrer engen dunklen Jeans und einem Top mit Schmetterlingsärmeln, auf dessen lavendelfarbenen Stoff kleine silberne Fahrräder gedruckt waren. Am linken Arm trug sie eine geflochtene Ledermanschette mit verzierter Schließe und einen Satz schwarzer und weißer Armreifen. Aschblonde Locken umrahmten ihr Gesicht.

Professorin Frances setzte sich und lächelte ihr freundlich zu. »Allison, danke, dass Sie dieses Treffen so kurzfristig möglich machen konnten.« Sie blickte auf den leeren Platz neben ihr. »Und Colin ist noch nicht da?«

Allison legte eine Hand auf ihr Telefon. Sie sollte ihrer Professorin mitteilen, dass er sie benachrichtigt hatte. Aber ihr kompetitives Ich weigerte sich. Sie war weder seine Assistentin noch seine Sekretärin. Es war nicht ihre Aufgabe, ihn zu entschuldigen.

Und doch musste sie an seinen Blick denken, als er sie um die Waffenruhe gebeten hatte. In seinen braunen Augen hatten Unsicherheit und Verletzlichkeit gelegen. Er hatte es ehrlich gemeint. Und sie hatte eingewilligt.

Außerdem hatte er recht. Sie sollten nicht um die Anerkennung ihrer Professorin konkurrieren, die sie immerhin beide als Assistenten ausgewählt hatte und daher wohl für gleichermaßen vielversprechende Nachwuchswissenschaftler halten musste.

»Ich habe auf stumm gestellt. Lassen Sie mich kurz nachsehen, ob er sich gemeldet hat.« Allison nahm ihr Handy auf und tat, als lese sie ihre Nachrichten.

Gerade, als sie bestätigen wollte, dass Colin seine Verspätung angekündigt hatte, tauchte er auf. Auf seiner Stirn glänzte Schweiß, und seine Brillengläser waren beschlagen. Er atmete schwer, als wäre er hergesprintet.

Professorin Frances sah auf die Uhr, dann auf ihn. »Da sind Sie ja.« Es lag kein Vorwurf in ihrer Stimme, und sie lächelte, aber Colin zuckte trotzdem zusammen. Allison wäre es genauso gegangen. Zu spät zu kommen war für Perfektionisten eine Todsünde.

»Es tut mir furchtbar leid. Mein Auto ist nicht angesprungen, und ich musste mit dem Rad herfahren.« Colin rang noch immer nach Luft und sah zu Allison. »Ich habe Allison Bescheid gegeben.«

»Ich wollte es ihr gerade sagen.« Sie hielt ihm ihr Handy mit seiner Nachricht auf dem Display entgegen.

Überrascht zog er die Augenbrauen hoch, so dass sie unter seinem Pony verschwanden. Ohne die übliche Portion Gel hing es schlaff herunter und schrie förmlich danach, dass jemand mit den Händen hindurchfuhr.

Musste er denn so verdammt heiß sein (im doppelten Wortsinn)? Und dazu noch bezweifeln, dass sie sich an ihre Waffenruhe hielt? Es wäre ein Leichtes gewesen, hier und jetzt seine Autorität zu untergraben, aber sie hatte es nicht getan – mit herkulanischer Anstrengung und jeder Menge Selbstkontrolle.

Im Nicht-Konkurrieren gewann sie auf jeden Fall.

Und konnte sie wirklich sicher sein, dass er für sie dasselbe täte? Noch vor zwei Jahren hätte sie das aus vollem Herzen verneint. Aber der neue Colin hier in Claymore wirkte anders als der Kerl, den sie von der Brown kannte. Damals war er übermäßig von sich eingenommen gewesen und hatte bei jeder Gelegenheit beweisen wollen, dass er in allem der Beste war. Doch trotz seines Auftritts in Professorin Frances' erster Kursstunde war dieser Colin 2.0 zurückhaltender in seinem Auftreten. Auf Karas Party hatte er ihre Meinung hören wollen, anstatt einfach nur von sich zu erzählen (zumindest, bevor er alles vollgekotzt hatte). Wenn sie ehrlich war, musste sie sich eingestehen, dass *sie* diejenige gewesen war, die übermäßig viel Ehrgeiz an den Tag gelegt hatte, ihn auszustechen.

Aber nichts davon spielte eine Rolle, mahnte sie sich selbst. Denn er war immer noch Colin Benjamin, der Typ, der ihr den *Rising Star Award* vor der Nase weggeschnappt und sie kurz danach abserviert hatte, ohne jede Erklärung. Wenn sie nicht … nun ja, *sie selbst* wäre, hätte das damals das Ende ihrer Promotion bedeuten können, noch bevor sie damit angefangen hatte. Und er war trotz allem immer noch derjenige, der ihr den Weg zu all dem versperrte, was sie sich am meisten wünschte.

Bei dem Gedanken spürte sie ein Brennen im Magen. Genau das, was sie jetzt brauchte, grrr.

Professorin Frances kramte in ihrer Tasche und zog ihr Portemonnaie hervor. »Wollen wir vor oder nach dem Essen reden?«

»Davor«, sagte Allison.

»Danach«, widersprach Colin.

Sie starrten einander an.

Professorin Frances warf einen Blick zur Essensausgabe. »Lassen Sie uns rasch etwas holen, bevor die Schlange noch länger wird.«

Die Mensa war zwar klein, aber gut bestückt. Auch jetzt gab es noch eine reichhaltige Auswahl für Frühstück sowie Antipasti, Nudelgerichte, Snacks, eine Salatbar und ein täglich wechselndes Hauptgericht, das heute wie Hühnchen in Sahnesoße aussah. Allison beachtete es nicht weiter, sie bevorzugte Frühstück, egal, zu welcher Tageszeit.

Nachdem sie eine Waffel mit Erdbeeren und Sahne, ein Sandwich mit Truthahnschinken und einen Grünkohl-Smoothie bestellt hatte, blickte sie zur Getränkestation, an der Colin und Professorin Frances Kaffee in ihre mitgebrachten Becher füllten. Sie standen zu weit entfernt, als dass Allison sie hätte hören können, aber Colin sagte etwas, und beide lachten.

Allison ballte die Fäuste. Er tat es schon wieder, knipste sein Charisma an wie eine Taschenlampe. Wer auch immer im Lichtkegel stand, wurde in seinen Bann gezogen. Und vermutlich war es genau das, was ihm auch in seinen Tutorien zum Erfolg verhalf. Er brauchte keine Ahnung von mittelalterlicher Literatur zu haben – alles, was er tun musste, war lächeln und Witze reißen, und alle liebten ihn.

Nur mit Mühe konnte Allison ihr Tablett gerade halten, als sie an den Tisch zurückmarschierte. Professorin Frances hatte sie zu diesem Termin eingeladen, um über ihre Tutorien zu sprechen. Das bedeutete, dass Allison dasitzen und sich anhören musste, wie toll Colins Stunden verliefen. Und dann würde sie wider besseres Wissen lügen müssen. Schon wieder. Oder riskieren, dass sie sich als schlechte Lehrende outete. Und kein Pakt der Welt, ob dezent oder aufdringlich oder sonst etwas, wäre Grund genug, dass sie sich diese Blöße gab.

Nicht vor Wendy Frances.

Und ganz bestimmt nicht vor Colin Benjamin.

Als die beiden zum Tisch kamen, hatte Allison ihre Waffel bereits in identisch große Quadrate zerschnitten und jedes mit einer Erdbeere und einem Sahnehäubchen dekoriert. Die Gleichmäßigkeit war beruhigend. Sie demonstrierte Kontrolle. Ordnung. Die Welt auf Allisons Teller war tröstlicher als ihre wahre Welt je sein würde, vor allem, solange Colin darin vorkäme und Chaos verbreitete.

Während ihres Studiums hatte sich Allison, wann immer sie sich unsicher gewesen war, wie sie einen Text interpretieren sollte, als Erste im Seminar gemeldet. Dinge, die sie beunruhigten, waren leichter zu bewältigen, wenn sie sie nicht vor sich herschob und die Angst damit immer größer und weniger kontrollierbar werden ließ. Wahrscheinlich könnte diese Taktik auch jetzt helfen. »Professorin Frances«, sagte sie also, sobald diese sich hinsetzte.

»Nennen Sie mich Wendy.«

»Wendy, natürlich.« Verdammt. Würde sie sich das je merken können? »Nach der Diskussion in meinem Tutorium habe ich viel über Grendels Mutter nachgedacht und was es bedeutet, dass die zentrale Frauenfigur in *Beowulf* sowohl ein Monster als auch eine Mutter ist. In mittelalterlichen und frühneuzeitlichen Texten werden Mütter oft als Monster charakterisiert, und selbst in der medizinischen Literatur jener Zeit klingen die Beschreibungen ihrer Körper unnatürlich.«

Wendys Gesicht leuchtete auf. »Ihre Gruppe interessiert sich schon für Grendels Mutter?«

Allison nickte. So dick, wie sie gerade auftrug, hätte sie eine Schaufel gebrauchen können. »Sie waren eifrig dabei, haben schon vorausgelesen und hatten jede Menge Ideen.« *Lüge. Lüge. Lüge.*

»Das ist ja beeindruckend. Sie müssen sich sehr wohl fühlen, wenn sie das Risiko eingehen, sich mit einem Textteil zu befassen, den ich noch gar nicht durchgenommen habe.«

Schweigend beobachtete Colin ihr Gespräch, und dann lächelte er. Es sah aus, als … ja, als wäre er – nicht zu fassen – stolz auf Allison. Als hätte er genau das von ihr erwartet. Was in ihr eine Reihe gegensätzlicher Gefühle auslöste: Scham darüber, dass sie gelogen hatte, Reue, weil sie wieder in Konkurrenz zu ihm trat, obwohl sie es nicht sollte … und etwas, dass sich für ihren Geschmack zu sehr nach Zuneigung anfühlte.

Nun wandte Wendy sich ihm zu. »Und wie lief es bei Ihnen, Colin? Wie waren Ihre Tutorien in dieser Woche?«

»Ganz offensichtlich nicht so gut wie Allisons«, sagte er und zwinkerte ihr zu. (Im Ernst: Er *zwinkerte*. Allison hätte am liebsten ein Stück Waffel aufgespießt und auf ihn geschleudert. Direkt zwischen seine Brillengläser.) »Aber ich habe den Eindruck, dass sich meine Studierenden wirklich gute Fragen zu ihren Texten gestellt und sich gut mit dem Format dieser Tutorien arrangiert haben.«

Professorin Frances – nein: *Wendy!* – nickte bedächtig und forderte sie dann auf, einige besondere Momente aus ihren Kursen zu schildern. Allison versuchte möglichst unauffällig, Colin das meiste beisteuern zu lassen, damit sie sich nicht noch tiefer in ihre Lügen verstricken musste. Allerdings war es so gut wie unmöglich, ihm zuzuhören, wie er in aller Ernsthaftigkeit die Gedanken und Fragen seiner Studierenden beschrieb, ohne dass in ihr das Bedürfnis erwachte, sich selbst wieder ins Rampenlicht zu rücken.

Sobald sie beide aus ihren Tutorien berichtet hatten, klatschte Wendy. »Ich hoffe, Sie wissen, wie sehr ich mich über die Arbeit mit Ihnen beiden freue. Und wie beeindruckt ich bin, wie viel Sie mit Ihren Studierenden bereits erreicht haben.«

Allison rutschte schuldbewusst auf ihrem Stuhl. Scham kroch ihr den Rücken hinauf wie Spinnen. Hätte Wendy ihren ersten Unterrichtstag miterlebt, wäre sie weniger beeindruckt gewesen.

»Ich wünschte, ich hätte Sie heute nur wegen eines Gesprächs über Ihre Pädagogik herbeten können. Aber leider habe ich schlechte Nachrichten.«

Allison verkrampfte sich augenblicklich. Sie sah zu Colin, der ihren Blick fragend erwiderte. Wollte Wendy einem von ihnen die Assistentenstelle aufkündigen? Hatte sie aus Versehen doch eine Person zu viel bestellt? Wen würde sie behalten? Und was sollte Allison tun, wenn es nicht sie wäre?

»Ich fürchte, ich kann Sie nicht beide als Mentorin betreuen, wie ich es ursprünglich gehofft hatte.« Sie schob ihr Tablett zur

Seite und lehnte sich vor. »Ich nehme meine Verantwortung als Betreuerin sehr ernst, und gerade zu Beginn der Promotion ist es wichtig, immer für Sie da zu sein. Als wir in diesem Jahr zwei Kandidaten für den Bereich mittelalterliche Literatur angenommen haben, dachte ich noch, ich würde ausreichend Zeit haben. Jetzt aber sind mein Forschungsgeldantrag und der für mein Sabbatical gleichzeitig bewilligt worden, und ich werde nicht Ihnen beiden die Aufmerksamkeit zukommen lassen können, die Sie verdienen.«

Das konnte nicht wahr sein. Allison knetete unter dem Tisch nervös ihre Finger. Mit Professorin Wendy Frances arbeiten zu können war die größte Motivation gewesen, sich an der Claymore University zu bewerben. Was sollte sie tun, wenn das keine Option mehr war?

Colin, der mit verschränkten Armen neben ihr saß, nickte ausdruckslos. Allerdings sah sie, dass er vor Anspannung von innen auf seiner linken Wange kaute.

»Was passiert mit dem- oder derjenigen, die Sie nicht weiter betreuen?«, wollte Allison wissen.

»Ich werde natürlich dabei helfen, einen anderen geeigneten Mentor zu finden, und alles mir Mögliche tun, um sie oder ihn weiter zu unterstützen.«

Ihr ganzes Leben hatte Allison auf diesen Punkt hingearbeitet. Sie konnte nicht einfach so ene, mene, muh zu einer anderen Fachrichtung wechseln. »Kann man sich denn auch auf mittelalterliche Literatur spezialisieren, ohne eine Mentorin aus diesem besonderen Fachgebiet zu haben?«

»Wir werden dafür eine Lösung finden«, versprach Wendy.

Colin räusperte sich – das erste Geräusch, das er seit langer

Zeit des Schweigens machte. »Das ist sehr großzügig von Ihnen, Wendy, und ich wäre froh, weiterhin mit Ihnen zusammenzuarbeiten, egal, in welchem Umfang.«

Wäre es möglich gewesen, Gift durch die Augen zu versprühen, hätte Allison es in jenem Augenblick getan. Was war aus »keine Konkurrenz mehr« geworden? Seine widerlich gleichmütige Antwort ließ Allison wie ein schmollendes Kind erscheinen. Mühsam unterdrückte sie ein trotziges Stirnrunzeln und murmelte: »Ich auch.«

Wendy hob ihren Kaffeebecher an die Lippen und pustete, so dass der Dampf wie ein kleines Gespenst über den Tisch wehte. »Ich weiß, wie ungelegen das kommt, und es tut mir wirklich furchtbar leid. Ich hoffe sehr, Sie beide in diesem Semester so gut kennenzulernen, dass ich die bestmögliche Entscheidung treffen kann. Aber egal, wie sie ausfällt: Ich verspreche, dass Sie beide weiterhin die bestmögliche Beratung und Unterstützung bekommen. Es besteht also kein Grund zur Sorge.«

»Wann werden Sie sich entscheiden?«, fragte Colin.

»Kurz vor Thanksgiving.«

In zwei Monaten also. Damit blieben Allison noch sechzig Tage, um dafür zu sorgen, dass Wendy sich für sie entschied. Colins kalter Blick verriet ihr, dass er dasselbe dachte.

»Versuchen Sie bitte, nicht ständig daran zu denken, und konzentrieren Sie sich weiter auf Ihre Arbeit für den Kurs und für Ihre Tutorien.«

Allison und Colin schwiegen. Wendy senkte den Blick auf ihren Teller und spießte einen Happen ihres Hühnchens auf. Allison saß so verkrampft aufrecht, dass sie fürchtete, Muskelkater im Rücken zu kriegen. Colin hatte seine Schultern bis fast zu den Ohren hochgezogen und presste die Lippen aufeinander. Ihre Körperhaltung sagte damit alles, was ihnen nicht über die Lippen kam. Wie auch immer ihre Waffenruhe hätte aussehen können – mit diesem Moment war sie beendet.

Nun war jede und jeder auf sich gestellt. Und Allison war fest entschlossen, die Position der Mentee einzunehmen – und wenn sie Colin dabei mit Karacho umrennen müsste.

Kapitel 10

Mitten in Allisons erstem Semester an der Brown hatte ihr die Professorin aus dem *Einführungskurs in die Literaturwissenschaft* einen Flyer auf den Tisch gelegt.

Er war aus dickem cremefarbenem Papier gewesen, die Buchstaben darauf in goldenem Prägedruck, so dass er mehr wie eine Hochzeitseinladung aussah als wie ein akademischer Aufruf – wie etwas ganz Besonderes, Wichtiges und Wertvolles eben. Als Allison den Flyer aufnahm, bekam sie vor Aufregung feuchte Hände.

Ganz oben stand *Brown University – Rising Star Award*, darunter eine Aufforderung an »alle Studierende ab dem zweiten Studienjahr, die an weitergehenden akademischen Qualifizierungen interessiert sind, insbesondere im Bereich der wissenschaftlichen Forschung«. Es war, als wäre dieser Aufruf nur für sie verfasst worden. Denn Allison wusste schon lange, dass alles, was sie wollte, ein Leben für die Wissenschaft war.

Ihre Professorin hatte auf den Flyer getippt und sie angelächelt. »Behalten Sie das bitte im Hinterkopf. Ich denke, Sie sind eine ernst zu nehmende Kandidatin.«

Mit einer gewissen Befriedung registrierte Allison, dass die Professorin sonst niemandem im Raum den Flyer aushändigte.

Sie schob ihn in ihre Mappe und hängte ihn später in ihrem Zimmer an die Pinnwand. Das ganze Jahr über las sie ihn jeden Morgen nach dem Aufstehen und prägte sich die geforderten Voraussetzungen immer wieder von Neuem ein. Samt all der Ehren, die mit dieser Auszeichnung einhergingen.

Wer den *Rising Star Award* gewann, würde die Brown in diesem Jahr beim Studierenden-Symposium repräsentieren und dort einen Vortrag halten, der anschließend im akademischen Journal des Symposiums veröffentlicht würde. Das allein würde genügen, um den Zugang zu jeder noch so elitären Universität zu gewährleisten, doch dazu gäbe es noch ein Preisgeld von zehntausend Dollar. Jed war gerade aus ihrem Elternhaus ausgezogen, und die Scheidungsanwältin kostete ihre Mutter ein Vermögen. Zehntausend Dollar würden ihnen beiden eine Menge Luft verschaffen und Allison zudem davor bewahren, sich auf dem Campus einen Job suchen zu müssen, so dass sie ihre ganze Energie in ihr Studium stecken könnte.

Dieser Ritterschlag umfasste einfach alles, was sie sich nur wünschen konnte.

Kurz nach Beginn ihres zweiten Studienjahres begann Allison mit der Bewerbung. Es war eine Menge Arbeit – sie brauchte nicht nur ein Motivationsschreiben und einen Probeaufsatz, sondern auch eine aktuelle Hausarbeit zu einem der Semesterthemen. Von Januar bis März tat sie kaum anderes als zu schreiben, zu überarbeiten und wie besessen ihre Unterlagen zu verbessern. Sie hinkte in allen Kursen hinterher, war jedoch zuversichtlich, dass sie alles aufholen würde, sobald sie ihre Bewerbung eingereicht hätte.

Von Anbeginn ihrer Beziehung hatte Colin an dem Preis kein Interesse gezeigt, was Allison wunderte und sie eine Woche vor Abgabedatum noch einmal direkt nachfragen ließ.

Sie saßen in der Mensa, beide vom Schlafmangel erschöpft, und er hatte vehement den Kopf geschüttelt und abgewinkt. »Das Letzte, was ich nach meinen zehn Bewerbungen für PhD-Programme brauche, ist, meine Unterlagen noch irgendwo einzureichen. Das überlasse ich ganz allein dir.«

Wie um zu beweisen, dass er es ehrlich meinte, wurde er in diesen letzten Tagen zu einer unerschütterlichen Stütze, lieferte endlos Feedback zu Allisons Material, besorgte spätnachts noch Snacks und Kaffee und bot ihr eine breite (wenn auch knochige) Schulter zum Anlehnen, wenn sie kurz verschnaufen oder dösen wollte. Zum ersten Mal fühlte Allison sich mit ihm tatsächlich wie in einem Team, das nur ein Ziel verfolgte: ihren Sieg.

Noch nie in ihrem Leben war sie so zuversichtlich gewesen wie in dem Moment, als sie zum Abgabedatum der Online-Bewerbung auf *Senden* tippte. Noch nie hatte sie etwas so gut Geschriebenes abgeliefert, geschweige denn etwas so gut Durchdachtes. Ihre Interpretation der Beatrice aus Dantes *Paradies* hatte definitiv Master-Niveau. Und das in ihrem zweiten Studienjahr.

Wer, wenn nicht sie, sollte der aufgehende Stern am Wissenschaftshimmel sein?

Am Tag der Bekanntgabe der Erst- und Zweitplatzierten war sie noch aufgeregter als damals, als sie die Zusage der Brown University erwartet hatte. Ihre ganze Zukunft, all ihre Träume schienen auf Messers Schneide zu stehen. Was, wenn sie nicht gewann? Wenn sie sich nicht auf diese Publikation berufen konnte? Wenn sie nicht das Geld bekam, um ihrer Mutter zu helfen? Diese Auszeichnung schien der perfekte, wenn nicht sogar der einzige Weg in ihre Zukunft.

Am Ende wurde ihr Name tatsächlich genannt. Allerdings an zweiter Stelle.

An erster Stelle stand ein anderer Name.

Der des Gewinners.

Colin Benjamin.

Er hatte nie vorgehabt, ihr das Feld allein zu überlassen. Stattdessen war er der Eisberg gewesen, der unter Wasser verborgen darauf wartet, dass die *Titanic* ihn rammt. Und untergeht.

Und jetzt tat er es schon wieder.

Als sie am Tag nach ihrem gemeinsamen Mittagessen mit Wendy in ihrem Kurs *Die Greatest Hits der britischen Literatur* saß, konnte Allison an nichts anderes denken. Zum zweiten Mal schon plante Colin, ihr etwas wegzunehmen, das er nicht verdiente. Ihre Wut brannte sich wie überlaufendes Fass Säure durch ihre Eingeweide.

Neben ihr machte Colin sich so verkrampft Notizen, als müsse er sie in Stein meißeln. Mehr als einmal riss das Papier, weil er mit dem Stift so fest aufdrückte. Kein Wunder, dass die Bücher, die er sich damals von Allison ausgeliehen hatte, nach der Rückgabe immer aussahen, als hätten sie die Apokalypse erlebt. Dieser Mann hatte keinen Respekt vor dem Erbe Gutenbergs.

Kratz. Kratz. Kratz. Wie mit scharfen Fingernägeln über Kalkwände gekratzt, zog das Geräusch langsam ihre Wirbelsäule hinauf.

Sie rückte von Colin ab, so weit es der Tisch erlaubte, und zischte: »Wo ist denn dein Laptop?«

Colin überflog noch einmal die Verse des aufgeschlagenen *Beowulf.* »Ich schreibe die Hinweise zur Analyse gern direkt an den Text.«

Allisons Bücher waren schon zu sehr mit ihren eigenen Gedanken gefüllt, als dass sie noch Platz für die Thesen aus dem Kurs gehabt hätte. Dafür brauchte sie einen extra Ordner, was sie ohnehin bevorzugte, denn so konnte sie unterscheiden, was ihre eigenen Ideen zur Analyse waren und was Hinweise anderer. Aber vielleicht war Colins Analyse nicht tiefgehend genug, um eigene Schlüsse zu ziehen. Bei dem Gedanken klopfte sie sich innerlich auf die Schulter. Ein weiterer Grund, weshalb *sie* es verdient hätte, Mentee zu werden.

Wendy hinter ihrem Pult sah auf die Uhr. »Wir haben noch zwanzig Minuten, und ich habe für heute schon genug geredet. Jetzt möchte ich etwas von Ihnen hören.« Sie deutete in Richtung der Studierenden, so dass ihre Armreifen (heute in Gold und Rosa) klimperten.

Allison blickte über die Sitzreihen. Aus ihren Tutorien waren ihr über die Hälfte der Gesichter vertraut, und alle, die sie wiedererkannte, saßen hier ebenso stumm wie in ihren Freitagskursen. Vielleicht lag es also doch nicht an ihr persönlich (oder zumindest nicht nur).

Nach weiteren zehn Sekunden des Schweigens hob sie die Hand. Es war an der Zeit, vor Wendy Initiative zu zeigen (und sich ein paar Extrapunkte für die Gewinnerseite zu verdienen).

Die Professorin lächelte und nickte ihr aufmunternd zu.

»Mich hat fasziniert, wie der Autor auf verschiedenste Weise sowohl Grendel als auch seine Mutter außerhalb der Welt des Menschen verortet.« Allison blätterte durch ihr Buch und suchte nach einer aussagekräftigen Passage. »Das auffälligste Beispiel dafür ist wohl, dass Beowulf und die Gauten die Halle des Dänenkönigs verlassen müssen, um Grendels Mutter zu finden. Sie ist im wahrsten Sinne des Wortes *außerhalb*. Für mich zeigt das mehr als deutlich, wie sehr sich der Text bemüht, normative Definitionen für Männlichkeit zu prägen.«

Aus dem Augenwinkel nahm sie wahr, wie einige Studierende ihre Stifte nahmen und zu schreiben begannen. Andere klappten ihre Laptops auf und tippten. Ihr Herz machte einen Satz. Noch nie zuvor hatte jemand mitgeschrieben, was sie gesagt hatte, nicht einmal in den Tutorien. Vor Stolz bekam sie heiße Wangen.

Ihr Glücksgefühl ließ nach, als Colin sich räusperte und ebenfalls zu Wort meldete. Er hielt das aufgeklappte Buch gegen den Oberkörper gedrückt, als müsse er sich zurückhalten, obwohl er sich gleichzeitig vorlehnte, damit Wendy ihn auch sicher bemerkte.

»Ja, Colin?« Die Stimme der Professorin klang amüsiert. Vermutlich, weil er kurz davor zu stehen schien, wie ein übereifriger Welpe in die Buchkante zu beißen (wie naheliegend diese Idee war, wusste Allison von den nicht wenigen Bisspuren, die Monty ihren Büchern zugefügt hatte).

»Allison hat recht, aber ich halte es für wichtiger, auf die Unterschiede zwischen Grendel und seiner Mutter zu achten und darauf, wie diese im Text verankert sind, als nach etwas zu suchen, was sie verbindet.«

Am liebsten hätte Allison den nächstbesten schweren Gegenstand genommen und ihm damit auf den Kopf geschlagen, oder besser noch: mit seinem eigenen Ego. Aber wenn sie ihren Ärger zeigte, würde er wissen, dass er sie durch seinen Widerspruch getriggert hatte. Und diese Genugtuung würde sie ihm nicht gönnen. »So, tust du das.« Sie bedachte ihn mit einem rasiermesserscharfen Lächeln.

Er lächelte ebenfalls, jedoch entspannt, und lehnte sich wieder zurück. »Mir ist aufgefallen, dass Grendel eher mit menschlichen Begriffen beschrieben wird, während der Autor seine Mutter als Ding bezeichnet. Als Kreatur. Das hat mich an das erinnert, was du gestern über die Körper von Müttern gesagt hast: dass sie in der älteren Literatur eher missgestaltet oder unnatürlich dargestellt werden.«

Dass er jetzt ihre ureigenen Ideen in die Diskussion einbrachte, verursachte ihr Herzklopfen. War ihm nicht klar, dass er ihr damit Anerkennung zollte? Sie straffte die Schultern. Alle Blicke waren auf sie gerichtet. Und niemand schien gelangweilt oder frustriert. Einige machten sich noch immer Notizen, andere lauschten gespannt. Sie alle würden diese Kursstunde mit *Allisons* Ideen im Kopf verlassen.

Genau das wünschte sie sich auch für ihre Tutorien. Wie schön wäre es, wenn sie das auch ohne Colin schaffen könnte. Sie wollte alles ohne ihn schaffen.

Sie räusperte sich. Noch war sie es, der alle zuhörten, daran musste sie denken. »Das Thema Muttergestalten ist in der Tat ein wichtiges, aber ich halte es in diesem Epos für nicht relevant, weil Frauen für den Autor anscheinend keine besondere Bedeutung hatten.«

Colin hob wieder die Hand. »Wenn ich hier einmal Advocatus Diaboli spielen darf …«

Des Teufels Advokat – eines dieser Worte passte, und das war nicht »Advokat«. »Tust du das nicht immer?«, erwiderte sie herausfordernd.

Er grinste, als hätte sie ihm gerade ein Kompliment gemacht. »Was, wenn der Autor umgekehrt den Frauen *zu viel* Bedeutung zumaß? Was, wenn er glaubte, Grendels Mutter herabwürdigen zu müssen, weil eine mächtige Frau zu verstörend und möglicherweise gefährlich sein könnte?«

Mistkerl. Das war ein guter Punkt.

Wendy trat vor ihr Pult, bevor Allison sein Argument widerlegen konnte.

»Und das ist es«, sagte die Professorin lächelnd, »was wir einen guten Diskurs nennen.« Sie machte eine Geste in Richtung der Studierenden. »Den ich von Ihnen allen erwarte, sowohl in Ihren Tutorien als auch hier, wenn wir Gelegenheit dazu haben.«

Allison schrieb schnell einige Ideen in ihr Notizbuch, die ihr bei ihrem Streitgespräch gekommen waren. Sie hatte immer noch heiße Wangen, und ihr Herz raste, als hätte sie gerade ein Wettrennen hinter sich. Ein Teil von ihr wünschte, sie hätten ihre Diskussion weiterführen können. Obwohl es leider ausgerechnet Colin gewesen war, der sie mit seinen klugen Einwänden herausgefordert hatte, so war es doch … nun ja … immer wieder spannend, sich so intensiv mit der Art von Literatur auseinanderzusetzen, die sie liebte. Allison befasste sich auch gern mit postkolonialer Literatur und viktorianischen Familien und Literaturtheorie, aber das war trotzdem nicht dasselbe, weil die Bücher in diesen Kursen sie nicht so sehr berührten und bewegten, wie es die Literatur aus dem Mittelalter tat. Und natürlich hatte sie auch Ideen und Gedanken zu den anderen Büchern, doch ihr Herz hing nicht daran, und so verfolgte sie diese kaum je weiter.

Bei mittelalterlicher Literatur erging es ihr ganz anders. Wenn sie über Grendel und seine Mutter und überhaupt alles las, was sie im Text angestrichen hatte, geriet sie regelrecht in Verzückung, und die Worte wirkten noch lange in ihr nach, auch wenn der Kurs sich später mit Chaucer und Gower und Shakespeare befasste.

Wendy entließ die Studierenden, die nun ihre Sachen zusammenpackten. Auch Allison stellte ihre Tasche auf den Tisch.

Colin beobachtete sie aus seinen wachen haselnussbraunen Augen. »Das war genial.«

Auf einmal musste Allison ganz dringend ihre Tasche inspizieren. Den Hefter hierhin, das Notizbuch dorthin sortieren. Die Stifte in eine andere Seitentasche. Alles Mögliche, um ja das Kribbeln zu ignorieren, das sein Blick in ihr auslöste. »Ja, das hast du toll hingekriegt, dich meiner Ideen zu bemächtigen. Bravo.«

»Wie bitte?« Aus dem Augenwinkel bemerkte sie, wie ihm der Kiefer herunterklappte. Sie hoffte, ihm würde eine Fliege in den Mund fliegen. Voll Karacho gegen sein Zäpfchen. »Hast du nicht gemerkt, was gerade passiert ist?« Er deutete auf die mittlerweile leeren Reihen. »Die waren ganz und gar gebannt. Und das haben wir geschafft, indem wir zusammen auf Dinge gekommen sind, die dir allein bisher entgangen waren.«

Mit lautem Knall schlug Allison ihr Notizbuch auf den Tisch. »Erstens …«, sie imitierte Ethan Windbeutel und nutzte zur Aufzählung ihre Finger, »… ist mir überhaupt nichts entgangen. Du hast mir ja gar nicht die Chance gegeben, meine Gedanken zu Ende zu führen, bevor du dich eingemischt hast.«

»Aber …«

Sie starrte ihn wütend an, und er brach ab.

»Zweitens …«, der zweite Finger, »… haben *wir* überhaupt nichts geschafft. Du wolltest mich vorführen, aber das ist dir nicht gelungen.« Gut, sich eine Minute lang wie eine echte Kursleiterin zu fühlen war toll gewesen, aber dieser Teamwork-Gedanke war absurd. Nichts davon hatte er für sie getan. Er tat nie etwas für sie. Der *Rising Star Award* bewies es zur Genüge. »Wir wissen beide, dass unsere Waffenruhe in dem Moment endete, als Wendy sagte, sie könne nur einen von uns unter ihre Fittiche nehmen, also lass uns bitte nicht so tun, als wäre es anders.«

Colin seufzte laut. »Darf ich jetzt mal was sagen?«

Sie verschränkte die Arme. »Vielleicht.«

Hinter Allison erklang ein Räuspern. »Alles in Ordnung bei Ihnen?«, erkundigte sich Wendy.

Allison fuhr herum und zwang sich zu einem Lächeln. »Absolut.« Sie sah wieder zu Colin. »Wir beenden nur gerade unsere Diskussion von eben. Da sind ein paar Dinge, die … geklärt werden müssen.«

»Tja, ich freue mich, dass Sie lieber miteinander als gegeneinander arbeiten.« Zwischen ihren Worten lag viel Unausgesprochenes. »Es ist wirklich schön, Sie beide hier zu haben.

Ihre Diskussion war phantastisch und hat wunderbar gezeigt, wie Beteiligung und Diskurs in einem Literaturseminar aussehen sollten. Vielleicht könnten Sie die Studierenden beim nächsten Mal mit einbeziehen?«

Mit anderen Worten: Hören Sie mit Ihrem blödsinnigen Theater auf.

Allison und Colin nickten.

»Wunderbar.« Sie klatschte ein Mal. »Eins noch: Freitagmittag findet in der Fachhochschule für Gestaltung ein Vortrag über mittelalterliche Architektur statt. Da Sie sich beide für Mediävistik interessieren, dachte ich, wir könnten zusammen hingehen.«

»Gern, ich bin mittags mit meinen Tutorien durch«, sagte Allison.

»Ich habe den ganzen Tag frei«, sagte Colin.

»Perfekt. Der Vortrag beginnt um zwei, da könnten wir vorher noch etwas essen gehen. Vielleicht zur Abwechslung einmal außerhalb des Campus.«

Nachdem beide zugestimmt hatten, hängte sich die Professorin ihre Tasche über die Schulter und ging. Zwischen Allison und Colin herrschte beredtes Schweigen.

Als Allison ihre Tasche zuschnappen ließ, räusperte sich Colin.

»Ich wollte nicht …« Er stockte und trommelte mit den Fingern auf den Tisch, als würde er Klavier spielen. »Ich wollte dich nicht ausbooten.«

»Na klar.« Sie wollte kühl und distanziert bleiben, doch das Zögern in seiner Stimme machte ihre Abwehrhaltung zunichte.

So war er es immer gewesen. Er hatte die Risse in ihrem Schutzwall allzu leicht gefunden und ihn durchbrochen. Sie verschränkte die Arme, als könnte sie Colin dadurch abwehren.

Seufzend fuhr er sich durch das gegelte Haar und nahm seine Tasche vom Tisch. »Ich habe verstanden, dass du in mir nur noch den Bösewicht siehst, nachdem …« Er hob beide Hände. »… na ja, nach allem. Und ich kann's nachvollziehen. Ich wünschte nur …« Er schüttelte den Kopf.

»Was?«, entfuhr es Allison. Unbewusst ging sie einen Schritt auf ihn zu. Es fühlte sich an, als würden sie an der Schwelle zu etwas stehen … an einem kritischen Punkt, gefährlich nah am Abgrund. Nur eine falsche Bewegung, und sie beide würden fallen.

Es dauerte genau eine Sekunde, bis Colin genau das vollbrachte.

Er ließ seinen Blick über ihr Gesicht streifen, sanft wie ein Streicheln mit den Fingerspitzen, auch wenn er dabei die Lippen zusammenpresste. »Du hast recht«, sagte er dann. »Vorbei ist vorbei. Kein Rückspiegel, kein Schulterblick.«

Nur, dass sein Ton das genaue Gegenteil vermittelte.

Kapitel 11

Hallo Allison,

wie deine Mutter mir sagte, gehst Du wieder zur Uni. Für irgendeinen weiterführenden Abschluss? Ich habe es nicht ganz verstanden, aber Du kennst ja meine Einstellung zum Studieren.

In der Arbeit immer dasselbe. Viel zu tun. Paula geht es gut, aber wir haben beschlossen, dass es mit dem Zusammenwohnen für uns nicht passt, also ist sie wieder in ihre alte Wohnung zurück. Ich weiß, Deine Mutter hat Dir von meiner Herzgeschichte erzählt, aber das ist nichts, worüber Du Dir Sorgen machen musst. Nur ein harmloses Stolpern. Sie macht wie üblich viel Tamtam um nichts.

Viel Glück mit Deinem Unizeug. Falls wir vorher nicht mehr sprechen, lass mich wissen, ob Du zu Thanksgiving kommst, damit ich entsprechend planen kann. Ich will das ganze extra Essen nämlich nicht umsonst kaufen. Wie wir alle wissen, hast Du ja immer einen herzhaften Appetit.

Gruß, Jed

Das Handy so fest umklammert, dass ihre Fingerknöchel weiß wurden, tigerte Allison durch ihr Zimmer. Es war das dritte

Mal, dass sie Jeds E-Mail von vor einer Stunde las, und mit jedem Mal spürte sie, wie die Wut mehr in ihr hochkochte.

Nicht nur, dass er ihre bisher größte akademische Leistung offensichtlich geringschätzte, er hatte noch nicht einmal gefragt, wie es ihr ging. Stattdessen hatte er ihre Mutter beleidigt, Allisons Lebensziele runtergemacht und, um noch eins draufzusetzen, sie als Fresssack dargestellt. Und das alles in drei Absätzen. Was für ein Rekord!

Monty versuchte, mit ihren schnellen Schritten mitzuhalten, und tänzelte ihr um die Füße. Bei der nächsten Kehrtwende trat sie ihm beinahe auf die Pfoten, worauf er sich jaulend unter dem Bett verkroch. Ihn so verängstigt darunter hervorlugen zu sehen ließ Allison endgültig in Tränen ausbrechen.

Verdammter Jed! Sie hasste ihn dafür, dass er ihr das antat. Und nicht zum ersten Mal.

Er war ihr Vater. Er sollte sie unterstützen. Er sollte ihr Halt geben, dafür sorgen, dass sie sich gut und stark und in der Lage fühlte, die Dinge des Lebens in die Hand zu nehmen. Er sollte ein Vorbild für ihren zukünftigen Partner abgeben. Stattdessen war er ein Alarmsignal, wie ein riesiges Warnschild in leuchtendem Neon: *Unheil voraus*. Allison hatte es so satt.

Sie kniete sich vor das Bett, lockte Monty auf ihren Arm und marschierte durch den Flur. Sie brauchte Sophie. Und ein WCS. Alles, was dieser Heulerei ein Ende machte.

Ihr Vater hatte ihre Tränen nicht verdient. Er war sie nicht wert. Irgendwann musste sie aufhören, ihm hinterherzuweinen.

Obwohl die Tür offen stand, klopfte Allison an. Sophie bat sie herein, aber durch die Stecknadeln in ihrem Mund klang ihre Stimme gedämpft. Vor ihr stand eine Schneiderpuppe, deren unterer Teil mit schwarzseidenem Stoff drapiert war. Die eingewobenen Silberfäden glitzerten im Licht der Schreibtischlampe wie Sterne am Nachthimmel.

Ihre schwarzen Locken hatte Sophie mit zwei Stiften in einen Knoten gedreht, ein Tuch hielt den Pony zurück. Ihr altes Batman-T-Shirt rutschte ihr Eighties-mäßig lässig über die Schulter, da sie den Halsausschnitt abgeschnitten hatte, und in ihren grauen Leggings schlängelte sich eingenähter Netzstoff von den Knöcheln bis zum Oberschenkel hinauf. Nur Sophie schaffte es, in ihren bequemen Zuhauseklamotten derart cool aussehen.

»Was ist los?«

Als er ihre Stimme hörte, wand Monty sich aus Allisons Arm und sprang in den nächstbesten Stoffhaufen. Er drehte sich etliche Male um sich selbst, bis er von blau-weiß gestreiften Baumwollresten umhüllt an Sophie Knöchel angekommen war, den er hingebungsvoll ableckte. Gedankenverloren tätschelte sie ihm das Köpfchen.

»Ich brauche ein WCS für den Fall, dass ich nie mehr mit meinem Vater rede.« Allison ließ sich neben der Tür in den großen Lehnsessel fallen.

»O je.« Sophie piekte ihrer Puppe die Stecknadeln ins Herz und lehnte sich zurück, um Allison ihre volle Aufmerksamkeit zu schenken.

»Jepp.« Allison hielt Sophie ihr Handy hin.

Sophie las, und mit jedem Wort kniff sie die kupferfarbenen Augen weiter zusammen. »Ist das sein Ernst, verdammt noch mal? Zwei Zeilen über diese sprechende Ottomane namens

Paula, aber du kriegst nichts? Nicht eine einzige Frage, wie es dir geht?«

»Daher das WCS.« Allisons Wangen brannten von den trocknenden Tränen. Sie rieb mit den Handrücken darüber. Auch wenn sich alles andere ändern würde: Was Jed betraf, wäre Sophie immer auf ihrer Seite.

»Der verdient was ganz anderes als ein WCS.«

Allison legte den Kopf schief, und Monty auf dem Boden tat dasselbe, als würde er jedes Wort verstehen. »Und was soll das sein?«

»Ich habe keine Ahnung, aber dieses Oberarschloch wird die Quittung dafür bekommen.« Sophie überflog die E-Mail erneut und nickte. »Okay. Erstens: Er wird dich bei deiner Hochzeit nicht zum Altar führen.«

»Darauf scheiß ich. Ich bin sowieso niemandes Eigentum, das ausgehändigt werden muss. Ich gebe mich selbst hin, ob wir dann noch Kontakt haben oder nicht.«

Neben Allisons Füßen lag ein Skizzenblock, aufgeschlagen bei der Zeichnung eines midi-langen Kleides mit modifiziertem Matrosenkragen, der die Schultern freiließ. Allison nahm den Block auf und blätterte durch die Entwürfe, wie immer beeindruckt von Sophies Ideenreichtum. Sie entwarf ihre Sachen stets in Hinblick auf Übergrößen. Selbst eine Plus-size-Frau, wusste sie, wie schwer es war, in dieser Welt bequeme und gleichzeitig stylische Kleidung zu finden. Sie wollte Klamotten für genau die Körperformen designen, die üblicherweise vergessen wurden, und sich mit behinderten, trans und queer Designern zusammenzutun, um irgendwann ein inklusives Modelabel zu gründen.

Allison hielt den Block hoch. »Sieht aus, als würden deine Entwürfe Fortschritte machen, oder?« Sie hasste sich selbst dafür, dass sie schon lange nicht mehr nachgefragt hatte. Eigentlich wollte sie ihre Freundin doch uneingeschränkt darin unterstützen, ihre Träume wahr werden zu lassen. Sie wünschte nur, dass diese Träume ihr Sophie nicht wegnehmen würden. Warum konnten sie beide nicht alles erreichen, was sie sich wünschten, und trotzdem hierbleiben? Zusammen?

»Ja, ich bin gut vorangekommen.« Sophie deutete mit dem Daumen auf die Tür ihres Kleiderschranks, wo das Matrosenkleid aus dem Skizzenbuch zu sehen war, daneben hingen eine zweireihige Cabanjacke und ein karierter Blazer mit Flicken auf den Ellbogen.

»Wow!« Allison stieg über Monty und mehrere aufgetürmte Stoffhaufen hinweg, um die Sachen genauer zu inspizieren.

Sophie sagte von sich, sie gedeihe am besten im Chaos. Als sie und Allison sich damals im Wohnheim ein Zimmer geteilt hatten, war sie noch um Ordnung bemüht gewesen (was bedeutete, dass sie das Durcheinander ihrer Stoffe, Buntstifte, Papiere und Nähutensilien auf ihrer Seite des Raumes belassen hatte), aber jetzt, mit einem Zimmer für sich allein, zelebrierte sie das Konzept des Chaos.

Allison befühlte den Stoff des Matrosenkleids. »Und was kommt als Nächstes?«

»Ich stelle meine Muster fertig und kann sie hoffentlich auf der nächsten Messe in New York ausstellen, um Käufer zu finden.«

Allison machte große Augen. »Das wäre ein Riesenschritt.«

Sophie nickte. »Das Kleid magst du, oder?«

»Es ist phantastisch.« Der Stoff fühlte sich so weich an, als trüge man einen Sommerregen auf der Haut.

»Freut mich. Du hast mich nämlich dazu inspiriert.«

»Was?« Allison fuhr herum. »Wenn du mich siehst, denkst du an einen Matrosen?«

Sophie lachte. »Nein. Wenn ich dich sehe, denke ich: klassisch mit einem Hauch Risiko.«

Allison wurde rot. Es war doch immer überraschend, wie man in den Augen anderer wirkte. Denn eigentlich fühlte sich zurzeit nichts an ihrem Stil oder ihrem Leben wirklich riskant an. Doch war es nicht genau das, was ihre Mutter damit meinte, dass Allison es sich zu bequem im Vertrauten machte?

Sie lächelte. »Das gefällt mir.«

Sophie lachte. »Natürlich tut es das. Aber jetzt setz dich hin und lenk nicht ab. Uns fehlen noch mindestens zwei Szenarien für Jed.«

Seufzend balancierte Allison wieder zum Sessel. Noch ehe sie ganz saß, sagte Sophie: »Zweitens: Er streicht dich aus seinem Testament, und da wir wissen, wie geizig der Mann ist, muss er einiges auf der hohen Kante haben.«

»Ich brauche sein Geld nicht. Mom und ich kommen zurecht.«

»Cassandra wird bestimmt sauer auf dich sein. Du weißt, wie viel ihr daran liegt, dass du ein gutes Verhältnis zu deinem Vater hast.«

»Für dieses Szenario habe ich keinen Plan«, murmelte Allison.

Erwachsen zu sein soll doch bedeuten, sein Schiff allein zu steuern und unabhängig von den Menschen zu handeln, die einen großgezogen hatten. Warum also fühlte sich jede Entscheidung, die Allison je getroffen hatte – mit Ausnahme des Promotionsstudiums –, so an, als hätte sie mindestens mit einem Elternteil (oder beiden) zu tun gehabt?

Sophie hob Monty auf den Schoß und kraulte ihm den Kopf. »Hör zu. Ich bin die letzte Person, die dir einen Rat geben sollte, weil meine Familie geradezu ekelhaft harmonisch ist, aber ich finde, niemand kann dir einen Vorwurf machen, wenn du auf diesen Brief nicht antwortest. Oder dich nie wieder bei ihm meldest.«

Allison stöhnte. »Das reicht mir aber nicht. Er wird es wahrscheinlich gar nicht mitbekommen, dass ich mich nicht zurückgemeldet habe. Ich will ihn wissen lassen, dass ich verärgert bin.« Sie krallte ihre Finger in die Sessellehne. »Nein. Nicht verärgert. *Stinkwütend.*«

Jetzt, wo sie es laut ausgesprochen hatte, spürte sie, wie sehr es zutraf. Die meiste Zeit ihres Lebens hatte sie den Umgang mit ihrem Vater einfach auf ein Minimum beschränkt. Wenn sie ihn nicht sah und nicht mit ihm sprach, konnte er nicht auf ihrem Gewicht herumreiten oder ihr unter die Nase reiben, dass ihre Ausbildung rausgeschmissenes Geld wäre. Und wenn sie ihm nichts von den Entscheidungen erzählte, die sie für ihr Leben traf, konnte er sie nicht miesmachen. Diese Taktik hatte sie von ihrer Mutter gelernt, deren ganzes Erwachsenenleben darin bestanden hatte, Jeds Angriffe und Beleidigungen zu deeskalieren.

Aber all das diente nur dazu, Rücksicht auf ihn zu nehmen. Und das Letzte, was er verdient hatte, war Rücksichtnahme.

»Was willst du tun?«, fragte Sophie und gab Allison ihr Handy zurück.

Allison öffnete die E-Mail erneut.

»Ich werde antworten und ihm ganz genau sagen, was ich denke.«

Kapitel 12

Das Aroma scharfen Essens brannte prickelnd in Allisons Nase, als sie die Tür zum Thai-Restaurant öffnete.

Obwohl sie spät dran war, hielt sie inne, atmete tief ein und blies die Luft erst nach einigen Sekunden wieder aus. Sie spürte, wie sich ihr Herzschlag beruhigte. Auf keinen Fall wollte sie gehetzt zu diesem Treffen mit Wendy und Colin erscheinen.

In den letzten Tagen hatte Allison an wenig anderes denken können als an die E-Mail ihres Vaters, die sie vollkommen aus der Bahn geworfen hatte. Sie hing in all ihren Kursen hinterher, und ihre letzten Tutorien waren sogar noch schlimmer verlaufen als ihre ersten. Sie musste Jed antworten und diese Tür schließen, so wie sie es Sophie gesagt hatte, aber bislang waren ihr noch keine passenden Worte eingefallen.

Wie zum Teufel sollte sie in ihrer Gegenwart und Zukunft gute Leistungen bringen, wenn die Vergangenheit sie immer wieder einholte und alles ruinierte?

Wie aufs Stichwort entdeckte Allison in diesem Moment das allernervigste Element ihrer Vergangenheit an einem Tisch am Fenster sitzen. Das Sonnenlicht schimmerte golden auf seinem hellbraunen Haar, und seine feinen Gesichtszüge mit der Ansammlung von Sommersprossen auf Nase und Wangen erstrahlten. Einmal hatte Colin ihr erlaubt, die Pünktchen mit einem hellen Eyeliner zu verbinden. Erschöpft und gestresst von all der Lernerei für die Abschlussprüfungen, hatten sie spät in der Nacht noch wach bei ihr im Bett gelegen, sein Kopf auf ihrem Schoß, und sie hatte mit den Fingerspitzen unsichtbare Linien von Sommersprosse zu Sommersprosse über sein Gesicht gezogen.

»Ich frage mich, ob sie irgendetwas zeigen«, überlegte sie laut.

Schläfrig murmelte er etwas Unverständliches.

»Wie Sternenbilder, meine ich.«

»Finde es doch raus.«

Sie war nicht ganz sicher, was er damit gemeint hatte, aber als sie mit dem Eyeliner zurückkam, sah er sie erschrocken an.

»Der geht wieder ab«, versicherte sie ihm.

Auf seiner linken Wange entdeckte sie eine Sanduhr, auf der rechten ein Herz.

Sie standen nebeneinander vor dem Spiegel oberhalb ihrer Kommode, und Colin inspizierte ihr Werk. Vorsichtig betastete er die Bilder, dann sah er ihr in die Augen. Seine Iris hatten die Farbe gelbbraun welkender Herbstblätter. »Zeit und Liebe«, hatte er geflüstert. Sie hatte gelächelt.

In dem Moment hatte sie geglaubt, sie würden von beidem immer genug haben.

Heute wusste Allison, dass das Gegenteil der Fall gewesen war. Jede gemeinsam verbrachte Sekunde hatte sie unweigerlich dem Augenblick nähergebracht, an dem Colin die Beziehung beendete.

Sie schluckte schwer. Je mehr sie sich bemühte, ihre Vergangenheit mit Colin zu vergessen, desto störrischer beherrschte sie ihre Gedanken.

Allison fuhr sich mit den Händen übers Gesicht, straffte die Schultern und marschierte durch das Lokal.

Immer das Ziel im Blick behalten, Avery.

In diesem Moment ging es in ihrem Leben einzig und allein darum, Wendy Frances als Mentorin zu gewinnen. Sie öffnete im Geiste zwei Kartons. In den einen pfefferte sie Colin, klappte den Deckel zu und schob ihn auf das oberste Regal. In den anderen warf sie Jed und räumte ihn beiseite, um sich später damit zu befassen.

Nur dank dieser Abschottung konnte sie jetzt den Stuhl gegenüber Colin mit einem Lächeln zurechtrücken und sich setzen.

Er folgte aufmerksam jeder ihrer Bewegungen. »Ich hatte mich schon gefragt, ob du noch kommst.«

»Warum? So spät bin ich doch gar nicht dran.« Zur Not hätte sie sich selbst mit blutenden Wunden hierhergeschleppt. Auf keinen Fall hätte sie diesen Nachmittag mit ihrer Professorin Colin überlassen.

»Hast du Wendys Mail nicht gelesen?«

Allison schüttelte den Kopf. »Ich hatte den ganzen Vormittag Tutorien.«

Er nahm sein Handy und tippte darauf herum. »Sie hatte einen Notfall mit ihrer Katze und kann nicht kommen. Sie will, dass wir ohne sie gehen.«

Nun griff Allison nach ihrem eigenen Handy. Unfassbar! So grausam konnte das Universum doch nicht sein. Aber da stand es, in der ersten Mail ihres Posteingangs: eine kurze Entschuldigungsnachricht von Wendy, in der sie Allison und Colin ermunterte, den Vortrag allein zu besuchen und später von den »interessantesten Teilen« zu berichten.

Ihr erster Instinkt war Flucht. Sie konnte unmöglich einen ganzen Nachmittag allein mit Colin Fucking Benjamin verbringen, als hätten sie ein Date oder so etwas. Aber wie sie ihn kannte, würde er auch ohne sie zu dem Vortrag gehen und Wendy einen fünfzigseitigen Bericht schreiben. Und dass er engagierter rüberkäme als sie, war natürlich erst recht keine Option.

Das Handy immer noch fest im Griff, schlug sie mit der anderen Hand die Speisekarte auf. Colin hatte sie die ganze Zeit beobachtet, und als sie die Vorspeisen studierte, schien er sich zu entspannen.

»Ich wollte schon für uns beide bestellen, aber ich war nicht sicher …« Er brach wieder genauso zögernd ab wie neulich nach Wendys Kurs. Er wirkte nervös.

Allison hasste, wie sie wieder darauf reagierte. Diese neue Version von Colin kam einem Chemiewaffenangriff auf ihren Körper gleich. Warum zog es sie so an, wenn er sich verletzlich zeigte? Was sie in diesem Augenblick gebraucht hätte, wäre sein arrogantes Grinsen gewesen oder einer seiner *Aber-eigentlich*-Kommentare, die ihr in seiner üblichen Mansplaining-Attitude die Welt erklären sollten. Dann wäre sie wieder in ihrem üblichen *Schubs-Colin-einfach-in-den-Abgrund*-Modus.

Sie trank zwei große Schluck Wasser. »Nicht sicher … was?«

Er trommelte unruhig gegen die Tischkante. »Ich wusste nicht, ob Pad Thai mit Shrimps immer noch dein Lieblingsessen ist.«

Früher waren sie oft in ein bestimmtes Thai-Lokal gegangen, und Allison hatte immer Pad Thai gegessen. Wenn man mal ein Gericht gefunden hatte, das einem gut schmeckte, wieso sollte man dann noch groß rumprobieren? Das führte doch nur zu Frustration. Umgekehrtes FOMO, sozusagen.

Nun aber dasselbe Gericht zu bestellen, käme dem Eingeständnis gleich, dass sie sich nicht verändert hatte. Und Allison wollte Colin um jeden Preis signalisieren, dass sie nicht dieselbe Frau war, die er vor zwei Jahren so herzlos hatte stehen lassen. Auch sich selbst musste sie immer wieder daran erinnern.

»Im Moment mag ich lieber Pad Kee Mao, die *Drunken Noodles*«, sagte sie, weil es das Erste war, was ihr auf der Karte in den Blick kam.

»Ach, magst du es jetzt gern scharf?«

In seiner Stimme lag ein anzüglicher Unterton, mit dem Allison nicht gerechnet hatte, und sie ging unweigerlich darauf ein, weil sie sich nicht gegen den altbekannten Drang wehren konnte, ihm Contra zu geben. »Du hast ja keine Ahnung.«

Er kniff die Augen zusammen und grinste.

Allison wurde rot. Sie versuchte, es zu vertuschen, indem sie sich über die Speisekarte neigte und die Haare ins Gesicht fallen ließ. So durfte sie nicht mit ihm reden. Flirten. Sexuelle Anspielungen machen, als wäre Sex immer noch eine Option.

Sie räusperte sich und suchte nach einem anderen Thema. Neben Colin lag ein Taschenbuch, in das er als Lesezeichen einen Löffel geklemmt hatte. *Perfekt.*

»Was liest du da?«, fragte sie und griff nach dem Buch.

Die Ränder des ausgebleichten Umschlags waren abgegriffen und der Buchrücken so sehr von kleinen Rissen überzogen, dass man den Titel nicht mehr lesen konnte. Es erinnerte Allison an ihre alten Ausgaben der *Tribute-von-Panem*-Reihe, die sie fast kaputtgelesen hatte. Sie hätte wetten mögen, dass die Seiten eher knisterten als flüsterten und nach Vergangenheit und Druckerschwärze und trockenem Papier rochen.

Colin legte eine Hand auf das Buch und zog es sich auf den Schoß, als wäre es zu kostbar, um es ihr zu überlassen. »Das ist das Exemplar meines Großvaters von *Sir Gawain und der grüne Ritter*. Er liebt dieses Zeug.«

»Du liest also schon fürs nächste Semester?«

»Nein. Ich möchte mich ihm nur näher fühlen.«

Colin war größtenteils bei seinem Großvater aufgewachsen. Seine Mutter hatte ihn mit siebzehn bekommen und war dann neben ihrem Vollzeitjob aufs College gegangen, so dass sich sein Großvater nach der Schule und an Wochenenden um ihn gekümmert hatte. Wie oft hatte Colin ihr Geschichten über ihr gemeinsames Chaos erzählt: wie sie beim Baumhausbauen fast den großen Ahorn im Garten gefällt hatten, wie sie beim Wettbewerb, wer schneller Bücher lesen konnte, beide unsägliche Kopfschmerzen bekommen hatten, wie sie mit allen verfügbaren Lebensmitteln in der Küche die seltsamsten Gerichte gekocht hatten, als wären sie Teilnehmer einer experimentellen TV-Reality-Show. Colin und sein Großvater standen sich genauso nahe wie Allison und ihre Mutter.

Das war es wohl auch, was ein Trauma in einer Familie hinterließ: Man verbündete sich mit der Person, mit der man sich am sichersten fühlte. Die einen am wenigsten im Stich lassen würde.

Wenn Colin ihr etwas über seine Familie anvertraut hatte, hatte sie sich ihm immer sehr nahe gefühlt. Und so fragte sie nun fast automatisch: »Ist mit deinem Großvater alles in Ordnung?«

Er blickte auf das Buch. »Er ist …« War sein Gesicht vor einer Sekunde noch wie ein offenes Fenster gewesen, so war es nun fest verschlossen. Die Läden zugeklappt und von innen verriegelt. »Er wird einfach alt«, murmelte er.

Der Kellner kam, um ihre Bestellung aufzunehmen. Während Allison nun in den sauren Apfel beißen und ihre betrunkenen Nudeln mit Rindfleisch ordern musste, bestellte Colin so wie früher drei Vorspeisen statt eines Hauptgerichts. Er hatte immer behauptet, er genieße die größere Vielfalt, aber irgendwann war Allison dahintergekommen, dass er ein extrem wählerischer Esser war und ihm die Auswahl von Vorspeisen mehr Sicherheit bot.

Außerdem ließ er sie immer gern probieren, was seine am wenigsten nervende Eigenart war. Sie lächelte, als er seine Speisekarte zurückgab, und freute sich, dass dieses kleine Gefühl von Vertrautheit nicht durch die Bitterkeit ihrer Trennung verdorben worden war.

Doch auf einmal wurde er rot und beschäftigte sich so eingehend damit, das Kondenswasser von seinem Wasserglas abzuwischen, als hinge die nationale Sicherheit davon ab. »Wie waren deine Kurse heute?«

Allison versteifte sich. Beide Tutorien waren eine Katastrophe gewesen. Wiederum hatte sich niemand freiwillig melden wollen, und obwohl sie für genau dieses Szenario etwas vorbereitet hatte, war sie immer wieder gedanklich abgeschweift und hatte an die Mail ihres Vaters denken müssen. Das Einzige, was ihre Studierenden heute mit Sicherheit gelernt hatten, war, dass sie keinen blassen Schimmer hatte, was sie tat.

Noch dazu war Cole am Ende noch zu ihr ans Pult getreten, um sie darüber zu informieren, wie viel Spaß seine Freunde in *Colins* Tutorien hätten. »Die sagen, er ist richtig witzig und klug und bringt immer den ganzen Kurs zum Quatschen.« Er sagte es so gelangweilt, als würde er nur einen Kommentar zum Wetter abgeben – doch jede Silbe war wie ein Holzpflock, den er tiefer in ihr Herz hämmerte.

Sie wartete, in der Hoffnung, dass Colin einfach von seinen Kursen erzählen würde, aber ausnahmsweise schien er mehr an ihr interessiert als am Klang seiner eigenen Stimme.

Typisch, dass er in genau dem Moment umsichtig wurde, wo es ihr am wenigsten passte.

Sie bemühte sich, entspannt zu wirken. »Ganz phantastisch. Meine Studierenden konnten kaum aufhören, über Grendels Mutter zu reden. Alle haben mindestens einmal etwas gesagt. Ich konnte sogar ein paar Witze machen. Und danach kamen zwei von ihnen noch zu mir und sagten, meine Tutorien seien ihre liebsten Kurse.«

Mit jedem Wort schien ihr Inneres sich mehr und mehr zu verknoten. Ihr Lügenkonstrukt wurde immer größer, unkontrollierbarer als Pinocchios Nase. Offensichtlich konnte sie nicht damit aufhören. Selbst wenn sie sich die ihm zugeschriebenen Lorbeeren selbst aufsetzte.

»Wow! Ich sag ja: Du bist ein Superteacher.«

Allison zuckte die Achseln, während sie unter dem Tisch ihren Kleidersaum umklammerte. In Colins Blick lag so viel

Freude, etwas so Sanftes, dass sie ihre Worte als höchsten Verrat empfand. Sie wollte nicht mehr darüber reden. Nicht, wo ihr die Sache mit Jed gerade so schwer auf der Seele lag und Colin nun erpicht schien, all das zu neuem Leben zu erwecken, was sie an seiner Seite einst geliebt hatte.

Sie sah aus dem Fenster. Gegenüber war ein kleines Programmkino, und auf der Anzeigentafel stand in schwarzen Lettern:

Double Feature Friday:
JEEPERS CREEPERS
JEEPERS CREEPERS 2

»O mein Gott!« Sie deutete mit dem Zeigefinger auf die Tafel.

Colin verdrehte die Augen und stöhnte.

Allison konnte nicht anders, sie musste lachen. Dann brach sie ihre höchstpersönlich aufgestellte Regel, die Vergangenheit ruhen zu lassen. »Weißt du noch, als wir den zweiten Teil gesehen haben?«

Colin kratzte sich den Nacken und wirkte verlegen. »Ja … aber wolltest du nicht, dass wir das lassen?«

Sie ignorierte seine Bemerkung. »Du hast *geheult*. Und zwar so richtig krass. Du hast all meine Taschentücher verbraucht.«

»Ja.«

»Das ist ein Horrorfilm!«

»Filme sind einfach …« Er seufzte. »Da geht am Ende immer alles gut aus. Alle Probleme werden perfekt gelöst.«

Allison verschränkte die Arme und lehnte sich zurück. »Über

die Hälfte der Leute in diesem Film sind am Ende *tot*. Es waren mindestens dreizehn Leichen.«

»Aber die Monster werden besiegt. Am Ende wird alles gut.«

Im Grunde passierte in Horrorfilmen meist genau das Gegenteil, aber Allison widersprach ihm nicht. Sie war nicht Ethan Windbeutel. Und sie würde Colin gegenüber nicht mit »Aber eigentlich …« anfangen, vor allem nicht jetzt, wo er vielleicht etwas offenbaren würde, worüber er vor zwei Jahren nicht hatte sprechen wollen.

»Magst du keine Happy Ends?«

Er nahm seine Brille ab und rieb sich die Augen. »Ich glaube, das Problem ist eher, dass ich sie zu sehr mag. Im wahren Leben kriegt man so was eh nie.«

Irgendwas in seiner Stimme berührte Allison. »Hast du mal *Cinderella* von Anne Sexton gelesen? Am Ende beschreibt sie, warum Happy Ends nichts mit dem wahren Leben gemein haben. Dass diese Vorstellung von ›glücklich bis ans Ende ihrer Tage‹ keinen Raum für das echte Leben lässt. Denn das Leben verändert sich ständig, schreitet fort. Das hat mir gefallen, diese Vorstellung, dass ein wahres Happy End das ist, was niemals aufhört.«

Colin presste die Lippen zusammen. Er breitete die Serviette auf seinem Schoß aus und drehte sie einige Male herum. »Jeder Mensch hat ein Happy End verdient, aber viel zu wenige bekommen es. Das ist es, was ich meinte.«

Ihr Essen wurde serviert, und ihr Gespräch war beendet. Allison beobachtete, wie Colin seine Vorspeisen sortierte, und bedauerte, dass sie nicht mehr aus ihm herausbekommen hatte. Obwohl sie es nur ungern zugab, wollte sie wissen, was er mit seiner letzten Bemerkung gemeint hatte. Wer bekam das Happy End nicht, das er oder sie verdient hatte?

Er hatte doch wohl nicht von ihnen gesprochen, oder?

Zum Glück bot ihr köstlich duftendes Essen eine willkommene Ablenkung. Sie probierte und wusste sofort, dass sie eine ausgezeichnete Wahl getroffen hatte. Die Soße hatte die perfekte Balance zwischen salzig, süß und scharf, die Reisbandnudeln waren wunderbar zart, und unter den vielen Gemüsesorten war sogar Baby-Mais, den sie so liebte.

Beim zweiten Bissen stöhnte sie tatsächlich vor lauter Genuss auf. Colin sah sie an. »Du scheinst das ja wirklich sehr zu mögen.«

»Sei still.«

Colin schnaubte. Dann balancierte er auf seiner Gabel eine Frühlingsrolle quer über den Tisch und legte sie auf ihrem Teller ab.

»Was tust du da?« So, wie ihr Herz klopfte, hätte er auch ihre Hand nehmen und sich gegen die Lippen pressen können.

»Du liebst doch Frühlingsrollen.«

Das tat sie. Sehr. Aber früher hatte er ihr nie von sich aus eine gegeben, höchstens, wenn sie ihn darum gebeten hatte.

Hätte sie nicht gesessen, hätten ihr die Knie nachgegeben. Genau das war der Grund, warum das so nicht ging. Warum sie Abstand brauchten und nicht zusammen essen gehen durften wie bei einem Date und gemeinsam über alte Zeiten lachen, als wären es schöne Erinnerungen. Zeit mit Colin zu verbringen war wie spazieren in Treibsand. Wie schwimmen bei Unterströmung. Radfahren bei Tornado. Sie würde untergehen, verschlungen werden. Alles, was sie erreichen wollte, alles, wofür sie gekämpft hatte, würde ihr weggenommen und in Stücke gerissen werden.

Es war einfacher – *sicherer* – für ihr Herz (und ihre Zukunft), wenn Colin der Bösewicht bliebe. Andernfalls würde sie eine Wiederholung des Dramas von der Brown riskieren – nur, dass es an der Claymore keine zweite Chance gäbe.

»Colin.«

Er seufzte. Drehte ein Schälchen Pflaumensoße zwischen den Fingern. »Ich weiß. Wir können nicht zurück.« Er blickte auf, ihr direkt in die Augen. Der Tisch war so klein, dass sie achtgeben mussten, nicht mit den Knien zusammenzustoßen, und aus der Nähe sah Allison jedes Fleckchen Bronze und Grün in seinen Augen. Ein Geheimversteck der Goldmünzen und Smaragde. Eine Schatzkiste. »Aber manchmal wünschte ich …«, flüsterte er, und sie musste sich vorlehnen, um ihn zu verstehen, »… wir könnten einfach vorwärtsgehen.«

Das wünschte ich auch.

Die stummen Worte lasteten schwer auf ihrer Brust. Nein, das konnte sie sich nicht wünschen. Sie musste hier weg. Ohne Wachposten, ohne eine dicke Wand aus Titan und mindestens drei Schutzanzüge war Colin zu gefährlich.

Allison schaute auf ihr Handy und entschied sich für ihren bewährten Fluchttrick bei miesen Dates oder anderen Notfällen. Sie öffnete eine drei Tage alte Nachricht von Sophie und murmelte: »Verdammt. Sophie braucht mich. Ich muss los.«

»Was?«

Sie fischte Bargeld aus ihrem Portemonnaie und legte es auf den Tisch. »Du kannst gern meine Nudeln weiteressen.« Mehr als drei Gabeln hatte sie nicht geschafft.

»Was ist mit dem Vortrag?«

»Geh allein hin.«

Sie stand auf und verließ das Lokal.

Der positive Nebeneffekt dieses grässlichen Treffens mit Colin war, dass ihr Bedürfnis, nicht mehr an ihn zu denken, stärker wog als ihr Wunsch, ihren Vater und seine Mail zu ignorieren.

Die gesamte Heimfahrt über musste sie sich anstrengen, Colins Worte aus ihrem Kopf zu vertreiben. Sie kam sich vor wie bei diesem Hau-den-Maulwurf-Spiel, denn immer wieder ploppten die Gedanken an ihn hoch, und immer wieder musste sie sie wegdrücken.

Ich wünschte, wir könnten vorwärtsgehen.

Jeder Mensch hat ein Happy End verdient.

Nein. Nein. NEIN. Sie schob jede Erinnerung in ihr Maulwurfsloch zurück. Worum ging es hier? Wollte er, dass sie wieder zusammen waren? Wusste er nicht mehr, wie viel sie gestritten hatten? Oder wie es zu Ende gegangen war? Dass er sie ohne jede Vorwarnung einfach hatte fallen lassen?

Sie waren fertig miteinander. Abgesehen von Wendys Kurs und dem Wettstreit um den Menteeplatz gab es nichts mehr, das sie verband.

Zu Hause angekommen, nahm sie ihr Handy und rief erneut Jeds Mail auf. Es wäre etwas Mächtiges vonnöten, um ihre Colin-Gedanken zu zerquetschen.

Ein weiteres Mal las sie die geringschätzenden Worte ihres Vaters, spürte erneut die Wut in sich hochkochen. Sie setzte sich an den Schreibtisch, zog ein Bein unter das andere und schaltete den Computer ein. Jetzt war Schluss. Sie musste Jed aus ihrem Leben verbannen.

»Was immer du schreibst, schickst du auch ab«, befahl sie sich selbst. Zumindest *ein* Problem in ihrem Leben musste sie heute lösen. Was ihre Tutorien anging, würde ihr das kaum gelingen, und ganz offensichtlich auch nicht bei Colin, also musste es ihr Vater sein.

Monty, der vor ihr auf dem Boden mit einem seiner Knochen rang, knurrte seine Zustimmung.

Allison zog die Tastatur zu sich, blähte kurz die Backen und pustete die Luft aus. Dann begann sie zu tippen, und das Klick-Klack der Tasten wurde immer schneller und lauter.

Hallo Jed,

Reden war noch nie unser Ding, ich weiß, aber wenn ich ehrlich bin, muss ich sagen, dass mich Deine letzte E-Mail sehr verletzt hat. Es scheint, als hätte ich Dich mit allen Entscheidungen, die ich für mein Leben getroffen habe, enttäuscht. Auch wenn Du keine hohe Meinung vom Studieren hast: Mir ist es wichtig, und ich wünschte, das würde ausreichen, damit Du Dich für mich freust. Was ich hier tue, ist mein großer Traum, und ich habe es ohne jede Hilfe oder Unterstützung von Dir bis hierher geschafft. Wie kommst Du darauf, dass ich ausgerechnet jetzt etwas von Dir wollen könnte?

Und nur zu Deiner Information: Dieser Abschluss wird weder Ma noch mich auch nur einen Penny kosten – die Uni bezahlt MICH dafür, dass ich hier bin.

Nach reiflicher Überlegung habe ich beschlossen, Dich und

Paula an Thanksgiving nicht zu besuchen. Ich werde auch eine Weile lang nicht schreiben. Manchmal habe ich das Gefühl, dass Du, als du Ma verlassen hast, auch mich verlassen hast, aber das ist eigentlich schlecht möglich, denn dazu hättest Du früher für mich da sein müssen. Aber Du warst nie Teil meines Lebens.

Vielleicht werde ich eines Tages anders empfinden. Aber im Moment brauche ich Abstand. So kannst Du Deine Entscheidungen treffen und ich meine, und keiner von uns muss sich deswegen schlecht fühlen.

Alles Gute
Allison

Kapitel 13

Ein weiterer Samstagabend. Ein weiterer Termin für obligatorisches Anfreunden.

Diesmal trafen sich Allison und die anderen zu Drinks und Snacks in Pawtucket in Mandys Haus, das einer Ranch ähnelte. Auf der Terrasse war genug Platz für zwei Gartentische mit Stühlen und eine Sitzgruppe, und man blickte auf einen beeindruckenden Swimmingpool, der, wie Mandy erklärte, gerade winterfest gemacht worden war.

In seiner üblich unverblümten Art fragte Ethan: »Wie kannst du dir das alles leisten?«

»Das war das Haus meiner Eltern. Ich bin hier aufgewachsen. Nach meinem Abschluss an der Columbia haben sie es mir überschrieben und sich selbst in Florida einen Ruhesitz gegönnt.« Mandy wies auf den riesigen Garten. »Ich weiß, es ist viel Haus für eine einzige Person, aber meine Schwester kommt regelmäßig zu Besuch, und ich fühle mich viel zu wohl, um es aufzugeben. Ich kann mir gut vorstellen, hier irgendwann meine Kinder großzuziehen.« Sie lachte, als wäre diese Idee eine gute Pointe. »Vorausgesetzt, ich überlebe dieses Studium.«

Dann scheuchte sie alle ins Haus, um – wie sie es formulierte – »mit den Feierlichkeiten zu beginnen«.

Hinter den breiten Glasschiebetüren lag ein Flur, von dem drei Zimmer abgingen und der als Präsentationsraum für ihre kunstvolle Stickarbeit diente. Runde Holzrahmen in verschiedenen Größen hingen im bunten Zickzack an den Wänden, jeder mit einem hübschen Blumenmuster im Kreuzstich versehen. Und je aufwendiger das Muster, desto ruchloser der eingestickte Spruch. Die Botschaften reichten vom einfachen, mit Shakespeare'scher Verve hingeschleuderten *Leck mich doch!* zum reizenden *Nur selten kommt mir Profanes über die Zunge, ich rede wie eine verdammte Dame*. Der nach Allisons Meinung schönste Spruch hing am Ende des Flurs an einer sonst leeren Wand. Kleine Veilchen und Bauernrosen verflochten sich zu zwei nebeneinanderliegenden Ovalen. Ihnen näherte sich eine Schnecke, drumherum war *Sei einfach kein Arschkriecher!* gestickt.

Allison ging näher ran, um das Muster genauer zu studieren. »Du musst mir unbedingt zeigen, wie man das macht«, sagte sie zu Mandy.

Mandys dunkelbraune Augen begannen zu leuchten. »Es ist tatsächlich ziemlich einfach.«

»Wenn man handwerklich begabt ist. Ich kann gerade mal ein Ausmalbuch colorieren. Und beim Stricken hätte ich mich immer fast selbst aufgespießt.«

»Beim Kreuzsticken hast du kleinere Nadeln.«

Beide lachten.

»Was ist so lustig bei euch?« Auf einmal tauchte Colin hinter Mandy auf.

Nur mit Mühe konnte Allison ein genervtes Stöhnen unterdrücken. Seit ihrer Ankunft bemühte sie sich, Colin aus dem

Weg zu gehen, aber immer wieder kam er an und wollte mit ihr reden. Hatte sie gestern beim Mittagessen denn nicht klar und deutlich zum Ausdruck gebracht, dass diese Art der Annäherung nicht erwünscht war? Schluss, aus, Ende. Sie würden nicht zusammen vorwärtsgehen, was auch immer das bedeuten sollte.

Sie wandte sich ab, bevor er weitere Fragen stellen konnte. Und wenn sie das mit einem deutlichen Hüftschwung tat, dann lag das einzig und allein an ihrer hautengen Lieblingsjeans. (Allison war der festen Überzeugung, dass Plus-size-Frauen in Skinny Jeans ebenso gut aussahen wie andere Frauen auch, und ihre sieben Paar müsste man ihr schon mit Gewalt aus den erstarrten toten Fingern ziehen, bevor sie aufhören würde, sie zu tragen.)

Sie ging in die Küche, in der die nächste Getränkerunde wartete. Allison holte ihre dritte Flasche Himbeer-Cidre aus dem Kühlschrank und versprach sich selbst, dass dies die letzte wäre. Das alkoholgeschwängerte Sich-gegenseitig-das-Herz-Ausschütten mit Colin auf Karas Party würde sich hier definitiv nicht wiederholen. Hier gäbe es nur Distanz und olympiarekordverdächtiges Aus-dem-Weg-Gehen.

Mandy bat alle ins Wohnzimmer, das mit großen Panoramafenstern zur Straße fast den gesamten vorderen Bereich des Hauses einnahm. Sofa, Zweisitzer, Couchtisch und Sessel waren an die Wand gerückt worden, und in der Mitte standen je zwei Stühle an je einem Beistelltischchen. Auf jedem Tisch lag etwas, mit dem man Geräusche machen konnte: ein Quietschtierchen, eine Fahrradhupe, eine Babyrassel. Unter dem großen Flachbildschirm stand ein Flipchart.

Mandy grinste. »Willkommen zum Quiz-Abend.«

Offenbar hatte Kara einen Trend gesetzt, und bei jedem ihrer Treffen würde nun gespielt.

Alex reckte seinen Whiskey-Tumbler in die Luft. Die Eiswürfel im rostbraunen Bourbon klingelten gegen das Glas. »Ich will Link als Partner.«

»Tut mir leid, ich habe die Teams schon zusammengestellt«, sagte Mandy. »Auf die Weise bleibt niemand bis zum Schluss übrig – davon habe ich aus Schulsportzeiten bis heute Alpträume.« Sie deutete auf das Tischchen mit der schwarzweißen Quietschkuh. »Kara und Link – ihr seid Team Kuh.« Danach zeigte sie auf den mittleren Tisch mit der Rassel in Form des *Captain-America*-Schilds. »Alex und Ethan sind Team Marvel.«

Allison musste schon wieder ein Stöhnen unterdrücken. Offenbar war Mandy Teil eben jener Verschwörung des Universums, die sie und Colin immer wieder zusammenzwang. Sie hob ihre Flasche an den Mund und trank, so viel sie schaffte, ohne sich zu verschlucken. Dann ließ sie sich auf einen der noch freien Stühle fallen, nahm die Fahrradhupe und drückte den roten Pumpball.

»Wir sind dann wohl Team Hupe.« Sie richtete ihr neues Spielzeug auf Colin und drückte erneut, diesmal ganz langsam, um maximal lange zu nerven.

Colin krümmte sich zusammen, dann schnappte er ihr die Hupe weg. »Dir darf man so was nicht in die Hand geben.«

Allison kniff die Augen zusammen und trank noch mehr Cider. Ihren ursprünglichen Plan der Abstinenz konnte sie vergessen: Wenn sie im selben Team wie Colin Benjamin spielen musste, musste sie so schnell wie möglich so betrunken wie möglich werden.

Mandy klatschte. »Lasst uns anfangen, Leute. In eineinhalb Stunden kommt der Lieferdienst, womit uns ausreichend Zeit für ein gutes Spiel bleibt. Ihre Gastgeberin für heute Abend – Mandy Garcia.« Sie hob einen imaginären Rock an und machte einen Knicks, auch wenn sie hüfthohe Jeans und ein gelb-weiß gestreiftes kurzes Top trug. Ihr schwarzer Haarknoten wippte. »Die Regeln sind ganz einfach. Ich lese eine Frage vor, dann habt ihr eine Minute Zeit, um euch im Team zu beraten, und wenn ihr glaubt, dass ihr die Lösung wisst, betätigt ihr euren Krachmacher. Pro Frage gibt es einen Punkt. Das Team, das als Erstes fünfundzwanzig Punkte hat, gewinnt.«

»Was gibt es denn zu gewinnen?«, wollte Ethan wissen.

Mandy schmunzelte. »Das ist eine Überraschung.«

Gewinnen. Allisons Lieblingswort. Sie trank einen letzten Schluck, stellte die Flasche ab, hockte sich auf ihren Stuhl – und war bereit. »Ich werde dich in Grund und Boden raten«, flüsterte sie Colin zu. Konkurrenzkampf: Die perfekte Antithese zu heiklen, quasi-romantischen Halbgeständnissen.

So angriffslustig wie Colin grinste, schien er die Herausforderung annehmen zu wollen. »Nicht, wenn ich dich bereits unter meinen Stiefeln zertreten habe.«

Allison schnaubte. Colin trug niemals Stiefel. Nur zerschlissene Chucks und höchstens flache Doc Martens Oxfords, als gehöre er zu einer Neunziger-Jahre-Grunge-Band. An der Brown hatte er ihr einmal rot-weiße Stoffsneaker geschenkt, vielleicht in der Hoffnung, sie würde seinen Stil übernehmen. Allison unterdrückte ein Schaudern.

Mandy stellte sich neben sie, legte verschwörerisch einen Finger an die Lippen und raunte ihnen zu: »Hey, ihr seid im selben Team.«

»Höchstens in einem rein technischen Sinne«, kommentierte Allison.

Wie um ihren Einwand zu bekräftigen, nahm Colin die Hupe vom Tisch und legte sie sich auf den Schoß.

»Da werde ich sie bestimmt nicht wegnehmen.«

»Gut. Ich bin sowieso nicht in der Stimmung, mit dir zu rangeln.« Er musterte die noch leeren Spalten auf dem Flipchart, als wären dort alle Antworten vermerkt.

»Leg die Hupe auf den Tisch.«

»Nein, danke.«

Mandy räusperte sich vernehmlich. »Wir beginnen mit ein paar leichten Sachen zum Aufwärmen.« Sie las eine Reihe von Fragen vor, die wohl nur Studierende eines literarischen PhD-Programms als leicht einstufen würden. Colin konnte jede richtig beantworten, ohne sich auch nur einmal mit Allison zu beraten.

Nach seiner dritten richtigen Antwort sah er triumphierend zu ihr hinüber und grinste. »Pst. Zur Information: Ich befinde mich noch ziemlich hoch über dem Boden.«

Allison ließ sich nicht provozieren. Sie lehnte sich zurück, schlug die Beine übereinander und tat alles, um möglichst gelangweilt zu wirken. »Dass du die Hupe so fest umklammert hältst, heißt ja wohl, dass du genau weißt, was passiert, wenn du mir eine Chance geben würdest.«

Er schnaubte. »Wann warst du im Quizzen jemals besser als ich?«

Nie. Früher waren sie zweimal im Monat zu den Rate-Abenden der Brown gegangen, und er hatte jede Frage beantwortet wie eine verdammte wandelnde Google-Suchmaschine.

Ihre Gelassenheit geriet ins Wanken. Nun brachte er schon wieder ihre Vergangenheit aufs Tapet, fast zwanghaft, als könne er es nicht kontrollieren. »Woher soll ich das wissen? Dies ist schließlich das erste Mal, dass wir gemeinsam spielen«, erwiderte sie also mit viel Subtext. Gleichzeitig ließ sie unter dem Tisch ihren Fuß, der in einem Ankle Boot steckte, ausgiebig schwingen und lächelte zufrieden, als sie sein Bein traf.

Colin legte die Hupe auf den Tisch und rieb sich das Schienbein, wobei er ihrem Blick auswich wie ein Drittklässler dem Fänger beim Fangen-Spiel. »Dann schauen wir doch einfach mal, wer besser ist.«

Mandy las die nächste Frage vor. »Wie lautet der Fachbegriff für das Hashtag-Symbol?«

Allison war die *Königin* kurioser Fakten. Sie quietschte fast vor Aufregung, während sie nach der Hupe griff. Doch im selben Moment, da ihre Finger Kontakt mit dem Gummiball bekamen, schloss Colin seine Hand um ihre. Beide drückten mit aller Kraft. *Huup. Huup. Huuuuuuuup.*

Mandy nickte ihnen zu. »Wieder einmal das Team Hupe.«

»Das ist doch total bescheuert«, rief Ethan frustriert.

Ohne ihn weiter zu beachten, rief Colin »Rautezeichen«, während Allison »Doppelkreuz« gellte.

Mandy sah die beiden fragend an. »Und welches soll nun die Lösung sein?«

»Rautezeichen«, beharrte Colin.

Allison fuhr herum. »Verdammt noch mal: nein! Ich bin mir hundertfünfzigprozentig sicher, dass ich recht habe.«

»So einen Prozentsatz gibt es nicht.«

»Sollen wir jetzt darüber streiten, du Korinthenkacker?«

Sie spürte, wie seine Hand vibrierte, als er lachte. Erst jetzt fiel ihr auf, dass keiner von ihnen die Hupe losgelassen hatte. Oder die Hand des anderen.

Trotzdem hielt sie das Ding weiter fest. Wie sollte sie sonst sicherstellen, dass sie gewann?

»Hierzulande ist es definitiv das Rautezeichen«, beharrte Colin. »Das Wort kommt von *hash*, Raute.«

»Aber es ist nicht der Fachbegriff für das Schriftzeichen.« Allison musste sich auf die Zunge beißen, um ihn nicht daran zu erinnern, dass sie aus Spaß alles über Interpunktion und typographische Symbole googelte – er hatte sie früher deswegen immer aufgezogen. Stattdessen sah sie ihn nun eindringlich an. »Vertrau mir einfach.« Ihre Stimme hatte dabei (völlig unbeabsichtigt) einen lasziven Unterton.

Colin lächelte verschmitzt. »Was kriege ich, wenn du dich irrst?«

»Was immer du willst, denn das tue ich nicht.«

Jetzt grinste er breit, und seine Augen begannen zu leuchten. Irgendetwas in Allison reagierte darauf, aber sie weigerte sich, es zur Kenntnis zu nehmen.

Er zwinkerte (verdammt noch mal, warum zwinkerte er?) und wandte sich wieder an ihre Gastgeberin. »Dann tippen wir auf Doppelkreuz.«

»Korrekt.« Mandy malte einen weiteren Strich in ihre Team-Spalte.

Triumphierend reckte Allison das Kinn und riss sofort ihre Hand unter seiner weg, damit er ja nicht auf die Idee käme, es könnte etwas anderes als wettkampfbedingte Gedankenlosigkeit gewesen sein.

In der nächsten halben Stunde bombardierte Mandy sie mit weiteren Fragen. Auch die anderen Teams konnten hin und wieder punkten, aber Colin und Allison waren fast immer die schnellsten und lagen selten daneben. Bei ein, zwei Sportfragen waren sie unsicher, und beim Thema Kochen versuchten sie gar nicht erst, zu antworten (Allison hatte sich schon früh mit Sophie geeinigt, dass sie immer den Abwasch übernehmen würde, wenn Sophie kochte), und seltsamerweise wussten weder sie noch Colin etwas über Verwechslungskomödien. Aber bei allen anderen Themen lagen sie vorn.

Colin zelebrierte ihre Rivalität weiter, indem er sich demonstrativ theatralisch die Hupe schnappte und jedes Mal grinste, wenn er als Erster antworten konnte, aber die Anspannung dabei war verflogen. Und er suchte ständig das Gespräch mit ihr, machte sich hinter vorgehaltener Hand über Ethan lustig, gratulierte Allison zu ihren Antworten und kommentierte einige Merkwürdigkeiten in Mandys Einrichtung. Mehrfach stupste er mit dem Fuß leicht gegen ihren und berührte wie aus Versehen ihr Handgelenk. Und immer wieder sah er sie von der Seite an, so dass sie seinem Blick ausweichen musste. Fast kam es ihr so vor, als würden sie zwangsläufig immer wieder aufeinander zustreben … als wäre es eine naturgegebene magnetische Verbindung, der sie sich einfach nicht entziehen konnten.

Als Preise gab es am Ende Kreuzstichsprüche. Allison wählte

ein verschlungenes Blumenmuster mit gleichermaßen verschnörkelter Schrift: *Ich bin ein verdammt zartes Blümelein*. Colin nahm das Bild eines lächelnden Wales, der gerade eine Fontäne in die Luft blies. Darüber stand in schlichter Schrift: *Ich werd' nicht mehr!*

Glücklich über ihren Preis, ließ Allison sich auf den Zweisitzer fallen und nahm ihr Handy aus der Hosentasche. Auf dem Sperrbildschirm erschien der tief und fest schlafende Monty, dem ein angenagter Knochen aus dem Maul hing.

Da niemand sonst zugegen war, dem sie das Bild zeigen konnte, hielt sie es Colin entgegen. »Sieh dir mal diesen kleinen Wonneproppen an.«

Er setzte sich zu ihr, um besser sehen zu können. Doch obwohl auf dem Sofa mehr als genug Platz für sie beide war, platzierte er sich so, dass ihre Oberschenkel sich berührten. Allison rutschte ein Stück in Richtung der Armlehne, aber weil es ein Ledersofa war, glitt sie in ihrer Jeans langsam zurück, bis sie wieder gegen Colin stieß. Wer auch immer Leder als passenden Bezug für Sofas auserkoren hatte, gehörte geteert und gefedert, dachte Allison, als sie bei ihrem Versuch, Abstand zu Colin zu halten, fast einen Krampf bekam.

»Ist das der berüchtigte Corgi?«

»Jepp. Das ist Monty. Sophie macht sich heute mit ihm einen schönen Abend.«

»Wohnst du immer noch mit ihr zusammen?«

Allison nickte.

Nachdem sie nicht mehr auf ihr Handy schauen mussten, rückten sie wieder voneinander ab. Colin schob sich auf die Armlehne und stützte seine Ellbogen auf die Knie. Erleichtert atmete Allison aus. Auch wenn sie sich kaum berührt hatten, kam es ihr vor, als hätte er direkt auf ihr gelegen.

»Ich wünschte, ich wäre mit mehr Leuten von der Brown in Kontakt geblieben.« Er fuhr mit dem Finger über die cremefarbene Sofanaht. »Irgendwie sind wir nach dem Abschluss alle auseinandergedriftet.«

»Du warst doch derjenige, der so viel gereist ist.«

»Stimmt.« Sein Lächeln versteinerte. Vielleicht waren diese Abenteuer in Europa, mit denen er angegeben hatte, doch nicht so toll gewesen. »Es wäre trotzdem nett gewesen, ein paar Leute zu haben, mit denen man sich darüber hätte austauschen können.«

»Wenn es dir irgendwie hilft«, sagte Allison, »Sophie ist nie zu Hause. Sie führt ihr rundum beeindruckendes neues Leben.« Sie knetete ihre Hände. »Und manchmal fühlt es sich an, als wäre darin für mich einfach kein Platz mehr.«

Sie redete sich ein, sie hätte das nur gesagt, um Colins Geständnis noch zu überbieten, tatsächlich aber war es der Ausdruck seiner Augen gewesen, der ihr diese Worte entlockt hatte. Wie der Rattenfänger mit seiner Flöte die Kinder aus den Häusern herausgelockt hatte.

Colin stupste mit der Fußspitze gegen ihre Hüfte. »Hey, du hast doch aber auch ein rundum beeindruckendes neues Leben. Ich weiß, wir beide kennen uns nicht besonders gut …«, er zwinkerte ihr zu (musste er, verdammt noch mal, denn ständig *zwinkern*?), »… aber irgendetwas sagt mir, dass du samstagabends sonst nur ausgegangen bist, wenn dich eine deiner Freundinnen mit Gewalt aus dem Haus gezerrt hat. Und jetzt bist du hier. Aus freien Stücken.«

»Ich bin mir ziemlich sicher, dass diese Treffen verpflichtend sind.« Sie grinste, um zu überspielen, wie sehr sie die Wahrheit hinter seinen Worten traf. So wollte sie nicht gesehen werden: als Einsiedlerin, die keine Lust hatte, in die Welt hinauszugehen. Ihr gefiel das Leben, das sie führte. »Ich verstehe nur nicht, warum sich Dinge ändern müssen.«

Colin schüttelte sein leeres Glas. »Zeit zum Nachfüllen.« Beim Aufstehen berührte er ihr Knie von Neuem. »Weißt du … nur weil manches anders wirkt, heißt das ja nicht, dass es nicht mehr da ist.«

Sie sah seiner schlaksigen Gestalt hinterher und fragte sich, ob er damit wohl mehr meinte als ihren Kontakt zu ihrer Freundin.

Kapitel 14

»Ich kann es kaum erwarten, bis wir die Erstsemesterkurse leiten dürfen und endlich Büros bekommen.« Link rümpfte die Nase. »Hier riecht es nach vergammelten Burritos.«

»Da ist der Schuldige.« Colin tippte mit dem Fuß gegen den Abfalleimer in der Ecke des Arbeitszimmers.

Allison hielt die Luft an, packte den Eimer und beförderte ihn vor die Tür. Sie wagte nicht, genauer hineinzusehen.

»Trotzdem müssen wir dann noch mit den ... Gerüchen anderer klarkommen«, brummte Ethan, während er die Tür zukickte. »Wir werden wohl kaum Einzelbüros bekommen.«

Colin zuckte die Achseln. »Aber dann ist es wenigstens der Geruch von jemandem, den wir kennen.«

Es war Dienstagabend, und die vier saßen zusammen, um ihr Referat für den Literaturtheoriekurs in der nächsten Woche fertigzustellen. Die schicksalhafte Ironie, dass sie ausgerechnet mit drei Männern (von denen einer seinen Sprüchen nach definitiv ein Obermacho war) das Thema »Feministische Literaturtheorie« vorstellen sollte, war Allison nicht entgangen.

Als alle um den quadratischen Tisch in der Mitte Platz genommen hatten, nahm Allison ein Handout aus ihrem Ordner und strich es auf der zerkratzten Tischplatte glatt. »Also gut. Wie es aussieht, haben wir zwanzig Minuten Zeit, um die feministische Theorie zu definieren und kontroverse Diskussionen darin aufzuzeigen.«

»Also ehrlich, das ist ja wohl lächerlich einfach.« Ethan hatte sich nicht einmal die Mühe gemacht, Schreibutensilien aus der Tasche zu holen. Die einzigen Dinge vor ihm auf dem Tisch waren seine Wasserflasche und sein Handy, auf dem er ohne aufzusehen herumscrollte. »Feministische Literaturtheorie ist wirklich alles andere als anspruchsvoll – weshalb sich wahrscheinlich so viele damit befassen wollen.« Er reckte eine Faust in die Luft. »Frauen sind toll. Wuhuu!«

»Wow.« Allison blickte zu Colin und Link und konnte den verächtlichen Unterton in ihrer Stimme kaum unterdrücken. »Wie es aussieht, braucht Ethan uns hierfür gar nicht.«

Er zuckte mit den breiten Schultern. »Das hat *sie* gesagt. Nicht ich.« Dann gähnte er. War das sein Ernst?

»Wie lautet also dein brillanter Plan? Ich bezweifle nämlich, dass Behi ›Wuhuu, Frauen sind toll‹ als Argument überzeugen wird.« Dabei imitierte sie mit angewidertem Gesicht seine Geste.

»Wir reden über Butler, Irigaray, De Beauvoir, fertig.«

»Alter …« Link schüttelte den Kopf. »Ein bisschen dürftig, oder?«

»Was ist mit Roxane Gay, Kimberlé Crenshaw, Julia Serano?«, fragte Allison.

»Theorie zu People of Colour machen wir doch später noch. Und zu queerer Theorie und all diesem Kram …« Er warf einen kurzen Seitenblick auf Link, der als Einziger im Raum schwul und schwarz war.

Dafür, dass er Ethan die auch so schon ziemlich krumme Nase nicht einschlug, hätte Link einen Nobelpreis verdient. Allison war nicht sicher, ob sie sich an seiner Stelle hätte zurückhalten können.

Sie schlug mit der Handfläche auf den Tisch, um ihn aus seiner titaniumgleichen Selbstgefälligkeit wachzurütteln. »Hey, vielleicht solltest du erst einmal deine männlich-weiße Haltung überdenken. Zweitens sind Butler und Irigaray und De Beauvoir natürlich wichtig, aber heutzutage kann man nicht mehr über Feminismus sprechen, ohne auch die Intersektionalität zu berücksichtigen.«

Ethan hob die Hände. »Wozu die Mühe? Ihr habt doch sowieso kein Interesse an der Komplexität dieser Theorien. Euch kümmert doch nur der literarische Aspekt.«

»Ist das nicht der Sinn von Literaturtheorie? Dass man sie auf literarische Werke anwendet?«, fragte Colin. »Oder sehe ich das falsch?«

»Für Literaturleute mag das stimmen.« Jedes Mal, wenn Ethan das Wort Literatur aussprach, klang er angewidert. Als hätte er in etwas Vergammeltes gebissen. »Ich hingegen interessiere mich für die reine Theorie. Mit all ihren Feinheiten.«

»Aber ist nicht genau das Roxane Gays Thema?«, wollte Allison wissen.

Ethan verdrehte die Augen. »Du willst ja nur deshalb über Gay reden, weil sie Fettsein als Thema hat.«

Allison musste sich auf ihre Hände setzen, um nichts zu tun, was sie später bereuen würde. »Was soll das denn jetzt heißen?«

Ethan sah sie vielsagend an. »Na, du bist doch auch f…«

»Du wirst diesen Satz auf keinen Fall beenden.« Colin stemmte die Fäuste auf den Tisch und richtete sich neben dem mittlerweile trotzig dreinblickenden Ethan zu voller Größe auf.

Allison legte eine Hand auf Colins Arm, damit er sich wieder setzte. Seine Augen blitzten vor Zorn, und Allison spürte, dass ihr Puls sich beschleunigte. Noch nie hatte sie erlebt, dass er derart heftig auf … nun, sie hatte ihn noch nie auf *irgend*etwas so heftig reagieren sehen.

Das letzte Mal, als jemand in seiner Gegenwart Allison wegen ihres Gewichts beleidigt hatte, war er der Konfrontation aus dem Weg gegangen. Sie hatten in ihrem Lieblingslokal nahe der Brown auf einen Tisch gewartet, und irgendein Kerl hatte sie mit einem lauten »Weg da, Fettklops« beiseitegeschoben.

Als Antwort hatte Allison fallen lassen, dass er wohl nötig habe, seine (offenkundig) winzige Männlichkeit zu kompensieren, worauf der Typ sich mit hochrotem Gesicht umgedreht hatte. »Was?«

Sie hatte nur den Kopf geneigt und gesagt: »Kein gutes Gefühl, wenn jemand ungefragt einen Kommentar zu deinem Körper abgibt, stimmt's?«

Bevor er antworten konnte, hatte Colin sie am Arm gepackt und nach draußen gezogen. »Solche blöden Sprüche musst du ignorieren. Jede Reaktion führt nur zu noch mehr Ärger. Glaub mir: Ich bin als Kind so oft gehänselt worden, um das auf die harte Tour zu lernen.«

»Ich muss überhaupt nichts. Ich werde mich vor anderen nicht verstecken, als stünde es mir nicht zu, meinen Platz in dieser Welt einzunehmen, und zwar genau so, wie ich bin.«

Allison war wirklich alles andere als eine holde Maid in Not, noch weniger brauchte sie einen starken Mann, der für sie kämpfte. Doch zu sehen, dass Colin sich lieber wegduckte, anstatt für sie einzutreten, hatte sie enttäuscht.

Jetzt allerdings konnte er sich kaum beruhigen.

Allison sah Ethan an. »Ich bin … fett? Das wolltest du doch sagen, oder?« Sie sprach ganz ruhig. Dieser Typ sollte sich nicht damit brüsten können, sie in irgendeiner Weise verletzt zu haben.

Er zuckte wieder die Schultern, was ihn noch arroganter wirken ließ.

Link und Colin wollten protestieren, doch Allison schüttelte den Kopf.

Fett war nur dann etwas Negatives, wenn man dem Wort diese Macht zugestand.

Auch wenn ihr die Knie ein wenig weich wurden und sie am liebsten frustriert aufgeschrien hätte, sah sie Ethan ganz gelassen an. »Da hast du wohl recht. Und ich schätze es sehr, dass Roxane Gay im Zuge ihrer feministischen Analysen auch über ihre eigene Erfahrung mit dem Fettsein schreibt. Aber noch wichtiger finde ich, dass Schriftstellerinnen wie sie die Grenzen des weißen Feminismus aufzeigen. Echter Feminismus muss immer auch Frauen of Colour, queere Frauen und transgender Frauen mit einbeziehen.« Sie schob ihren Stuhl zurück, der laut über den Laminatboden quietschte. »Ihr drei könnt bei diesem Referat machen, was ihr wollt. Ich werde am Ende über Gay, Crenshaw und Serano reden.«

Möglicherweise bedeutete das, zwanzig Prozent ihrer Note einzubüßen, aber selbst für die Ehrgeizigste aller Perfektionistinnen war das eher hinzunehmen, als noch eine Sekunde länger mit einem misogynen Arschloch zu diskutieren.

Sie nahm ihre Tasche und verließ den Raum. Ungeachtet dessen, dass sie ihr Dicksein akzeptierte – nein, sogar feierte –, war es kein gutes Gefühl, wenn jemand die Worte »dick« oder »fett« als Waffe gegen sie einsetzte. Und um nichts in der Welt wollte sie mehr über die Weltsicht dieses weißen cis-Typen erfahren.

So kurz vor der Mittagszeit war in der Bibliothek kaum etwas los, und Allison verzog sich in eine helle, ruhige Ecke. Sie blinzelte gegen Tränen an, die sie nicht wahrhaben wollte, und hievte ihre Chaucer-Gesamtausgabe auf den Tisch. Abgesehen von dem Referat in Behis Literaturtheorie-Kurs musste Allison für Wendys Seminar noch die Diskussion einiger Zeilen aus »Die Erzählung des Ritters« vorbereiten, der ersten Geschichte in Chaucers *Canterbury Tales*. Wendy hatte sie und Colin schon vorgewarnt, sie werde einige solcher kurzen Vorträge von ihnen erwarten, damit sie besser auf ihre erste Vorlesung vor Thanksgiving vorbereitet wären. Allison ging davon aus, dass diese einen entscheidenden Einfluss auf die Wahl des Mentees haben würden, deshalb war sie fest entschlossen, in jeder einzelnen Minute auf dem Lehrpodium zu glänzen.

Gerade als sie die Zeilen gefunden hatte, mit denen sie arbeiten wollte, plingte eine Nachricht auf ihrem Handy.

Unbekannt

Bist du schon weg?

Allison Avery

Nein, ich bin in der Bibliothek,
ganz hinten am Fenster.

Warum hatte sie ihm das geschrieben?

Die Sache mit Colin wurde immer verwirrender. Seit Mandys Party setzte er sich im Unterricht immer neben sie, und in Wendys Kurs schien sein Stuhl ihrem jedes Mal ein Stückchen näher zu stehen. Letzten Donnerstag hatten sie die ganze Zeit Ellbogen an Ellbogen gesessen – und keiner von ihnen war weggerückt. Er schrieb Allison regelmäßig Nachrichten, und einmal hatte sie in einem Anfall von Panik angefangen, ihm zu schreiben, nachdem sie der Meinung gewesen war, Sophie am Telefon bei einem Bewerbungsgespräch zu hören. Es war ein Reflex gewesen, ganz instinktiv. Als wäre er jemand, an den sie sich in emotionalen Notfällen wandte. Die Nachricht war schon halb getippt gewesen, bis Allison gemerkt hatte, was sie da tat.

Zwischen ihnen lief es so locker, ja geradezu – sie wagte kaum, es so zu nennen – freundschaftlich, dass sie zusehends vergaß, ihm aus dem Weg zu gehen. Und doch war er es, der zwischen ihr und der zweiten Chance stand, die sie nur einmal in ihrem Leben hätte. Wenn sie sich (wieder) auf ihn einließe, wäre der Schmerz umso größer, falls sie gegen ihn verlöre.

Als sie das Telefon wieder auf den Tisch legte, klingelte es. Schuldbewusst zuckte sie zusammen, als könnten die leeren Stühle um sie herum sie tadeln. Schnell hob sie das Handy ans Ohr. »Ich sagte doch, hinten am Fenster«, raunte sie.

»Allison?«

O je. »Hallo, Mom. Hast du meine Nachricht nicht bekommen, dass wir unseren Videocall verschieben müssen? Ich muss dringend ein Referat vorbereiten. Ich bin noch in der Bibliothek …«

»Es ist wichtig.«

Allison setzte sich gerade. »Was ist los?« Ein WCS nach dem anderen ploppte in ihr auf.

1. Ihre Mutter war krank.
2. Ihre Mutter konnte die Rechnungen nicht mehr bezahlen und würde das Haus verlieren.
3. Ihre Mutter hatte ihren Job verloren.

In diesem Moment kam Colin um die Ecke. Er lächelte sie an, wurde jedoch sofort ernst, als er ihren Gesichtsausdruck sah. Leise setzte er sich auf den Stuhl gegenüber.

»Ich habe heute mit deinem Vater gesprochen.«

Allison hielt sich den Mund zu, um das Stöhnen abzufangen, das ihr in die Kehle stieg. Ihre E-Mail an Jed vor etwas über zwei Wochen hatte den erwünschten Effekt gehabt: Er hatte nicht mehr geantwortet, und sie hatte kein einziges Mal mehr an ihn gedacht.

»Mom, ich kann das gerade nicht.«

»Allison, er hat mir von deiner Mail erzählt. Wie konntest du ihm so etwas nur schreiben?«

»Wie konnte … wie konnte *ich*?« Allison zerknüllte das leere Blatt, das vor ihr lag, wobei die scharfen Kanten sich in ihre Handfläche bohrten. »Hat er zufällig auch von der Mail erzählt, die er *mir* zuvor geschickt hatte? In der er kein einziges Mal gefragt hat, wie es mir geht, und in der er mich *fett* genannt hat?«

In ihrer typisch impulsiven Art sprach sie die Worte aus, bevor sie sich bewusst machte, dass Colin ja dabei war. Er gab sich alle Mühe, unbeteiligt zu erscheinen – Gesicht tief über das Handy geneigt, AirPods in den Ohren –, aber so, wie er die Stirn runzelte und die Schultern hochzog, bekam er alles mit.

Ihre Mutter seufzte. »Du weißt doch, wie er ist.«

»O ja, das weiß ich. Aber das heißt nicht, dass ich mir das gefallen lassen muss.«

»Er ist dein Vater.«

»Das ist mir klar, Mom.« Allison legte ihre freie Hand flach auf den Tisch, trotzdem zitterte sie weiter.

Sie konnte das hier nicht mehr. Sie liebte ihre Mutter, aber um ihretwillen ihren Vater weiter zu ertragen, war zu viel. Als sie weitersprach, zitterte ihre Stimme fast ebenso wie ihre Hand. »Wenn du dich immer noch mit ihm verbunden fühlst und all die schrecklichen Sachen vergessen kannst, die er dir angetan hat, dann ist das eben so. Aber …« Sie schloss die Augen und konzentrierte sich darauf, die richtigen Worte zu finden. Sie befürchtete, sie sonst nicht über die Lippen zu bringen.

Auf einmal spürte sie eine kühle Hand auf ihrer. Sie öffnete die Augen und sah, dass Colin seine Finger schützend über ihre gelegt hatte. Ihr wurde warm ums Herz. Sie konnte sich nicht erinnern, wann er sie das letzte Mal getröstet hatte … ob er das überhaupt jemals getan hatte. Und er sah nicht aus, als wolle er ihr einen Rat geben oder behaupten, er wisse genau, wie sie sich fühlte – er sah sie einfach nur mitfühlend an. Als würde er spüren, dass hier ein Schmerz wütete, den er weder infrage stellen noch überbieten konnte.

»Aber …«, nahm sie den Faden wieder auf, »auch wenn er mein Vater ist, kann ich im Moment mit seinen halbherzigen Versuchen, Teil meines Lebens zu sein, nicht umgehen. Sie tun mir zu sehr weh.« Sie klang so angespannt, dass sie ihre eigene Stimme nicht wiedererkannte.

Lautlos setzte Colin sich nun auf den Stuhl neben ihr. Dann rutschte er so nah an sie heran, bis die Ecken ihrer Stühle sich berührten. Er hatte die Beine gespreizt, so dass sie praktisch zwischen seinen Knien saß. Für jemanden, der so dünn war, konnte Colin unglaublich viel Raum einnehmen, und sie fühlte sich auf eigenartige Weise umhüllt und beschützt. Sie wünschte, es würde ihr nicht so gut gefallen.

Eine einzelne Träne durchbrach ihre Abwehr und brannte eine Spur über ihre Wange. Sie wollte sie mit dem Handrücken wegwischen, doch Colins Hand war schneller. Sanft rieb er mit dem Daumen über die feuchte Stelle.

»Du weißt nicht, wie lange er noch da sein wird«, sagte ihre Mutter.

Mit leisem Schniefen lehnte Allison sich zurück. »Er meinte, du würdest mit seinen Herzproblemen übertreiben.«

»Er nimmt das viel zu leicht«, widersprach ihre Mutter. »Ich weiß, er war nicht der beste Vater.« Sie ignorierte Allisons verächtliches Schnauben. »Aber du willst es doch später nicht bereuen – wenn er einmal nicht mehr da ist …«

»Ich bin nicht diejenige, die etwas bereuen wird.« Die nächste verräterische Träne verfing sich in ihren Wimpern. »Ich muss mir doch nicht von ihm wehtun lassen, nur weil er mein Vater ist. Oder, Ma?«

»Meiner Meinung nach siehst du das falsch.«

»Und ich bin der Meinung, *du* liegst falsch. Ich bin keine sechzehn mehr. Du kannst mich nicht zwingen, mit ihm am Abendbrottisch zu sitzen.«

Ihre Mutter schwieg. Allison hörte ihre Atemzüge durch das Handy knistern. Colin bewegte sich nicht. Als hätte er die Medusa angesehen und sich in Stein verwandelt.

»So unversöhnlich habe ich dich nicht erzogen«, flüsterte ihre Mutter.

»Nein, du hast mich dazu erzogen, stark zu sein und für mich einzustehen.«

»Allison …«

»Es tut mir leid, Ma, aber ich kann jetzt nicht weiter mit dir darüber diskutieren. Ich habe einen Haufen Arbeit zu erledigen. Wir reden später, okay?«

»Ich bin wirklich enttäuscht von deiner Entscheidung.«

»Ich weiß.« Allison hatte das Gefühl, als hätte jemand ihr Herz aufgespießt und es aus dem Brustkorb gerissen. Und trotzdem war sie überzeugt, die richtige Entscheidung getroffen zu haben.

Manchmal war die richtige Entscheidung mit größerem Schmerz verbunden als die falsche.

»Grüß Cleo von mir, ja?« Sie legte auf und ließ das Handy auf den Tisch sinken. Dann gab sie dem Schluchzen nach.

Colin presste unsicher die Lippen aufeinander und fuhr unsicher mit den Händen durch die Luft.

Ethan und ihre Mutter hatten jeglichen Widerstand in ihr gebrochen. Nichts hielt sie mehr davon ab, die Stirn gegen Colins Brust zu lehnen. Die Hände in sein T-Shirt zu verkrallen. Das Auf und Ab seines Brustkorbs war so beruhigend wie der Rhythmus eines Schaukelstuhls. Sie spürte eine seiner Hände auf ihrem Haar, die andere ganz leicht auf ihrem unteren Rücken. Ihre Tränen durchnässten sein T-Shirt.

Zwei Minuten gestand sie sich zu. Einhundertzwanzig Sekunden, die Colins Armbanduhr einzeln abtickte. Dann richtete sie sich wieder auf und fuhr sich über das Gesicht.

Schniefend deutete sie auf den dunkelblauen Fleck auf seiner Brust. »Ich habe Aquaman ertränkt.«

Er sah nach unten. »Welche Ironie.«

Sie mussten beide lachen, und für Allison fühlte es sich an wie ein erlösender Atemzug nach einer langen Zeit unter Wasser.

»Tut mir leid, dass ich so eine Szene mache«, sagte sie.

Er schüttelte den Kopf. »Willst du darüber reden?« Er hielt die Fäuste geballt, als müsse er sich davon abhalten, Allison in den Arm zu nehmen.

Colin wusste über Jed Bescheid. Sie waren noch nicht lange zusammen gewesen, als sie eines Abends bei ihm auf der Couch kuschelten, während im Hintergrund *Friends* lief (noch etwas, was ihre Mutter geliebt und Allison ihre gesamte Kindheit über verfolgt hatte). Dann war Monica Geller in einer Rückblickszene in einem Fatsuit auf dem Bildschirm erschienen – was Allison, die gerade rittlings auf dem liegenden Colin saß, eine spontane zehnminütige Tirade über die unsägliche Darstellung dicker Menschen in den Medien halten ließ. Und dann gestand sie ihm, wie grässlich ihr Vater sich ihr gegenüber verhalten hatte, in Bezug auf ihr Gewicht (und alles andere), und wie unerträglich sie es fand, dass ihre Mutter sie ständig drängte, ein gutes Verhältnis zu ihrem Vater aufrechtzuhalten – als hätten seine verletzenden Worte keinerlei Bedeutung.

Offensichtlich, um sich in punkto Familiendrama nicht übertrumpfen zu lassen, hatte Colin daraufhin erzählt, dass seine

Mutter ihren Traum, Jura zu studieren und zu lehren, um seinetwillen habe aufgeben müssen und dass sein Großvater nicht, wie geplant, früher in den Ruhestand habe gehen können, weil er sie finanziell unterstützen musste. Deshalb habe Colin ihnen versprochen, an Stelle seiner Mutter werde *er* es bis zum Professor bringen. An manchen Tagen sei es das Einzige, woran er denken könne – dass er es schaffen müsse, um es wiedergutzumachen.

Colin verstand also nur zu gut, was es bedeutete, in der Familie gewissen Zwängen ausgesetzt zu sein, aber Allison wollte jetzt nicht mit ihm darüber reden. Sie hatte Jed und ihrer Mutter alles gesagt, was zu sagen war. Und selbst, wenn sie darüber hätte reden wollen, dann nicht mit Colin. Sie durften sich nicht noch näherkommen. Zu viel stand auf dem Spiel.

Sie rückte von Colin ab, legte ihren Chaucer wieder auf den Tisch und stieß so heftig mit dem Zeigefinger darauf, dass es wehtat. »Darüber will ich reden.«

Als sie sich über die aufgeschlagene Seite beugten, gab sie sich größte Mühe, die Enttäuschung in seinen Augen zu ignorieren.

Kapitel 15

Allison stand vor Professor Frances' Kurs und trug vier Zeilen aus Chaucers *Canterbury Tales* vor. Dabei legte sie so viel Ausdruck, wie es ihr nur möglich war, in die Betonung des germanisch anmutenden Mittelenglisch mit seinen geschlossenen Vokalen und harten Konsonanten.

»Ach!« – rief er aus – »Dir ist der Sieg beschieden,
Mein Vetter Palamon, in diesem Streit!
Du bliebst im Kerker voller Seligkeit;
Im Kerker? Nein! Fürwahr, ein Paradies!«

Als sie das letzte Wort mit dem scharfen s in »Para-*dies*« erreicht hatte, taten ihr vor Anspannung die Kiefer weh.

Sie blickte auf, atmete tief durch und lauschte dem Knistern der Stille. Man hörte nichts außer dem Rascheln von Stoff, als einige der Kursteilnehmer sich bewegten, und hin und wieder das Klackern von Laptop-Tasten.

Es war soweit. Dies war ihre Chance, Wendy zu zeigen, dass irgendwo in ihr genau die Lehrende verborgen war, die sie jedes Mal, wenn es um die Tutorien ging, nur vorspielte.

Kurz schweifte ihr Blick zu Colin, der die Daumen hochreckte. Bevor Wendy sie aufs Podium gebeten hatte, hatte er ihr noch ein paar aufmunternde Sprüche an den Rand ihrer Unterlagen gekritzelt. Alberne Sachen wie *Lass dich nicht unterkriegern* und *Es wird dir schon nicht Schwert fallen*. Wer hätte gedacht, dass schlechte Witze tatsächlich beruhigend wirkten?

Colin, offenkundig.

Sie erwiderte angedeutet sein Lächeln, rollte die Schultern zurück und blickte wieder zum Kurs.

»Ich habe diesen Abschnitt wegen der widersprüchlichen Formulierungen gewählt. Angesichts der Liebe des Sprechers, also Arcites, zu Emily verlieren Worte ihre ursprüngliche Bedeutung. Obwohl er aus dem Kerker freikommt, fühlt sich Arcite immer noch gefangen, weil er Emily nicht mehr sehen kann. Insofern ist sein Vetter Palamon, der zwar noch im Turm neben Emilys Garten eingesperrt ist, in seinen Augen nicht nur frei, sondern sogar im Paradies. Auf diese sehr subtile Weise stellt Chaucers Erzähler sowohl die Liebe als auch die Frauen, die sie entfachen, als gefährlich und verstörend dar.« Ihr Blick wanderte über die Gesichter der Studierenden, die aufmerksam lauschten. »Findet ihr in diesem kurzen Abschnitt noch etwas, das meine These unterstützt? Eine Zeile oder auch nur ein Wort?«

Schweigen. Knisternde Stille. Allison spürte, wie sich an ihren Schläfen und in den Kniekehlen Schweiß bildete. Wenn sie jetzt hinter dem Pult hervorträte, würden alle sehen, wie er ihr die Waden hinunterrann.

Sie würde nie gut darin werden. Sie hatte sich für die falsche Karriere entschieden. Wie naiv war es gewesen zu glauben, ihre Grundschulträume könnten ernst zu nehmende Lebensziele darstellen!

Sie legte den Finger auf die dritte Zeile, bereit, selbst etwas zu sagen, wenn niemand sonst es täte. Doch dann sah sie, wie in einer der oberen Reihen zögernd eine Hand gehoben wurde. Sie erkannte die Studentin: Jackie DeLuca aus ihrem zweiten Tutorium. Erleichtert rief sie sie auf.

Jackie schob sich eine blonde Strähne aus dem Gesicht. »Du bliebst im Kerker voller Seligkeit …« Sie stolperte über die Sprache, doch in Allisons Ohren klang jede Silbe wie eine Symphonie. »In diesem Satz scheint alles verkehrt zu sein. Denn dass er im Kerker bleiben muss, klingt ja nach Leid. Aber ›voller Seligkeit‹ verweist doch auch auf ›Glück‹, also Glückseligkeit, und erinnert an etwas Positives. Das passt zu dem, was du gesagt hast. Die Bedeutung der Wörter … also, ich weiß nicht … hört auf, etwas zu bedeuten?«

Allison strahlte und blinzelte eine Träne fort, die sich schon in ihre Wimpern gesetzt hatte. »Das ist ein ganz tolles Beispiel. Diese Zeile ist voller Widersprüche, das stimmt.«

Nun meldeten sich immer mehr, und bald wurden nicht nur die Zeilen analysiert, die Allison vorgetragen hatte, sondern auch andere Teile der Geschichte. Sogar Wendy gab einen Kommentar dazu ab. Allison wurde warm ums Herz, und sie musste sich sehr bemühen, nicht andauernd vor Freude zu grinsen. Genau so hatte sie es sich immer vorgestellt, wenn sie sich als Dozentin gesehen hatte: mit aufmerksamen und aktiv mitarbeitenden Studierenden, die sich gegenseitig in ihren Ideen zum Text überboten. Ein wohliges Kribbeln lief durch ihren Körper.

Als die Diskussion langsam abebbte, hob Colin die Hand.

Sofort verkrampfte Allison sich wieder und hätte am liebsten sofort einen scharfen Kommentar abgegeben.

Doch sie hielt sich zurück. Es wäre nicht fair. In letzter Zeit hatten sie sich, wenn auch unausgesprochen, wieder an die Waffenruhe gehalten. Und Colin zeigte so aufrichtige Begeisterung und Unterstützung für ihre Ideen, als könnten sie gemeinsam jeden Text noch besser durchdringen und verstehen. Noch heute Morgen, als sie sich darüber ausgelassen hatte, dass er Chaucer aufgrund seiner mangelnden Sprachkenntnisse nicht im mittelenglischen Original, sondern in neuenglischer Übersetzung lesen musste, hatte er nur gelacht und ihren Kommentar als den kompetitiven Reflex abgetan, der er tatsächlich gewesen war – der Wettstreit war für Allison so normal, dass sie bisweilen nicht merkte, wie überheblich manche Bemerkung klang.

»Ja, Colin?« Sie versuchte, so ruhig wie möglich zu bleiben.

»Interpretierst du diese Stelle tatsächlich nur auf diese Weise?« Sein Blick war freundlich, als er vom Text zu ihr aufsah. Nichts deutete darauf hin, dass er sie kritisieren oder widerlegen wollte. Er wirkte einfach nur neugierig.

Worauf wollte er hinaus? »Ja.«

»Du denkst also, Chaucer hat Liebe vor allem zynisch betrachtet?«

»Nein, ich denke, er war realistisch. Liebe kann einen zerstören.« Das hatte sie durch Colin gelernt, sosehr sie wünschte, es allein bei Chaucer erfahren zu haben. Es hätte ihr eine Menge Schmerz erspart. »Meiner Meinung nach ist dies das Grundthema von ›Die Erzählung des Ritters‹.«

Colin runzelte die Stirn. Er nahm seine Brille ab, um die Gläser zu polieren. Seine ganze Körpersprache zeugte von seinem Impuls zu widersprechen, aber nun war Wendy hinter das Pult zurückgekehrt.

»Das waren ein paar gute und wichtige Punkte«, sagte sie. »Danke, Allison, für diese phantastische Diskussion und die ausgezeichnete Lektüreübung.«

Allison nickte, sammelte ihre Sachen zusammen und kehrte an ihren Platz zurück. Colin sah sie an, doch sie wich seinem Blick aus. Endlich einmal hatte sie ein schönes Unterrichtserlebnis gehabt, und das wollte sie genießen und sich nicht in eine Debatte über die Definition von Liebe oder Chaucers Form des Feminismus verstricken lassen. Und zum Glück schien Wendy vor dem Ende der Stunde auch noch ein Anliegen zu haben.

Die Professorin fing an, Handouts an die Studierenden zu verteilen, und als sie wieder an ihr Pult trat, legte sie ein schwarz-weißes Buch darauf. Allisons Blick fiel auf den Titel.

Das Mabinogion.

»Als nächstes größeres Projekt werde ich den walisischen Artus-Mythos näher untersuchen. Ich möchte erforschen, wie sich einige der eher modernen und bekannten Legenden um Artus herum entwickelt haben, wenn man die heutigen Versionen mit ihren Ursprüngen vergleicht. Dafür habe ich vor Kurzem die Zusage bekommen, in der Nationalbibliothek von Wales das Manuskript *Weißes Buch des Rhydderch* persönlich in Augenschein zu nehmen – also einen Teil dieses Buches hier –, und das Budget für diese Forschungsreise ist bewilligt worden. Ich habe also ein paar freie Plätze für wissenschaftliche Hilfskräfte und hoffe sehr, dass sich auch einige aus den unteren Semestern bewerben werden.«

Mehr nahm Allison nicht mehr wahr, zu sehr rauschte ihr das Blut in den Ohren. Eine Forschungsreise! Nach *Wales*! Sie würde mit eigenen Augen ein mittelalterliches Manuskript in seiner Rohfassung sehen. Worte, die vor fast tausend Jahren mit der Hand geschrieben worden waren.

Sie musste einen dieser Plätze als wissenschaftliche Mitarbeitende ergattern. Unbedingt. Auch wenn sie das Buch, das da auf dem Pult lag, noch nicht gelesen hatte und nichts dazu sagen könnte, wenn Wendy sie zu ihrer Motivation befragte – nichts, um zu beweisen, dass sie einen Platz bei dieser Reise verdiente. Und sofort kam ihr ein noch schrecklicherer Gedanke: Was, wenn das Buch Colin vertraut war?

Ohne ihr Handy, das unter ihrem Stuhl in ihrer Tasche steckte, konnte Allison dieses WCS aller WCS nicht bewältigen.

Ihr Blick fiel auf Colins Laptop neben ihrem Arm. Das wäre eine Lösung. Während Colin noch Wendy lauschte und seinen Stift so angespannt umklammerte, wie Allison sich fühlte, zog sie das Gerät zu sich heran.

»Kann ich mir das eben ausleihen?«, flüsterte sie und begann schon zu tippen.

Er warf ihr zunächst einen verständnislosen Blick zu, dann wurde ihm bewusst, was sie da tat, und er zog die Stirn kraus. »Also, eigentlich …« Den Rest schenkte er sich und griff zwischen Allisons Armen hindurch, um an die Tastatur zu gelangen.

Es waren extrem kleine Tasten, und das Touchpad kaum größer als ein Adressaufkleber. Beide rangen sie nun um Kontrolle, ihre Finger, Handrücken und Ellbogen gerieten immer wieder aneinander, und Allison musste das Gefühl der kleinen Stromstöße verdrängen, die jede Berührung auszulösen schien. Sie wollte lediglich irgendeinen Fakt über dieses Buch ergattern, um vor Wendy nicht völlig blank dazustehen.

Colin drängte sich, so weit er konnte, vor den Bildschirm und blockierte ihr die Sicht, genau wie er es am ersten Tag im Kurs getan hatte. Kurz verspürte Allison den Drang, erneut ihren Stift zu nehmen und sich als Modevandalin zu betätigen, wählte dann jedoch eine andere Strategie. Sie knuffte Colin mit der Schulter zur Seite, schob ihr eigenes Gesicht vor den Bildschirm und warf dazu noch ihr langes Haar über die Schulter, um dadurch ihm die Sicht zu nehmen. In den paar Sekunden Vorsprung, die ihr das verschaffte, gab sie ihre Anfrage in das entsprechende Feld der Suchmaschine ein.

Colin drängte sich wieder zurück, so dass ihre Wangen sich kurzzeitig aneinanderschmiegten. Dann schob er eines seiner langen Beine unter ihre, um Raum zu gewinnen, und bei jeder seiner Bewegungen kitzelte sie nun der Stoff seiner Hose in der Kniekehle.

Um auszublenden, wie und wo ihre Körper sich gerade überall berührten, konzentrierte Allison sich voll und ganz auf ihren Kampf um das Keyboard. Sie versuchten beide gleichzeitig zu tippen, fuhren mit den Daumen über das Touchpad, und als Colin auf das nächste Suchergebnis klickte, ploppte ein Werbefenster auf.

Unvermittelt drang aus den Lautsprechern ein tiefes, genussvolles Stöhnen. Allison und Colin erstarrten und wurden beide flammend rot. Der Werbeclip einer Porno-Webseite füllte den Bildschirm, mit sich räkelnden halb bekleideten Leibern sowie Nahaufnahmen von vollen, geöffneten Lippen und prallen Dekolletés und Hinterteilen. Dazu ertönte schlechte Musik, untermalt von kehligen »Ja, ja, ja«-Rufen und übertriebenem Seufzen und Stöhnen.

Niemand im Kurs sagte etwas, und während der Clip in Endlosschleife weiterlief, schien er mit jedem Mal noch lauter zu werden. Sex im Surround-Sound.

»O mein Gott, stell das ab«, zischte Allison. Warum musste mit Colin alles immer im Chaos enden? Sie tippte wild auf das Touchpad ein, während Colin immer noch um ihre Finger herumfummelte. Seine Wangen waren so rot wie ihr liebster Markierstift.

Als Allison es endlich schaffte, das Fenster zu schließen, entlockte ihr die erlösende Stille ein dankbares Seufzen. Die Erleichterung machte sie fast euphorisch, und sie begann erst zu kichern, dann zu lachen. Was sollte man auch sonst tun, nachdem man mitten im Kursunterricht in voller Lautstärke einen Porno-Clip gestreamt hatte?

Keine zwei Sekunden später stimmten alle mit ein.

Allison bekam einen solchen Lachanfall, dass sie sich den Bauch halten musste. »Wir sind unmöglich«, raunte sie Colin zu und ließ gedankenlos die Stirn auf seine Schulter sinken. Die Mischung aus Adrenalin und Ausgelassenheit ergab eine gefährliche, wie Alkohol wirkende Kombination, so dass sie sich über die Konsequenzen keine Gedanken machte.

»Oder magisch.«

Sie spürte seinen Atem auf ihrem Haar, leicht wie die Berührung eines Pusteblumenschirmchens. Seine Stimme klang belegt, was auf eigenartige Weise etwas in ihr berührte – einen Ort, an den sie seit dem Abbruch ihrer Beziehung niemanden mehr vorgelassen hatte. Der Druck seiner Arme, die noch immer halb um ihren Oberkörper geschlungen waren, schien sich zu verstärken.

Als er sich zu Wendy wandte, registrierte sie, dass er sich sehr vorsichtig bewegte, wie um Allison nicht abzuschütteln.

»Wir haben wohl aus Versehen den Pop-up-Blocker deaktiviert. Tut mir wahnsinnig leid«, sagte er.

Wendy grinste. »Chaucer hätte seinen Spaß gehabt.«

Allison setzte sich wieder aufrecht und rückte dabei ein Stück von Colin ab. »Oder darum gebeten, den Ton lauter zu stellen«, witzelte sie.

Wiederum lachten alle.

Was Wendy anscheinend für einen guten Zeitpunkt hielt, den Kurs zu entlassen. Als sie zu Allison und Colin ging, lächelte sie noch immer. »Das war ja abenteuerlich. Sie beide sind ein gutes Team.«

Die zwei warfen einander einen Blick zu, der ein wenig zu lang dauerte.

»Ich möchte noch einmal betonen, dass es uns außerordentlich leidtut«, sagte Allison. »Wir wollten beide Informationen zum *Mabinogion* ergoogeln und haben vor lauter Eifer die falschen Knöpfe gedrückt.«

»Das war wirklich kein Drama. Ein bisschen Spaß schadet keinem Kurs.« Wendy deutete auf das Buch auf ihrem Pult. »Haben Sie es gelesen?«

Allison wartete, bis Colin den Kopf schüttelte, dann verneinte auch sie.

Nun blies Wendy hörbar Luft durch ihre Lippen und runzelte die Stirn. Allison verkrampfte. Gab es noch mehr schlechte Nachrichten?

»Es ist ein faszinierendes Stück Literatur, und das Originalmanuskript zu sehen, wird etwas Besonderes sein. Ich wünschte, mir stünde mehr Budget zur Verfügung.« Sie stemmte eine Hand auf das Pult, und ihre Armreifen klackerten beim Hinunterrutschen. »So sehr ich es mir auch wünsche …«

»Aber Sie können uns nicht mitnehmen«, folgerte Colin.

Sie schüttelte den Kopf. »Ich kann Sie nicht *beide* mitnehmen«, korrigierte sie. »Was ich zutiefst bedaure.«

In Allisons Kopf schrillten die Alarmglocken. »Und wer … darf mitfahren?«

»Mein Mentee. Ich versuche, immer mindestens eine Abhandlung mit denjenigen gemeinsam zu verfassen, die ich bei ihrer Doktorarbeit betreue, und dies wäre die perfekte Gelegenheit.«

Natürlich.

Allisons krallte sich an ihren Knien fest. Eine Publikation zusammen mit einer so bekannten Wissenschaftlerin wie Wendy Frances war eine einmalige Chance.

Es war tatsächlich genau wie damals mit dem *Rising Star Award*. Nur, dass diesmal weitaus mehr auf dem Spiel stand und Allison extrem viel verlieren würde: Eine Ernennung als Mentee, die Reise und die Publikation könnten allesamt dazu verhelfen, nach dem Doktorandenstudium einen der raren festen Jobs in der mittelalterlichen Forschung zu ergattern.

Und das hatte sie bitter nötig.

Und sie hatte es *verdient*.

Niemand, schon gar nicht Colin Benjamin, sollte ihr das wegnehmen.

Was auch immer in den letzten Wochen an vorsichtiger Zuneigung versehentlich entstanden sein mochte, fiel von ihr ab wie die Blätter von einem toten Baum. Mit eisigem Blick starrte sie ihn an, bereit, mit aller Macht um ihren Platz zu kämpfen.

Wendy klopfte kurz auf die Tischplatte. »Ich empfehle Ihnen, dass Sie einen Blick hineinwerfen, sobald Sie Zeit dazu finden. Und noch einmal: Bitte versuchen Sie, diese Sache nicht größer zu machen, als sie ist. Das Schöne an Claymore ist, dass sich hier jede Menge wunderbarer Möglichkeiten bieten. Ganz egal, für wen ich mich entscheide – Sie werden beide noch zahlreiche andere Angebote bekommen.«

Sie verließ den Hörsaal, und Allison beobachtete Colin genau. Er saß mit zusammengepressten Lippen da, und auch seine Kiefermuskeln arbeiteten. »Wow«, sagte er nur.

»Du hast das hoffentlich für dich ad acta gelegt.«

Endlich sah er sie an. »Wie meinst du das?«

»Na, du kannst doch nach allem, was an der Brown passiert ist – nein: was *du* an der Brown *veranstaltet* hast! –, nicht im Ernst auf die Idee kommen, mit mir um diese Stelle zu konkurrieren.« Allison stand auf.

Er verzog das Gesicht. »Allison.« Und besaß auch noch die Frechheit, die Hand nach ihr auszustrecken! Blitzschnell wich sie ihm aus. »Ich muss los«, flüsterte sie.

Sie war so wütend, dass sie innerlich zu brennen schien. Es passierte tatsächlich erneut. Dieses Mal hatte sie versucht, alles anders zu machen, und trotzdem steckte sie in einer grausamen Zeitschleife fest. In der sie niemals gewinnen würde. Die Zeit des Leidens an der Brown wiederholte sich. Ließ sie nicht los.

»Nein, du wirst mir das nicht streitig machen.«

»Allison«, sagte er sanft.

»Ach, fick dich«, entfuhr es ihr.

Colin wich zurück, als hätte sie ihm kochendes Wasser entgegengeschüttet.

Nur mit äußerster Selbstkontrolle schaffte Allison es, ihm beim Zusammenpacken ihrer Sachen nicht mit der Anthologie ins Gesicht zu schlagen. Eines ihrer Notizbücher steckte quer in ihrer Tasche und wurde unschön verbogen, und weiter unten zerriss etwas. Ihr war alles egal.

Sie war so wütend, dass ihr beim Verlassen des Raumes fast übel wurde.

Damals, beim *Rising Star Award*, hatte Allison nach der Bekanntgabe des Preisträgers ihr Zimmer zwei Tage lang nicht verlassen. Colin hatte angerufen, sie besuchen wollen, ihr Nachrichten unter der Tür hindurchgeschoben, doch sie hatte sich geweigert, mit ihm zu sprechen. Sie war stinksauer gewesen – sie hätte sich »vor Wut entzweireißen« können, wie ihre Großmutter in Anspielung auf Rumpelstilzchen gesagt hätte –, aber vor allem hatte sie unter der Niederlage gelitten. Noch nie zuvor hatte sie bei etwas verloren, schon gar nicht bei etwas, für das sie so hart gearbeitet hatte. Alles schien nur noch sinnlos. Und dass ausgerechnet Colin ihr diesen Preis weggeschnappt hatte, machte es umso schmerzvoller.

Nun riss er die alte Wunde wieder auf. Und streute auch noch Salz hinein.

In ihrer Hektik erwischte sie den falschen Ausgang und fand sich plötzlich in einem Alkoven wieder. Und natürlich war Colin direkt hinter ihr. Ständig war er da. Ein Schatten, den sie nicht loswerden konnte. Sie drückte sich mit dem Rücken gegen die Wand. Diesmal wäre sie diejenige in bequemer Position.

Allerdings tat Colin es ihr gleich und lehnte sich gegen den Fensterrahmen. Dann schob er die Ärmel seiner grauen Jacke nach oben, so dass die definierten Muskeln seiner sehnigen Unterarme sichtbar wurden und seine Schultern noch breiter wirkten. Die Sonne lockte den roten Schimmer aus seinem blonden Haar und ließ die goldenen Pünktchen in seinen grünen Augen aufblitzen.

Scheiß auf die Sonne. Scheiß auf die Natur. Wo war eine grelle, unangenehm flirrende Leuchtstoffröhre, wenn man sie brauchte?

Sein Blick wanderte zu ihr herüber. »Du musst das verstehen …«

»Ich muss überhaupt nichts verstehen. Du hast mir die eine Sache gestohlen, die mir damals wichtig war. Und jetzt willst du es wieder tun.«

Colin seufzte und rieb sich mit dem Handrücken über die Stirn. »Hast du dir je überlegt, dass ich den *Rising Star* vielleicht auch gebraucht habe? Und jetzt diese Stelle als Mentee?«

»Du warst damals quasi eine Berühmtheit. Alle kannten dich, alle liebten dich. Du hattest die besten Empfehlungen, die besten Noten, einen vom Dekanat abgenommenen Essay. Du hast den *Rising Star* kein bisschen gebraucht!« Sie schob den Schulterriemen ihrer Tasche höher und wandte sich zur Tür. Dabei fixierte sie ihn mit ihren Augen. Sie wünschte, allein ihr Blick könnte ihn verletzen. Zerfleischen. Zerreißen. »Auch jetzt musst du nicht unbedingt Mentee werden oder diese Reise mitmachen. Das tust du doch nur für dein Ego. Um eine weitere Trophäe an die Wand hängen zu können. Nächstes Jahr um diese Zeit fasziniert dich irgendetwas anderes, und du schießt die Literatur des Mittelalters wieder in den Wind. Als hätte sie dir nie etwas bedeutet.«

So, wie er sie in den Wind geschossen hatte.

»Allison.«

»Nein.« Sie hob eine Hand. »Ich bin fertig. *Wir* sind fertig.«

Sie würde nicht noch einmal durchmachen, was sie schon einmal durchgemacht hatte. Sie würde die Zeitschleife durchbrechen. Ein anderes Ende finden.

Nein, verdammt noch mal. Sie würde ein anderes Ende *erschaffen*.

Kapitel 16

Als Colin mit Allison Schluss machte, lief gerade »Jingle Bell Rock«.

Es war Ende März gewesen, aber das Chistmas Diner machte seinem Namen alle Ehre und spielte das ganze Jahr über nonstop Weihnachtslieder. Girlanden mit Weihnachtsschmuck hingen von der Decke und um die Fenster, auf der Speisekarte standen stets Lebkuchen und heiße Schokolade, und auf jedem Tisch thronte ein eigener kleiner Weihnachtsbaum.

Normalerweise liebte Allison diesen Kitsch – die Weihnachtstage waren ihre liebste Auszeit, und mal ehrlich: ein paar der Songs waren echte Knaller –, aber an diesem Tag, etwas über eine Woche, nachdem Colin ihr den *Rising Star Award* direkt vor der Nase weggeschnappt hatte, empfand sie alles Bunte und Glänzende als abstoßend. Vielleicht war es aber auch nur Colin, den sie als abstoßend empfand.

Seit der Nacht vor Bekanntgabe des Ergebnisses hatten sie sich nicht mehr gesehen. An jenem Abend waren sie in seinem Apartment spät noch wach gewesen, weil sie eigentlich für ihre Zwischenprüfung lernen wollten, aber sie hatten nicht die Finger voneinander lassen können. Dort in seinem schummrigen, gemütlichen Zimmer, die glatte Haut seiner Hüfte unter ihren Fingern, auf ihrem Bauch seine warme Hand, die langsam in

Richtung ihrer Brüste wanderte, hatte sie sich noch in Glück und Wärme gewiegt. Hatte sich geborgen gefühlt. Sicher. Colin hatte sie bei ihrer Bewerbung so unterstützt, und auch danach war er liebevoller und aufmerksamer gewesen als je zuvor. Als hätte sich zwischen ihnen etwas Bedeutendes entwickelt, was sie enger und stärker miteinander verband.

Doch nun erkannte sie, was diese Tage wirklich gewesen waren: eine Lüge. Und mit dieser Erkenntnis sah sie Colin in neuem, härterem Licht – er wirkte kalt und berechnend, was seine kantigen Gesichtszüge zu bestätigen schienen.

Selbst das verhaltene Lächeln, das er ihr zuwarf, als er sich auf die Bank gegenüber setzte, erschien ihr leer und seelenlos. Ihr fuhr ein Schauer über den Rücken.

Er bemerkte ihr Zittern und streifte sich die rauchschwarze Jacke von den Schultern. »Ist dir kalt?«

Sie winkte ab. Sie wollte nichts berühren, das ihm gehörte. Er hatte noch nicht einmal fertig bestellt (Buffalo Chicken Nachos, wie üblich, als wäre dies ein ganz normaler Nachmittag), da platzte es aus ihr heraus: »Du hast gesagt, du würdest dich nicht für den *Rising Star* bewerben!« Ihr anklagender Ton mischte sich mit dem fröhlichen Refrain des rockigen Jingle-Bells-Songs.

Colin zuckte zusammen. »Ich hatte es eigentlich auch nicht vor.« Er stemmte die spitzen Ellbogen auf die Tischplatte und legte beide Hände um sein Wasserglas. »Meine Studienberaterin hat darauf bestanden. Sie meinte, es sei die perfekte Chance, um meine Bewerbung für das PhD-Programm unter Dach und Fach zu kriegen.« Seine Bewegungen wirkten mechanisch, fast roboterhaft, als er das Glas an die Lippen führte und einen langen Schluck nahm. »Du weißt ja, wie schwer es ist, in einem der guten Programme einen Platz zu bekommen.«

So viele Worte und nicht ein einziges Mal die Bitte um Entschuldigung. Allison verschränkte die Arme vor der Brust. Dachte er tatsächlich, ihn treffe keine Schuld? »Und du findest nicht, dass du mir das hättest sagen sollen?«

Er schürzte die Lippen. »Ich habe es wirklich erst in letzter Sekunde gemacht. Und hätte nie gedacht, dass ich tatsächlich gewinne.«

Lügen. Colin tat nie etwas, ohne sicher zu sein, dass er gewinnen würde. »Oder hattest du einfach Angst, dass *ich* gewinnen könnte?«

Es war die einzige Erklärung, die Sinn ergab. Hätte sie gewonnen, hätte das ihr Gleichgewicht zerstört. Dann hätte sie etwas gehabt, das er nicht hatte. Was er sicher nicht gut aufgenommen hätte.

»Wie meinst du das?«

»Wir wissen doch alle, dass Colin Benjamin es nicht ertragen würde, in die zweite Reihe zu treten.« Ihr lag Gift auf der Zunge. Sie war nicht sicher, was sie von diesem Gespräch erwartet hatte, aber nachdem er so oft versucht hatte, Kontakt mit ihr aufzunehmen, war sie davon ausgegangen, dass er um Entschuldigung bitten oder zumindest eine Erklärung liefern wollte, damit zwischen ihnen alles wieder gut wäre. Stattdessen wirkte er gleichgültig. Distanziert. Als wäre ihm das Gespräch nicht wichtig.

Als wäre ihm ihre Beziehung nicht wichtig.

Ihre Angst davor drängte sie automatisch in die Defensive. Er saß still da und führte ein weiteres Mal das Glas an den Mund.

Allison wünschte, er würde wie sonst mit den Händen durch die Luft fahren. Irgendein Zeichen von sich geben, dass er nervös war oder verunsichert. »Ich weiß nicht, was du von mir willst, Allison«, sagte er.

»Eine Entschuldigung? Ein Versprechen, dass so etwas nie wieder passiert? Irgendeine Erklärung, die alles wiedergutmacht?« Sie bettelte geradezu um etwas, das er von sich aus hätte anbieten müssen. Um ihre eigene Nervosität leichter zu ertragen, griff sie nach dem Strohhalm in ihrem Becher.

Colin rutschte etwas ungelenk auf seinem Platz herum, dann räusperte er sich. »Hör zu.«

Allisons Finger verkrampften sich, so dass der Strohhalm verbog.

»Die letzten Tage haben mir Gelegenheit zum Nachdenken gegeben.«

Der Plastikhalm zerbrach, und eine scharfe Kante schnitt ihr in die Handfläche. Doch Colins Tonfall, seine Worte trafen sie zu sehr, als dass sie es wahrgenommen hätte. Ein Lastwagen hätte sie hier in dieser Sitzecke überfahren können, und sie hätte nichts gespürt.

»Die ganze Sache um den *Rising Star Award* hat mich mit etwas konfrontiert, was ich die ganze Zeit verdrängt hatte. Fast hätte ich mich gar nicht beworben – deinetwegen …« Er räusperte sich kurz, als Allison zusammenzuckte. »Unseretwegen«, korrigierte er. »Was, wenn ich es nicht getan hätte? Und dann nicht gewonnen hätte?«

Allison schüttelte den Kopf. Sie hatte keine Ahnung, worauf er hinauswollte, aber es klang verdächtig nach etwas, das sie auf keinen Fall hören wollte.

»Der *Rising Star* ist nicht einmal die wichtigste Entscheidung, die ich in diesem Jahr zu treffen habe. Es erwarten mich große Entscheidungen. Die wichtig sind, ja sogar lebensverändernd.« Während er sprach, blieb sein Blick ganz ruhig. Als ob er das geübt hatte. »Mein Leben fängt gerade erst richtig an – nach diesem Abschluss. Ich darf mich von nichts aufhalten lassen. Ich muss die richtigen Entscheidungen treffen. Für mich.«

Allisons Herz zerbrach in tausend Teile. Und sie hatte angenommen, sie wären weiter zusammengewachsen, während Colin längst darüber nachdachte, wie sie sich trennen könnten.

Und dann sprach er jene Worte, die ihre Welt in zwei Teile rissen.

»Ich muss diese Entscheidungen unabhängig von anderen treffen. Ich muss ganz allein für mich entscheiden. Meinen eigenen Weg gehen.«

Allison hatte angenommen, ihr Treffen würde auf einen Streit hinauslaufen, an dem sie wachsen könnten.

Für Colin sollte dieses Treffen das Ende ihrer Beziehung einläuten.

Ich muss ganz allein für mich entscheiden. Meinen eigenen Weg gehen.

Dies waren die letzten Worte, die sie von ihm gehört hatte – bis zu ihrem Wiedersehen zwei Jahre später bei der Einführungsveranstaltung der Claymore. Denn nachdem er ihr damals in diesem blöden Lokal das Herz gebrochen hatte, war Allison wortlos aufgestanden und *ihren* Weg gegangen.

Kapitel 17

»Wer ist der Hübscheste hier, hm? Ja, wer ist ein hübscher Junge?«, schäkerte Allison mit Monty, während laute Musik aus den Lautsprechern dröhnte.

Sie rückte seine kleine Fliege zurecht und freute sich, dass er nicht darauf herumkaute, so wie er es mit allen anderen Dingen tat. Sobald sie ihn losließ, stolzierte er längs über ihr Bett und hob dabei elegant die kleinen Beinchen, so als wüsste er nur zu gut, wie großartig er aussah.

Nun begutachtete Allison sich selbst im Spiegel. Marineblaues Swing-Kleid mit kleinen Stickereien an den Flügelärmeln, cremefarbenes Strickjäckchen, braune kniehohe Stiefel, dazu die Halskette mit dem Sichelmond-Anhänger, die Sophie ihr zu Weihnachten geschenkt hatte. Das Haar hatte sie in halbstündiger Arbeit zu einem gewollt unordentlichen Knoten hochgesteckt und als Ohrringe die kleinen mondförmigen Stecker gewählt. Ein Hauch Mascara und dunkelroter Lippenstift, als hätte sie gerade an Rotwein genippt, vervollständigten das Outfit.

An jedem anderen Tag hätte sie der Anblick der gestylten jungen Frau im Spiegel aufgemuntert und ihr Selbstvertrauen gegeben, doch der gestrige Streit mit Colin und ihre PMS zehrten an ihr. Ihr Haar war schlaff und ohne Volumen.

Die Flügelärmel betonten ihre Winke-Arme (daher das Jäckchen). Der Jerseystoff ihres Kleides schmiegte sich um jedes Fettröllchen ihrer Taille. Der BH formte ihre Brüste zu einem einzigen Wulst. Ihre Oberschenkel strotzten vor Cellulite. Fast wünschte sie sich ihre Regelblutung herbei, damit die körperlichen Verformungen und das lästige Gedankenkarussell, die ihre PMS begleiteten, sich endlich in Luft auflösten. Allerdings wusste sie, dass sie diesen Wunsch bereuen würde, sobald ihr die ersten Krämpfe durch den Unterleib zögen.

Ihr menstruierender Körper konnte ein regelrechtes Festival des Leidens werden.

Allison versuchte, die negative Stimmung mit energischem Kopfschütteln zu vertreiben, und ging ihren Schreibtisch aufräumen. Sie sortierte ihre Stifte in die jeweiligen Behälter (die guten Gelstifte kamen in die Tasse mit den Schuyler-Schwestern, der Rest in eine mit Blumenmuster), begradigte die Papierstapel und ordnete die geliehenen Bibliotheksbücher nach dem Alphabet. Zum Schluss rückte sie noch Mandys Kreuzstichspruch über ihrem Monitor gerade.

Neben dem Mousepad lag ihr eigenes Kreuzstickereiprojekt. Sie hatte sich riesig gefreut, als Mandy ihr letzte Woche das entsprechende Material mitgebracht hatte. Die letzte Nacht hatte sie noch stundenlang wach gesessen, eine Nadel durch den grob gewebten Stoff gestochen und sich bei jedem einzelnen Stich vorgestellt, sie traktiere Colins Gesicht. Es war eine kathartische Erfahrung gewesen. Und absolut unblutig.

Sie konnte es kaum erwarten, Mandy ihre Fortschritte zu zeigen, wenn sie und die anderen gleich kämen.

Es war die zweite Oktoberwoche. Diesmal war Allison an

der Reihe, bei ihren regelmäßigen Kurstreffen als Gastgeberin zu fungieren. Ganz spontan (und auch, weil Link am Samstag schon etwas vorhatte) hatten sie den Termin auf Freitag gelegt. Obwohl sie sich eigentlich hatte zurückhalten wollen, hatte sie viel zu viele tiefgekühlte Horsd'œuvres besorgt, zwei verschiedene, thematisch passende Drinks vorbereitet und ein kompliziertes Krimi-Ratespiel zu ungelösten Mordfällen entwickelt, die sie im Netz gefunden hatte. Ihr Drang, die Beste zu sein, ging ganz klar über ihre akademischen Ambitionen hinaus.

Sie klemmte sich Monty unter den Arm, schaltete die Musik aus, griff nach den vorbereiteten Karteikarten (zehn Stück, auf Vorder- und Rückseite mit Notizen für das Spiel beschrieben) und machte sich auf den Weg nach unten. Als sie Monty wieder absetzte, sah sie, dass Sophie ihre Tür geschlossen und einen Zettel mit der Aufschrift *Bitte draußen bleiben* angepinnt hatte. Dies war ihr übliches Protokoll für Hauspartys (wobei an Allisons Tür mit *Lasst, die ihr eintretet, alle Hoffnung fahren* natürlich etwas Literarischeres stand), aber bei nur sechs erwarteten Gästen schien das doch etwas übertrieben. Sie hoffte inständig, dass Colin nicht auftauchen würde. Er war heute wirklich das Letzte, womit Allison sich befassen wollte.

Schon bei dem Gedanken an seinen Namen bekam sie Magenschmerzen. Wendys Ankündigung der Wales-Reise hatte zu viele schlechte Erinnerungen an die Vergangenheit ausgelöst – dass sie nicht gut genug gewesen war für den *Rising Star Award* … dass sie es nicht wert gewesen war, dass Colin auch nach seinem Abschluss noch mit ihr hatte zusammen sein wollen … dass sie ihn offenbar an seinem Fortkommen gehindert hatte. In was für eine tiefe Depression sie danach gefallen war und wie sie diese Krise davon abgehalten hatte, ihre üblichen Leistungen zu erbringen, und sie beinahe durch ihre Prüfungen hatte fallen lassen. All diese Gedanken hatten das Glücksgefühl, das sie nach ihrem kurzen Erfolgserlebnis in Wendys Kurs empfunden hatte, wieder zunichte gemacht, und ihre beiden Tutorien heute waren nichts anderes als grausam gewesen. Wann immer sie etwas sagte, meinte sie Zweifel in den Gesichtern ihrer Studierenden zu lesen, und nur wenige von ihnen hatten sich die Mühe gemacht, mal etwas zu notieren.

Uff. Sie brauchte einen Drink. *Pronto.*

Von unten hörte sie Musik und dass die Haustür auf- und zuging, was Monty kurz zum Kläffen brachte, bevor er die Treppe hinunter ins Foyer lief.

Allison stutzte. War jemand zu früh dran? Es war doch noch nicht einmal sieben. Eine halbe Stunde vor der verabredeten Zeit wäre selbst für ihre Truppe von Nerds ungewöhnlich.

Als die Tür erneut aufschwang, hob sie Monty auf den Arm. Wer betrat ohne Aufforderung ein Haus? Mit was für Gestalten, die noch nicht einmal die einfachsten Vampirregeln beherrschten, verbrachte sie ihr Studium?

Wobei der Typ, der da jetzt vor ihr stand, kein bisschen transsilvanisch aussah, sondern eher wie ein Wikinger. Das sonnengebleichte Haar hatte er im Nacken zu einem Pferdeschwanz gebunden, und zu zerschlissenen Jeans trug er ein weißes Leinenhemd mit Schnürung, das ein gutes Stück seiner trainierten Brust sehen ließ. Um seinen Hals hing ein Silberkettchen mit einem Anhänger, der Allison an einen Drudenfuß erinnerte, und seine Handgelenke zierten ledernde Manschetten. Die blonden Bartstoppeln vervollständigten seinen rauen Look. Eigentlich fehlte ihm nur noch eine Axt als Accessoire.

»Hey«, begrüßte er sie. Dann rief er von seinem Platz im Türrahmen aus so laut nach Sophie, dass Allison das Gefühl hatte, wie ein Klangkörper zu vibrieren. Unter jedem seiner muskulösen Arme trug er ein Zwölferpack Bud Light.

Sophie kam aus der Küche gestürmt, das Gesicht erhitzt.

»Eric!« (Natürlich – wenn er nicht Leif hieß, musste er folglich ein Eric sein.) »Gut, dass du da bist. Wir haben bald keinen Alkohol mehr.« Sie zupfte mit einer Hand am Oberteil ihres Neckholder-Jumpsuits herum. Wenn sie angetrunken war, passierte es ihr gern mal, dass ihre Brüste sich herauszumogeln versuchten. In der anderen Hand hielt sie ein Weinglas, in dem eine bonbonrosa Flüssigkeit schwappte, die Allison verdächtig an die Sangria aus Wassermelonen erinnerte, die sie den ganzen Nachmittag über zubereitet hatte.

Sie zog sich Monty an die Brust. »Wer hat bald welchen Alkohol nicht mehr?«

»Oh, Allison ist aus der Versenkung aufgetaucht!« Sophie warf die Arme in die Luft, wobei sie den pinken Drink über ihre Schulter nach hinten ausschüttete, und zog Allison an sich. »Ich hatte schon Angst, du würdest den ganzen Abend in deinem Zimmer bleiben.« Sie lallte ein wenig, und die ruckartige Bewegung hatte ihr Oberteil von Neuem in Aufruhr versetzt. Diesmal half Allison nach, damit alles wieder an den rechten Platz kam. Der Wikinger fuhr sich mit der Zunge über die Lippen, als hätten sie ihm eine aufreizende Show bieten wollen, und sie bezwang den spontanen Drang, ihm auf die glänzenden schwarzen Stiefel zu kotzen. Die Vorstellung, wie sie damit seine losen Schnürsenkel getränkt hätte, erfüllte sie allerdings mit einer merkwürdigen Befriedigung.

Sie drehte Sophie herum, um die Schleife in ihrem Nacken festzuziehen. Allison hatte nie verstanden, wie Sophie die tollsten Frauen daten konnte, aber bei Männern anscheinend den Neandertalertyp bevorzugte. Ihre letzte Freundin war *Dichterin* gewesen – und dieser Leif Eriksen trank Bud Light.

Wieso war er überhaupt hier?

Sophie nickte in Richtung Küche. »Die anderen sind schon alle da.«

»Alle?«

»Janie, Sarah und Brooks und ein Haufen Freunde von der Arbeit. Ein paar Kumpels von Eric wollten auch noch kommen.«

»Na toll. Das wird den Durchschnitts-IQ in diesem Haus um zwanzig Punkte sinken lassen.«

Sophie grinste. »Hör mal, irgendeine Form der Unterhaltung brauchen wir doch. Deine Vorräte sind jedenfalls aufgebraucht.«

Allison starrte sie mit offenem Mund an. »Alles?« Die Zutaten für die Sangria hatten sie fast achtzig Dollar gekostet, ganz zu schweigen von den Snacks.

»Das waren doch nur zwei kleine Karaffen voll, und es war sooo lecker.«

Monty begann sich unter Allisons immer enger werdendem Griff zu winden. »Die Sangria war für heute *Abend* gedacht.« Wie sollte sie ohne ihren besonderen Cocktail den besten Kursabend bestreiten? Mandy schwärmte noch immer von Karas Starburst Martinis.

»Ja, für unsere Party!« Sophie warf wieder die Hände in die Höhe und schlug dem Wikinger dabei fast ins Gesicht. Er stellte das Bier auf den Boden, um ihr die Arme um die Taille zu schlingen.

Sie tätschelte ihm die Wange, ignorierte seine Schmuserei jedoch weitgehend. »Ich bin ja so froh, dass du das vorgeschlagen hast. Es ist viel zu lange her, dass wir eine Party geschmissen haben.«

Zu Beginn des Sommers hatten sie in ihrem Haus ein paar Partys gefeiert, aber das waren alles Sophies gewesen, mit ausschließlich ihren Designerfreunden und Kolleginnen.

Heute war Allison an der Reihe. Allerdings hatte sie sich eine kleine gemütliche Runde unter Unikollegen vorgestellt, keine wilde Sause. »Ich habe doch nur gesagt, dass ich ein paar Leute einlade.«

Sophie nickte. »Genau. Da dachte ich, ich lade auch ein paar ein. Je mehr, desto besser, oder etwa nicht?«

Nein. Überhaupt nicht! Das alles war nicht gut und schon gar nicht besser. Allisons Mordrätsel funktionierte nur mit höchstens acht Personen, und Sophies Gäste wären ohnehin viel zu stylisch und abgehoben für ein selbstgebasteltes Partyspiel.

Sie schüttelte den Kopf. »Sicher. Na klar.«

Sophie sah sie kritisch an. »Nein. Ich kenne diesen Ton. Was ist los?«

Es hatte keinen Sinn, das jetzt zu diskutieren, wo Sophie schon betrunken war. Das Gespräch würde zu nichts führen, Sophie würde weinen und sich am nächsten Morgen an nichts mehr erinnern.

»Ich hatte die Sangria und das Essen für meine Freunde aus der Uni gemacht, das ist alles«, erklärte Allison.

»Na, dann ist doch alles gut.« Sophie grinste und tätschelte den Arm des Wikingers. »Eric hat Bier mitgebracht, und wir können Pizza bestellen.«

Die Vorstellung, wie sie Link, dem König der Craft-Biere, eine Dose Bud Light anböte, hätte Allison beinahe zum Lachen gebracht. Doch nur beinahe.

Zuerst der Streit mit ihrer Mutter, dann die Wales-Reise ... und nun war ihr sorgsam geplanter Abend ruiniert. Sie presste kurz die Kiefer zusammen, dann wandte sie sich an Eric. »Kann ich ein paar davon haben?« Zeit, diese desaströse Woche zu vergessen.

Er öffnete eines der 24er-Packs. »Sind aber noch warm.« Allison war ziemlich sicher, dass er ihr auf die Brust starrte, während sie nach den Bierdosen griff.

»Ist mir scheißegal.«

»Du bist ja hart drauf.«

»Was du nicht sagst.« Als ob sie die Einschätzung eines nordischen Höhlenmenschen bräuchte!

Sie stopfte sich je ein Bier in die Taschen ihres Kleides, klemmte eines unter den Arm, öffnete das vierte mit einer Hand und trank es in einem Zug leer. Dabei versuchte sie, den hefigen Geschmack zu ignorieren, der sie an den Geruch in der Küche erinnerte, wenn Sophie Brot backte.

Sie knallte die leere Dose auf den Tisch, was ihr ein anerkennendes Brummes des Wikingers einbrachte, und öffnete, ohne zu zögern, die zweite Dose. Sie würde eine Menge von diesem Ekelbier brauchen, um ihren Ärger zu ertränken.

Sophie fasste sie am Arm. »Mach mal langsam. Wir haben doch den ganzen Abend Zeit.«

»Alles gut«, log Allison.

Ein Schwall lauwarmes Bier rann ihr aus dem Mundwinkel auf das Kleid. Der Fleck, den es hinterließ, war exakt so groß wie Colins blöder Kopf.

Wie passend, dachte Allison, als sie die dritte Bierdose öffnete.

Falls jemand aus Allisons Truppe die Party enttäuschend fand, so bekam sie es nicht mit.

Wer neu dazustieß, nahm sich irgendwas zu trinken und was an Essen da war und kam einfach mit den anderen ins Gespräch. Als Allison das letzte Mal Mandy gesehen hatte, flirtete sie gerade mit einem der Freunde des Wikingers. Alle anderen hatten sich zu Sophie und ihren Designerfreunden ins Wohnzimmer gesellt, um dort irgendeine schreckliche Reality-TV-Show zu gucken.

Allison war die Einzige, die sich raushielt. Seit einer halben Stunde saß sie unter dem Vorwand, Monty beruhigen zu müssen, draußen auf der Verandatreppe.

In Wahrheit jedoch brütete sie brummig vor sich hin und betrank sich – zwei ihrer Lieblingsbeschäftigungen, die noch schöner waren, wenn sie sie gleichzeitig tun konnte.

Trotz all ihrer Pläne und Vorbereitungen war die ganze Woche den Bach runtergegangen. Jede einzelne ihrer klug durchdachten Entscheidungen schien nur noch weiter ins Chaos zu führen. Ihr Entschluss, den Kontakt zu Jed abzubrechen, hatte dazu geführt, dass ihre Mom seit Tagen nicht mehr anrief. Ihre

Vorbereitungen für diesen Abend hatten dazu geführt, dass er komplett aus dem Ruder lief und sie auf nicht gerade subtile Weise daran erinnerte, wie sehr sie und Sophie sich voneinander entfernt hatten. Und Colin war ... nun ja, Colin. Natürlich hatte er ihr in seiner Bulldozermanier den Rest gegeben.

Allison öffnete ihre sechste Dose Bier und trank. Wie schön hätte dieser Abend werden können, hätte Sophie nicht alles kaputtgemacht. Dann hätte Allison jetzt ein Grüppchen staunender Akademiker durch eines der schwersten Krimiratespiele geleitet, das sie je erlebt hatten – wie die Figur in einem Film Noir, bei der alle Fäden zusammenliefen. Sie hätten gelacht und herumgealbert und sich an leckerer Melonensangria betrunken, und am Dienstag hätte Colin davon vorgeschwärmt bekommen, ohne dabei gewesen zu sein. Es wäre das reine Vergnügen gewesen. Und ein weiterer Pluspunkt in Allisons Siegerspalte.

Stattdessen saß sie nun bei knapp fünf Grad draußen, ohne Leggings oder eine warme Jacke, und nur diese Bud Lights waren ihr geblieben, um sich daran zu wärmen. Mehr als einmal hatte sie mit dem Gedanken gespielt, wieder hineinzugehen, aber ihre Füße hatten sich jedes Mal geweigert. Ihr Frust hatte eine Mauer um sie herum gebildet, dick wie Stahlbeton, der jeden ausgrenzte. Würde sie jetzt hineingehen und spüren, dass sie bei ihrer eigenen Party eine Außenseiterin war, bräche es ihr das Herz. Da sie vorher mit Sophie keine WCS zu Angst und Party-Etikette durchgegangen war, blieb sie lieber draußen. Was sie vermied, konnte ihr nicht wehtun.

Und trotzdem: Als wieder ein Schwall Gelächter durch das offene Fenster drang, versetzte es ihr einen schmerzhaften Stich.

Ihr blieb nur eines übrig: noch ein Bier zu öffnen. Mittlerweile hatte sie den Beschwipststatus hinter sich gelassen und war richtiggehend betrunken, was bedeutete, dass die Bud Lights zwar einerseits nach nichts mehr schmeckten (yeah!), ihr Magen andererseits aber voll, wenn nicht gar übervoll, von ekelhafter Flüssigkeit war (bäh!). Sie schluckte und bemühte sich, das Bier dabei nicht über die Zunge laufen zu lassen. Dabei rann ihr weitaus mehr über das Kinn als durch die Kehle.

Ganz und gar nicht ladylike wischte sie sich mit dem Jackenärmel über Gesicht und Hals. Irgendeine Instanz in ihr sagte, dass sie das am Morgen mit Sicherheit bereuen würde, aber mit der Bierschaumwolke in ihrem Hirn war ihr das momentan egal.

Monty knurrte und zog beunruhigt die Rute ein. Allison hielt seine Leine straff und spähte in die Richtung, in die ihr Hund nun starrte, während sie die Bierdose wieder an die Lippen hob.

Aber dann landete ein großer Schwall auf ihrem Kleid.

Keine fünfzig Meter entfernt stand Colin im schummrigen Licht einer Straßenlaterne, als wetteiferte er mit seinem Schatten darum, wer der Größere wäre. Er hielt sein Handy wie einen Kompass vor sich und starrte sie an.

War diese Woche, dieser Abend nicht schon schlimm genug? Musste nun auch noch Colin Benjamin dazukommen? Allison zerdrückte die Bierdose in ihrer Hand.

Er kam auf sie zu, bis nur noch eine Bodenfliese Abstand zwischen ihm und Monty war. Der Hund beobachtete ihn aufmerksam, wedelte aber mit dem Schwanz. Verräter!

Allison verschränkte die Arme. »Was willst du hier?« Sie blickte kurz nach oben und hoffte, dass niemand aus dem Fenster sah. Es wäre denkbar unpassend, wenn Sophie ausgerechnet jetzt feststellen würde, dass sie wieder Kontakt zu Colin hatte. Allison hatte gerade wirklich nicht die Nerven, sich mit ihr auseinanderzusetzen, vor allem nicht in betrunkenem Zustand. Außerdem war sie zum Äußersten bereit, um ihn wieder aus ihrem Leben hinauszudrängen, also sollte das ohnehin kein Thema sein.

»Wir haben doch heute unser wöchentliches Treffen.«

Allison rollte die Augen. »Du warst ausgeladen.«

»Seit wann das denn?«

»Seit du wieder mal versucht hast, mein Leben zu ruinieren, indem du dich für die Wales-Fahrt bewerben willst.«

Durch das Fenster hörten sie Link lachen, und Colin sah zum Haus. »Was machst du hier draußen, wenn alle da drin sind?«

»Monty und ich brauchten ein bisschen frische Luft.« Allison knibbelte die Lasche ihrer Bierdose ab. Irgendwann würde sie wieder reingehen und Nachschub holen müssen. Oder sie könnte ihre Einsiedelei verlängern und sich etwas vom Getränkedienst liefern lassen. Es würde sie zwar ein Vermögen kosten, aber Misanthropie hatte nun mal ihren Preis.

»Darf ich dir Gesellschaft leisten?« Colin nickte in Richtung der Stufen.

»Nein.«

»Allison.«

»Ich habe ein Monopol aufs Alleinsein gebucht.«

»Allison.«

»Colin.«

»Ich habe den ganzen Tag versucht, dich zu erreichen.«

Was der Grund dafür war, dass Allison schon vor Stunden ihr Handy auf stumm geschaltet hatte.

Sie neigte den Kopf zur Seite, was die ganze Welt ins Wanken brachte. »Ist dir vielleicht mal in den Sinn gekommen, dass ich gar nicht mit dir reden will?« Sie versuchte, ihm ins Gesicht zu sehen, doch es war schwierig, sich auf irgendetwas anderes zu konzentrieren als seine Lippen. Sie waren rot wie Fruchtpunsch, und in ihrem trunkenen Zustand konnte Allison sich plötzlich nicht mehr gegen die aufsteigenden Erinnerungen wehren, wie diese Lippen vor all den Jahren ihren Körper erkundet hatten.

Schmetterlinge ... Federn ... Blütenblätter ... Seide ... Der Nachhall seiner sanften und spielerischen Berührungen löste einen wohligen Schauer in ihr aus.

»Ich kann es erklären.«

»Ist mir egal.« Allison wollte keine ausgefeilte Erläuterung, warum diese Situation angeblich anders sei als damals oder warum er ebenso eine Chance verdient habe wie sie. Der *Rising Star Award* hatte ihr alles bedeutet, und er war trotzdem gegen sie angetreten, nur, um zu gewinnen. Um sein ohnehin schon massives Ego weiter zu boosten. Jetzt stand noch viel mehr auf dem Spiel – es ging um ihre Karriere, ihre Zukunft. Sie hatte Jahre ihres Lebens damit verbracht, sich auf ihr Fachgebiet zu fokussieren, und nun wollte er ihr das alles schon wieder wegnehmen.

Wie hatte sie jemals denken können, dass er etwas für sie empfand?

Jetzt war er auch noch so dreist, den letzten Abstand zwischen ihnen zu tilgen. Da Allison auf einer der unteren Stufen saß, ragte er groß und ungewohnt neben ihr auf, und sie fühlte sich, so selten das in ihrem Leben auch vorgekommen sein mochte, klein.

Es gefiel ihr nicht. Sie tastete hinter sich nach der obersten Stufe und stemmte sich unbeholfen höher. Monty zog derweil an seiner Leine und schnupperte an Colins Füßen.

»Ich weiß, wie das für dich aussehen muss.«

Allison legte den Kopf in den Nacken und stöhnte. Er würde die ganze Nacht hierbleiben, notfalls sogar das ganze Semester, so versessen war er darauf, immer das letzte Wort zu haben. Je eher sie ihn reden ließe, desto schneller hätte sie es hinter sich und könnte ihre Colin-freie Existenz wiederaufnehmen.

Sie tastete nach ihrem Handy. »Dafür werde ich definitiv mehr Alkohol brauchen.«

Während sie auf das Display tippte, formulierte sie in Gedanken schon ihre Bestellung, doch die lange Liste an Nachrichten knallte ihr wie ein Eimer Eiswasser entgegen. Schlagartig wurde die eben noch verschwommene Welt kristallklar.

Sie hatte fünf verpasste Anrufe, eine Voicemail und sieben Textnachrichten. Alle von ihrer Mutter, von der sie seit Dienstag nichts mehr gehört hatte. Jede Nachricht lautete: RUF MICH SOFORT AN!

Colin hatte mitten in seinem Vortrag innegehalten und starrte sie an. »Was ist los? Du bist weiß wie die Wand.«

Allison schüttelte den Kopf, um ihn zum Schweigen zu bringen, und wählte mit zitternden Fingern die Nummer ihrer Mutter.

Die hob beim ersten Klingeln ab. »Allison.«

»Mom, was ist passiert?«

»Ich bin im Krankenhaus. Du musst sofort herkommen.«

Allison schlug das Herz bis zum Hals, und sie konnte kaum schlucken. »Warum? Was hast du …? Bist du …?«

»Es geht um deinen Vater.«

Ein weiterer Eimer Eiswasser. Allisons Herz erkaltete. »Du hast mich zu Tode erschreckt. Ich dachte, mit *dir* wäre etwas Schlimmes.«

Vor einiger Zeit hatte ihre Mutter gesagt, Jed sei schon einige Male mit AF im Krankenhaus gewesen. Nach ihrem Streit hatte Allison es recherchiert: Es war ein Vorhofflimmern, das zwar als Herzrhythmusstörung galt und das Risiko für Schlaganfälle und Herzinfarkte erhöhte, medikamentös jedoch gut zu behandeln war, und man konnte damit ein fast normales Leben führen. Für Drama gab es hier also keinen Anlass.

Als Allison genau das sagen wollte, fuhr ihre Mutter schon fort: »Es sieht nicht gut aus, Allison. Er ist nicht bei Bewusstsein.«

Ihre Hand um das Handy verkrampfte. Sie sah zu Colin auf. Der presste die Lippen zusammen, öffnete und schloss die Hände, machte jedoch keine Anstalten, sich weiter zu nähern.

»Du solltest herkommen«, sagte ihre Mutter. »Sofort. Diese Nacht könnte seine letzte sein.«

Allison fühlte sich kalt und starr, aber tief in sich spürte sie den Schmerz. Sie nickte, auch wenn das sinnlos war. »Ich komme.«

Sie hörte es am anderen Ende piepsen, dann sprach eine gedämpfte Stimme, ehe ihre Mutter sich wieder meldete. »Ich muss jetzt Schluss machen, mein Schatz. Wir sind im Northern Light Hospital.« Es klickte leise, und die Verbindung war unterbrochen.

Allison ließ das Handy in den Schoß fallen. Sie presste sich eine Hand auf den Mund. Ihr Magen rebellierte, als verwandele sich alles Bier darin in Lava.

»Mein Vater … hatte einen Herzinfarkt oder so etwas. Ich muss hinfahren.« Sie musste es laut aussprechen, damit es real wurde. Und Colin war als Einziger nahe genug, um es zu hören.

Sie stand auf und begann zu schwanken. Colin fasste sie am Ellbogen, um sie zu stützen, aber Allison riss ihren Arm weg. Die ruckartige Bewegung ließ sie allerdings straucheln, und sie landete mit lautem Ächzen auf den Knien. Die leeren Bierdosen schepperten über die Veranda.

»Wie viel davon hast du getrunken?«, wollte Colin wissen.

»Das geht dich gar nichts an.« Allison musste zu ihrer Mutter fahren. Für eine seiner Predigten hatte sie keine Zeit. Als sie wieder auf die Füße kam, schaffte sie es, aufrecht stehen zu bleiben. Sie musste nur zwei, drei Mal kurz würgen.

Colin beobachtete sie genau. Dann blickte er zum Haus. »Kann dich jemand fahren? Sophie? Oder jemand aus unserer Gruppe?«

Allison schüttelte den Kopf. »Die haben auch alle zu viel getrunken, und ich muss sofort los.« Derart alkoholisiert würde sie sich nie ans Steuer setzen, aber sie wollte nicht mit Colin diskutieren.

»Allison.«

Sie bückte sich ganz langsam, um ihr Handy vom Boden aufzuheben. »Es gibt bestimmt einen Bus oder eine Mitfahrgelegenheit.« Das klang noch am wenigsten nach einem Zugeständnis. Mit unsicheren Fingern tippte sie auf das Handy.

»Wohnt deine Mutter nicht in Northern Maine? Das wird dich ein Vermögen kosten!«

Sie blitzte ihn böse an. »Ich muss jetzt sofort los, Colin. Meine Mutter hat gesagt, er könnte sterben. Ich habe keine Zeit, um noch lange darüber nachzudenken.«

Er seufzte einmal scharf. »Komm, wir fahren.«

»Wie bitte?«

»Ich bringe dich hin.«

»Stonington liegt etwa vier Stunden entfernt.«

Er hob Monty auf den Arm. »Wer soll dich denn sonst fahren?«

Er war ihre einzige Option, und sie hasste ihn dafür. Und noch mehr dafür, dass er recht hatte. »Aber das ändert nichts zwischen uns.«

»Das ist mir bewusst.« Unfassbar sanft strich er Monty über die Ohren. Allison hasste diese sanfte Hand.

Ohne eine Antwort abzuwarten, wandte Colin sich ab und eilte mit langen Schritten davon, die zeigten, wie ernst er die Angelegenheit nahm.

Auch dafür hasste Allison ihn. Und sie hasste sich selbst dafür, dass sie all das brauchte, was er ihr anbot. Stolpernd hastete sie ihm hinterher, ohne Montys Leine loszulassen. »Warum tust du es dann?«

Colin blickte über die Schulter zurück. Die Besorgnis stand ihm ins Gesicht geschrieben. »Weil ich nicht das Monster bin, das du so gern in mir siehst.«

Kapitel 18

Es gab Situationen im Leben, die nicht einmal von Donuts gerettet werden konnten.

Doch das Dutzend, das in Colins altem Honda Civic auf dem Armaturenbrett lag, zeugte davon, wie sehr er versuchte, das Gegenteil zu beweisen.

Allison knabberte an einem Brioche-Donut mit Vanilleglasur und quetschte sich gegen die Beifahrertür. Dieses Auto war so klein, dass man nur schwer Abstand halten konnte. Und sie brauchte Abstand, denn auch wenn er sie, betrunken wie sie war, mitten in der Nacht von Rhode Island nach Maine chauffierte, weil es moralisch einfach das Richtige war, löschte das nicht alles Böse aus, was er ihr angetan hatte.

»Donuts sind das Beste, um einen Kater zu vermeiden, hab ich recht?«

Colins Blick wanderte von der leeren Autobahn vor ihnen zu ihrem Profil. Sie waren erst eine halbe Stunde unterwegs, doch es fühlte sich an wie eine Ewigkeit.

»Nein. Das sind belegte Bagels.« Allison starrte durch die Windschutzscheibe auf das Licht der Scheinwerfer, das die Dunkelheit zerschnitt.

»Dann hättest du einen bestellen sollen.«

Sie schnitt eine Grimasse. »Ich wollte ja gar nichts. Du warst derjenige, der diese orgasmische Mischung zusammengestellt hat.« Sie wedelte mit der Hand zu den Donuts.

»Du musst etwas essen.«

»Ja, Dad.«

Sobald sie es gesagt hatte, bereute sie ihre Wortwahl. Sie hatte Jed nie »Dad« genannt, und jetzt … hätte sie vielleicht nie mehr die Gelegenheit dazu. Sorgenvoll blickte sie auf das Handy in ihrem Schoß. Keine Nachricht von ihrer Mutter.

Was hoffentlich bedeutete, dass ihr noch Zeit blieb.

Colins Blick ruhte zu aufmerksam, zu durchdringend auf ihr, und wenn es nicht unausweichlich zu einem tödlichen Autounfall geführt hätte, hätte sie ihm die Brille von der Nase geschlagen.

»Allison«, begann er erneut.

Die Sanftheit in seiner Stimme schmerzte. Bei all ihren momentanen Wunden war es genau der Balsam, den sie brauchte, und genau das hasste Allison. Sie war nicht der Typ, der in Notsituationen die Fassung verlor. Als Sophies Großmutter damals in ihrem ersten High-School-Jahr den Kampf gegen ihren Krebs verloren hatte, war Allison ihre größte Stütze gewesen. Sie hatte ihre beste Freundin gerettet. Jetzt war sie selbst am Ertrinken, und nur Colin war da, um sie zu retten.

Er war der Letzte, an dem sie Halt suchen wollte.

»Was ist?«, erwiderte sie etwas zu ruppig.

»Du riechst wie eine Brauerei.«

Seine Feststellung war so direkt und so absurd, dass Allison lachen musste. »Danke«, erwiderte sie prustend.

»Und zwar eine, die so schlecht ist, dass das Gesundheitsamt sie schließen muss.« Er sah auf die Straße, doch um seine Mundwinkel zuckte es verräterisch.

»Ich hab's verstanden.«

»Im Ernst: Warum ausgerechnet Bud Light?«

Allison vergaß ihre sorgsam geschaffene Distanz und warf ihm ohne jegliche Berücksichtigung der Umstände (etwa, dass er ein Auto lenkte oder dass Donuts für so etwas viel zu kostbar und lecker waren) den Rest ihres Donuts ins Gesicht. Er traf ihn mitten auf die Wange, blieb kurz an seinen Bartstoppeln hängen und rutschte dann im Zeitlupentempo abwärts und in seinen Schoß. Es sah aus wie in einem albernen Zeichentrickfilm. Allison musste wieder lachen.

»Ein dreister Akt der Gewalt gegen Donuts«, murmelte er, während er das klebrige Ding von der Hose fischte und in den Mund steckte.

Allison verschränkte die Arme. »Dann hör auf mit dem Betrunkenen-Shaming.«

»Ich dachte, Geschmack wird mit dem Alter besser.«

»Mein Güte! Ich habe mir das Bud Light doch nicht ausgesucht. Ich hatte diese super Sangria vorbereitet, die Sophie und ihre Freunde binnen zwei Minuten vernichtet haben, also blieb mir nichts anderes als Billigbier.«

»Dann hätte ich lieber gar nichts getrunken.«

Allison drehte langsam den Kopf und bedachte ihn mit einem – wie sie hoffte – infernalisch bösen Blick. »Tja, ich war auf jemanden sauer und musste meinen Ärger hinunterspülen.«

»Auf Monty?« Colin deutete mit dem Kinn auf den schlafenden Welpen im Fond.

»Nein. Auf jemand anderen in diesem Wagen.«

»Du solltest deinen Ärger niemals gegen dich selbst richten ...«

Sie sah ihn so scharf an, dass er verstummte. Colin seufzte. »Wirst du mir jetzt zuhören?«

Allison machte eine vage Geste durch das Wageninnere. »Ich habe gerade nicht viel anderes zu tun.« Sie lehnte sich vor, klappte die Schachtel mit den Donuts auf und nahm sich einen mit Schokoladenüberzug. Auch wenn ihr Magen kurzfristig protestierte, biss sie kräftig ab, kaute, schluckte und spülte alles mit einem großen Schluck aus einer der fünf Wasserflaschen hinunter, die Colin ebenfalls besorgt hatte. Er hatte recht: Sie konnte nicht betrunken im Krankenhaus aufkreuzen.

Colin räusperte sich. »Es tut mir leid, wenn du das Gefühl hast ...«

»Stopp«, sagte sie scharf.

Colin zuckte zusammen. »Ich habe den Satz doch noch gar nicht beendet – wie kannst du da schon widersprechen?«

»Du bittest auf die falsche Art um Entschuldigung.«

Verständnislos sah er sie an. »Wie kann man sich auf falsche Art entschuldigen?«

»Es ist so was von passiv-aggressiv, wenn du meine Gefühle als Anlass für deine Entschuldigung nimmst und nicht deine Taten, die meine Gefühle ausgelöst haben.«

Er seufzte resigniert. »Okay, Punkt für dich.«

»Versuch's einfach noch mal.«

Er suchte offenbar nach den richtigen Worten. »Es tut mir leid, dass ich erneut mit dir in Konkurrenz trete – bei etwas, das dir so wichtig ist.« Er zuckte die Achseln, schien resigniert.

»Ich bin noch dabei zu lernen, bei meinen Entscheidungen auf andere Menschen Rücksicht zu nehmen.«

Als er danach eine volle Minute lang schwieg, knuffte Allison ihn in den Arm. »Glaub ja nicht, dass du so billig davonkommst.« Sie leckte sich die Reste der Schokoglasur von den Fingern. *Erfüll deine Bestimmung, lieber Donut,* flehte sie. *Lass mich wieder nüchtern werden.*

Colin presste die Kiefer zusammen, und Allison sah, wie seine Muskeln arbeiteten. »Tu ich nicht. Es ist nur … Es ist kompliziert, und ich weiß nicht, wie ich es erklären soll, ohne von Sachen zu sprechen, auf die ich nicht gerade stolz bin.«

Allison konnte sich nur schwer vorstellen, dass Colin irgendwelche beschämende Geheimnisse hatte. Aber dann fiel ihr ein, wie sie selbst haushoch über den Verlauf ihrer Tutorien gelogen hatte. Die Rivalität mit dem Ex konnte einen schon zu seltsamen Maßnahmen treiben.

POTENZIELLE WCS von COLIN BENJAMIN

1. Er hängt mit dem Lesen der Lektüre hinterher.
2. Er ist noch schlechter im Übersetzen von Mittelenglisch, als er sich bisher hat anmerken lassen.
3. Er hat sich heimlich und Hollywoodstar-mäßig in das PhD-Programm eingekauft.

Colin räusperte sich. Nicht auf diese *Ich-fühle-mich-dir-haushoch-überlegen-*Weise, sondern eher nervös, wie ein unbewusstes Husten. »Ich war nicht …« Er umklammerte das Lenkrad so fest, dass seine Fingerknöchel weiß wurden. »Ich habe mir keine zwei Jahre Auszeit genommen.«

»Was soll das denn heißen?«

»Ich war nach meinem Abschluss eine Woche lang in England, aber die übrige Zeit habe ich bei meinem Großvater gewohnt und in der Poststelle seiner alten Firma gearbeitet.«

»Es ist doch nichts Schlimmes dabei, wenn man eine Zeitlang arbeiten muss.« Sie wählte ihre Worte mit Bedacht. Selbst ohne zu verstehen, was er ihr eigentlich sagen wollte, erkannte sie gefährliches Terrain, wenn es vor ihr lag. »Hast du dir offen halten wollen, welches der Zulassungsangebote du annimmst? Und dich jetzt erst endgültig für Claymore entschieden?«

Er presste kurz die Lippen zusammen. »Schön wär's.«

Allison wartete, dass er weitersprach. Die scheinbar endlose Weite der dunklen Autobahn und die weißen Ziffern auf der Uhr im Auto verschlangen die Zeit minutenweise. Eins, zwei drei … Schließlich seufzte sie entnervt. »Wie wohl fast jede Frau liebe ich das Rätselhafte, aber könntest du bitte aufhören, dich so kryptisch zu äußern?«

Er lockerte seinen Griff um das Lenkrad, nur um dann noch fester zuzupacken. »Ich hatte zwei Jahre Pause, weil ich zu keinem PhD-Programm zugelassen wurde.« Er zuckte bei jedem Wort zusammen, als täte es ihm körperlich weh.

Und vielleicht tat es das auch. Sie selbst war zu nur drei der acht Promotionsprogramme eingeladen worden, für die sie sich beworben hatte, und schon diese Statistik hatte sich schrecklich angefühlt.

Ihre Gedanken wirbelten durcheinander. Er hatte mit ihr Schluss gemacht – und ihr ganzes Leben in seinen Grundfesten erschüttert –, weil er frei sein wollte, wenn sein Leben richtig Fahrt aufnahm. Sie war immer davon ausgegangen, dass er unzählige Angebote der verschiedensten Universitäten erhalten und sich deshalb von ihr losgesagt hatte – weil er seine Entscheidung unabhängig von ihr hatte treffen wollen. »Als du unsere Beziehung beendet hast … wusstest du da schon, dass du nirgends einen Platz bekommen hattest?«

»Ich dachte, wir reden nicht mehr über die Vergangenheit.«

»Colin.« Ihre Stimme klang scharf wie eine Glasscherbe. Es war schon so lange her, aber genau das war für sie die entscheidende Frage. Sie musste wissen, ob er ihr alles – den *Rising Star*, ihr Selbstvertrauen, ihre Beziehung – ganz umsonst weggenommen hatte.

»Ja.«

Wer hätte gedacht, dass ein Wort einen Menschen durchbohren konnte? Allison verschluckte sich fast. »Was zur Hölle …? Hattest du einfach die Nase voll von mir und dachtest, wenn du sagst, ich könnte deinen Plänen für die Zukunft im Weg stehen, würde mir das weniger wehtun?«

»Nein.« Er nahm eine Hand vom Steuer und rieb sich über das Gesicht.

»Was dann?«

»Ich konnte nicht …« Er seufzte. »Ich konnte dir gegenüber nicht zugeben, wie sehr ich versagt hatte.«

Das war nun wirklich das Letzte, mit dem sie gerechnet hätte. »Aber das wäre mir doch völlig egal gewesen.«

»Es ging dabei nicht um dich.«

»Das verstehe ich noch weniger.«

Colin tastete nach seinem Kaffeebecher und hob ihn an die Lippen. Während er trank, zog das bittere Aroma zu Allison hinüber. Er hatte seinen Kaffee schon immer mit zu wenig

Milch und Zucker getrunken. Wenn Kaffee nicht nach warmer Eiskrem schmeckte, lohnte sich das Trinken ihrer Meinung nach gar nicht.

Verstohlen blickte sie zu ihm hinüber. So steif er auch dasaß, seinen Augen war die Nervosität deutlich anzumerken. Die langen blonden Wimpern hinter den Brillengläsern erinnerten sie beim Blinzeln an das hektische Schlagen feiner Mottenflügel.

»Weißt du noch, als du an der Brown deinen Aufsatz bei der Studierendenkonferenz vorgetragen hast?«

Sie nickte.

Auch wenn ihr bei dem Gedanken, sich vor einen Hörsaal voller Fremder zu stellen und ihren Text vorzulesen, vorher wochenlang übel gewesen war, war diese Konferenz am Ende der Auslöser dafür gewesen, den PhD machen zu wollen. Damals hatte sie sich zum ersten Mal als echte Wissenschaftlerin gefühlt. Sämtliche Fragen, die zu ihrer Analyse der Frage der Einvernehmlichkeit in *Troilus und Cressida* gestellt worden waren, hatte sie viel schlagfertiger und kompetenter beantwortet, als sie es sich selbst zugetraut hatte. Und sie hatte sofort mehr davon gewollt.

»Ich wusste immer, dass du klug bist«, sagte Colin jetzt, »und ehrgeizig und kompetent. Aber an dem Tag habe ich erkannt, dass du diese Sache, die wir beide wollten, auf jeden Fall schaffen würdest. PhD-Programm, unbefristete Anstellung, alles. Als ich also nirgends einen Platz bekam und diese Zukunft für mich in weite Ferne rückte, da … wollte ich einfach nicht als Verlierer dastehen.«

Allison blinzelte. »Es war doch kein Wettbewerb.«

»Komm schon. Alles zwischen uns war damals ein Wettbewerb.«

Aber das war seine Schuld gewesen und nicht ihre. »Hast du dich deswegen für den *Rising Star* beworben?«

»Ich dachte, wenn ich den gewinne, würde eine der Unis es sich noch einmal anders überlegen.« Er seufzte. »Aber das ist nicht passiert.«

»Dann hat es dir nicht deine Beraterin vorgeschlagen?«

Er schüttelte den Kopf.

»Und du warst schon überall abgelehnt worden.«

Er nickte.

»Dann hast du also nur für dein eigenes Ego meine ganze harte Arbeit zunichtegemacht und mir das Herz gebrochen?« Ihre Stimme klang so dumpf und ausgelaugt, wie sie sich fühlte.

Colin zuckte zusammen und fuhr sich mit einer Hand über das Gesicht. »Das war eigentlich … Also, der Teil mit dem gebrochenen Herzen … das habe ich *für* dich getan.«

Frustriert seufzte Allison auf. Was war das denn für seltsame Gedankenakrobatik? Sie verschränkte die Arme. »Du hast dich von mir getrennt, um *mir* etwas Gutes zu tun? Ich kann mir beim besten Willen nicht vorstellen, wie das funktionieren sollte.«

»Ich wollte sicherstellen, dass du gewinnst.«

Er sprach in Rätseln. Am liebsten hätte Allison ihn gepackt und die Wahrheit aus ihm herausgeschüttelt. Vielleicht wollte sie ihn aber auch nur schütteln, damit dieses flatterige Gefühl aufhörte. »Dass ich *was* gewinne?«

»Alles.« Er schüttelte den Kopf. »Also, ich wollte, dass du alles *bekommst*. So, wie es dir zustand. Wie du es verdient hast. Und ich hatte Angst …, dass du das mit mir nicht kannst. Dass mein Versagen Einfluss auf dich hat. Ich wollte dich nicht … mit runterziehen.«

Allison stockte der Atem. Die ganze Zeit hatte er Angst gehabt, *sie* einzuschränken? Wie war das möglich? Es passte nicht zu dem, was sie über Colin Benjamin zu wissen glaubte. »Colin …«

»Ich dachte, dass du dich in deinem dritten Studienjahr, ohne mich und frei von allem, noch einmal für den *Rising Star* bewerben könntest und ihn dann ganz sicher gewinnst.«

Allison ballte die Fäuste und spürte erneut die Wut in sich aufsteigen, die seine Beichte gerade gedämpft hatte. »Tja, nun, das habe ich nicht getan.«

»Wieso?«

»Habe ich eben nicht.« Ihre Niederlage und das Ende ihrer Beziehung hatten sie so sehr verletzt, dass sie außer Stande gewesen war, es noch einmal zu versuchen. Aber das konnte sie ihm nicht sagen. Oder wollte es nicht.

Er schien zu spüren, dass sie etwas zurückhielt. »Wenn es hilft: Im Jahr nach meinem Abschluss habe ich mich wieder bei einer ganzen Reihe Universitäten beworben, und es hat wieder nicht geklappt. Nicht einmal mehr an der Brown.«

»Wow.« Zwei Ablehnungsrunden waren hart.

»Ja.« Colin zuckte die Achseln. »Als ich bei einer Uni nachfragte, meinte die Dekanin, meine Bewerbung sei zu sehr Standard gewesen. Zu sehr wie jede andere Bewerbung eines straighten weißen Mittelschichtstypen – meine Worte, nicht ihre. Meine Noten und Empfehlungen seien natürlich gut, mein Aufsatz und das Motivationsschreiben super, aber nichts, das mich in irgendeiner Weise herausragen ließ. Und mein Forschungsgebiet war eben auch sehr beliebt.« Er biss sich auf die Lippe und schluckte schwer. Konstruktives Feedback war immer schwer zu verdauen, vor allem, wenn man eine so hohe Meinung von sich hatte. Und Colin hatte damals vor Selbstvertrauen gestrotzt. Es musste ihn unglaublich hart getroffen haben.

Eine Welle von Mitgefühl überkam sie.

Colin räusperte sich. »Meine Tante ist so was wie ein hohes Tier bei den College-Zulassungen, und sie bot an, ein paar Fäden zu ziehen, damit eine der Unis sich doch noch erbarmen würde ...«

Allison schnitt eine Grimasse. »Hallo, weiß und privilegiert ...«

»So ist es. Ich habe es abgelehnt. Wenn ich es nicht aus eigener Kraft schaffen würde – was hätte das Ganze dann für einen Sinn? Es hätte nichts bedeutet. Aber mir wurde klar, dass ich etwas ändern musste. Ich musste meine Ziele neu überdenken. Von vorn anfangen. Und eine ganze Weile war ich völlig orientierungslos. Aber zum Glück war das Haus meines Großvaters voll mit Büchern.«

Seine Augen begannen zu leuchten. »Von Beruf ist er Tischler, aber im Herzen ist er Historiker. Sein Haus ist praktisch eine Bibliothek – von oben bis unten voll wunderschöner Bücherregale aus Mahagoni, die er selbst gezimmert hat. Und jedes einzelne gefüllt mit gebundenen Büchern – mein Großvater steht nämlich nicht auf Taschenbücher.«

»Ein weiser Mann«, sagte Allison anerkennend.

»Es gibt jede Menge Globen und Landkarten und Reproduktionen historischer Artefakte. Er hat sogar eine Ritterrüstung.«

Allisons Mittelalter-affines Herz machte einen Satz. Sie träumte davon, eines Tages eine Rüstung in ihrem Universitätsbüro aufzustellen, der sie dann einen absurd alltäglichen Namen geben würde – Steve oder Ethel oder dergleichen.

»Die Rüstung heißt Ned.« Colin grinste.

Verdammt, das war perfekt. »Dann war es also Ned, der deine Liebe zu mittelalterlicher Literatur geweckt hat?«

»Das erste Buch, das ich aus dem Regal nahm, war Layamons *Brut*, dieser schwierige mittelenglische Versroman über die Geschichte Englands. Als Granddad mich damit sah, gab er mir *Die Geschichte der Könige von Britannien* von Geoffrey von Monmouth und meinte, ich solle lieber damit anfangen. Je mehr ich las, desto mehr redeten wir darüber. Die Teile über König Artus mochte er am liebsten. Es faszinierte ihn, dass diese berühmte fiktionale Figur ein Äquivalent im richtigen Leben gehabt haben könnte. Also fütterte ich ihn – und mich – mit diesen ganzen Artus-Romanzen, von denen du immer erzählt hattest. Weißt du noch, dass du dazu einen Kurs belegt hattest?«

Allison nickte. »*König Artus in Buch und Film.*« Seit diesem Seminar liebte sie alles, was mit Rittern zu tun hatte. »Ich weiß auch noch, dass du sie damals als unwürdige Vorläufer zu Tolkiens *Herr der Ringe* abgetan hast. Was übrigens nicht einmal stimmt, denn Tolkien …«

»… hat Altenglisch studiert und nicht mittelalterliche Literatur, ich weiß.« Colin rieb sich über die Bartstoppeln. »Es tut mir leid, dass ich das damals nicht würdigen konnte.« Er sah sie kurz an. »Aber das tue ich jetzt«, fügte er leise hinzu. »Granddad hat Malory mindestens viermal gelesen. Und unsere Gespräche brachten mich irgendwann auf die Idee, dass es vielleicht genau das sein könnte, was mich wirklich interessierte. Plötzlich fühlte es sich richtig an, etwas zu erforschen, was den Menschen etwas bedeutete, die mir etwas bedeuteten.« In seinem Kiefer zuckte ein Muskel.

Allison bekam ein flaues Gefühl im Magen, als hätten sie gerade die steilste Abfahrt einer Achterbahn genommen. »Menschen?«

»Na ja, Granddad natürlich, aber auch du.« Colin flüsterte die Worte in Richtung Windschutzscheibe. »Es war nicht gelogen, als ich sagte, du hättest mich inspiriert.«

»Okay.« Eine bessere Antwort fiel ihr vor lauter Herzklopfen nicht ein.

Colin schüttelte den Kopf. Starr blickte er auf die Straße. »Ich verfasste einen fünfzehnseitigen Aufsatz über die Entwicklung der Artusfigur bei Malory und ein ganz neues Motivationsschreiben. Dann bewarb ich mich erneut.« Er umklammerte das Lenkrad. »Und wieder kamen nur Absagen, bis auf …«

»… bis auf Claymore.«

»Richtig.« Wieder schluckte er schwer. Allison spürte förmlich, wie schwer es ihm fiel. »Jemand aus dem Aufnahmekomitee hat anscheinend etwas in mir gesehen – ausnahmsweise …«

Er fuhr sich durchs Haar. Die tägliche Portion Gel hatte sich bereits aufgelöst, so dass es in weichen Strähnen in sein Gesicht fiel. Allison musste sehr an sich halten, um es nicht zurückzustreichen. Um sich nicht in dem seidigen Gefühl zu verlieren.

Nein, verdammt! Verflucht seien sein Haar und seine Arme und sein ständiges Bedürfnis, sich irgendwo anzulehnen. War es etwa ihr ewiges Schicksal, ständig davon aus der Fassung gebracht zu werden?

»Dann hast du hier die ganze Zeit versucht, dich zu beweisen?«

»Vielleicht. Ich meine, ich bin nicht wirklich ein Mittelalterexperte. Nicht so wie du. Und das hier ist meine einzige Chance. An der einzigen Uni, die mich nehmen wollte. Das ist der Grund, weshalb mir diese Stelle als Mentee so wichtig ist. Und die Forschungsreise. Wenn ich es jetzt nicht schaffe, dann niemals und nirgends.«

Er musste nicht weiter erklären, was er meinte. Colins Bedürfnis, seiner Mutter und seinem Großvater zu zeigen, dass all die Opfer, die sie für ihn gebracht hatten, es wert gewesen waren, hatte sie schon damals an der Brown gespürt. Es spiegelte ihr eigenes Bedürfnis, Jed ihre Unabhängigkeit von ihm zu zeigen.

Wie sehr sie einander ähnelten, in dieser und in manch anderer Hinsicht.

Aber in dem Moment, da sie wieder an Jed dachte, wurde sie erneut von Panik ergriffen. Erschöpft ließ sie sich gegen die Rückenlehne fallen – sie war zu müde, um gleichzeitig wütend auf Colin *und* besorgt um ihren Vater zu sein. Sie fuhr das Fenster ein wenig herunter und ließ sich vom Fahrtwind sowohl das erhitzte Gesicht als auch ihre Emotionen kühlen.

Colin hatte ihr ein bitteres Geheimnis offenbart, etwas, das sie selbst niemandem gegenüber zugegeben hätte, wenn es ihr passiert wäre. Noch nie hatte er sich vor ihr so verletzlich gezeigt. Vielleicht sollte sie gleichziehen. Die Lügen über ihre Tutorien gestehen und sich damit diese Bürde von den Schultern nehmen.

Doch dann räusperte er sich, und schon das klang so belehrend, dass Allison misstrauisch wurde und jeglichen Gedanken an eine Beichte vergaß.

»Ich muss immer noch über deine Interpretation dieser Passage aus ›Die Erzählung des Ritters‹ nachdenken. Ich glaube, du bist da auf der falschen Fährte.« Offensichtlich kehrten sie wieder auf bekanntes Terrain zurück, auf dem Colin alles infrage stellte, was sie sagte.

Allison verdrehte die Augen. »Das habe ich gemerkt.«

Er strich mit der linken Hand wiederholt über die Rundung des Lenkrads. »Ich glaube, dass es komplizierter ist. Ich glaube, der Ritter – oder Chaucer – veranschaulicht, das Chaos der Liebe. Er kritisiert es nicht. Liebe ist verwirrend und unberechenbar. Sie kommt und geht. Man glaubt, man ist darüber hinweg, doch plötzlich, *bamm!*, steht die ganze Welt wieder kopf. Himmel ist Hölle, und Hölle ist Himmel. Das Paradies ist ein Gefängnis und umgekehrt.«

Seine Stimme klang viel zu eifrig, sein Gesicht war viel zu ernst. Allisons Herz klopfte viel zu wild. Aber sie war viel zu müde und die Nacht, die vor ihnen lag, viel zu lang, als dass sie die Bedeutung von alldem hätte ergründen können. »Vielleicht hast du recht«, meinte sie.

»Ja?«

Sie stützte sich mit dem Ellbogen auf die Armlehne, und ihr Oberarm streifte den seinen. »Du hast in der mittelalterlichen Literatur bessere Ideen, als du denkst, Colin. Könntest du also bitte, bitte aufhören, mich zu benutzen, um es dir selbst zu beweisen?«

Ohne den Blick von der Straße zu nehmen, hielt Colin seinen rechten kleinen Finger hoch. »Versprochen.«

Allison hakte ihren linken kleinen Finger um seinen.

Keiner von ihnen ließ los.

Kapitel 19

Kurz nach Mitternacht wurde es still im Wagen.

Allison und Colin hatten sich noch eine Weile über dies und jenes unterhalten, doch nun starrten beide in die vorbeieilende Dunkelheit hinaus. Im Hintergrund lief eine Playlist mit Musicalsongs.

Allison starrte auf ihre Hände. Ihre kleinen Finger waren noch immer miteinander verhakt. Sie hatte keine Ahnung, was das bedeutete, aber sie wusste, dass sie nicht loslassen wollte. Auf eine seltsame Weise fühlte es sich an, als wäre seine Hand das Einzige, was sie im Hier und Jetzt hielt.

In weniger als einer Stunde wären sie im Krankenhaus. Was sollte sie dort tun? Oder sagen? Natürlich hatte sie keinen Moment gezögert aufzubrechen, aber ihre Gefühle Jed gegenüber hatten sich nicht geändert. Er war ein lausiger Vater, und sein Verhalten Allison gegenüber war viel zu lange inakzeptabel gewesen. Im Moment wollte sie nicht, dass er Teil ihres Lebens war. Trotzdem wünschte sie ihm natürlich nicht den Tod.

Vielleicht deswegen schob Allison nun fast instinktiv nicht nur den kleinen, sondern alle Finger in Colins Hand. Seine Haut war immer kühl und trocken, und dennoch wärmte sie sie.

Aus dem Augenwinkel sah sie, wie er überrascht den Kopf zu ihr wandte, doch sie hielt den Blick auf die Straße gerichtet.

»Bist du okay?«, wollte er wissen.

»Ich glaube, die Donuts und das Wasser haben geholfen.«

»Das meinte ich nicht.«

Allison atmete aus. »Nein. Ich bin nicht okay.«

»Willst du darüber reden?« Er drückte ihre Hand.

»Ich weiß nicht, was ich erzählen soll.«

»Lass einfach raus, was dir durch den Kopf geht. Das sagt mein Therapeut immer, wenn ich emotional überfordert bin.«

»Du gehst zum Seelenklempner?« Wie üblich waren ihre Worte schneller, als die Kontrollinstanz in ihrem Kopf sie prüfen konnte.

Colin schnaubte. »Jack würde sagen, dass er nicht die richtige Ausbildung hat, um Seelenklempner genannt zu werden, aber ja. Ich gehe seit dem Sommer zu ihm, nachdem die Demenz meines Großvaters so weit fortgeschritten war, dass wir ihn in ein Pflegeheim geben mussten.«

»Demenz?« Hatte er das gemeint, als er sagte, sein Großvater werde alt? »Das tut mir sehr leid«, sagte sie.

Colin lächelte traurig. »Er hat die Diagnose schon vor Jahren bekommen, aber zuerst war es nur ganz schwach ausgeprägt. Manchmal fiel ihm ein Wort nicht ein oder was er eine Stunde zuvor getan hatte, solche Sachen. Selbst das erste Jahr nach meinem Abschluss, als ich dann wieder bei ihm wohnte, war es nicht allzu schlimm. Ich musste nur nachts auf ihn aufpassen, weil die Verwirrung oft nach dem Abendessen einsetzte. Man nennt das Sundowning-Syndrom.« Er zog die Nase hoch und blinzelte heftig. »Aber letzten Winter hat er rasant abgebaut. Irgendwann war klar, dass er nicht mehr zu Hause wohnen kann.«

Allison legte ihre freie Hand auf seine. Die Geste schien ihr hilfreicher als alles, was sie hätte sagen können.

»Manchmal weiß er nicht, wer ich bin. Aber seine Bücher vergisst er nie. Jedes Mal, wenn ich ihn besuche, erzählt er mir etwas zum Mittelalter.« Er lächelte schwach. »Die Pflegerinnen sagen, die Besuche helfen, also sehen meine Tante, meine Mutter und ich zu, dass jeden Tag einer von uns bei ihm ist.«

Allison drückte seine Hand. »Ich bin sicher, dass er selbst an seinen schlechten Tagen irgendwo tief in sich drin weiß, dass du da bist.«

»Vielleicht.« Er stockte, als würden gesagte und ungesagte Worte in seinem Mund miteinander ringen. »Manchmal frage ich mich, ob ich mehr für mich zu ihm gehe als für ihn.«

»Was meinst du?«

Colin starrte nach vorn und kniff die Augen leicht zusammen. Sie glänzten ungewöhnlich stark, und er benutzte für einen kurzen Moment zum Lenken das Knie, um sich mit der Hand darüber zu fahren. Allison lockerte ihren Griff für den Fall, dass er seine Hand wieder für sich haben wollte, doch er fasste sofort nach, damit sie ja nicht losließe.

»Gegen mein Schuldgefühl. Damit ich mich, wenn er irgendwann nicht mehr da ist, besser fühle, weil ich weiß, dass ich ihn immer besucht habe, selbst wenn ihm das vielleicht gar nichts mehr gebracht hat.«

Die Worte gingen Allison nahe. Sie waren zu konkret. Zu wahr. Ging es bei dieser Fahrt nicht auch für sie genau darum? Versuchte sie nicht, ihre eigene Schuld zu mindern? Denn den eigenen Vater nicht zu besuchen, wenn er schwer krank war, wäre schließlich schrecklich gefühllos, oder? Ihre Mutter würde das mit Sicherheit so sehen. Und Allison wollte nicht wie ein gefühlloses Monster dastehen. Oder sich selbst so fühlen.

War das egoistisch?

»Das kann ich nachvollziehen. Zu gut sogar, um ehrlich zu sein.«

Kurz erwog sie, Colin zu bitten, umzudrehen. Aber sie verkniff es sich. Es war spät, sie waren beide erschöpft, und ihn den ganzen Weg umsonst hergescheucht zu haben, wäre unfair.

Sie strich ihr Kleid über den Knien glatt. Vielleicht hätte sie sich noch umziehen sollen, bevor sie losfuhren. Oder zumindest eine Tasche packen.

»Wirklich?« Er strich mit dem Daumen so sanft über ihr Handgelenk, dass sie erschauerte.

»Wahrscheinlich sitzen wir aus genau diesem Grund in diesem Wagen. Es geht um Schuldgefühl. Ich will nicht wie eine Tochter dastehen, die ihren kranken Vater nicht besucht.« Sie ließ den Kopf gegen die Kopfstütze fallen. »Aber wenn ich ehrlich bin, hat er das aus meiner Sicht nicht verdient. Er hat es nicht verdient, dass ich meine eigene Party verlasse und mitten in der Nacht vier Stunden lang zu ihm fahre, beziehungsweise, dass ich meinen Freund bitten muss, mich zu fahren, weil ich selbst von besagter Party zu betrunken bin …«

»Deinen Freund?« Es hörte sich an wie ein Krächzen.

Allison sah auf ihre und seine Hand, deren Finger noch immer ineinander verflochten waren. »Sind wir etwa keine Freunde?«

»Ich hoffe sehr, dass wir das sind.«

»Vor ein paar Wochen habe ich meinem Vater per E-Mail geschrieben, dass ich ihn im Moment nicht in meinem Leben haben will.«

»Wow. Ganz schön heftig.«

»Und meine Meinung hat sich nicht geändert.«

Colin kaute kurz auf seiner Unterlippe. »Ich kann mich erinnern, wie du mir mal davon erzählt hast, was für ein mieser Vater er war.«

Allison nickte. »Mit seinem Auszug ist er aus meinem Leben verschwunden. Hin und wieder tauchte er mit einem Anruf, einer E-Mail oder einem Feiertagsbesuch aus der Versenkung auf, aber jedes Mal passierte dann etwas, das mich völlig fertig machte. In seiner letzten Mail schrieb er zum Beispiel, er müsse wissen, ob ich zu Thanksgiving komme, damit er genug einkaufen könne, denn … ich zitiere: ›*Wie wir alle wissen, hast du ja immer einen herzhaften Appetit.*‹«

»Verarschst du mich?« Das Auto machte einen kleinen Schlenker.

Allison hielt sich am Türgriff fest. »Nein. Das war für mich Grund genug, ihn aus meinem Leben auszuschließen. Ich mag mich so, wie ich bin, und mir gefällt, wie ich aussehe. Diesen Scheiß brauche ich nicht. Mom war darüber natürlich nicht glücklich – darum ging es neulich in unserem Telefonat in der Bibliothek.«

Colin nickte, während er die Puzzleteile zusammensetzte.

»Sie wollte mir ein schlechtes Gewissen einreden. Bin ich deshalb heute sofort losgefahren? Um *sie* glücklich zu machen? Um die Schuld zu tilgen? Natürlich will ich nicht, dass mein Vater stirbt, aber ich will ihn trotzdem nicht in meinem Leben haben, Herzinfarkt hin oder her. Also was tue ich hier überhaupt?«

Colin drückte kurz ihre Hand, und es fühlte sich so tröstlich an wie eine Umarmung. Wie gern hätte Allison sich in seine Arme geschmiegt. »Du tust einfach das Beste, das dir möglich ist.«

»Tja, so wird es wohl sein.« Allison schloss die Augen und wünschte, ihr Gedankenkarussell käme zur Ruhe.

Gäbe es doch nur für das Leben eine Taste zum Vorspulen, damit sie die nächsten Tage mit allen Unwägbarkeiten schnell hinter sich bringen könnte! Würde Jed überleben? Was würde er zu ihr sagen, wenn er aufwachte? Ob ihre Mutter noch sehr sauer war? Im Moment fühlte sich ihr Leben wie die misslungene Folge einer Fernsehserie an, die man nur deshalb erträgt, weil man die nächsten, besseren, sonst nicht versteht. Oder wie die ersten Seiten des zweiten *Herr-der-Ringe*-Bandes *Die Gefährten*, auf denen schier endlos die Ahnenfolge der Hobbits aufgelistet wird.

Aber durch all das hindurchzuhuschen würde auch bedeuten, das, was hier im Wagen passierte, per Schnelldurchlauf zu erleben. Es würde bedeuten, dass das feine Knistern zwischen ihnen ausgelöscht würde. Dieses Flattern im Magen und das aufgeregte Klopfen ihres Herzens, wann immer Colin sie verstohlen ansah.

Und das alles wollte Allison spüren. Sie wollte es nicht nur erleben, sondern in diesen Empfindungen baden wie in einem Pool voll flüssigem Gold.

Auch wenn Colin noch vor ein paar Stunden ihre letzte Wahl gewesen wäre, um sich nach Hause chauffieren zu lassen, war sie jetzt froh, dass er es tat. Sie genoss es, an seiner Seite zu sein, denn da gab es noch irgendetwas zwischen ihnen. Etwas, das ein grausames Abservieren und zwei Jahre Funkstille nicht hatten auslöschen können. Etwas, das Allison in all der Zeit nicht hatte abschütteln können, egal, wie sehr sie sich bemüht hatte.

Gefangen in einem Nebel aus Trauer und Angst, hatte Allison nicht mehr die Kraft, sich selbst zu belügen.

Colin Benjamin war nicht ihre Nemesis. Er war nicht ihr Rivale. Er war noch nicht einmal ihr Freund.

Er war mehr als das.

Entweder hatte Allison doch noch zu viel Bier im Blut, oder sie war emotional erschöpfter als gedacht, denn als sie kurz die Augen schloss, um nachzudenken, fiel sie umgehend in den Tiefschlaf. Als Colin ihr gefühlt wenige Sekunden später behutsam auf den Unterarm klopfte, um sie zu wecken, waren tatsächlich vierzig Minuten vergangen, und sie standen vor dem Haus ihrer Kindheit. Selbst in der Nacht leuchtete die kornblumenblaue Eingangstür im Licht der Außenbeleuchtung wie ein Signalfeuer.

Alles am Haus war groß und alt. Die Naturholzschindeln waren von der rauen Seeluft grau geworden, und die große weiße Holzterrasse, auf der Allison jeden Sommer vom Sonnenaufgang bis zum Mückengeschwirr bei einsetzender Dämmerung in ihren Büchern las, war schief und zerfurcht.

Allison ging das Herz auf. Dieses Haus war vertraut und urgemütlich verwohnt – ein Ort, an dem sie sich immer sicher fühlen würde.

Nachdem Colin noch ein paar Witze über ihr Schnarchen gerissen hatte – anscheinend klang sie wie ein Zombie mit Nasenscheidewandverkrümmung –, brauchten sie drei Versuche, um dem schlaftrunkenen Monty die Leine anzulegen. Im Haus verfrachteten sie den Welpen in Allisons altes Kinderzimmer, sahen kurz noch nach Cleo und machten sich dann auf den Weg zum Krankenhaus.

Jetzt saßen sie bei laufendem Motor vor dem Besuchereingang des Northern Light Hospital in Blue Hill.

Obwohl Allison nichts anderes im Sinn haben sollte, als an Jeds Bett zu eilen, kreisten ihr eine Million anderer Gedanken im Kopf. Etwa, wie Colin es schaffte, trotz müder Augen und mittlerweile schlaffem Haar immer noch so gut auszusehen. Das grelle Licht der Sicherheitslampen am Eingang ließen sein ohnehin schon kantiges Gesicht noch reliefartiger aussehen, als wären die Konturen seiner Wangen- und Kieferknochen aus glattem, hellem Stein gehauen. Verirrte Sommersprossen, die sie tatsächlich vergessen hatte, tummelten sich auf seiner Stirn und unter dem Rand seiner Brille. Und während er oft spindelig und ungelenk wirkte, erschien er nun im Mondlicht (und vermutlich auch dank Allisons Hormonlage und Beschwipstheit) elegant und kultiviert, eine stoische Gestalt, die ihren Märchenwald verlassen hatte, um fürderhin in einem Auto zu leben.

Es gab so vieles, was sie ihm sagen sollte. Zum Beispiel *Tausend Dank für die Fahrt* oder *Ich weiß wirklich zu schätzen, was du für mich getan hast* oder *Ich hoffe, du kommst gut wieder nach Providence zurück.*

Doch alles, woran sie denken konnte, waren er und sein

Großvater (in ihrer Vorstellung saßen die beiden in übergroßen Strickjacken und mit edlen Satinslippern an den Füßen vor einem brennenden Kaminfeuer, während Ritterrüstung Ned ehrfurchtgebietend neben ihnen wachte) im Gespräch über ihre Lieblingsbücher. Ihr Herz hatte die Orientierung verloren. Wusste nicht, für wen oder was es schlagen sollte.

Sie sah Colin von der Seite an und überlegte, was ihn dazu bringen könnte, wieder ihre Hand zu nehmen. Als könne ihr Schweigen die Zeit zum Stillstand bringen.

Dann brach Colin diesen Zauber. »Möchtest du, dass ich mitkomme?«

Der Colin Benjamin von früher hätte das nie angeboten, und beinahe wäre sie darauf eingegangen. Aber sie schüttelte den Kopf. »Es wird schon gehen. Mom ist ja da.« Sie knetete die Hände in ihrem Schoß, um nicht dauernd daran zu denken, dass sie seine halten wollte. Er musste nach Hause und in sein eigenes Leben zurückkehren, und sie brauchte Abstand, um sich wieder daran zu erinnern, warum er ein Stachel in ihrem Fleisch war und keine Rose in ihrer Hand. Dass sie ihre Gefühle für ihn vor sich selbst nicht mehr leugnete, machte ihn trotzdem nicht weniger zu einer Bedrohung im Kampf um Wendys Mentee-Posten und den Platz bei der Forschungsreise.

»Möchtest du vielleicht, dass ich warte? Und dich wieder mit zurücknehme?«

»Du hast schon genug für mich getan, Colin. Vielen, vielen Dank. Fahr nach Hause. Oder möchtest du im Haus meiner Mutter erst noch eine Runde schlafen?« Sie wühlte in ihrer Tasche nach dem Schlüssel.

Er schüttelte den Kopf. »Es geht mir gut.« Er legte seine Hand auf ihre, damit sie aufhörte zu suchen. »Aber ich möchte, dass es dir auch gut geht.«

Das tut es nicht, dachte Allison bei sich. »Das tut es«, sagte sie.

Er nahm ihr Handy vom Armaturenbrett. »Du hast ja meine Nummer … Oder hast du sie gelöscht?«

»Nein, ich habe sie.«

»Bist du sicher? Ich sehe sie hier nicht.« Er fuhr mit dem Finger über das Display. Sie musste unbedingt einen Bildschirmcode einstellen.

»Versuch's mal unter ›Unbekannt‹.« Ihre Wangen wurden trotz der kühlen Nachtluft heiß.

Colin suchte weiter und stieß abrupt einen seiner seltsam unschönen Lacher aus.

Sie zuckte die Achseln. »Du kannst es gern ändern, wenn du willst.«

»Auf keinen Fall.« Er grinste auf eine Weise, die schon wieder ein Kribbeln in Allisons Innerem auslöste. »So ist es viel besser. Die Anonymität macht es absurderweise persönlicher.«

»Gib her.« Sie wollte ihm das Handy wegnehmen, aber plötzlich hielt sie mit dem Gerät auch seine Finger fest. Die harte Silikonhülle bildete eine brave Trennwand zwischen ihren Handflächen.

Diesmal fühlte es sich anders an als vorher. Seine Finger waren unerwartet warm, und sein Puls, den sie mit ihrem Daumen an seinem Handgelenk ertastete, schien kurz zu stolpern. Und schlug dennoch im Einklang mit ihrem.

Beide verharrten reglos, wie in einem ihrer üblichen stummen Wettkämpfe, doch die Atmosphäre zwischen ihnen war mit etwas Neuem aufgeladen. Weniger scharf und viel mehr … wild. Sein Atem strich warm über ihre kühlen Wangen, ihr Haar streifte seinen Unterarm.

Allison musste hier raus … oder ihr Handy an sich nehmen … oder sich wenigstens zurücklehnen, aber es war wie in einem dieser alten Science-Fiction-Filme: als wäre sie von einem Laserstrahl gebannt und unfähig, sich zu bewegen oder auch nur zu denken.

Colin musterte sie aus wie immer wachsamen Augen und registrierte jedes Blinzeln, jedes tiefe Einatmen. Sie roch nach altem Bier und schalen Donuts und hatte Ringe unter den Augen, was ihn jedoch nicht davon abhielt, sich nun mit der Zunge über die Lippen zu fahren.

Sie standen vor einem Krankenhaus, in dem Jed bewusstlos und mit schwachem Herzen in einem Bett lag. Ihre Mutter wartete auf sie. Trotzdem konnte Allison an nichts anderes denken als an Colins Mund. Sie war furchtbar. Vielleicht war dieser Anblick die Strafe dafür, dass sie im absolut unpassendsten Moment die furchtbarste aller Töchter war.

Nur mit allerhöchster Anstrengung schaffte sie es, ihr Handy an sich zu nehmen und die Beifahrertür zu öffnen. Die kühle Luft war eine Wohltat. »Ich sollte gehen. Noch mal vielen Dank.«

Noch bevor sie einen Fuß nach draußen setzte, sagte Colin ihren Namen. Seine Stimme klang zart und rau zugleich, als spräche er einen Bann oder ein heiliges Wort. Niemand sonst sprach ihren Namen auf diese Weise aus, verwandelte die drei Silben in etwas Besonderes.

Als wäre *sie* etwas Besonderes.

Allison hielt inne.

Für jemanden, der oftmals ohne die Ausarbeitung aller möglichen Worst Case Szenarien nichts zustande bekam, konnte sie überraschend impulsiv sein.

Denn anstatt auszusteigen und zu ihrer Mutter zu eilen, anstatt freundlich abzuwinken, sich zu räuspern und etwas Kluges, Rationales zu sagen, fuhr Allison mit der Hand über Colins Wange. Seine Bartstoppeln kratzten leicht auf Haut, als er den Kopf drehte und einen sanften Kuss darauf platzierte.

»Colin?« Ihre Stimme klang brüchig, ihr Hals fühlte sich an wie mit Sandpapier ausgeschlagen. Tat sie das wirklich? Hier und jetzt? Während ihr Vater im Krankenhaus lag und ihre Mutter auf sie wartete? Obwohl sie genau wusste, dass Colin Benjamin fähig war, ihr das Herz zu brechen? Was, wenn es all ihre Zukunftspläne zunichtemachte?

Colin nahm ihre Hand, drehte die Handfläche nach oben und neigte den Kopf. Als seine Lippen die kleine sichelförmige Narbe neben ihren Pulsadern fanden, begann Allison zu beben. Die Berührung war so weich, so leicht, so sanft, dass sie nicht sicher war, ob es sie tatsächlich gab.

Als er sie wieder ansah, lag ein Verlangen in seinem Blick, das sie endgültig entfachte.

Sie konnten nicht an sich halten.

Es war über zwei Jahre her, dass sie sich zuletzt geküsst hatten, und ihre Erinnerung daran war immer dadurch getrübt gewesen, wie ihre Beziehung zu Ende gegangen war. Und trotz allem hätte sie angenommen, dass dieser neue erste Kuss vertraut sein würde. Wie bei einem alten Buch, das man lange nicht mehr gelesen hat, dessen Handlung einem aber gleich wieder vor Augen steht, wenn man es von Neuem in die Hand nimmt.

Doch so war es nicht. In diesem Kuss lag etwas elektrisierend Neues und Überraschendes, auch etwas Verbotenes. Hungrig, drängend suchte seine Zunge nach ihrer, fuhren seine Hände durch ihr offenes Haar. Sie krallte sich im Stoff seines T-Shirts fest. Wenn er doch nur noch näher wäre, sich an sie pressen könnte! Er schmeckte nach Donut mit Puderzucker, duftete nach Kaffee und Haargel, und ihr war, als küsste sie einen Unbekannten, von dem sie viel zu lange nur geträumt hatte.

Keuchend machte sie sich los. Ihr Herz raste.

Colin bewegte stumm die Lippen, dann sagte er noch einmal ihren Namen.

»Ich muss gehen«, erwiderte sie.

Sie floh aus dem Auto und schlug die Tür zu, bevor sie all ihren heutigen Fehlern einen weiteren hinzufügen konnte.

Kapitel 20

Schon bei Tag fand Allison Krankenhäuser beunruhigend. Mitten in der Nacht waren sie einfach nur gruselig.

Fröstelnd durchquerte sie die leeren, antiseptisch gereinigten Gänge in Richtung Intensivstation. Die wenigen Schwestern und Pfleger mit ihren chirurgischen Masken, denen sie begegnete, nickten ihr zu, und fast hätte Allison aus lauter Gewohnheit ihre eigene Maske hervorgekramt. (Seit der Pandemie trugen alle, die sie kannte, sicherheitshalber immer eine bei sich – wie eine ewige Narbe, die man nach schrecklichen Erlebnissen davongetragen hat.)

An der Tür zur Intensivstation sagte sie ihren Namen in die Sprechanlage und wartete auf Einlass.

Der Türsummer erinnerte sie an das Brummen ihres Waschtrockners in Providence. Innen war es gleißend hell, die quadratische Empfangsstation in der Mitte wie von Scheinwerfern beleuchtet. Rundherum lagen abgedunkelte Räume hinter Glasschiebetüren, die mit weißer Beschriftung und den Clipboards für die Patientendaten versehen waren. Von überall her piepsten Geräte, eine elektronische Symphonie, und als die Türen sich hinter Allison geschlossen hatten, ertönte in einem der Zimmer ein Alarm. Sie wich zur Seite, als eine Schwester mir ernstem Gesichtsausdruck an ihr vorbeihastete.

Eine blonde Frau, etwa Mitte dreißig, saß hinter der Empfangstheke und blickte mit erschöpften Augen zu ihr auf. »Zu wem wollen Sie?«

»Zu meinem Vater.«

Die Frau schüttelte ein Mal den Kopf und fragte mit ruhiger Stimme nach: »Name?«

»Allison.«

Nun schloss die Frau kurz die Augen, seufzte und stand auf. »Der Name Ihres Vaters, bitte.«

Allisons Hände begannen zu zittern. Sie suchte Halt am Schulterriemen ihrer Handtasche. Unter dem prüfenden Blick dieser Frau fühlte sie sich wie ein kleines Kind – eine Fünfjährige, die sich an einem Ort, an den sie nicht gehörte, verlaufen hatte.

»Jed. Jed Avery«, stammelte sie.

Die Schwester lächelte. »Ah, Sie sind Cassandras Tochter. Das hätte ich mir auch denken können. Sie sehen ja fast wie Zwillinge aus.«

Allison versuchte, ihr Lächeln zu erwidern.

»Zweite Tür links.«

Zögernd machte sie sich auf den Weg. Sie wünschte, die Schwester wäre redseliger gewesen. Irgendetwas, damit sie noch Zeit gehabt hätte zu überlegen, wie sie mit der Situation, die sie erwartete, umgehen sollte.

Schon nach fünf langsamen Schritten war sie an der Glastür angelangt. Durch den hellen Vorhang sah sie, dass jemand im Bett lag und, und auf dem Stuhl daneben eine Silhouette, die nur ihrer Mutter gehören konnte.

Die Tür glitt auf, und sie trat in das Zimmer.

Obwohl Jed immer von durchschnittlicher Größe und Gewicht gewesen war, hatten er und seine ungebetenen Kommentare so viel Raum in Allisons Leben eingenommen, dass er stets übergroß auf sie gewirkt hatte. Hier jedoch, im weißen Krankenhausbett mit dem flachen Kopfkissen, den Monitoren rechts und links, den Kabeln, die über und unter der Bettdecke entlangkrochen, und dem Beatmungsschlauch zwischen seinen schlaffen Lippen wirkte er so blass und kraftlos. Schwach und gebrechlich. Zu all dem Leid, das er Allison über die Jahre angetan hatte, nicht im Mindesten fähig.

Unvermittelt schluchzte sie auf.

Ihre Mutter hielt Jeds Hand und starrte gedankenverloren auf seine Finger. Als sie Allison hörte, hob sie den Kopf.

»Du bist da.« Sie legte die Hand vorsichtig auf dem Bettlaken ab, als wäre der Mann, der sich ihnen gegenüber so grausam verhalten hatte, auf einmal aus feinstem Glas. Allison bekam Lust, mit etwas Schwerem nach ihm zu werfen und zuzusehen, wie er in tausend Teile zersprang.

Zum hundertsten Mal, seit sie in Colins Auto gestiegen war, fragte sie sich, was sie hier machte.

Ihre Mutter nahm sie in die Arme und streichelte ihr über den Kopf. »Ich bin froh, dass du gekommen bist«, flüsterte sie, »auch wenn du riechst, als hättest du in einem Bierfass gebadet.«

Wie viele Duschgänge und Parfümspritzer würde Allison brauchen, um die Schande der Bud Lights von ihrer Haut zu tilgen? »Wir haben gerade eine Party gefeiert.«

Ihre Mom hielt sie auf Armeslänge. »Ich hoffe, du bist nicht selbst gefahren?«

»Ich hatte eine Mitfahrgelegenheit.«

»Natürlich, natürlich.« Sie legte einen Arm um Allisons Schulter und schob mit der freien Hand einige abtrünnige Locken zurecht. »Du warst schon immer ein vernünftiges Mädchen.«

Nachdem Allison sich an der Theke gerade noch völlig fehl am Platz gefühlt hatte, war nun alles gut. Im Arm ihrer Mutter war es in Ordnung, Angst zu haben. Nicht zu wissen, was sie tun oder fühlen sollte und was als Nächstes käme. Ihre Mutter würde sich um alles kümmern. Das hatte sie schon immer getan, egal, wie alt Allison war. An der Seite der eigenen Mutter würde man wohl nie richtig erwachsen sein.

Allison blickte zum Bett. »Wie geht es … Ich meine, was passiert jetzt?«

»Er war vor einer Weile kurz wach, aber sein Herz hat rasend schnell geschlagen.« Ihre Mutter deutete mit dem Kinn zum Monitor links über dem Bett. »Sie haben ihn außer Gefecht gesetzt und versuchen jetzt, den Puls zu normalisieren.«

Auf dem Monitor leuchteten grüne Zahlen auf: *140, 142, 139*.

»Wie hoch sollte er denn sein?« Auf einmal hatte Allison das Gefühl, dass sie so etwas als Erwachsene hätte wissen müssen: was normale Puls- und Blutdruckwerte waren, welche Blutgruppe sie hatte oder was man tun musste, wenn ein Elternteil krank wurde.

»In Ruhe zwischen sechzig und hundert. Als sie ihn einlieferten, lag er fast bei zweihundert.«

»O Gott!«

Ihre Mom gab ihr einen Kuss auf die Schläfe. »Ich weiß.«

»Dann ist das jetzt besser?« Sie deutete auf den Monitor. *142, 141, 141, 140, 142.*

»Besser, ja. Aber noch nicht gut.«

142, 143, 140.

»Was tun sie, um ihn zu senken?« Allison wunderte sich selbst über ihre Fragen. Sie hätte nicht gedacht, dass ihr die Antwort darauf wichtig wäre. Krank oder nicht, Jed war immer noch Jed. Aber so, wie sie nun vor ihrem Vater stand, die Geräte und Kanülen sah und hörte, die seinen unregelmäßigen Puls und die Sauerstoffwerte verzeichneten, Flüssigkeit und Medikamente in seinen Körper pumpten, spürte sie den unerklärlichen Wunsch nach Details.

»Sie haben verschiedene Medikamente ausprobiert. Vielleicht müssen sie es morgen mit Elektroschock versuchen …

»Mit solchen Dingern wie im Fernsehen?«

Ihre Mutter nickte.

Allison presste eine Hand auf den Mund. »Nein!«

»Das ist eine Routinemaßnahme, auch wenn es sich nicht so anhört.« Sie drückte Allison fester an sich.

»Und wenn das nicht funktioniert?«

»Dann gibt es noch invasive Behandlungsmethoden, die sie versuchen können.«

Das Wort setzte sich in ihrem Hirn fest. *Invasiv*. In den Körper eindringend. Gefährlich. Was, wenn sie ihn aufschneiden mussten? Wie sollte Allison in ihrem merkwürdigen emotionalen Fegefeuer damit klarkommen? Wo war Vergil, um ihr den Weg zu weisen?

»Ach, Schätzchen.« Ihre Mutter gab ihr einen Kuss.

»Im Moment können wir nichts tun, außer hier zu sein. Doctor Friedman ist optimistisch, dass es mit Elektroschocks funktionieren wird.«

»Und bis dahin?«

Ihre Mutter strich über ihr Haar und legte ihr die Hände auf die Schultern. »Bis dahin lasse ich dich eben kurz mit deinem Vater allein, und dann fahren wir nach Hause. Du siehst erschöpft aus.«

»Ich bin doch gerade erst gekommen.«

»Und du wirst in der Nähe sein, wenn er dich braucht. Aber in seinem sedierten Zustand kannst du bis morgen früh nicht viel für ihn tun.«

Sie gab Allison noch einen Kuss auf die Wange und verließ das Zimmer, in dem nichts anderes zu hören war als das konstante Sirren und Piepen der Maschinen.

Allison musterte die Kabel und Schläuche, die den Körper ihres Vaters umgaben. An diesem Menschen befestigt, den sie so gut kannte, wirkten diese medizinischen Hilfsmittel fremd und bedrohlich. Es juckte ihr in den Fingern, alles fortzureißen und die Monitore einzuschlagen.

Stattdessen blieb sie reglos stehen. Ohne zu blinzeln, nahm sie das Bild ihres kranken Vaters in sich auf. Wappnete sich innerlich gegen das, was noch kommen mochte. Spürte einen Wirbel aus unzähligen Worten in ihrem Kopf, aber es war keines darunter, das nur im Halbdunkel geflüstert werden konnte. Es waren Worte, die hinausgeschrien werden wollten, bis die Kehle heiser, die Augen blind vor Tränen waren. Sie mussten gehört und verstanden werden und Konsequenzen haben. Allison könnte sie nur dann aussprechen, wenn Jed sie bei vollem Bewusstsein hören könnte.

Und deshalb hatte Allison, als ihre Mutter zehn Minuten später zurückkehrte, kein einziges Wort gesagt.

»Versprich mir, dass du gleich schlafen gehst, wenn du nach Hause kommst.« Ihre Mutter tätschelte Allisons Hand, die in ihrer Armbeuge lag.

Auf einmal spürte Allison nur noch Erschöpfung. »Das verspreche ich gern«, murmelte sie und gähnte.

Einträchtig verließen die beiden den Fahrstuhl und gingen nebeneinander durch den zentralen Korridor, so, wie sie schon immer durch ihr Leben gegangen waren. Auch wenn Allison in den letzten fünf Jahren nur unregelmäßig zu Hause gewesen war, waren sie und ihre Mutter noch immer ein Team, eine Einheit, waren ihre Schicksale miteinander verwoben.

Der Korridor, der zum Eingangsbereich führte, war um diese Zeit nur schwach beleuchtet und menschenleer. Ihre Schritte hallten durch die Stille.

»Wenn ich dich zu Hause abgesetzt habe, fahre ich wieder her. Ich ruf dich an, wenn sich irgendwas ändert, aber sein Puls scheint ja stabil, so dass sicher nichts Gefährliches passieren wird.«

Allison nickte. Erleichterung, Bedauern und Gleichgültigkeit bildeten eine schmerzhaft schwere Einheit in ihrer Brust. Ihre Mutter würde erwarten, dass sie in ein paar Stunden wieder ins Krankenhaus führe und die brave Tochter spielte. Ebenso am Sonntag und am Montag. Doch sobald Jed auf dem Weg der Besserung war, wäre Allison auf dem Sprung. Sie konnte nicht so tun, als wären die letzten dreiundzwanzig Jahre ihres Lebens nicht geschehen, nur weil Jeds Herz vorübergehend aus dem Takt geraten war.

Als sie um die Ecke gingen, sahen sie das Café und den kleinen Geschenkeladen, hinter Metallgittern verschlossen. Daneben standen Reihen um Reihen beigefarbener Stühle und rechts und links davon Kaffeeautomaten und Tische mit stapelweise Zeitschriften, die darauf warteten, zur Ablenkung durchblättert zu werden.

Nur ein Stuhl nahe dem Ausgang war besetzt. Ein Wartender saß mit übergeschlagenen Beinen über sein Handy gekrümmt. Im blauen Licht des Displays schimmerte die Fassung seiner Brillengläser leuchtend rot, und der schmale Knöchel des übergeschlagenen Beins, an dem ein weißer Socken mit Katzenaufdruck zu sehen war, wippte unruhig auf und ab.

Allison erstarrte. Wieso war er hier? »Colin?«

Sofort stand er auf. »Hey.«

»Was machst du denn noch hier?«

Er lächelte verlegen. »Ich wollte hören, wie es deinem Vater geht.«

»Ich habe dir doch gesagt, dass ich mich melde …«

Er hob einen Finger. »Nein, ehrlich gesagt hast du das nicht. Du bist nur ganz schnell aus dem Auto gestiegen, nachdem wir …«, er biss sich auf die Lippe und sah zu Allisons Mutter, »… hier angekommen sind.«

Gott sei Dank erwähnte er nicht ihren Kuss – der vermutlich nichts weiter gewesen war als eine Übersprungshandlung durch Stress und viel zu viel schlechtes Bier, und Allison mangelte es gerade an mentaler Stringenz, das alles ihrer Mutter zu erklären.

Ihre Mutter! Sie drehte sich zu ihr um. »Mum, du erinnerst dich an …«

Sie hielt ihm bereits ihre Hand hin. »Cody!«

»Colin.«

»Stimmt. Brillenmann.«

Allison schüttelte den Kopf. »Wie auch immer.«

Entschuldigend zog sie die Augenbrauen hoch, aber Colins Aufmerksamkeit war nun ganz auf ihre Mutter gerichtet, so dass er es nicht merkte. »All diese Namen sind für mich in Ordnung.«

»Dann werde ich dich von nun an ebenfalls Cody nennen«, erklärte Allison.

Er winkte ab. »O nein, nur deine Mum darf mir Spitznamen geben.«

Galt es als Mord, wenn man im Krankenhaus jemanden erstach? Man würde ihn hier doch sicher rechtzeitig retten, oder? Allison erwog die schnelle Zusammenstellung einiger WCS zu dem Thema, Colin direkt hier in der Lobby des Northern Light abzumurksen, doch ihre Mutter unterbrach ihre Gedanken.

»War das deine Mitfahrgelegenheit?«

»Jep.«

»Ich wusste nicht, dass ihr wieder Kontakt habt.« Sie sprach mit Allison, schüttelte Colin aber immer noch die Hand.

»Colin ist auch an der Claymore.«

Das schien ihre Mutter zu amüsieren. »Was für ein Zufall!«

»In der Tat«, murmelte Allison.

Colin sah sie an. »Wie kommt ihr nach Hause? Ich könnte euch absetzen.« Als ihre Mutter seine Hand endlich wieder freigab, lehnte er sich mit der Schulter gegen den Türrahmen und wirkte derart locker und entspannt, dass Allison gegen ihren Willen wieder Bauchkribbeln bekam.

Verflucht sei sein Hang, sich ständig lässig irgendwo anzulehnen! Insbesondere gegen den neunten Kreis der Hölle!

»Was für ein Gentleman.« Ihre Mutter lächelte. »Das erspart mir dann die Fahrt.«

»Perfekt.« Colin richtete sich wieder gerade und sah Allison an. »Ich kann dich absetzen und dann wieder nach Hause fahren.«

»Wohin nach Hause?«, hakte ihre Mutter nach.

»Ich wohne bei Providence.«

»O nein.« Sie schüttelte den Kopf. »Auf keinen Fall wirst du morgens um zwei Uhr noch einmal vier Stunden Auto fahren. Ich bin sicher, Allison wird sich über deine Gesellschaft freuen, zumal ich die meiste Zeit ja hier sein werde.«

Allison ignorierte vorerst alle Konsequenzen dieses Szenarios. »Wieso? Was ist mit deiner Arbeit?«

»Ich habe das Wochenende frei.« Ihr Lächeln konnte die Lüge nicht überspielen. An Wochenenden gab es das meiste Trinkgeld, und das konnte sie gut gebrauchen. Deshalb kamen freie Wochenenden für sie eigentlich nicht infrage.

»Ich werde morgen zu Jed fahren, Ma. Dann kannst du arbeiten.« Nachdem sie es ausgesprochen hatte, spürte sie ein Brennen im Mund.

Ihre Mutter nahm sie in die Arme. »Geh du erst einmal schlafen, und wir streiten morgen früh darüber, einverstanden?«

Jetzt nachzugeben bedeutete im Grunde zuzustimmen, aber Allison war tatsächlich zu müde, um zu streiten. »Na schön«, murmelte sie.

Nach einer weiteren Umarmung eilte ihre Mutter zurück zum Fahrstuhl und rief ihnen über die Schulter noch zu, dass Gästebettwäsche im Schrank und Brötchen in der Kühltruhe seien.

Und das ließ Allison mit der unausweichlichen Tatsache zurück, dass sie gleich mit Colin allein im Haus wäre. Über Nacht. Nachdem sie sich gerade geküsst hatten.

Auf einmal war Jed nicht mehr der Einzige mit einem rasenden Herzen.

Kapitel 21

Die Nacht, in der Allison und Colin das erste Mal Sex hatten, hätte aus einem Filmdrehbuch stammen können.

Es passierte im sanften Kerzenschein in einem Hotelzimmer mit Vasen voller Rosen, nachdem sie auf der schicken Weihnachtsfeier des Vaters eines Mitbewohners von Colin gewesen waren.

Vom Balkon des Zimmers aus war das Meer zu sehen, und Allison erinnerte bis heute das Gefühl der kalten Winterluft, die ihr auf den Wangen prickelte und über die nackten Schultern strich. Sie blickte auf die schäumende Brandung, die im Mondlicht silbern glänzte.

Als Colin zu ihr auf den Balkon hinaustrat, lehnte er sich mit dem Rücken gegen die Glastür, zog Allison zu sich und verharrte eine Weile so, dass ihre Lippen nur wenige Zentimeter voneinander entfernt waren. Seine Hände lagen um ihre Taille, während ihr Unterkörper noch fester gegen seinen drückte und sein Bein in ihren Schritt drängte. Sie griff nach den Enden seiner Fliege, um ihn zu küssen. Eine gefühlte Ewigkeit standen sie so auf dem kleinen Balkon, jeder Kuss noch intensiver als der vorige, jede Berührung noch fordernder.

Sie nahmen sich in jener Nacht viel Zeit, entdeckten nach und nach den Körper des anderen. Allison war keine Jungfrau mehr, doch als Colin sie Stück für Stück ihrer Kleidung entblößte und jedes Körperteil zärtlich mit Lippen und Zunge erkundete, bis er ihr schließlich – endlich! – den roten Seidenslip von den Hüften zog und auch darunter jeden Quadratzentimeter ihres Körpers mit dem Mund berührte, war das eine Premiere für sie gewesen.

Sie rieb sich mit den Handballen über die Schläfen, um die Erinnerung zu vertreiben. Seit sie Colin vor dem Krankenhaus geküsst hatte, konnte sie kaum mehr aufhören, an all die anderen Male zu denken, die sie sich geküsst hatten. Und an alles andere, was sie getan hatten.

Und wie es sich jetzt wohl anfühlen würde, nach all der Zeit …

Daran zu denken war so falsch. Sie war in ihrem Elternhaus. Ihr Vater, der ihr so fremd war, lag auf der Intensivstation. Es war spät. Sie sollte schlafen gehen, nicht im Wohnzimmer sitzen und an Sex mit Colin denken. Geschweige denn, den Fehler begehen, mit ihm zu schlafen.

Der Kuss im Auto war ein Ausrutscher gewesen. Ende der Geschichte.

Um sich abzulenken, ließ sie den Blick durchs Zimmer schweifen. Unter dem Couchtisch lugte unter einigen alten Fotoalben und dem endlosen Stapel Kreuzworträtsel die Schachtel ihres alten Scrabble-Spiels hervor.

Perfekt. Eine gute Möglichkeit, um auf andere Gedanken zu kommen und gleichzeitig Colin in seine Schranken zu weisen. Doppelt perfekt quasi.

Colin saß vor dem Sofa auf dem Boden und rieb sich nach der überschwänglichen Begrüßung durch Monty und Cleo das

Gesicht. Allison schüttelte die Schachtel, so dass die Spielsteine rappelten, und stellte sie vor ihn hin.

Überrascht sah er auf. »Meinst du, das ist eine gute Idee für drei Uhr morgens?«

»Scrabble kann man immer spielen.« Allison grinste. »Oder hast du Angst, dass ich gewinne?«

»Ich habe vor nichts Angst.« Er nahm den Deckel ab und legte ihn so vorsichtig beiseite, um der zerschlissenen Pappe keinen weiteren Schaden zuzufügen.

Allison setzte sich ihm gegenüber und schüttete die Buchstabenplättchen aus dem Samtbeutel, während Colin das Spielbrett aufklappte und die Haltebänkchen aufstellte. Er stellte einen Fuß auf, um den Ellbogen auf dem Knie abzustützen, das andere Bein streckte er aus. Aus dem Augenwinkel sah Allison, wie seine Zehen in den weißen Katzensocken wackelten.

Sie nickte in Richtung der Socke. »Hast du die Katze je bekommen?«

»Hm?«

»Du hast immer gesagt, das Erste, was du nach deinem Abschluss tun wolltest, sei, dir eine Katze zu holen. Am liebsten eine orangefarbene.«

Er hielt mitten in der Bewegung inne und starrte sie an. »Ich kann nicht fassen, dass du dich daran erinnerst.«

Allison erinnerte sich an alles – als wäre ihr die gesamte gemeinsame Geschichte ins Gedächtnis eingraviert.

Sie zuckte die Achseln. »Ich fand das süß.«

»Fand? Vergangenheit?«

Sie verdrehte die Augen.

»Er heißt Captain Pepper Jack.« Colin zog sein Handy aus der Tasche.

»Wie bitte?«

Er tippte aufs Display und hielt es ihr entgegen. Dort war ein pummeliger, fein gestreifter orangefarbener Kater mit einem zugenähten Auge zu sehen. »Ich bin direkt nach meinem Abschluss zum Tierheim gefahren und habe ihn adoptiert.«

»Du hast es wirklich getan.« Allison wusste nicht, warum sie flüsterte. Oder warum sie sich plötzlich so seltsam fühlte.

»Es war die einzige gute Entscheidung in dem Jahr.«

Seine Stimme klang zu ernst, zu bedeutungsschwer. Allison konzentrierte sich auf ihre Buchstabensteine und brachte sie in alphabetische Reihenfolge. »Captain Jack also …«

»Allison …«

Nein. Sie wollte nicht darüber nachdenken, warum seine Stimme wieder so rau klang oder warum seine Finger zu zittern schienen. »Ist das wegen des einen Auges?« Sie tauschte G und I – auf einmal konnte sie sich nicht mehr erinnern, welcher Buchstabe zuerst kam.

Auch Colin sortierte seine Spielsteine um, dann seufzte er. Als er antwortete, klang seine Stimme wieder fast normal. »Captain wegen des einen Auges. Pepper Jack, weil es nun mal der beste Käse ist.«

Bestimmt die Hälfte ihrer Beziehung hatten sie damit verbracht zu überlegen, was sie essen wollten, weil Colin keine Milchprodukte vertrug, während Allison eine Schwäche für Grillkäse und Pizza hatte. »Du bist laktoseintolerant. Du hasst Käse.«

»Ich habe mittlerweile Lactaid entdeckt, ein wahres Wundermittel.«

Sie fokussierte sich auf diese neue Information.

Das war einfacher, als an das zu denken, was sie gerade aus gutem Grund *nicht* gesagt hatten. Oder was sie ihn nicht hatte sagen lassen.

»Trotzdem bin ich mir nicht sicher, ob du damit schon lange genug Käseliebhaber bist, um dein Haustier so zu nennen. Du bist ja praktisch Anfänger.«

Er lachte. »Ehrlich gesagt wundere ich mich, dass du dein Haustier *nicht* nach Käse benannt hast.«

Mit großer Geste deutete sie auf ihren Welpen, der hinter Colin auf der Couch döste. »Bitte sehr: Monterey Jack.«

»Ah, ja. Ohne Pfeffer. Der zweitbeste Jack.«

Offenbar versuchte er, sie zu provozieren. Doch Allison tippte mahnend mit dem Finger auf den Stern in der Spielbrettmitte. »Hör auf, es hinauszuschieben. Lasset das Sprachmassaker beginnen.« Sie grinste siegessicher. »Du darfst sogar anfangen.«

Kopfschüttelnd studierte Colin seine Spielsteine. Er hielt das Bänkchen dicht am Körper, als befürchtete er, Allison könne sonst schummeln.

Als ob sie das nötig hatte.

Nach gefühlt drei Jahren begann er, seine Steine auszulegen, jeden einzelnen mit Nachdruck und einer solchen Präzision, dass Allison zusammenzuckte.

S
K
R
U
P
E
L

Dreißig Punkte. Plus fünfzig, weil er alle sieben Steine benutzt hatte. Gern hätte sie sein offensichtliches Bedürfnis nach Angeberei kommentiert, aber ihr Herz klopfte zu wild.

Sie konzentrierte sich auf ihren Atem (ein und aus, ein und aus) und legte ihre Buchstaben horizontal an sein U.

UNKLAR

Es war die beste Kombination, die sich nach seinem Anfang für sie ergab, und dank der zwei doppelten Buchstabenwerte brachten sie es auf insgesamt zwölf Punkte. Aber irgendwie sah es nun aus, als hätte sie auf eine Frage geantwortet, die er gestellt oder nicht gestellt haben könnte. Gespannt beobachtete sie ihn beim Studieren seiner neuen Steine.

Er konzentrierte sich so sehr auf sein neues Wort, dass seinem Gesicht nichts anderes abzulesen war. Die einzigen Geräusche im Raum waren ihre Atemzüge und das leise Schnarchen der Hunde. Als Colin zwei Buchstabensteine anhob, schob Allison sich die Hände unter ihre Beine, damit sie nicht so zitterten. Aber Colin ordnete die Steine auf dem Bänkchen nur um.

Allison schloss die Augen und rang um Fassung. Sie spielten hier nur ein Spiel und sendeten einander keine geheimen Botschaften wie die Tempelritter. Trotzdem hatte sie das unbestimmte Gefühl, dass sein nächstes Wort alles verändern würde.

Vor lauter Anspannung biss sie sich auf die Unterlippe. Dann beobachtete sie, wie er die Steine um sein erstes S platzierte:

L U S T E R

Allison spürte Enttäuschung. Ihre Augen brannten von der Konzentration auf die hellen Holzplättchen. Natürlich benutzte er Scrabble nicht, um seine Gefühle zu gestehen. Was heute Abend geschehen war, bewies überhaupt nichts – außer, dass Colin Benjamin in den letzten Jahren ein etwas besserer Mensch geworden war.

Allison besann sich auf ihren Kampfgeist und schüttelte den Kopf. »L-U-S-T-E-R ist kein Wort.«

»Doch, ist es. So kann man jemanden angucken.« Er zog eine Augenbraue und einen Mundwinkel hoch. »So ungefähr.«

Spöttisch verdrehte sie die Augen. »Du meinst ›L-Ü-S-T-E-R-N‹.«

»Ach ja.« Er verschränkte die Arme und bearbeitete die Unterlippe mit den Zähnen, so dass Allison enorme Willenskraft aufbringen musste, um nicht daran zu denken, wie sein Mund sich vorhin angefühlt hatte. »Nein, natürlich meinte ich ›Lüster‹, wie Kronleuchter, wozu man auch ›Luster‹ sagen kann.«

»Das habe ich noch nie so gehört, das ist höchstens regional. Regionale Ausdrücke gelten in Scrabble nicht.«

»Auch nicht, wenn ich lüstern gucke?«

»Dann erst recht nicht.«

Colin grinste. »Dann müssen wir wohl das Wörterbuch bemühen.«

»Das Wörterbuch bin ich.« Allison legte Daumen und Zeigefinger hinter seine Buchstaben und schnipste sie nacheinander vom Spielbrett. »Du. Hast. Noch. Einen. Versuch.« Es tat gut, ihn mit irgendetwas abzuschießen, nachdem er sie ständig mit unerwünschten Gefühlen und Erinnerungen bombardierte.

Die ersten drei Steine landeten auf seinem Schoß, der vierte prallte gegen seinen Brustkorb und der fünfte erwischte ihn am Kinn.

Er stieß einen überraschten Laut aus und hielt sich das Kinn.

»Oh, sorry.« Das hatte Allison nicht gewollt.

Er schnitt eine Grimasse. »Wenn wir das nächste Mal spielen, komme ich in Rüstung.«

»Ich schätze, da lodert doch noch ein bisschen Konkurrenzkampf in mir.«

»Ein bisschen?«, murmelte er.

Allison konnte es nicht leugnen. »Es tut mir leid. Das scheint meine Grundhaltung in deiner Gegenwart zu sein.« Sie streckte die Hand aus und berührte sein Kinn. Nicht, weil er blutete oder sonst eine Verletzung davongetragen hatte (gegen die sie nun auch nichts mehr hätte ausrichten können); sie wollte nur … ihn berühren.

Colin regte sich nicht – als wäre Allisons Hand ein Schmetterling, den er nicht verscheuchen wollte. Eine ganze Minute lang schien keiner von ihnen zu atmen.

Als Allison ihre Hand wieder zurückzog, war die Luft um sie herum geladen wie kurz vor einem Gewitter.

»Ich versuche es noch einmal.« Diesmal nahm er drei Steine und behielt sie noch eine Weile in der Hand wie kleine Schätze. Dann legte er sie ruhig und gezielt horizontal vor das erste S.

KUSS

Kapitel 22

Nicht jeder, der Colin sah, war auf den ersten Blick von ihm hingerissen.

Er war groß und schlaksig mit spitzen Gelenken, trug nerdige T-Shirts und schlechtsitzende Strickjacken und verbrachte eine Menge Zeit damit, sein Haar zu stylen. Aber vom ersten Moment an, in dem Allison (peinlicherweise) ihren Hintern in seine Weichteile gedrückt hatte, war sie von seinen sehnigen Muskeln fasziniert gewesen und den klaren, scharfen Gesichtszügen, die sie an einen Elfenprinzen denken ließen.

In dieses Gesicht starrte sie nun, während ihr das Herz bis zum Hals schlug. In der Hand hatte sie einen Spielstein, den sie wieder und wieder zwischen ihren Fingern herumdrehte. Ein J.

Sie hatten sich an diesem Abend schon geküsst, aber ein *Ja* auf das Spielbrett zu legen, wäre endgültiger. Eine bewusste Entscheidung anstatt einer Laune. Allison hörte ihr Blut in den Ohren rauschen, und ihre Hände waren feucht, aber das hinderte sie nicht daran, ihr J an das A in UNKLAR zu legen.

J
A

Sie meinte jeden Buchstaben ernst, mit all ihren dreizehn Punkten.

Die Spielsteine flogen über den Teppich, als Colin das Brett abrupt zur Seite schob. Er kam ihr auf allen vieren näher und hielt erst inne, als ihre Gesichter nur noch wenige Zentimeter voneinander entfernt waren. Dann verharrte er, sagte kein Wort, aber sein Blick sprach Bände voller Poesie.

Er wollte es. Er wollte *sie*.

Ihr ganzes Leben lang war Allison eine Sammlerin von Wörtern gewesen. In ihrem ersten Jahr an der High School hatte sie eine Wortsammel-Pinnwand eingerichtet und jeden Quadratzentimeter mit kleinen Notizzetteln bedeckt, auf denen jeweils ein neuer Begriff stand, den sie gelernt hatte. Bis heute war es so, dass sie, wenn sie einen Text schrieb, jeden Satz ein, zwei, drei Mal überarbeitete, um sicherzugehen, dass sie, um ihre Gedanken auszudrücken, die perfekte Kombination von Wörtern gewählt hatte.

Doch jetzt, als Allison und Colin sich ansahen, sich mit ihren Blicken aneinander festsogen und, bis auf das Heben und Senken ihrer Brustkörbe, vollkommen reglos verharrten, schien die Welt um sie herum stumm zu werden. Allison erkannte, dass es Wörter gab, deren Bedeutung sich nicht klar fassen ließ. Begehren, das spürte sie jetzt, war ein Gefühl, das bloße Buchstaben oder Sätze niemals adäquat wiedergeben konnten.

Es keimte in ihr auf, schwoll an, wuchs immer weiter und drohte aus ihr herauszuplatzen, bis Colin die Distanz zwischen ihnen tilgte und sie küsste.

Allison griff mit beiden Händen nach seiner Strickjacke und

zog Colin ganz zu sich heran. Sein Mund war weich und immer noch ein wenig süß von den Donuts, die sie im Auto gegessen hatten. Sie öffnete ihre Lippen und nahm nichts anderes wahr außer ihm, ihm, ihm.

Nach einer Weile lösten sie sich wieder voneinander, keuchend und außer Atem. Verlangen durchströmte ihre Adern wie pures Adrenalin, und der Abstand zwischen ihnen, kaum eine Armeslänge, fühlte sich an wie ein Abgrund.

»Was tun wir hier?«

Seine Frage war wie ein Schneesturm im Juli, so sehr riss sie Allison aus dem Moment. Sie wollte nicht reden oder ihrem Tun einen Sinn verleihen. Wenn sie es zu sehr hinterfragte, würde ihr diese Nacht womöglich wie Sternenstaub zwischen den Fingern zerrinnen.

Sie rappelte sich auf und setzte sich auf die Couch, die die Hunde noch nicht mit Beschlag belegt hatten, um etwas Abstand zwischen sich und Colin zu bringen.

»Ich weiß nicht. Warum bist du hier?«, fragte sie zurück. »Warum hast du mich hergefahren?«

Wenn es für das, was gerade passierte, irgendeinen Auslöser gegeben hatte, dann die lange gemeinsame Zeit im Auto. All die Fenster in seine Seele, die er geöffnet hatte, so dass sie gezwungen war, sich mit den neuen Seiten an ihm zu befassen, die sie in den letzten Wochen strikt zu ignorieren versucht hatte. Wäre er noch derselbe alte Colin, dann wäre es klug, diesem … *was auch immer* … zu widerstehen, das sie empfand. Wenn er sich aber geändert hatte … Ja, was wäre, dann?

Allison schüttelte den Kopf, wie um diese Gedanken abzuschütteln.

Er blies die Backen auf und pustete die Luft seufzend aus. »Ich konnte dich damit doch nicht allein lassen.«

»Wieso?«

»Weil ...« Er fuhr sich mit den Fingern durch das ungestylte Haar und begann, auf und ab zu marschieren.

Nichts wünschte Allison sich sehnlicher, als ihm die wirren Strähnen aus dem Gesicht zu streichen. Sie knetete im Schoß ihre Hände. »Weil kein anderer zur Verfügung stand? Weil es das einzig Richtige war?«

Er blieb stehen und sah sie an. »Weil es um dich geht.« Unverwandt hielt er ihren Bick fest. »Allison ...« Jetzt setzte er sich an das andere Ende des Sofas. »Ich muss dauernd an dich denken.«

Ihr Herz setzte einen Schlag aus. Sie konnte nicht an sich halten und musste es ebenfalls gestehen. »Ich denke auch an dich.«

Er nahm ihre Hand. »Und damit meine ich nicht, dass ich darüber nachdenke, wie ich dich in den Kursen fertigmache oder wie ich Wendy als Mentorin gewinne oder wie ich beweisen kann, dass ich der mittelalterlichste aller Mittelalterspezialisten bin.« Er strich mit dem Daumen über ihre Handfläche. »Ich denke darüber nach, wie gern ich mit meinen Händen durch dein Haar streichen würde. Darüber, wie du mich ansiehst und ob sich darin noch etwas anderes erkennen lässt als Feindseligkeit. Über all diese brillanten Sachen, die du ständig von dir gibst, und wie es sich angefühlt hat, dich zu küssen und das hier zu tun ...«, er hob ihre Hände an, »... und wie ich alles versaut habe. Vor allem denke ich darüber nach, was ich alles verloren habe, als ich das mit uns beendet habe. Und wie viel ich gewinnen würde, wenn wir einen Weg zurück zueinander fänden.«

»Wie meinst du das?«

Colin schloss kurz die Augen. »Wenn du mir damals gesagt hättest, dass du in zwei Jahren *noch* klüger, *noch* wortgewandter und *noch* hübscher sein würdest, hätte ich das niemals für möglich gehalten. Aber du schaffst es jeden Tag, etwas zu sagen, das …« Er hob seine Finger neben seine Schläfe und machte eine Geste, als würde sein Kopf explodieren.

Allison stockte der Atem. Sein Wort beim Scrabble-Spiel war tatsächlich ein Geständnis gewesen. »Und das willst du wiederhaben?«

»Ja.«

Er ist nicht derselbe, sagte sie sich. *Ich bin nicht dieselbe. Das bedeutet, dass auch das Ergebnis nicht dasselbe sein wird.*

Wahrscheinlich machte sie sich etwas vor. Sie hätte mindestens fünfundzwanzig WCS-Listen durchgehen sollen, bevor sie auch nur einen Fuß in sein Auto hätte setzen dürfen. Aber sie sehnte sich so sehr nach ihm, dass sie nichts mehr hinterfragen wollte.

Sie nahm ihm die Brille ab, legte sie auf den Tisch und schlang die Arme um seinen Hals. Er ließ sich von ihr mitziehen, während sie sich zurücklehnte.

Behutsam, fast schüchtern näherten sich seine Lippen ihrem Mund. Sein Selbstvertrauen schien dahin, sein großes Ego durch eine zurückhaltende, unsichere Version seiner selbst ersetzt, was Allison wiederum kühner und forscher werden ließ. Sie war es, die ihre Lippen öffnete und mit der Zunge in seinen Mund vordrang. Sie war es, die ihre Hände erst unter seine

Jacke und dann unter sein T-Shirt schob, um die glatte Haut auf seinem Rücken zu spüren, die weichen behaarten Stellen auf seiner Brust und seinem Bauch.

Als sie ihre Finger tastend unter den Bund seiner Jeans wandern ließ, reagierte er prompt. Er fuhr zurück, seine Augen brannten vor Begierde. Schwer atmend griff er nach dem Saum seines Shirts, um es auszuziehen.

Dabei schien er ganz seine ausgebeulte alte Strickjacke zu vergessen, denn er versuchte, sich das T-Shirt auszuziehen, ohne aus den Jackenärmeln zu schlüpfen, was damit endete, dass er auf halbem Weg in allem steckenblieb, T-Shirt und Jacke um den Kopf gewickelt, und unbeholfen von der Couch rutschte, den Tisch umwarf und auf dem Hintern landete.

»Das war nicht sehr geschickt«, ertönte seine halb erstickte Stimme aus dem Stoffknäuel.

Allison lachte auf. »Total sexy.«

Es sollte ein Witz sein, aber ein Körnchen Wahrheit steckte doch darin, denn Allison war von dieser Version von Colin tief berührt. Bei ihm fühlte sie sich sicher genug, um sich ebenfalls zu öffnen.

»Wie wäre es mit etwas Hilfe?«, schlug er vor.

Sie half Colin auf die Füße und half ihm, in die Ärmel der Jacke zurückzufinden. Die Hunde auf dem anderen Sofa schliefen noch, aber wenn Allison zu ihrer High-School-Zeit etwas von Cleo gelernt hatte, dann dass man mit beim Sex anwesenden Hunden immer im falschen Moment mit einem Coitus Interruptus rechnen musste. Sie deutete mit dem Kinn zur Treppe. »Wir sollten lieber den Ort wechseln.«

Colin sah sie mit großen Augen an, als könne er nicht fassen, was geschah, und seine geweiteten Pupillen waren so schwarz wie eine sternlose Nacht.

Sie schafften es gerade bis in den ersten Stock, wo Colin sie gegen die Wand drückte und begierig küsste. Er presste sich an sie, als wäre sie ein Magnet, der ihn unweigerlich anzog, und strich mit seinen warmen Händen über die Rückseite ihrer Oberschenkel. Als er am Spitzensaum ihres Slips angekommen war, schmiegte Allison sich noch enger an ihn, bis sie seine Erregung spüren konnte, die hart gegen ihre Hüfte drückte. Sie seufzte laut.

Während sie in ihr altes Kinderzimmer taumelten, rissen sie erst eine, dann zwei ihrer Auszeichnungen von der Wand. Allison meinte, einen Bilderrahmen unter Colins Fuß zerbrechen zu hören, war aber von ihrem Verlangen zu benebelt, um sich etwas daraus zu machen. Sie zog ihn durch die Tür, an der noch immer ihr selbst gemaltes Fünftklässler-Schild *Pssst! Allisons Bibliothek* prangte, und zog ihm dabei sowohl die Jacke als auch das T-Shirt über den Kopf.

Die Haut seines Oberkörpers war hell und von mehr Sommersprossen bedeckt, als Allison in Erinnerung hatte. Sie fuhr mit den Händen darüber, wie um sie sich einzuprägen.

Sie stolperten zu ihrem Bett. Colin zog eine Spur aus Küssen über ihren Hals und schob eine Hand unter ihr Kleid, um sanft über den Stoff ihres BHs zu streichen.

Allison hörte ihr Blut in den Ohren rauschen und spürte ihre Lust pulsieren, und doch war sie nervös. Wie auch alles andere zwischen ihnen, fühlte sich seine Berührung vertraut und fremd zugleich an, ein Weg, den sie schon gemeinsam beschritten hatten und der dennoch Ungeahntes und womöglich Riskantes bedeutete.

Er könnte sie wieder verletzen. Aber es könnte auch so viel mehr aus ihnen werden als früher. Allison wünschte, der düstere Schatten ihrer Vergangenheit würde sich verziehen wie eine Gewitterwolke in der Sonne.

Sie wollte die Chance, genau die Beziehung mit ihm zu führen, die sie sich früher nur eingeredet hatte. Und sie wollte das hier. Dass Colin mit den Fingern ihre empfindlichsten Punkte erkundete. Dass er mit sanften Lippen jeden Quadratzentimeter ihrer Haut küsste.

Sie lehnte sich zurück und sah ihn an, während er ihr den Pullover auszog.

»Hi«, flüsterte er.

»Hi.« Es war nur ein leichter warmer Hauch auf ihren Lippen.

»Okay?«, fragte er, während er den Saum ihres Kleides fasste. Allison nickte. Die Worte waren ihr abhandengekommen. Das Kleid bestand aus weichem Jersey, und mit jedem Zentimeter, den Colin den Stoff weiter nach oben schob, kribbelte ihre Haut Stückchen um Stückchen mehr – als läge eine elektrische Spannung in der Luft. Als er ihr das Kleid schließlich ganz abgestreift hatte, fürchtete sie, gleich vor Erregung zu explodieren.

Sie küsste ihn voller Leidenschaft und setzte sich rittlings auf ihn. Er betastete den Spitzensaum ihres Slips und schob seine Hände darunter, um nun auch dieses Hindernis zu beseitigen. Allison ließ auf ihm ihr Becken kreisen. Auch sie war sich der zu vielen Stoffschichten zwischen ihnen bewusst. Ihr

Slip. Seine Jeans. Und was auch immer er darunter trug. Sie griff nach seinem Gürtel und zog an der Schnalle.

Colin umfasste ihr Gesicht mit den Händen und küsste sie. Dabei nahm er den Rhythmus auf, den sie mit ihrem Becken vorgab. Einhändig löste er den Verschluss ihres BHs, und Allison stöhnte auf, als sie die kühle Luft auf ihren Brüsten spürte.

Ihr Verlangen brannte wie Fieber und durchströmte ihren Körper. Sie hörte, wie Colin die Gürtelschnalle löste und den Reißverschluss öffnete. Vorfreude brandete in ihr auf.

»Lass mich eben ein Kondom holen«, raunte er, als sie schwer atmend ihren Kuss unterbrachen. Die zwei Sekunden, in denen er sich die Hose auszog und ein Kondom überstreifte, kamen ihr wie eine Ewigkeit vor.

Doch dann küsste er sie wieder und schob ihr den Slip von den Hüften. Allison half ihm dabei – noch nie war sie so begierig gewesen, komplett nackt zu sein, jemandem Zugang zu ihrem Körper zu gewähren.

Colin stützte sich auf dem Ellbogen ab und strich mit seinem Finger über ihre Wange, ihr Kinn, ihren Hals, ihre Brüste. Obwohl ihr kehliges Seufzen ihn auffordern sollte, die Berührung zu intensivieren und weiter vorzudringen, streichelte er unbeirrt ihren Bauch, ihre Schenkel, ihre Hüften und schien nie den einen Punkt zwischen ihren Beinen finden zu wollen, egal, wie sehr sie sich wand und gegen ihn drängte. Die ganze Zeit über beobachtete er sie aufmerksam, als würde er genießen, wie sehr sie sich nach ihm verzehrte.

Doch irgendwann hatte sie genug von den Spielchen. Sie wollte, dass er in sie eindrang, dass er all das in ihr berührte, was erlöst werden wollte.

Sie versuchte, es über einen Kuss zu kommunizieren, und für eine Weile gerieten ihre Münder in ein stummes Streitgespräch, in dem keiner nachgeben wollte, bis es Allison zu viel wurde, sie Colin auf den Rücken zwang und sich langsam auf ihn niederließ.

Sie sahen einander in die Augen und stöhnten vor Genuss, während er sie langsam, nach und nach, Stück für Stück, immer mehr ausfüllte.

Den Mund an ihrem Ohr, flüsterte er immer wieder ihren Namen, während sie sich in lustvoller Langsamkeit aufeinander, miteinander, gegeneinander bewegten.

Allison legte ihm einen Finger auf die Lippen. Wenn es eine Zeit gab, in der Colin Benjamin schweigen musste, dann war sie jetzt gekommen.

Sie lagen Haut auf Haut, seine Hände in ihrem Haar, dann auf ihren Hüften, um den Rhythmus neu zu bestimmen, dann auf ihren Brüsten. Jede Berührung war eine kleine Explosion, die die Hitze befeuerte, die sich in ihrer Mitte ausbreitete.

Allison fuhr mit den Fingern über seinen Rücken, vergrub ihr Gesicht an seinem Hals. Sie hatten damals oft miteinander geschlafen, und es war immer gut gewesen, aber so wie jetzt hatte es sich nie angefühlt. So, als hätte er in ihr einen Punkt gefunden, von dem sie nicht gewusst hatte, dass er existierte.

Sie klammerte sich an ihm fest und verlor sich in dem Empfinden gleichzeitigen Glücks. Ihr Höhepunkt wenige Minuten später war so intensiv, wie sie ihn noch nie erlebt hatte, und jegliches Gefühl für Raum und Zeit schien sich aufzulösen.

Kapitel 23

Cleo liebte es, Eichhörnchen zu beobachten, und so wurde die Jalousie in Allisons Zimmer am nächsten Morgen plötzlich hochgeschoben, und helle Morgensonne drang durch die hundegroße Aussparung.

Mit lautem Stöhnen hob Allison den Kopf von Colins nackter Brust, die ihr als Kopfkissen gedient hatte, und rollte sich herum, um aufzustehen.

»Mmmmm«, brummte es neben ihr. Colin schlang einen Arm um ihre Mitte und zog sie wieder zu sich. »Hierbleiben.« Seine schläfrig heisere Stimme wärmte ihr das Herz.

Sie ließ sich gern noch eine Weile festhalten. Irgendwann in den frühen Morgenstunden hatten sie sich doch noch etwas übergezogen (Colin seine Katzen-Boxershorts, Allison ein weites T-Shirt und einen Slip), aber mit seinem warmen Atem in ihrem zerzausten Haar und seinen warmen streichelnden Fingern unter ihrem Shirt hatte sie sich ihm genauso nahe gefühlt wie vorher beim Sex.

Seit sie auf der High School ihre Unschuld verloren hatte, gehörte Sex immer zu den Dingen, bei denen sie sich auf gewisse Weise *zu sehr* in ihrem Körper befand. Unabhängig davon, wie sehr sie mit sich selbst zufrieden war, fiel es ihr schwer, keine Bedenken wegen ihrer Körperfülle zu haben, sobald sie Lippen und Hände eines anderen auf sich spürte. Wie selten wurde jemand mit ihrer Figur als schön oder attraktiv bewertet? Verglich ihr Sexpartner sie mit dünneren Frauen? Fühlten sich ihre Taille, ihr Hintern, ihr Busen in seinen Händen »falsch« an? War sie ihm genug? Oder zu viel? Manchmal kreisten ihr diese Gedanken so wild durch den Kopf, dass es ihr unmöglich war, zum Höhepunkt zu kommen.

Mit Colin jedoch, jetzt und hier in diesem Bett, hatte sie nur an ihn und sich gedacht und das Zusammenspiel ihrer Körper gespürt. Loslassen war so leicht und natürlich gewesen wie atmen.

Jetzt strich er mit den Lippen über ihre Schulter, so zart und sanft, dass sie Gänsehaut bekam. »Ich bin froh, dass das gestern kein Traum war.«

Sie spürte Schmetterlinge im Bauch. »Ich auch.«

Colin strich ihr die lockigen Haare hinters Ohr und zog eine Spur aus kleinen Küssen über ihren Hals bis zu ihrem Mund. Gerade als sie anfingen, sich richtig zu küssen, begann Monty im Erdgeschoss zu bellen.

Seufzend löste Allison sich aus der Umarmung und glitt aus dem Bett. Aus einer zweiten Runde würde wohl nichts werden.

Colin wollte mit ihr aufstehen, doch sie winkte ab. »Ich lasse nur eben die Hunde raus.« Sie warf ihm die Bettdecke über den Kopf. Es war noch nicht einmal acht Uhr und ziemlich sinnlos, wenn sie beide nicht genügend Schlaf bekamen.

Auf dem Weg in den Flur schnappte sie sich Colins Strickjacke. Bis die Sonne höher am Himmel stand, war es in Maine oft noch ziemlich kalt. Mit leisem Fluchen mummelte sie sich fest in seine Jacke ein und zog ihre Hände in die viel zu langen Ärmel. Die braun melierte Wolle hatte den Geruch seines Haargels aufgenommen, den Allison nun tief einatmete.

Das aufgeregte Bellen der Hunde endete, sobald sie die Tür zum Garten öffnete. Schnell wie der Blitz war Cleo auf dem Rasen, und Monty sprang aufgekratzt um sie herum.

Allison schenkte sich ein Glas Orangensaft ein, nahm ihr Handy und setzte sich an die Frühstückstheke. Aus einem Stapel Briefe, der dort lag, lugten zuunterst zwei Umschläge mit dem roten Stempel *LETZTE MAHNUNG* hervor. Da hätte man es ihrer Mutter auch gleich in scharlachroten Buchstaben quer über die Stirn schreiben können! Warum mussten Firmen nur Leute, die gerade nicht genug Geld hatten, um pünktlich zu bezahlen, auch noch öffentlich beschämen? Es trug doch kein bisschen dazu bei, dass sie ihr Geld früher bekamen.

Kopfschüttelnd riss die die Umschläge auf. Die erste Rechnung betrug um die zweihundert Dollar für das Kreditkartenkonto, die zweite war für eine Stromrechnung von vor drei Monaten. Allison nahm ihr Handy, ignorierte alle Textnachrichten und öffnete ihre Banking-App. Mit ein paar Klicks hatte sie beide Rechnungen bezahlt und dazu noch Einzugsermächtigungen erteilt, damit ihre Mutter sich in der nächsten Zeit keine Sorgen mehr machen müsste. Allison würde jetzt ein bisschen sparsamer leben müssen – keine Fünf-Dollar-Smoothies auf dem Campus mehr und definitiv keine teuren Restaurantessen –, aber das wäre kein Problem. Und selbst wenn doch, wäre es das wert, damit ihre Mutter etwas entspannter leben konnte.

Sie schob die Rechnungen ganz unten in den Papiermüll und öffnete dann ihre Nachrichten. Eine war von ihrer Mutter, die vor einigen Stunden geschrieben hatte, dass es bei Jed keine

Neuigkeiten gebe. Von Sophie waren es fünf. Sie hatte erst um drei Uhr nachts gemerkt, dass Allison verschwunden war. Allisons Magen verkrampfte sich, aber sie versuchte, es zu ignorieren. Sie waren alle betrunken gewesen, es war bestimmt keine Gleichgültigkeit von Sophie gewesen, ihre Abwesenheit zu übersehen.

Die letzten drei Nachrichten waren von Mandy. Sie hatte ab sechs Uhr jede Stunde einmal geschrieben, als hätte sie ihr Handy genau im Blick behalten.

Allison schickte den beiden dieselbe Meldung.

Allison Avery

Hey! Tut mir echt leid, dass ich einfach so verschwunden bin. Meine Mom hat angerufen, dass mein Vater im Krankenhaus liegt, und ich habe Panik gekriegt und musste einfach los.

Sie hatte kaum das Glas Orangensaft an die Lippen gesetzt, als die Antworten kamen.

Sophie Andrade

OMG. Geht es dir gut? Warum hast du mich nicht angerufen? Wie bist du hingekommen? Was kann ich tun?

Allison Avery

Ich bin ziemlich erschöpft, aber okay. Er hatte so etwas wie einen Herzinfarkt oder Herzversagen, aber ich glaube, es geht ihm wieder besser.

Am einfachsten wäre es, die Frage nach der Fahrt zu ignorieren. Aber dann dachte sie an Colin oben in ihrem Bett und brachte es nicht über sich. Die letzte Nacht hatte sich nach einer bahnbrechenden Veränderung angefühlt, und sie wollte nicht, dass dieses neue … was auch immer es war … mit Geheimnissen und Lügen begänne.

Vor allem nicht gegenüber Sophie. Wenn sie es vor ihrer besten Freundin geheim hielte, würde das mit Sicherheit nicht dazu beitragen, die Kluft zwischen ihnen zu überwinden.

Allison Avery

Colin hat mich gefahren.

Sophie Andrade

Welcher Colin?

Allison Avery

Colin Benjamin.

Sophie Andrade

Seit wann habt ihr wieder Kontakt?
Hat er sich bei dir gemeldet?
Wann?

Allison Avery

Er ist in meinem
PhD-Programm.

Schreibt …

Schreibt …

Schreibt …

Allison wappnete sich innerlich schon vor der ellenlangen Gardinenpredigt, die Sophie ihr mit Sicherheit schicken würde, doch als die Nachricht kam, bestand sie aus nur wenigen Wörtern.

Sophie Andrade

Warum hast du mir nichts gesagt?

Weil ich dachte, es interessiert dich nicht. Was für eine einfache und doch so komplizierte Antwort.

Sie starrte immer noch unentschlossen auf das Handy, als es plötzlich klingelte. *Kreuzstichkönigin* stand auf dem Display.

Mandy.

Sie dachte wieder an Colin. Ihr Puls beschleunigte sich, und ihre Wangen wurden heiß, als ihr Bilder der vergangenen Nacht durch den Kopf zogen. Wie sollte sie Sophie, die nur den Colin von früher kannte, in ein paar Textnachrichten erklären, wie er sich verändert hatte – oder was zwischen ihnen passiert war?

Mandy hingegen musste sie nichts erklären. Sie kannte den Colin von früher ja nicht.

Allison nahm den Anruf an. »Hallo?«

»Dein Dad, Allison, es tut mir so leid! Kann ich irgendetwas tun?«

Während sie die Muffins aus der Kühltruhe holte, erklärte Allison, was passiert war, und erzählte Mandy auch etwas über das Verhältnis zwischen ihr und ihrem Vater.

»Moment mal … Wie bist du überhaupt da hingekommen? Als ich dich das letzte Mal gesehen habe, warst du ganz schön hinüber.«

Allison atmete tief durch. Und wagte den Sprung. Sie wusste noch nicht, was da zwischen ihr und Colin war, aber sie wollte nicht so tun, als wäre es nicht passiert.

»Colin hat mich gefahren«, gestand sie.

»Ach, tatsächlich?« Selbst ohne Videocall hatte Allison das breite Grinsen ihrer Freundin vor Augen.

Kapitel 24

Jeds neues Krankenzimmer war größer als das auf der Intensivstation, aber so, wie er jetzt dasaß und sie anstarrte, hatte Allison trotzdem das Gefühl, als gäbe es nicht genug Platz zum Atmen darin.

Wie eine Rettungsleine umklammerte sie den Schulterriemen ihrer Handtasche und rang um Fassung.

»Wo ist deine Mutter?«, brummte Jed.

»Sie arbeitet heute eine halbe Schicht.« Die Überredungskünste, die Allison hatte aufbringen müssen, damit ihre Mutter zumindest den Nachmittag über in ihr Diner ging, waren geradezu olympisch gewesen. Sie hatte gebettelt und argumentiert und am Ende, als alles andere keine Wirkung zeigte, zugegeben, dass sie die überfälligen Rechnungen gefunden und bezahlt hatte. Das Geld war Allison egal; als ihre Mutter erwartungsgemäß anbot, es zurückzuzahlen, hatte sie abgelehnt. Aber sie wollte, dass ihre Mutter sich vom Krankenbett eines Mannes löste, der sich noch nie um sie gesorgt hatte.

»Dann bin ich heute also den ganzen Tag allein?« Jed kratzte sich den graumelierten Bart.

Allison spürte Wut in sich hochkochen. Was war nur gestern in sie gefahren, dass sie bei seinem Anblick fast geweint hätte? »Bist du jetzt allein?« Sie beobachtete seinen Pulsmonitor, dessen stachlige rhythmische Ausschläge auch den ihren beruhigten: *120, 117, 119*.

Ihr Vater sah zur Decke. »Nein.« Er spuckte das Wort aus wie ein störrisches Kind, das seinen Irrtum nicht zugeben wollte.

Allison ging weiter in den Raum hinein. Sie hängte ihre Jacke über einen der Stühle und setzte sich zögerlich auf die Stuhlkante. Den Handtaschengurt hielt sie noch immer umklammert, wie um jederzeit aufbruchbereit zu sein. »Du weißt, dass Mom nicht mehr für dich verantwortlich ist, oder? Du hast sie verlassen.«

So sehr sie die längst überfällige Scheidung ihrer Eltern damals auch begrüßt hatte, war ihr sauer aufgestoßen, dass sie von Jed und nicht von ihrer Mutter ausgegangen war. Und dass eine Andere der Auslöser gewesen war, hatte niemanden überrascht. Eine magere Frau, deren Sohn in seinem Elektrofachgeschäft arbeitete. Paula war mit Keksen oder einer ähnlich antiquierten hausmütterlichen Geste zu ihm ins Geschäft gekommen, und Jed hatte schon einige Monate mit ihr geschlafen, bevor er sich durchrang, mit seiner Frau Schluss zu machen.

Der Monitor neben seinem Bett piepste, und die Zahlen stiegen: *135, 131, 132*.

»Wo ist Paula überhaupt?«

»Zu Hause.« Laut stöhnend drehte Jed seinen Kopf auf dem flachen, unbequemen Krankenhauskissen hin und her. Wäre Allison ihre Mutter gewesen, hätte sie schon nach etwas Ausschau gehalten, um es ihm bequemer zu machen. Allison dagegen überlegte, ob es nicht noch etwas Flacheres und Unbequemeres gäbe. Und dazu noch Bettwäsche aus Ziegenhaar, wie es mittelalterliche Mönche für ihre Bußgewänder benutzt hatten. Der Luxus bequemer Betten sollte nur für Menschen mit einem reinen Herzen reserviert sein.

»Typisch.« Paula war nicht die aufmerksamste Partnerin.

137. 135. 138. Der Pulsmonitor spiegelte Jeds Stimmung. »Hör auf damit!« Drohend hob er den Zeigefinger. Von seinen Handgelenken führten Schläuche zu den Infusionsbeuteln neben dem Bett, wie externe Adern. Allison unterdrückte einen Schauer.

»Ist sie überhaupt schon einmal hier gewesen?«

Jed griff nach der Fernbedienung und stellte den Fernseher lauter. »Sie hat angerufen«, knurrte er über den Lärm hinweg.

Allison riss ihm das Gerät aus der Hand und schaltete den Fernseher aus. Einen kindischeren Mann als den, der für die Hälfte ihrer DNA verantwortlich war, hatte sie noch nicht getroffen – und angesichts der Tatsache, dass sich die meisten Männer tagtäglich wie Fünfjährige benahmen, sollte das schon etwas heißen. »Sie sollte hier bei dir sein.«

Als er Allison und ihre Mutter für Paula verließ, hätte diese Frau auch die weitere Verantwortung für ihn übernehmen müssen. Aber sie schien eher an den »guten Zeiten« Interesse zu haben, wozu wohl auch Jeds Bankkonto gehörte. Während Allison und ihre Mutter mit Beginn ihres Studiums an der Brown Darlehen hatten aufnehmen müssen, hatte ihr Vater Paulas Sohn Shawn die Anzahlung für dessen Haus geschenkt. Gut, Allison hatte das Geld ihres Vaters nie gewollt – weil es bedeutet hätte, nach seiner Pfeife tanzen zu müssen –, aber es war trotzdem schwer auszuhalten, wenn er es großzügig über anderen ausschüttete. Als würde er Shawn mehr als sein eigenes Kind betrachten, als er es in Allison je gesehen hatte.

Warum also war *sie* hier und nicht seine neue Familie? Anscheinend hatte die Extremsportversion der Großzügigkeit ihrer Mutter auf sie abgefärbt.

»Ich wundere mich sowieso, dass du hier bist«, sagte Jed. Er kniff die blauen Augen zusammen, die den ihren in Form und Farbe so ähnelten. »Nach dem Aufstand, den du da in deiner letzten Mail veranstaltet hast.«

Allison atmete scharf ein. *Aufstand*. Das Wort war ein verbaler Angriff. Wie viele Männer, vertrat auch Jed die antiquierte Ansicht, dass alle Frauen grundsätzlich an der Schwelle zur Hysterie standen. Jegliche Gefühlsbekundung, sei es Wut, Freude oder Trauer, bewies in seinen Augen nur, wie übermäßig emotional Allison und ihre Mutter waren. Aus seiner Sicht machten diese Gefühle all ihre Äußerungen unglaubwürdig und bedeutungslos, egal, wie gerechtfertigt sie auch sein mochten.

Und kannte Jed ihre Weltsicht gut genug (oder zumindest die grob vereinfachte Version davon, die seine rechtsgerichteten Fernsehsender ihm einbläuten), um Wörter wie *Aufstand* nicht versehentlich zu benutzen und sie damit zu genau einem solchen provozieren zu wollen, was wiederum seine Frauenfeindlichkeit bestätigen würde. Ein Hoch auf die typische Bestätigungsverzerrung! Aber nicht heute. Heute war Allison zu verkatert, zu müde und zu … nun ja … glücklich (dank Colin), um sich mit der toxischen Männlichkeit ihres Vaters auseinanderzusetzen. Das bedeutete, dass sie seinen Köder nicht schluckte.

»Du hattest einen Herzinfarkt. Natürlich bin ich hier.« Sie sprach die Worte so sachlich, als würde sie einen Absatz über Literaturtheorie vorlesen.

»Ich hatte Herz*versagen*«, korrigierte er sie.

Allison schluckte lieber, anstatt laut aufzuschreien. Mit ihrem Vater zu reden, kam ihr manchmal vor, als würde sie einen Hamster bitten, in seinem Rad die andere Richtung einzuschlagen. »Dir ist klar, dass das sogar noch schlimmer klingt, oder?«

»Tut es nicht. Mein Herz hatte eine Rhythmusstörung. Jetzt ist alles wieder gut.«

135, 139, 137. Allison deutete auf den Monitor hinter ihm. »Die Störung ist immer noch da.«

Er winkte ab. »Die werden mir nachher einen Elektroschock verpassen, und spätestens dann ist es wieder gut.«

»Mom sagt, du hättest einen Herzinfarkt haben können.«

»Deine Mutter übert…«

»Das hat auch die Ärztin gesagt.«

»Die Ärztin hat überreagiert. Wie alle anderen damals bei dieser Grippe. Die sind übertrieben vorsichtig und bringen dabei aller Leute Leben durcheinander.« Er schüttelte den Kopf, und Allison fiel auf, wie schütter sein Haar um die Ohren geworden war. Sein Bart war schon seit Ewigkeiten grau, doch die silbernen Strähnen an seinen Schläfen waren neu. Und die Haut an seinen Armen, seit der Militärzeit mit Tätowierungen übersät, war an manchen Stellen schlaff, als hätte er Gewicht verloren. Er sah definitiv so krank aus, wie er es leugnete zu sein.

»Es geht um dein Leben. Sollte man da nicht lieber vorsichtig sein?«

»Sei still. Ich will jetzt nur noch nach Hause, ein Bier aufmachen und das Spiel sehen.«

Allison seufzte. »Wahrscheinlich wirst du kein Bier mehr trinken dürfen …«

Ihr Vater hob eine Hand, um sie zum Schweigen zu bringen. Plötzlich begann diese Hand zu zittern, wie von Schüttelähmung befallen. Das hatte Allison bei ihm noch nie gesehen, und für einen Elektriker war das mit Sicherheit kein gutes Zeichen. Auch Jed beobachtete den Tremor eine Weile, als wäre er ebenso überrascht wie sie. Dann schlug er mit der Hand auf sein Bein. »Nein.«

»Jed …«

»Du bist der letzte Mensch, der mir zu irgendwelchen Diäten raten sollte.« Er sah sie an wie früher, wenn er ihr ihren Teller mit Essen gab. Mit einem Blick, der zu sagen schien, dass er ihre bloße Existenz für verabscheuungswürdig befand.

Mindestens einen Kommentar zu ihrem Gewicht hatte Allison ja erwartet, aber einen Tiefschlag kommen zu sehen, machte ihn nicht weniger verletzend. »Ich bin nicht diejenige, die mit Herzversagen im Krankenhaus liegt …«

»Stopp. Wenn du unbedingt hier herumsitzen willst, dann rede von etwas anderem.«

Unbedingt hier herumsitzen willst. Als wäre sie eine Zumutung. Als würde ihr Körper, den er offenkundig so sehr hasste, zu viel Raum einnehmen. Allison starrte ihren Vater an. Sie könnte Hunderte Münder haben und doch nicht laut genug schreien, um ihren Frust abzubauen.

»Worüber willst *du* denn reden?«

Die Falten in seiner Stirn wurden tiefer, als er überlegte. »Du hast mir immer noch nicht gesagt, warum du hier bist.«

»Du bist *krank*. Ich bin deine *Tochter*.« Die Frustration schmeckte bitter. »Ich dachte, du würdest wollen, dass ich herkomme.«

Er zuckte die Achseln. Allison war fassungslos.

War sie ihm nicht gut genug? Oder zu viel des Guten? Woran lag es, dass er ihr gegenüber so gleichgültig war? Sie hatte das Gefühl, unter dieser Last zu schrumpfen. So wie sie gerade neben ihm saß und ihre Handtasche umklammerte, kam sie sich vor wie ein Kleinkind, das im Einkaufszentrum seine Eltern verloren hatte.

Doch sie konnte all das, was sie fühlte, nicht mehr hinunterschlucken. »Warum bin ich dir so egal?«

»Fang jetzt nicht damit an, Allison.« Er tastete wieder nach der Fernbedienung, aber Allison schob sie außer Reichweite.

»Fang nicht womit an? Damit, zu sagen, wie ich mich fühle? Wie du mich fühlen *lässt* – in den letzten dreiundzwanzig Jahren meines Lebens?«

Jed stöhnte. »Natürlich, du hast es ja *so* schwer gehabt in deinem Leben. Aber du hattest ein Dach über dem Kopf und Kleider am Leib und jede Menge Essen«, er machte eine vage Geste in Richtung ihres Körpers, »auf dem Teller.«

Wie gern wäre Allison jetzt explodiert wie ein Vulkan … oder hätte Jed in einen Baum verwandelt, wie Nimue es mit Merlin getan hatte, um ihn zu bestrafen. Aber Jed reagierte nicht auf Gefühlsausbrüche. Stattdessen versuchte sie es mit Ironie. »Herzlichen Glückwunsch zum Erfüllen des Minimums an Erziehungsleistung. Soll ich dir einen Orden verleihen?«

»Ich habe keine Ahnung, was du von mir willst.«

Sie schloss die Augen. Selbst bei geschlossenen Lidern hatte sie das zackige Zucken des Pulsmonitor vor sich: *132, 139, 134.* »Dass du Interesse zeigst. An mir …«, flüsterte sie. Dann schlug sie die Augen wieder auf. Sie war es endgültig leid, sich zurückzuhalten oder zu lügen oder ihm etwas vorzuspielen. Bei Colin hatte sie auch endlich damit aufgehört, und es hatte etwas Gutes gebracht. Vielleicht war es an der Zeit, auch bei Jed damit aufzuhören. Hier, jetzt, Auge in Auge und nicht über eine gesichtslose E-Mail.

»Ich will, dass du anerkennst, dass ich es geschafft habe, in ein renommiertes Programm an der Uni aufgenommen zu werden. Dass ich eines Tages an einem College unterrichten werde. Dass ich *exakt* das tue, was ich dir und Mom seit jeher versprochen habe. Nicht jedem gelingt das. Nicht jeder ist in der Lage, die eigenen Träume zu verfolgen und wahr werden zu lassen. Manche versuchen es mit aller Kraft, und am Ende zerrinnen sie ihnen doch zwischen den Fingern. Aber ich habe es geschafft. Ich, deine Tochter. Ich will, dass du das anerkennst.«

Allison stand auf und umklammerte das Fußteil seines Bettes, als könne sie ihren Vater so dazu bringen, ihr in die Augen zu sehen. Doch Jed pulte nur an seinen Fingernägeln herum. Sein Mund zuckte, vielleicht wollte er etwas sagen, aber er blieb stumm.

»Ich will, dass du einsiehst, wie sehr du mich verletzt hast.«

Nun meldete er sich doch zu Wort. »Inwiefern soll ich dich verletzt haben? Du hattest ein gutes Leben.«

Bisher war Allison nicht klar gewesen, wie sehr Wut wehtun konnte. Nun aber hatte sie das Gefühl, ihre Knochen müssten bersten. »Ja, dafür hat Mom gesorgt. Du hingegen hast es geschafft, dass ich mich selbst hasse.«

Jeds Mund wurde zu einem schmalen Strich. »Jetzt machst du wieder so einen hysterischen Aufstand.«

»Das ist kein Aufstand. Das ist die Wahrheit. Weißt du, wie es war, mit dir zusammenzuleben? Deine ständigen Bemerkungen über mein Gewicht zu hören? Überall Flyer zu Diäten herumliegen zu sehen? Wie ich mich dabei gefühlt habe, dass du immer nur Junkfood und Süßigkeiten gekauft und mich dann runtergemacht hast, wenn ich das gegessen habe, was nun mal da war? Dass du alles niedergemacht hast, was mir wichtig war?« Ihre Finger taten weh, weil sie sich so sehr festkrallte. »Wahrscheinlich sollte ich dir danken, weil dein Desinteresse mich letztlich motiviert hat. Aber da war immer dieser Teil in mir, der leer war – ein Loch, das ich nicht stopfen konnte, weil du dort hättest sein sollen.«

Wenn Allison über sich und ihr Leben nachdachte, fragte sie sich manchmal, ob ihre Beziehungsunfähigkeit der letzten Jahre weniger mit Colin zu tun hatte als mit ihrem Vater. Oder zumindest mit den Narben, die er verursacht hatte. Als Colin Schluss gemacht hatte, war dadurch eine alte Wunde aufgebrochen, die Jed ihr zugefügt hatte – indem er ihr ständig vermittelte, sie sei es nicht wert, dass man sich für sie interessierte und zu ihr hielt und bei ihr blieb. Wie viele Kerle hatte sie nach nur einem Date in den Wind geschossen? Sie hatte sich stets eingeredet, sie seien nicht die Richtigen gewesen, aber vielleicht hatte sie einfach nur Angst gehabt, sie könne für diese Männer nicht gut genug sein. Zu viele Macken haben, als dass irgendjemand es mit ihr aushielte.

Und selbst als sie versucht hatte, Jed aus ihrem Leben zu verbannen, war er dennoch präsent geblieben. Wie eine Klette. Oder Schimmel.

Ihr Vater starrte sie an. Er hob eine Hand, und einen kurzen

Moment lang dachte Allison, er würde nach ihr greifen, aber alles, wonach er griff, war die Fernbedienung. »Ich weiß nicht, was du erwartest, das ich sagen soll.«

Frustriert hob Allison die Hände. Sie seufzte gequält auf, und mit dem Ausatmen verließ sie auch ihr Kampfgeist. Jed war ein unbezwingbarer Felsen. Eine glatte, porenlose Oberfläche, der ihre Worte nie in sich eindringen lassen würde. Während Colin ihr gezeigt hatte, dass Menschen sich ändern konnten, erinnerte ihr Vater sie daran, dass das nicht jeder schaffte. Manche Menschen waren schon versteinert geboren.

Sie ließ die Hände sinken. »Ich möchte, dass du sagst, dass du mich gehört hast. Dass du mich verstehst. Dass es dir leidtut.«

Sein Mund blieb ein unbewegter Strich. Die Linie auf seinem Herzmonitor passte sich dem an. *130, 130, 129, 128.*

»Ich möchte, dass du sagst, dass du mich liebst ... Dad.« Ihre Stimme war schwach, und beim letzten Wort hatte sie Schwierigkeiten, es über die Lippen zu bekommen. Als würde sie eine fremde Sprache sprechen, deren Bedeutung sie kaum verstand. Hätte sie noch immer ihre Wortsammel-Pinnwand gehabt, wäre sie in diesem Moment mit vielen Fragezeichen versehen gewesen.

Jed schwieg. Er starrte sie nur an.

Kurz darauf kam die Ärztin ins Zimmer, und ihr zitroniges Parfüm brannte Allison in der laufenden Nase. Sie hatte nicht gemerkt, dass sie weinte, bis Dr. Friedman ihr eine Hand auf die Schulter legte und sagte: »Kein Grund für Tränen. Er wird sich wieder erholen. Die Medikamente zeigen Wirkung, und seine Herzfrequenz und die Laborwerte sehen ziemlich gut aus. Heute Nachmittag werden wir den Elektroschock setzen, und danach sollte alles wieder normal sein.«

Allison nickte, während sie sich über die feuchten Wangen wischte. Dr. Friedmans Worte waren eine Erleichterung, wenn auch vielleicht nicht in der beabsichtigten Weise.

Denn wenn es Jed wieder besser ging, bestand für Allison kein Grund mehr zu bleiben.

Nachdem die Ärztin das Zimmer verlassen hatte, sah Allison ihrem Vater direkt in die blauen Augen. Das Einzige, was sie gemeinsam hatten. »Ich bin hier fertig«, sagte sie. Dann drehte sie sich um und ging.

Kapitel 25

War Allison die Fahrt nach Maine am Freitag wie eine Ewigkeit vorgekommen, so verging die Rückreise am Sonntagmorgen wie im Flug.

Vor gut zehn Minuten hatte Colin seinen Honda in ihre Hausauffahrt in Providence gelenkt, und nun saßen sie schweigend nebeneinander und starrten durch die Windschutzscheibe. Mit den schwarzen Fensterläden wirkte der Fassadenanstrich unter dem grauem Himmel frostig weiß.

Obwohl es im Auto warm war, schlang Allison die Arme um ihren Körper. Sie wollte noch nicht aussteigen.

Die letzten Tage hatten sie und Colin in einer Parallelwelt verbracht: nur sie beide und die Hunde im Zuhause ihrer Kindheit, das sie nicht nur vor der kalten Luft Maines, sondern auch vor dem Stress ihres Familiendramas abgeschirmt hatte. Nach dem Krankenhaus (und einem schier endlosen, um die immer selben Argumente kreisenden Gespräch mit ihrer Mutter, warum sie abreisen wollte), war sie zu Colin zurückgekehrt. Der hatte chinesisches Essen bestellt und alle Streaming-Filme rausgesucht, die irgendwas mit Mittelalter zu tun hatten. Irgendwann zwischen Frühlingsrollen und einem grauenvollen Film, der *Das Dekameron* in eine erotikschwangere Komödie zu verwandeln versuchte (in dem ausgerechnet der Typ mitspielte, der schon Anakin Skywalker in den *Star-Wars*-Prequels vermurkst hatte, worauf Colin immer wieder herumreiten musste), holte Allison die Begegnung mit ihrem Vater wieder ein, und sie brach schluchzend zusammen. Colin hielt dabei ihre Hand und tupfte ihr kommentarlos die Tränen trocken, als sie erzählte, wie apathisch Jed auf sie reagiert habe.

Sich ihm anzuvertrauen schien in Allison etwas zu öffnen, und danach konnte sie nicht aufhören, Colin zu berühren, sich an ihn zu lehnen oder den Kopf in seinen Schoß zu legen, während sie sich beim Mitsprechen von Monty Pythons *Die Ritter der Kokosnuss* – mit schlecht imitiertem englischem Akzent – gegenseitig auszustechen versuchten.

Später landeten sie wieder eng umschlungen in Allisons altem Bett, konnten danach auch unter der Dusche nicht die Finger voneinander lassen und fielen um zwei Uhr nachts, als Monty nach draußen wollte, an der Hintertür des Hauses ein weiteres Mal übereinander her. Allison wurde jetzt noch rot, wenn sie daran dachte.

Aber nun, da sie wieder zurück waren, drohte die reale in ihre so perfekte Traumwelt einzubrechen. Sie nahmen noch immer am selben Graduiertenstudium teil, waren noch immer Konkurrenten um die Mentee-Position bei ihrer Professorin, und Allison hatte Sophie noch immer nichts davon erzählt.

Sie hatte keine Ahnung, wie sie mit all dem umgehen sollte, wenn sie nicht wusste, wie es um Colin und sie stand. War dieses Wochenende einfach eine Art Flashback gewesen? Ein One-Weekend-Stand? Oder wollte Colin mehr? Wollte *sie* mehr? (Ja, lautete die Antwort, ja, ja, ja – auch wenn Allison das vorerst nicht laut zugeben würde.)

Sie hatte keine Antworten. Und das gefiel ihr ganz und gar nicht. Bei allen Geständnissen und Küssen und erotischen Spielereien der letzten Tage hatten sie wenig Zeit darauf verwandt, die Lage zu klären.

Colin räusperte sich und riss sie aus ihren Gedanken. »Was jetzt?« In dem lauten Dröhnen des Heizungsgebläses war seine Stimme kaum zu hören.

»Hm?« Gespannt hielt Allison die Luft an. Vielleicht war sie nicht die Einzige, die sich fragte, wie es zwischen ihnen stand …

»Willst du … reingehen?«

Vielleicht doch.

Sie fasste an den Türgriff. Halb, um sich festzuhalten, und halb, um … nun ja, auszusteigen.

»Oder …«

Sie fuhr herum. »Oder?«

Colin lächelte und nahm ihre Hand. »Ich wollte meinen Großvater noch besuchen. Du könntest mitkommen.« Ihr Herz machte einen Satz, als er seine Finger mit den ihren verflocht und ihre Hand an seine Lippen führte. »Dann müssten wir uns jetzt noch nicht verabschieden.«

Sie schloss kurz die Augen, um das Glück dieses Moments zu genießen. »Was ist mit Monty?«, wollte sie wissen. Der Welpe lag friedlich schlafend auf dem Rücksitz.

Colin zuckte die Achseln. »Granddad liebt Hunde.«

Seine Einladung kamen ihr vor wie ein Seil, das er ihr zuwarf, während sie am Abgrund hing. Sein Großvater war ihm so wichtig – sie mitzunehmen bedeutete also etwas.

Sie nickte.

Es war ein Schritt in Richtung einer Antwort auf die Frage nach ihrem Beziehungsstatus. In den Allison mehr Hoffnung setzte, als sie sich eingestehen wollte.

Vor Allison wippte Montys Rute unter Colins Arm, der sich den kleinen Hund unter den Arm geklemmt hatte. Vor Zimmer 135 blieben sie kurz stehen, und bevor er klopfte, wischte Colin sich kurz die Handfläche an der Hose ab.

Eine altersbrüchige Stimme bat sie herein. Als Colin den Kopf durch den Türspalt steckte, sagte dieselbe Stimme: »Sieh mal, Janey! Der verlorene Enkelsohn kehrt zurück.«

Colin grinste amüsiert. »Ich war doch vor zwei Tagen erst hier.«

»Das ist viel zu lange her«, erwiderte der alte Mann.

Colin fasste Allison an der Hand und zog sie mit sich in den Raum. »Ein guter Tag«, formte er lautlos mit den Lippen.

Der Raum seines Großvaters hatte etwa die Größe eines Hotelzimmers. Die eine Hälfte war Schlafbereich, in der anderen standen ein Sofa und eine lederne Chaiselongue, ausgerichtet auf einen an die Wand montierten Fernsehbildschirm. Über dem Bett hing ein Schild, der mit einem Wappen verziert war, und über der Kommode eine historische Landkarte von England. Große Teile des Landes waren rot markiert mit einigen blauen Punkten darin, vor allem an der Westküste. Allison erkannte die Markierungen: Sie standen für die Territorien der verfeindeten Adelshäuser Lancaster und York während der Rosenkriege.

Colin hatte also nicht übertrieben, wenn er von der Vorliebe seines Großvaters für mittelalterliche Geschichte erzählt hatte. Oder für Bücher, die überall in Stapeln herumlagen: auf dem Fußboden, den Nachtschränkchen, der Kommode. Auch aus dem Wandschrank lugten ein paar heraus, als wollten sie flüchten.

Der alte Mann hatte noch kein Wort mit ihr gesprochen, und doch hatte Allison ihn schon ins Herz geschlossen.

Rein körperlich machte er Colin den Rang des hagersten Mannes aller Zeiten streitig. Die silbergrauen kurzen Haare standen ihm in alle Richtungen vom Kopf ab, als würde er sie ständig raufen, und seine Wangen waren blass und eingefallen. Trotzdem lächelte er ebenso strahlend und charmant wie sein Enkel.

»Hallo, Tante Jane«, begrüßte Colin die Frau auf dem Sofa. Sie war in den späten Vierzigern, mit ernstem Blick und unaufdringlich elegantem Outfit. Als Colin sich zu einem Begrüßungsküsschen über sie beugte, strich sie sich den rotbraunen Bob hinter die Ohren.

Auf einmal erkannte Allison die Frau. Sie war auf der Webseite der Claymore zu sehen, als Dekanin für den Fachbereich Kunst und Wissenschaft: Jane Evans.

Das war Colins Tante? Die vorgeschlagen hatte, ihn in einen Studiengang einzuschleusen? Und sie arbeitete ausgerechnet an der Claymore? War es ihr jetziger PhD-Studiengang, in den sie Colin hatte hineinmogeln wollen?

Kein Wunder, dass er nicht gern darüber sprach. So unfair es auch sein mochte, konstruierte Allisons Gehirn bereits eine Reihe von Szenarien, in denen Jane ihren Neffen ohne sein Wissen oder seine Zustimmung in das Graduiertenprogramm verfrachtet hatte. Nicht auszudenken, was Ethan Windbeutel mit so einer Information anfangen würde! Bestimmt würde er Colin dafür öffentlich anprangern, ganz unabhängig davon, wie viel Colin selbst dafür getan hatte, sich diesen Platz zu verdienen.

Allison war erleichtert, als Colins Großvater »Und wer ist diese junge Dame?« fragte und sie so aus ihren Gedanken riss. Sie trat neben Colin und streckte ihm die Hand hin. »Ich bin Allison.«

»Und das hier …«, Colin drehte seine Hüfte nach vorn, damit der Welpe gut zu sehen war, »… ist Monty.« Dann stellte er Allison die beiden vor: »Das sind Granddad und Jane.«

Der alte Mann schnaubte. »Habe ich etwa keinen Namen?«

Colin lachte. »Oh, entschuldige! Allison, das ist Charlie.«

Aber Charlie war schon viel zu sehr mit Monty beschäftigt, um das zu registrieren. Er verzog sein schmales Gesicht zu allen möglichen lustigen Grimassen, hob die Brauen an, kräuselte die Nase, riss die Augen auf und formte einen Kussmund. »Was ist das für ein guter Junge, hm?« Er sprach mit hoher Stimme, so wie alle Menschen es tun, die mit Hunden oder mit Babys sprechen. »Bist *du* das? Ja, *bist* du das wohl?« Der Corgi schleckte Charlie schon über das Gesicht, noch bevor der ihn ganz auf den Schoß nahm.

»Wo habt ihr euch kennengelernt?« Jane bedeutete ihnen, auf dem Sofa Platz nehmen.

Allison setzte sich direkt neben sie, Colin schob sich halb auf die Lehne.

»Wir waren zusammen an der Brown«, sagte Allison, »und jetzt sind wir zufällig beide zusammen an der Claymore.«

Janes braune Augen blitzten auf. »Allison … Avery?«

Allison nickte, während ihr Gehirn im Hintergrund auf Hochtouren arbeitete:

WCS FÜR DEN FALL, DASS DIE OBERSTE DEKANIN DICH KAUM SECHS WOCHEN NACH SEMESTERBEGINN MIT NAMEN KENNT

1. Die Verwaltung hat dich wegen der Internetrecherchen, die du auf dem Campus durchgeführt hast, auf eine geheime Beobachtungsliste gesetzt.
2. Dass du ins PhD-Programm aufgenommen wurdest, war nur ein Versehen, und sie wissen noch nicht, wie sie es dir beibringen sollen.
3. Jemand von deinen Studierenden hat sich bei der Fakultätsverwaltung über deinen Unterricht beschwert.

Sie merkte, dass sie insbesondere das dritte Szenario in Panik versetzte, aber dann sagte Tante Jane: »Wendy Frances ist ganz begeistert von dir.« Und Allisons Herz schlug aus ganz anderem Grund höher.

»Ach ja?«, fragten sie und Colin wie aus einem Mund. Er hielt ihre Hand, aber nun fühlte es sich an, als würde er sie gleich zerquetschen.

Janes Bob wippte beim Nicken. »Sie ist von deinem Vorwissen auf eurem Fachgebiet sehr beeindruckt und auch von deinen analytischen Fähigkeiten. Sie meinte, du hättest sicher eine große Karriere vor dir.«

Allison begann, innerlich zu schweben.

War es möglich, dass alles, was sie immer gewollt und wofür

sie so hart gearbeitet hatte, zum Greifen nah war? Dass Wendy nach einem halben Semester schon ihr Potenzial erkannte?

Nein, stopp. Korrektur. Nicht ihr Potenzial. Ihren *Wert*. Sie sah Allison auf dem Weg in eine akademische Karriere. Es gab diese Lücke in ihrem Fachgebiet, die genau ihre Größe hatte und nur auf sie wartete, tatsächlich. Jetzt musste sie sie nur noch ausfüllen.

Vor Stolz bekam sie rote Wangen. Sie sah zu Colin. Sein Lächeln wirkte plastiniert.

Zu hören, dass deine Professorin von deiner direkten Konkurrenz geschwärmt hatte, war sicher ähnlich angenehm wie eine Darmspiegelung. Sie stupste mit dem Knie gegen seines. »Colin ist ebenfalls Tutor bei Wendy. Und seine Studierenden lieben ihn.«

Jane bekam leuchtende Augen. »Ach, tatsächlich?«

Allison nickte. »Einer meiner Studenten kam nach dem Kurs einmal zu mir und sagte, wie sehr seinem Freund Colins Tutorium gefalle.«

Allison schluckte. Damit hatte sie praktisch zugegeben, dass ihr eigener Unterricht so schlecht war, dass ihre Studierenden ihr von anderen Tutoren vorschwärmten.

Falls es Colin aufgefallen war, ließ er sich nichts anmerken. Er schien eher noch zu zweifeln. »Wirklich?«, fragte er nach.

»Ja, wirklich.« Sie konnte es kaum aussprechen.

Colin entspannte sich sichtlich. »Ich wette, da ging es um dieses Fragenspiel, das ich ausprobiert habe. Das scheint ihnen gefallen zu haben.«

»Was für ein Spiel?«

»Sie haben sich kaum getraut, über *Beowulf* zu sprechen, vor lauter Angst, sie hätten es nicht richtig verstanden. Also habe ich sie vor ein paar Wochen gebeten, alle möglichen Fragen über das Gedicht zu notieren – alles, was ihnen in den Sinn kam, egal, wie dumm es ihnen vorkommen mochte, und zwar anonym. Dann habe ich die Fragen vorgelesen, und wir konnten in die Diskussion einsteigen. Meine eigene Frage war die erste: Warum gibt es nur ein einziges Wesen wie Grendel?« Er lächelte verlegen. »Das scheint das Eis gebrochen zu haben. Seitdem haben sie keine Hemmungen mehr, Fragen zu stellen.«

»Wow.« Irgendetwas schien Allison im Hals zu stecken – sie konnte kaum schlucken. In ihrem Kurs hatte sie schon Probleme, sich überhaupt Fragen zum Thema zu überlegen, geschweige denn, sie gut zu präsentieren. Wie machte Colin das nur? Wie kam er auf solche Ideen?

Und warum fiel ihr sowas nicht ein?

»Ich kann dir gern mein Skript dazu geben, wenn du möchtest«, sagte er eifrig und strahlte sie an. Es verstärkte den Druck in ihrem Hals nur noch.

»Zum Glück haben meine Studierenden keine Angst, Fragen zu stellen. Meistens fragen sie so viel, dass wir zu kaum etwas anderem kommen.« Herrje, anscheinend konnte sie einfach nicht aufhören, über ihre Tutorien zu lügen. Selbst, wenn das bedeutete, Colin vor seiner Tante schlecht dastehen zu lassen. Sie versuchte, ein wenig zurückzurudern. »Aber danke. Das klingt wirklich toll.«

Jane neben ihr klatschte. »Ich habe immer gewusst, dass du in der Lehre ausgezeichnet sein würdest, Colin.«

»Ja, ja, ja!« Charlie drehte Monty auf seinem Schoß herum, damit er ihn besser zwischen den Ohren kraulen konnte. Dann sah er Allison an. »Dieser Junge hat mir so viel beigebracht, als wir damals zusammengewohnt haben. Alles über die französischen Artusromane und den Vulgata-Zyklus und Lancelot.« Seine Augen hatten die gleiche Farbe wie Colins, nur dass sie kleiner waren und enger zusammenstanden. Mit jedem Satz schienen sie noch mehr zu glänzen. »Er ist geradezu eine Bastion des Wissens – was er einmal gelernt hat, bleibt immer in ihm drin. Als wäre er der Tower von London.« Es lag so viel Bewunderung in Charlies Stimme, dass sie ganz belegt klang. Er hustete, um wieder klar sprechen zu können.

»Und weißt du noch, Dad, wie er uns immer Unterricht gegeben hat, als er noch klein war?«, rief Jane. »Sonntagabends nach dem Essen?«

»Moment mal … *Wie bitte?*« Allison ballte vor Freude die Hände. Peinliche Kindheitsgeschichten über Colin würden ihr jetzt ungemein gut tun.

Colin stöhnte auf und versuchte, ihr die Ohren zuzuhalten. Sie schüttelte ihn ab.

»Ich hatte in meinem Arbeitszimmer so eine alte Tafel auf Rollen«, sagte Charlie, »und der gute Junge hat sie jeden Sonntagabend neben den Esstisch gerollt und über irgendetwas referiert, das er die Woche über gelesen hatte.«

»Er hatte diese dicken Brillengläser, die ihm immer von der Nase rutschten, und so einen langen Zeigestab«, ergänzte Jane grinsend.

Die Lachfältchen um Charlies Augen wurden immer tiefer. »Und dann tippte er damit gegen die Tafel …«, er imitierte die

Bewegung mit seiner Hand, »… wie ein strenger alter Schulmeister.«

Allison sah fragend zu Colin, dessen Gesicht inzwischen so rot war wie seine Brille. »Ich hoffe, du hast deine Methodik inzwischen verbessert«, witzelte sie.

Darüber mussten alle lachen, einschließlich Colin, der seine Stirn gegen ihre Schläfe legte, als könnte er sich so vor der Erinnerung verstecken.

Sie konnte sich diesen kleinen Colin Benjamin gut vorstellen, wie er, mächtig stolz über sein Wissen, seine erwachsenen Schüler zur Aufmerksamkeit rief. Doch so sehr ihr dieses Bild auch das Herz wärmte, verursachte es ihr gleichzeitig Bauchschmerzen.

Denn das war ein weiterer Aspekt ihrer kleinen Wochenendblase: Sie hatten nicht über die Uni gesprochen. Wendys Kurs, ihre Rolle als Mentorin und ihre eigenen Karrieren hatten sich eine Million Meilen entfernt angefühlt. Wie die Probleme alternativer Versionen ihrer selbst.

Aber als Jane nun ihr Handy hervorholte und Colin bat, ihr sein Skript für den nächsten Fakultäts-Workshop zuzuschicken, holte sie diese Realitäten damit ins Hier und Jetzt. Wie Phantome lauerten sie in den Ecken und ließen Allison erschauern.

Sie blickte auf Charlies Wanduhr. »Ich sollte jetzt besser nach Hause«, sagte sie unvermittelt und stand auf.

So gern sie die Konfrontation mit Sophie gemieden hätte – auf weitere Lobhudeleien über Colins Unterricht hatte sie noch weniger Lust.

Es spielte keine Rolle, wie sehr sie das Zusammensein mit

Colin am Wochenende genossen hatte. Oder wie sehr er ihr geholfen hatte. Colin wollte Wendy als Mentorin ebenso sehr wie sie, und wenn sie nicht aufpasste, würde er sie ihr vor der Nase wegschnappen.

Kapitel 26

Mom

Bin zu deinem Vater gefahren, als du weg warst, und komme gerade nach Hause zurück. Sie haben ihn geschockt, und alles scheint wieder in Ordnung zu sein.

Mom hat dir ein Foto geschickt

Siehst du, dass er wieder Farbe im Gesicht hat?

Und er nörgelt andauernd vor den Schwestern herum, dass er ein Hot Dog will. Ha! Wieder ganz der Alte!

Allison runzelte die Stirn. Seit Colin sie vor ein paar Stunden bei sich abgesetzt hatte, starrte sie auf einen Artikel über Kindheit im viktorianischen Zeitalter. Allerdings konnte sie kaum ein Wort davon aufnehmen. Zu viele Gedanken um Colin und Wendy und Sophie kreisten ihr durch den Kopf.

Und die unaufhörlichen Nachrichten ihrer Mutter halfen auch nicht gerade weiter.

Allison wollte keine Updates zu Jed. Seit ihrem Gespräch gestern im Krankenhaus war sie fertig mit ihm. An jemanden, der ihr so viel Kummer verursachte, wollte sie keinen weiteren Gedanken mehr verschwenden, auch wenn er ihr Vater war.

Ihre Mutter wollte davon natürlich nichts hören.

Mit lautem Seufzen legte Allison ihr Handy in die Schreibtischschublade und schob sie zu. Dies war nicht die richtige Zeit, um erneut auf das Karussell der Schuld aufzuspringen. Sie musste sich um ihre Aufgaben kümmern, und dafür brauchte sie Ruhe.

Aber natürlich klopfte eine Sekunde später Sophie an die Tür. Als sie um die Ecke spähte, waren ihre dunklen Locken das Erste, was Allison sah. »Du bist wieder da.«

»Bin ich.«

»Hast du mal eine Sekunde, damit wir reden können?« Sophie wischte nervös über den Türknauf, als wollte sie ihn mit der Hand polieren.

Die hatte Allison zwar nicht (*wollte* sie vielmehr gar nicht haben), aber sie konnte das Gespräch mit ihrer Freundin nicht ewig hinausschieben.

Sophies zimtartiges Parfüm erfüllte den Raum. Sie kam herein, warf sich auf Allisons Bett, hakte ihre Fersen in das Fußteil des Bettes und zog Allisons rosafarbenes Donutkissen an die Brust, so wie sie es früher an der Brown auch immer getan hatte, wenn sie ein intensives Gespräch unter Zimmerkolleginnen führen mussten.

Bei dem Gedanken daran entspannte Allison sich.

Schon in ihrem ersten gemeinsamen Englischkurs hatte es bei ihnen Klick gemacht. Sie erinnerte sich noch an den ersten Satz ihrer bald besten Freundin: »Dein Shirt ist der Hammer.«

Noch nie zuvor hatte ihr jemand Komplimente zu ihrer Kleidung gemacht.

Sie verstanden einander vom ersten Augenblick an. Wie Zwillinge im Geiste. Warum hatte Allison befürchtet, dass sich das ändern würde, wenn ihre Lebenssituation sich änderte? Sophie würde immer Sophie bleiben, egal, ob nah oder fern.

»Was gibt's Neues von Jed?« Sophie legte ihr Kinn auf dem Donutkissen ab. Allison versuchte, nicht daran zu denken, dass es genau so ein Donut mit Schokoglasur und bunten Zuckerperlen war, wie sie ihn am Freitag auf der Fahrt mit Colin gegessen hatte.

Zur Antwort zuckte sie die Achseln – was sich unter den gegebenen Umständen auf vielerlei Weise falsch anfühlte, aber so fühlte sie sich nun einmal. Apathisch, distanziert, gleichgültig. »Ich schätze, ihm geht's gut. Sie haben seinem Herzen heute einen Elektroschock verpasst, damit es wieder in den richtigen Rhythmus kommt, und meine Mutter meint, es geht ihm jetzt viel besser.«

»Es muss komisch gewesen sein, ihn zu sehen – nach … alldem.«

Allison blickte zur Decke. »In gewisser Weise … habe ich das mit ihm ausdiskutiert – soweit man mit jemandem diskutieren kann, dem scheißegal ist, was du sagst.«

»Im Ernst?«

»Er hat gesagt, ich sei hysterisch.«

Sophie schnaubte. »Ich *hasse* dieses Wort.«

»Jepp.« Ach, wäre Dante doch noch am Leben, um sich dafür eine hübsche Nische in der Höllenmitte auszudenken. »Ich will nichts mehr mit ihm zu tun haben. Auch wenn meine

Mutter mir ständig Updates schickt, als hätte ich die abonniert.« Allisons Hände begannen zu zitterten, und sie schob sie unter ihre Beine. Jetzt wurde sie zu ihrem übrigen Gefühlschaos auch noch *nervös*. Als würde Sophie ihre Haltung verurteilen.

»Falls es dir hilft: Ich finde, du hast die richtige Entscheidung getroffen.«

Die Worte wirkten wie ein Stoß Frischluft. Erleichtert atmete Allison tief durch. »Es fühlt sich aber grundlegend falsch an, ein Elternteil zu verstoßen. Wie eine Todsünde. Immerhin ist er mein Vater.«

»Und er ist ein Arschloch. Nur weil sie uns das Leben geschenkt haben, heißt das nicht, dass sie gewalttätig zu uns sein dürfen. Und genau das war er. Alles, was er über dein Gewicht und deine Ernährung gesagt hat, und wie er alles abtut, was du erreicht hast … das ist eine Form der Gewalt. Man muss keine sichtbaren Wunden abbekommen, um verletzt zu werden.«

Allison wand sich. Das Wort »gewalttätig« rief krasse Assoziationen hervor. Sie wollte sich nicht als jemanden sehen, der Gewalt erlitt. Als Opfer. Aber das war Blödsinn. Die Vorstellung, dass so etwas nur bestimmten Menschen passieren konnte, bedeutete, dem Opfer die Schuld zuzuschieben. Und war damit patriarchales Arschlochverhalten, das Allison offensichtlich unbewusst übernommen hatte. Sie nahm sich vor, mehr über feministische Theorien zu lesen.

Sophie drückte das Kissen an den Seiten zusammen, bis es eher wie ein Spritzkuchen aussah. »Du wirst mich wahrscheinlich umbringen, wenn ich das sage, aber manchmal frage ich mich, ob es nicht eine direkte Verbindung zwischen Jed und Colin gibt.«

Allison zuckte zusammen. »Colin ist *nicht* mein Vater.«

»Das nicht, aber er konnte auch auf diese gewisse Weise von oben herab tun. Weißt du noch, wie er, wenn wir einen Mystery-Film oder einen Thriller gesehen haben, immer versucht hat zu erraten, was passiert? Und es, wenn er falsch lag, auf das schlechte Drehbuch geschoben hat?« Beim wilden Gestikulieren rutschte ihr das Kissen aus der Hand und rollte auf den Boden, wo Monty umgehend in das Loch in der Mitte sprang und einschlief. »Oder wie er uns immer korrigiert hat, wenn wir ›anscheinend‹ und ›scheinbar‹ verwechselt haben. Als wäre er Stannis Baratheon höchstpersönlich, wie ein verdammter Sprachpolizist.«

Dafür hatte Allison keine Entschuldigung parat. Die Vorliebe des damaligen Colin für einen der übelsten Charaktere aus *Game of Thrones* war ein ständiger Streitpunkt zwischen ihnen gewesen. Sein früheres Ich und Ethan Windbeutel hätten vermutlich beste Freunde werden und das Internet nach und nach gemeinsam von jeglichen Grammatikfehlern bereinigen können.

»Oder was war damit, dass er deine Aufsätze für Literaturtheorie mit Rotstift korrigiert hat, anstatt dir einfach zu sagen, was er davon hielt?« Sophie schüttelte den Kopf.

»Er hat sich geändert.« Was Allison am neuen Colin anzog, war all das, was er früher nie gezeigt hatte: Empathie, Verletzlichkeit und die Bereitschaft, sich von anderen Meinungen überzeugen zu lassen. Vor drei Jahren hätte er Allison wahrscheinlich versucht zu erzählen, wie sie sich ihrem Vater gegenüber verhalten solle, anstatt einfach *sie* erzählen zu lassen, wie er es an diesem Wochenende getan hatte. Er war wie ein altes, aber kernsaniertes Haus: von außen dasselbe, von innen jedoch kaum wiederzuerkennen.

Sophie verzog skeptisch den Mund. »Das ist schwer zu glauben, wenn du deine Beziehung zu ihm vor mir geheim halten musstest.«

»Ich habe nichts geheim gehalten. Als ich dir schrieb, dass wir wieder zusammen sind, hatten wir gerade mal vier Stunden vorher das erste Mal wieder miteinander geschlafen.« *Und ich weiß noch einmal nicht genau, ob wir tatsächlich wieder zusammen sind*, erinnerte Allison sich selbst.

»Aber an der Uni habt ihr euch schon vor zwei Monaten wiedergesehen«, stellte Sophie korrekterweise fest.

Allison spürte, wie ihr Magen sich verkrampfte. Es hörte sich so viel schlimmer an, wenn es laut ausgesprochen wurde. Die ganze Zeit hatte sie es für sich behalten und ihr Gefühlschaos mit sich selbst ausgefochten, anstatt mit Sophie darüber zu reden. Und warum? Weil sie befürchtet hatte, Sophie könne sich zu sehr geändert und von ihr entfernt haben? Es war Allison zuwider, dass ihre Mutter recht haben könnte mit ihrem Vorwurf, Allison wolle immer, dass alles beim Alten bliebe. »Die meiste Zeit ist überhaupt nichts passiert. Wir haben entweder gestritten oder uns gegenseitig ignoriert. Nach der Orientierungsveranstaltung bin ich buchstäblich vor ihm davongelaufen.«

Sophie grinste. »Eine taktische Meisterleistung.«

»Wie üblich.« Allison deutete im Sitzen eine Verbeugung an. »Und natürlich bin ich dabei über die Bordsteinkante gestolpert.«

Sophie lachte auf, wurde aber gleich wieder ernst. »Und wie läuft es an der Uni?«

»Wie soll es laufen?« Allison spürte, wie ihr Nacken verspannte.

»Nachdem Colin dir den *Rising Star* geklaut hat, war dir alles egal. Beinahe hättest du deine Kurse nicht mehr zu Ende gemacht. Und du warst überzeugt, niemals promovieren zu können, nur weil du nicht gewonnen hattest. Wenn deine Mom und ich dich nicht überredet hätten, in den Sommerferien alles nachzuholen, wärst du jetzt vielleicht nicht hier.«

Allison hatte es niemandem verraten, aber in jenem Sommer hatte sie eine neue Wortsammel-Pinnwand angelegt und sie unter ihrem Bett versteckt: jedes Wort ein Synonym für Versagen.

Sie umklammerte mit beiden Händen die Sitzfläche ihres Stuhls. »Ich bin darüber hinweg.« Sie war nicht mehr die Frau von damals. Und Colin war nicht mehr der Mann, der dafür der Auslöser gewesen war.

Sophie schnitt eine Grimasse. »Aber jetzt bist du in diesem mega wichtigen PhD-Programm. Deine Karriere steht auf dem Spiel. Wenn er dich davon ablenkt …«

»Das wird er nicht.«

Sophie sah sie zweifelnd an.

»Das würde mir nicht noch mal passieren. Ich bin viel stärker als damals«, erklärte Allison.

Sophie schien noch etwas dazu sagen zu wollen, es sich dann aber anders zu überlegen. »Warum hast du mir nicht von ihm erzählt?«, fragte sie stattdessen.

Allison seufzte. *Jetzt war es so weit.* Sie nahm eine Haarsträhne und wickelte sie sich um den Finger. Zeit, es offen auszusprechen. Zumindest gäbe es dann eine Sache weniger, die sie belastete.

Obwohl sie Sophies Blick gern ausgewichen wäre, zwang Allison sich, ihre Freundin anzusehen. »Ich dachte, dass es dir vermutlich egal wäre.«

Sophie zog die Augenbrauen zusammen. »Was?«

»Du bist kaum noch hier, und wenn, dann vergräbst du dich in deinen Zeichnungen und Stoffen. Wir sehen uns kaum, geschweige denn, dass wir noch zusammen abhängen. Ich dachte, wenn wir uns hier gemeinsam einmieten, würde sich nichts ändern. Alles wäre genau wie früher an der Brown.«

»Aber, Allison …« Sophie sah sie mit großen Augen an. »Wir sind nicht mehr zusammen auf dem College«, begann sie vorsichtig, »und unsere Tagesabläufe sind ziemlich gegensätzlich. Ich bin den ganzen Tag unterwegs, und du bist in der Uni oder lernst den ganzen Nachmittag und Abend. Wir haben nicht mehr so viel freie Zeit wie früher.«

»Ich weiß. Ich bin ja nicht blöd.«

»Was soll dann dieses Gerede, ich würde mich nicht für dich interessieren?«

Allison drehte die Haarschlaufe immer fester um ihren Finger. »Ich habe einfach das Gefühl, dir ist dein neues Leben wichtiger als unser altes.«

Jetzt wirkte Sophie verärgert, womit Allison am allerwenigsten gerechnet hätte. »Ich bin nicht die Einzige von uns, die nie da ist, Allison.«

»Was meinst du?«

»All die Treffen mit deinen Leuten von der Uni und die Kurse und Tutorien und Vorlesungen und was auch immer? Glaubst du denn, ich hätte keine Angst, dass ich meine beste Freundin an Leute verliere, die sie mittlerweile besser verstehen als ich?«

Allison war fassungslos. »Das geht doch überhaupt nicht! Du bist mein Zwilling im Geiste. Meine bessere Hälfte. Du kapierst, wie sich das hier …«, Allison zeigte auf ihren Körper, »… anfühlt.« Vor Sophie hatte Allison, abgesehen von ihrer Mutter, niemanden gehabt, der wusste, wie es sich anfühlte, als Plus-size-Frau zu leben. Eine Freundin zu haben, die diese tägliche Erfahrung mit ihr teilen konnte, war ein Geschenk. Es machte die Welt um so vieles weniger einsam.

»Trotzdem. Deine Leute kennen alle diese Ein-Millionen-Dollar-Wörter, die ständig aus deinem Mund kommen. Und sie lieben Bücher, so wie du, und haben dasselbe Zeug gelesen.« Sophie hob die Hand, um Allisons Protest abzuwehren. »Und selbst, wenn das nicht so ist, solltest du mir mein Leben und meine Karriere nicht missgönnen, nur weil du Angst vor Veränderung hast. Providence ist keine Stadt für Mode. Hier werde ich nie eine brauchbare Stelle finden. Ich muss zu Messen fahren. Vielleicht muss ich woanders einen Job annehmen. Und das muss für dich okay sein. Ich kann mir meine Zukunft nicht verbauen, nur weil ich fürchten muss, deine Gefühle zu verletzen.« Sophie rutschte vom Bett und bückte sich noch kurz, um Monty den Kopf zu kraulen. »Vor allem nicht, wenn du Dinge vor mir geheim hältst.«

Ihre Worte trafen Allison hart. »Das habe ich nicht«, log sie. Es war inzwischen zum Reflex geworden. »Und das werde ich auch nicht. Jetzt nicht mehr.«

Auf dem Weg nach draußen sah Sophie sich noch einmal

um und lächelte traurig. »Ich verstehe nur nicht, warum du dir das wieder antust, das ist alles. Es steht so viel auf dem Spiel.«

Sie war draußen, bevor Allison antworten konnte.

Kapitel 27

Allison las Wendys E-Mail schon zum fünften Mal, seit sie auf ihrem Platz im Hörsaal saß – als hätten sich die Wörter in der Zwischenzeit möglicherweise neu sortiert.

Seit die Nachricht gestern am Nachmittag angekommen war, hatte sie sie schon mindestens hundert Mal gelesen.

Ihre Professorin hatte den Termin festgelegt, an dem Allison die Vorlesung *Greatest Hits der britischen Literatur* leiten würde. In drei Wochen würde Allison dem ganzen Kurs, Wendy, Colin und vor allem sich selbst beweisen müssen, dass sie eine Kursstunde halten und Studierende mit ihrem Unterricht fesseln konnte.

Aus den Sitzreihen des Auditoriums hörte sie Stimmengemurmel, was sie daran erinnerte, dass sie nicht allein war. Sie legte ihr Handy beiseite und bemühte sich um einen neutralen Gesichtsausdruck.

Immerhin war sie erst als Zweite dran, womit ihr ein zusätzliches Wochenende für die Vorbereitung bliebe – und die Chance, alles noch zu ändern, je nachdem, wie es bei Colin lief.

Sie hatte die Oberhand. Alles würde gut gehen. Phantastisch sogar.

Bei ihrem letzten Telefonat gestern Abend hatte sie dafür gesorgt, dass Colin ihr Selbstvertrauen spürte. »Ich werde dich mit Pauken und Trompeten übertreffen«, hatte sie erklärt. Doch er hatte nur gelacht, dass ihr die Ohren klingelten.

Seine Stimme klang warm und verführerisch wie Kakao, als er antwortete: »Das werden wir noch sehen.«

Wenn er versuchte, Allison mit Anspielungen auf ihren neuen Beziehungsstatus aus der Fassung zu bringen, so war ihm das gelungen. Mindestens eine Stunde lang hatte sie danach schlaflos im Bett gelegen, weil sie ständig die Vision eines beim Telefonieren lässig gegen seine Schlafzimmerwand lehnenden Colin vertreiben musste.

Verflucht sei er!

Allison hob den Kopf und beobachtete, wie die Wanduhr von 10:55 Uhr auf 10:56 Uhr sprang. Wendys saß noch nicht auf dem Podium. Auch Colins Stuhl neben ihr war noch frei.

Wo waren die beiden? Automatisch fing sie an, Szenarien zu entwerfen, in denen Colin und Wendy sich ohne sie miteinander verbündeten. Verunsichert rang sie unter dem Tisch die Hände. Dieses *Date-deinen-Rivalen*-Ding blieb stets ein stachliges Dornenbeet voll ungeahnter Tücken.

Die Studierenden wurden allmählich unruhig. Einige sahen sie erwartungsvoll an, andere hoben bereits ihre Taschen auf den Schoß. Cole hatte seine Jacke schon wieder angezogen.

Vielleicht sollte sie sie einfach entlassen. Es wäre der beste Weg, um ein Katastrophenszenario vom Ausmaß der Schwarzen Pest im Europa des Mittalters zu vermeiden. Was sollte sie mit sechzig Studierenden anfangen, wenn sie nicht einmal fünfzehn etwas beibringen konnte? Zudem war sie heute noch nicht einmal darauf vorbereitet.

10:59 Uhr.

Sie räusperte sich, um die erlösenden Worte zu sprechen. Zumindest würde sie sich damit etwas beliebter machen. Und waren Evaluationen nicht letztlich eine Art Beliebtheitswettbewerb? Obwohl sie selbst zur Fraktion der Gewissenhaftesten gehörte, hatte Allison den Lehrern, die sie nett oder lustig fand, immer die höheren Punktzahlen gegeben, ganz egal, ob sie sich von ihnen gefördert oder gefordert fühlte.

Es war also beschlossen. Freistunde für alle.

Während sie aufstand, fiel ihr Blick auf ihr aufgeschlagenes Notizbuch, in dem sie eine Reihe von Ideen zu der Geschichte der *Frau von Bath* aufgeschrieben hatte (die für heute auf dem Programm stand), insbesondere über den möglicherweise enthaltenen Feminismus. Die Glitzerpünktchen aus ihrem rosa Gelstift schienen ihr im Licht der Leuchtstoffröhren zuzuzwinkern (Allison war schon immer davon überzeugt gewesen, dass Mädchenhaftigkeit ihre eigene Kraft besaß und sich durchaus mit Feminismus vereinbaren ließ).

Sie hatte zwar keine Stunde vorbereitet, dennoch hätte sie eine Menge zu sagen. Und als Tutorin war es doch ausdrücklich ihre Aufgabe, beim Unterrichten zu unterstützen. Was wäre also eine bessere Unterstützung, als den Kurs zu übernehmen, wenn Professorin Frances verhindert war? Denn wenn sie sich davor drückte, würde sie weder sich selbst noch den Studierenden einen Gefallen tun.

Sie straffte also die Schultern und tat, als sei das leere Podium keine Überraschung. »Okay. Also, ähm … nehmt bitte eure Anthologien heraus und rekapituliert erst einmal den Text, um den es heute gehen soll. Sucht euch … ungefähr fünf

Zeilen aus, die ihr für bedeutsam haltet.« Das gab ihr ein paar Minuten Zeit, um ihre Gedanken zu sortieren.

Ihre eigene Anthologie fiel derweil mit dumpfem Knall auf den Tisch, der sich hoffentlich achtunggebietend anhörte und nicht, als wäre ihr das Buch aus den zitternden Fingern gerutscht.

Besonders interessant an der Geschichte der *Frau von Bath* war, wie dort von Frauen und Weisheit gesprochen wurde. Das könnte Allison aufgreifen und vielleicht mit *Die Geschichte von Melibee* vergleichen. Et voilà! Sie hatte einen Plan. Sie musste zweimal kräftig schlucken, um den aufsteigenden Geschmack der Angst loszuwerden. *Du kannst es schaffen*, sagte sie sich selbst. *Du WIRST es schaffen.*

Doch sie bekam nie Gelegenheit herauszufinden, ob das stimmte, denn in diesem Moment platzte Colin zur Tür herein. Seine Chucks quietschten, seine blaue Strickjacke bauschte sich hinter ihm auf, und aller Augen waren sofort auf ihn gerichtet.

»Schon gut, alles gut, ich bin da«, rief er, ein wenig außer Atem. Er stützte kurz die Hände auf die Knie, holte einige Male tief Luft und strich dann sein Haar glatt. Niemand rührte sich. »Ich habe gerade mit Professor Frances telefoniert. Leider geht es ihr heute nicht gut, und sie lässt sich entschuldigen. Allison und ich werden den Unterricht übernehmen.«

Ihre Blicke trafen sich. Hinter seiner lockeren Fassade schimmerte Panik auf. Das zu sehen half Allison, ihre eigene Panik zu überwinden. Gemeinsam mit jemand anderem Angst zu haben, machte die Sache irgendwie leichter. Nicht umsonst gab es schließlich das Buddy-Prinzip.

Außerdem wusste Colin nicht, dass Allison schon einen Plan hatte. Pläne machten ohnehin alles einfacher.

»Also gut.« Sie klatschte. »Ihr habt Colin gehört. Es tun sich jetzt bitte alle in Vierergruppen zusammen und … äh … bearbeiten folgende Aufgaben.« Sie schnappte sich den Markierstift, von dem sie wusste, dass er am lautesten quietschte, aus ihrem Mäppchen, ging zum Whiteboard und schrieb ein paar Fragen auf, die dabei helfen sollten, die Geschichte mit dem dazugehörigen Prolog zu vergleichen.

Sie blickte wieder ins Auditorium. »Ihr habt zwanzig Minuten Zeit. Gutes Gelingen.«

Als wäre sie eine Art Dirigentin, hob vor ihr nun ein allgemeines Stimmengewirr an, und die jungen Leute folgten ihren Anweisungen. Allison verspürte Stolz.

Sie trat vom Podest und stellte sich neben Colin, der über ihre Notizen gebeugt stand. Er hielt die Hände in die Hüften gestemmt und die Ellbogen abgewinkelt: ein Paar knochiger Flügel.

Sobald er ihre Nähe spürte, rückte er näher, so dass ihre Arme sich berührten. Ihre Wangen begannen zu glühen. Sie neigte sich über ihren Text und versteckte sich hinter ihren herabhängenden Haaren.

»Was für eine grandiose Idee mit der Gruppenarbeit«, sagte er. »Und dein Fragenkatalog auch.«

Sie zuckte die Achseln. »Ich habe nur nachgemacht, was Wendy macht, wenn wir mit einem neuen Text anfangen. Und Gruppenarbeit funktioniert auch in meinen Tutorien ganz gut.«

Colin kratzte sich am Kinn, ohne den Blick vom Notizbuch zu lösen. »Vielleicht sollte ich das auch öfter probieren. Aber meine reden immer so viel, dass ich Angst habe, uns bleibt nicht genug Zeit.« Er klang nicht im Mindesten angeberisch, und trotzdem bekam Allison ein unangenehmes Gefühl im Bauch.

Sie tat, als studiere sie noch einmal das Gedicht. »Dann hat Wendy dich also angerufen?«, fragte sie wie beiläufig. *Frag nicht, warum. Frag nicht, warum.* »Wie kommt's?«

Ihr Mund tat einfach, was er wollte.

Colin sah sie an. »Du meinst, warum hat sie mich angerufen und nicht dich?« Allison fühlte sich ertappt, aber er wirkte in keiner Weise schadenfroh. Während er die Brille abnahm und sie mit seinem T-Shirt putzte, sagte er: »Sie hat sich nicht direkt bei mir gemeldet, sondern im Büro angerufen, während ich zufällig dort war, und Mei hat mich ans Telefon geholt.«

Allisons Anspannung ließ nach. Er hätte lügen und sich damit auf ewig über sie erheben können, aber er hatte ihre Gefühle über seinen Ehrgeiz gestellt. Sie drückte etwas stärker gegen seinen Arm. »Gib's zu«, meinte sie scherzhaft, »du hast dich absichtlich im Büro herumgetrieben in der Hoffnung, dass sie dort anruft.«

Colin sah kurz über die Schulter in Richtung der Studierenden, dann neigte er den Kopf ganz dicht an ihren. »Das … tue ich nur für dich.« Leicht wie ein Federhauch strich sein Atem über ihre Ohrmuschel. Und so schnell, wie er ihr nah gewesen war, war er wieder weg und marschierte mit ihrem Buch unter dem Arm vor dem Kurs auf und ab.

Der abrupte Wechsel machte sie ganz schwindelig, und ihr Körper spürte den Verlust seiner Nähe. Sie musste sich dringend setzen und schob sich vorerst auf den Tisch. Sie hätte schwören können, dass einige der Studierenden sie neugierig anstarrten. Bestimmt konnten sie sehen, wie heftig ihr das Blut in den Adern pulsierte. *Reiß dich verdammt noch mal zusammen, Avery.*

»Also …« Ihre Stimme klang belegt, so dass sie sich räuspern musste. »Ich nehme an, Wendy hat dir Anweisungen gegeben?«, erkundigte sie sich bei Colin

Er lachte. »Sie meinte nur, ich zitiere: ›Ihr zwei kriegt das schon hin.‹«

»Mist.« Allison biss sich auf die Lippe.

Colins Blick blieb an ihrem Mund hängen. »Ich weiß, dass du schon einen Plan hast.«

»Habe ich nicht.« Lüge.

In diesem Moment hätte ihr idealer Plan wohl gelautet, dass Colin sie gegen das Whiteboard presste und so innig küsste, dass sie nicht mehr wusste, wie sie hieß.

Du meine Güte! Kein Wunder, dass man ständig davor gewarnt wurde, Beziehungen mit Kollegen anzufangen. Das war ja die reinste Tortur.

Allison strich ihr Shirt glatt. Sie mussten jetzt schnell ihre Tutorenhüte aufsetzen und gefälligst dortbehalten. Sie festbetonieren, wenn nötig. (Oder mit Colins superstarkem Haargel festkleben.)

Colin verschränkte die Arme und drückte dabei ihr Buch gegen seine Brust. »Du hast *immer* einen Plan. Los, raus damit.«

Sie holte tief Luft, streckte den Rücken durch und nickte in Richtung Tafel.

»Ich dachte, wir könnten den Unterricht um die letzte Frage herum organisieren.«

Colin blätterte in ihrem Notizbuch. »Gefällt mir.«

»Wenn wir dann noch Zeit haben, könnten wir ihnen ein paar Zeilen aus der *Geschichte von Melibee* zu lesen geben.« Sie erklärte bewusst nicht, warum. Wenn sie nicht endlich ihren Rivalitätsgedanken aufgab, würde es zwischen ihnen nie funktionieren. Also musste sie aufhören, ständig beweisen zu wollen, dass sie schlauer und belesener war als er.

Er erstarrte. »Aus *welcher* Geschichte?«

»Der *Geschichte von Melibee*. Eine weitere Geschichte bei Chaucer.« Colin sah sie verständnislos an. »Die er als fiktiver Charakter bei dieser Pilgerreise selbst erzählt.«

Er schüttelte den Kopf.

»Hast du die *Canterbury Tales* nie komplett gelesen?« Bei einem Mediävisten käme das einer Todsünde gleich.

»Nein, nicht ganz.«

Sie strengte sich an, nicht verurteilend zu klingen. »Gut, dann übernehme ich einfach diesen Teil.«

Er runzelte die Stirn. »Das wirst du wohl müssen.«

Sie stand auf und strich ihm kurz über den Arm in der Hoffnung, dass diese Geste alles verriet, was sie im Moment nicht sagen konnte. »Warum machst du dann nicht einfach den Anfang?«

»Okay.«

Dann bat Colin den Kurs, die Gruppenarbeit zu beenden, und es dauerte ungefähr drei Sekunden, bis er ihre ungeteilte Aufmerksamkeit hatte. Als hätte er sie mit irgendeinem Bann beschworen.

Allison setzte sich hin, lehnte sich zurück und versuchte, Colin nicht als Rivalen, sondern als Kollegen zu beobachten. Als jemanden, von dem sie etwas lernen konnte. Er ging locker und entspannt auf dem Podium hin und her und sagte kein einziges Mal »ähm« oder »irgendwie« oder »genau« (was Allisons am meisten benutzte Wörter zu sein schienen, wenn sie ihre Tutorien hielt). Es war, als hätte er seinen Text komplett auswendig gelernt.

Offensichtlich hatte er inzwischen auch gelernt, sich kurz zu fassen, denn sein kleiner Vortrag dauerte nur zehn Minuten, wonach er zu Allison sah und sagte: »Das ist natürlich nur *ein* Mittel, durch das die Frau im Prolog Autorität erlangt. Aber es gibt noch weitere.«

Verdammt. Das war eine Emmy-Grammy-Oscar-Tony-würdige Überleitung, mit Potenzial für einen Pulitzer-Preis.

Allison erhob sich, stieg zu ihm aufs Podium und bekam Herzklopfen, als sie sich umdrehte und sah, dass alle Hände in der Luft waren.

Kapitel 28

»Als Katie oben in der letzten Reihe plötzlich erkannte, wie sehr es in der Erzählung auch darum geht, dass die Erfahrungen von Frauen bedeutsam sind …« Colin, der auf Allisons Couch saß, rekelte sich in demonstrativer Freude.

Nach ihrem überaus erfolgreichen Team-Unterricht hatte Allison beschlossen, dass es an der Zeit war, Colin zum Übernachten einzuladen. Wenn Sophie gezwungen wäre, sich mit ihm zu befassen, so dachte sie, würde sie schnell merken, wie sehr er sich verändert hatte. Und was Colin betraf, wollte sie unbedingt Sophies Rückhalt. Aus irgendeinem Grund sah Allison hier den Knackpunkt, um zwischen ihnen alles wieder ins Lot zu bringen.

Bei ihrer Ankunft war das Haus jedoch leer. Sophie hatte eine Nachricht am Kühlschrank hinterlassen, dass sie bei ihrem Wikinger übernachten werde. Wäre sie nicht sowieso ständig weg gewesen, hätte Allison vermutet, ihre Freundin ginge ihr absichtlich aus dem Weg.

Immerhin bedeutete das ungestörte Zeit mit Colin. Ihre heimlichen kleinen Berührungen und Flirtereien im Kurs hatten Allison ziemlich angetörnt.

Und so, wie Colin gerade mit dem Finger kleine Kreise auf ihre Kniescheibe malte, verstärkte er ihr Begehren nur noch. In letzter Zeit schien er sie rein instinktiv immer wieder berühren und streicheln zu müssen. Als wäre sie ein Teil von ihm. Als wären sie Bücher derselben Reihe, die im Regal nur nebeneinanderstehen konnten.

Als sie ihren Kopf an seinen Hals schmiegte und sein Kinn küsste, spürte sie, wie er lächelte.

»Ich musste mich bei ihrer Wortmeldung zusammenreißen, nicht loszujubeln«, sagte er.

»Ich meine, tatsächlich einen kleinen Juchzer von dir gehört zu haben«, sagte sie schmunzelnd.

Er grinste. »Das hast du gemerkt?«

»Alle haben es gemerkt. Aber der Moment, in dem ein Studierender durchschaut, worum es in einem Text geht, ist durchaus eines Juchzers würdig«

»So ist es!« Er sah sie an. In seinem Blick lag so viel Zärtlichkeit, dass seine sonst so scharfen Konturen wie weichgezeichnet wirkten. Allison neigte sich vor, um ihn zu küssen – lang und innig. Er legte einen Arm um ihren Rücken und hielt sie fest, als wären sie zwei fest miteinander vertäute Schiffe. Es wäre hoch romantisch gewesen, hätte nicht Monty zwischen ihnen gelegen und ihnen abwechselnd den Hals geleckt.

Allison musste lachen und rückte wieder von ihm ab. »Wir sollten uns ums Essen kümmern.«

Colin strahlte. »Ja, lass uns was kochen.«

»Äh, kochen gehört nicht gerade zu meinen Stärken.«

Er zwinkerte ihr zu (und sein Zwinkern fand Allison genauso heiß wie sein ständiges Irgendwo-Anlehnen). »Aber zu meinen.«

Binnen zehn Minuten hatte er alle Regale und Schubladen, die Vorratskammer und den Kühlschrank in ihrer Küche gesichtet und die Zutaten für Spaghetti Carbonara zusammengesammelt.

»Wir haben doch Nudeln«, sagte Allison, während sie Colin dabei beobachtete, wie er aus Mehl einen Hügel formte und eine Mulde hineindrückte.

»Frische Pasta ist viel leckerer.« Er schlug ein Ei in die Mulde und fing an, es mit einer Gabel zu verschlagen, wobei er immer mehr Mehl in die Masse rührte. »Komm, hilf mit.«

»Ich passe.« Allisons Kochkünste beschränkten sich darauf, Toast und Suppe anbrennen und die Flocken in ihrem Müsli zu Matsch werden zu lassen.

Colin streckte eine seiner bemehlten Hände aus und zog Allison an die Theke. Danach zierte eine feine weiße Manschette aus Mehlstaub ihr Handgelenk. Er stellte sich hinter sie, legte das Kinn auf eine ihrer Schultern und führte ihre beiden Hände, um ihr zu demonstrieren, wie man es machte. Sobald die Masse eine klebrig-cremige Konsistenz bekam, nahm er Allisons Hände, um den Teig zu kneten. Allison versuchte aufzupassen, aber sie nahm kaum etwas anderes wahr, als dass sein Becken von hinten gegen ihres drückte und sie sich derart aneinandergeschmiegt die ganze Zeit synchron bewegten. Ihr Körper schien vor Lust zu vibrieren.

Irgendwann hielt sie es nicht mehr aus, drehte sich zu ihm um und griff mit ihren teigverschmierten Händen nach seinem Hemd. Sie wollte ihn noch näher bei sich haben, noch mehr von seinem Körper spüren.

Als er sich gerade über sie neigte und ihr ein paar Haarsträhnen aus dem Gesicht schob, piepste plötzlich ihr Handy. Sie fuhren auseinander.

»Ach, da muss ich nicht ran.« Allison griff wieder nach seinem Hemd, aber er hatte sich schon umgedreht, um auf dem Display nach dem Anrufer zu schauen.

»Deine Mutter!«

»Meine Hände sind gerade ganz verschmiert. Ich rufe sie nachher zurück.« Sie hatte gerade keine Lust auf ein Update zu Jed oder irgendwelche Schuldzuweisungen. Nicht, während sie sich nichts sehnlicher wünschte, als Colins schmalen Körper in voller Länge auf ihrem zu spüren.

Er grinste spitzbübisch. »Oder ich gehe dran …«

»Nein, warte …«

»Hallo, Mrs. Av…«

Verdammt noch mal!

»Ach ja, stimmt. Entschuldige, Cassandra.« Er klemmte sich das Handy zwischen Schulter und Wange und wusch seine Hände in der Küchenspüle. »Sie steht direkt neben mir, aber wir machen gerade frische Pas…«

Was auch immer Allisons Mutter sagte, brachte Colin zum Lachen. »Nein, im Ernst! Ja, wer hätte das gedacht … Aber sie macht sich gut.«

Allison verschränkte die Arme und schmollte. Dass die zwei sich über ihre mangelnden Kochküste miteinander verbündeten, gefiel ihr gar nicht.

Er lächelte entschuldigend. »Soll ich ihr etwas ausrichten?« Allison hörte ihre Mutter nur bruchstückhaft, während Colin nickte. »Jepp. Okay. Verstanden. Sie ruft zurück, sobald sie nicht mehr bis zu den Ellbogen in Mehl und Eiern steckt.«

Allison widmete sich wieder der Teigmasse und fing an, sie wie Brotteig zu kneten. »Ich kann nicht fassen, dass du drangegangen bist.«

»Brr, stopp … warte.« Er kam zu ihr und legte schnell seine Hände auf ihre, damit sie aufhörte. »Wenn du so weitermachst, haben die Nudeln nachher die Konsistenz von Gummireifen. Ich übernehme mal.« Mit einer Drehung, als würden sie Walzer tanzen, tauschte er ihre Plätze. »Ich dachte, du und deine Mutter steht euch so nah?«

Allison zuckte die Schultern und setzte sich auf ein mehlfreies Stück Theke. »Tun wir auch.«

»Warum wolltest du dann nicht mit ihr sprechen?«

Sie schnappte sich ein wenig abtrünnigen Teig und formte davon eine kleine Kugel. »Weil sie in letzter Zeit über nichts anderes reden will als Jed.« Sie warf das Kügelchen in die metallene Spüle, wo es mit leisem *Plonk* abprallte. »Ich brauche mal eine Pause.«

»Hm, das kann ich verstehen.«

Mit dem nächsten Kügelchen traf sie versehentlich Colins Schläfe, und als er zusammenzuckte, rutschte ihm die Brille halb von der Nase. Allison musste lachen und stieß sich dabei den Kopf am Oberschrank.

Nun lachte auch Colin und rückte seine Brille wieder zurecht. »Ich sollte mir merken, lieber nicht in deiner Nähe zu sein, wenn du anfängst, mit Dingen um dich zu schmeißen. Von dem Scrabble-Stein neulich habe ich sicher noch eine Narbe.«

Bei der Erinnerung an jene Nacht wurde Allison ganz schwummrig. Es war fast eine Woche her, aber das Gefühl ihrer verschlungenen Körper und seiner Hände, die sie überall berührten … seiner Lippen … war noch so präsent, dass sie eine Gänsehaut bekam. Sie wünschte sich eine Wiederholung. Eine Neuverfilmung. Am besten eine Serie.

Sie rutschte näher und legte eine Hand auf Colins Arm. Seine Strickjacke hatte er schon vor einer Weile ausgezogen und die Ärmel seines karierten Hemdes bis zu den Ellbogen hochgekrempelt. Mit verführerischer Stimme sagte sie: »Ich schwöre, ich habe in die Spüle gezielt.«

»Dann lässt deine Treffsicherheit aber sehr zu wünschen übrig.«

»Vielleicht sollte ich es noch einmal versuchen. Übung macht den Meister.« Sie tat, als wollte sie direkt auf ihn zielen, aber Colin zog sie schnell in seine Arme und küsste sie. Während sie sich an ihn schmiegte, entwand er ihr den restlichen Teigklumpen und warf ihn zurück auf die Arbeitsplatte.

»He, du hast mich ausgetrickst«, protestierte Allison, als sie sich voneinander lösten.

Er grinste. »Warte nur ab, wie trickreich ich nachher sein werde.«

Um ihr Gesicht zu wahren, verdrehte sie die Augen (auf eine so billige Replik sollte niemand hereinfallen), tatsächlich aber hatte seine Ansage die beabsichtigte Wirkung. Unfassbar, wie sehr sie diesen mehlverschmierten Mann mit seiner fragwürdigen Flirtkompetenz begehrte!

Sie räusperte sich. »Hast du dir schon überlegt, was du machen wirst, wenn du Wendys Kurs übernehmen sollst?« Wenn sie nicht das Thema wechselte, würden sie ihr Abendessen nie zustande bringen.

Colin widmete sich erneut dem Pastateig. »Wieso? Hast du schon etwas?«

Natürlich. In Allisons Schlafzimmer lag ein Notizbuch mit drei Seiten voller Ideen.

»Ich möchte näher auf die besondere Bedeutung von Schönheit in Ritterromanen eingehen.« Auf diesen Gedanken war sie schon in ihrem letzten Jahr an der Brown gekommen, als sie einen Kurs über altfranzösische Liebesgeschichten besucht hatte. Dieser Aspekt passte wunderbar zu ihrer Analyse der *Geschichte des Ritters* und gäbe ihr die Chance, das Thema weiter zu ergründen. Und vielleicht war sie damit sogar schon auf dem Weg zu ihrem Dissertationsthema.

»Überleg doch mal: Die exzessive Schönheit der weiblichen Hauptfigur ist immer schuld an allem, was dem Ritter im Zusammenhang mit ihrer Rettung zustößt.« Wie immer wurde sie ganz aufgeregt, wenn sie einen guten und sinnvollen Analyseverlauf im Kopf hatte. Es war ein ähnlicher Adrenalinschub wie nach einem überwältigenden Kuss. »Mit anderen Worten: Das Schöne ist ein Biest.« Auf ihr Wortspiel war sie besonders stolz.

»Wow.« Colin schien ohne einen besonderen Fokus vor sich hin zu starren. »Da hast du ja schon deine ganze Erörterung ausgearbeitet.«

»Du etwa nicht?« Dachte er denn nicht die ganze Zeit darüber nach? Anscheinend musste sie ihm beibringen, was ein guter Plan wert war.

»Ich habe ein paar Ideen, aber ich weiß noch nicht, wofür ich mich entscheiden soll.«

»Erzähl.« Allison setzte sich gerade.

Verunsichert zögerte er einen Moment, dann atmete er schwer aus. »Okay. Erste Idee: Männlichkeit und Rittertum – heroisch oder toxisch?«

Allison winkte ab. »Das ist schon millionenfach abgehandelt worden.«

»Ach so ...« Colin fing an, den Pastateig mit kräftigen Bewegungen auszurollen.

Allison kniff die Augen zusammen und beobachtete ihn. Selbst wenn er auf dem Gebiet nicht so wahnsinnig belesen war, musste er doch wissen, wie überholt diese Idee war. Mehr als genug weiße Männer hatten Bücher über die weißen Männer in Mittelalterromanzen geschrieben. »Was ist die zweite Idee?« Sie knuffte ihn leicht und war froh, dass er nicht zurückwich.

»Die Beziehung zwischen Magie und Religion.«

»Was ist damit?«

»Da scheint es Ähnlichkeiten zu geben?«

»Das ist noch keine besonders aussagekräftige These.«

Colin presste die Kiefer zusammen. »Wahrscheinlich nicht.«

Entschlossen teilte er den flachen Teig mit dem Messer in Streifen. Dabei bewegte er sich so abrupt, dass das Messer laut über die Küchentheke schrammte und Allison sich dachte, das könne weder für die Theke noch für das Messer gut sein. »Offenbar habe ich also nichts«, brummte er.

Sie hielt seinen Arm fest, damit er aufhörte. »Du hast gesagt, du hättest drei Ideen.«

»Die letzte ist auch blöd.«

»Verrat sie mir.«

Er machte sich von ihr los und ging zur Spüle. »Erotik im vorpornographischen Zeitalter.«

»Oh.« Sie bekam große Augen. »Das gefällt mir.«

Colin lächelte zwar nicht, aber in seinen Augen schimmerte Hoffnung. »Ich dachte, es könnte interessant sein, darüber nachzudenken, wie bei Chaucer Sex beschrieben wird. Sex im Mittelalter – Lust oder Frust? Irgendwie so …«

Allison klopfte sich Mehl von den Leggings. »Hast du schon viel dazu gelesen?«

»Noch nicht. Wieso?«

»Also … die Erotik war damals eine andere. Die meisten Wissenschaftler lesen sie eher aus den mystischen Texten heraus als aus den Liebesgeschichten und der damals beliebten Literatur.«

»Dann lohnt es also nicht, den Gedanken weiterzuverfolgen?« Seine Stimme klang brüchig.

»Das habe ich nicht gesagt. Es ist ein faszinierender Ansatz. Um deine Interpretation zu stützen, musst du aber wahrscheinlich mehr in den Texten selbst forschen, als dich mit der Sekundärliteratur auseinanderzusetzen.« Sie strich sanft über seinen Arm. »Aber denk mal an den Spaß, den du dabei haben wirst.«

»Wie meinst du das?«

»Na, die ganzen Wortspiele und Andeutungen!« Sie senkte ihre Lider und sprach mit lasziver Stimme. »Seine mächtige Waffe stand aufrecht. Der Ritter schwang sein Schwert.« Sie machte eine obszöne Geste, um zu verdeutlichen, was sie meinte. »Sein Stab war lang und fest, bereit für den nächsten Zweikampf mit seiner Herrin.« Allison wackelte mit den Brauen und konnte sich vor lauter Kichern kaum halten.

Colin lachte nicht. Er stand reglos, die Hände auf der Küchentheke, und starrte vor sich hin. »Wow. Okay. Dann hältst du mein Thema also für lächerlich.«

»Was? Nein.« Allison runzelte die Stirn. »Ich mache doch nur Witze.«

»Auf meine Kosten. Weil du genau weißt, dass ich mit diesem ganzen Zeug längst nicht so gut bin wie du.«

Allison fuhr zurück. Das war das Letzte, woran sie gedacht hatte. »Das finde ich nicht.«

»Du musst nicht ständig demonstrieren, wie viel mehr du über mittelalterliche Literatur weißt.« Er hatte mittlerweile den Kochtopf mit Wasser gefüllt und hievte ihn jetzt von der Spüle zum Herd. »Ich hab es schon verstanden, glaub mir.«

So hatte sie das nie empfunden. Oder wenn sie es tatsächlich getan hatte, dann nur, weil er anfangs versucht hatte, seine eigenen Fähigkeiten hervorzuheben. Fast hätte sie ihn darauf hingewiesen, wie er immer mit seiner eigenen Lehrkompetenz angegeben hatte, doch dann fiel ihr ein, dass sie in diesem Bereich offiziell ja keine Probleme hatte. »Ich habe nichts demonstriert oder lächerlich gemacht«, murmelte sie stattdessen.

Als er die Pasta aufnehmen wollte, legte Allison ihre Hand auf seine. Colin erstarrte.

Heute im Kurs mit ihm zusammenzuarbeiten war grandios gewesen. Sie hatte das Gefühl gehabt, in seiner Gegenwart schnellere, klarere und komplexere Gedanken entwickeln zu können.

Aber so wie jetzt gefiel es ihr mit ihm noch besser. Es war natürlich und gemütlich, als würde die Welt sich passgenau um sie herumschmiegen. Mit Colin 2.0 in diesem vertraulichen

Ambiente konnte Allison durchatmen. Sie hatte nicht das Gefühl, zu viel zu sein. Oder nicht genug.

Sondern genau richtig.

Doch diese zwei Welten konnten offenbar nicht nebeneinander existieren. Colin und sie konnten nicht gleichzeitig Rivalen sein und ein Paar. Wahrscheinlich würden sie daran zerbrechen.

»Sollten wir vielleicht …« Sie atmete kurz durch. »Sollten wir vielleicht nicht mehr über Wendys Kurs reden? Diese ganzen Streitereien und Ungewissheiten und Übertrumpfungsversuche … Das fühlt sich zu sehr nach früher an. Dabei mag ich das hier …«, sie deutete auf ihn und sich, »… so viel lieber.«

Damals an der Brown hatte sie sich neben Colin klein gefühlt. Und er hatte sie die meiste Zeit als seine größte Konkurrentin betrachtet anstatt als seine Freundin, die er liebte und wertschätzte. Aber seit der Fahrt nach Maine (und eigentlich schon vorher) kam sie sich vor wie seine Enide – aus dem ersten Artus-Roman von Chrétien de Troyes. Und er als Erec würde es mit jedem aufnehmen, nur um zu beweisen, wie viel Enide ihm bedeutete.

Und das war es wert, bewahrt zu werden. Vielleicht sogar zu dem Preis, auf das Gewinnen zu verzichten …

Colin schürzte die Lippen. Sichtlich nervös fummelte er an seinen Brillenbügeln herum, doch dann sah er Allison direkt in die Augen. »Geht mir genauso.«

»Dann bist du einverstanden?«

Er nickte.

»Gut.« Etwas betreten fügte sie hinzu: »Nur eine Sache noch …«

»Was?«, brummte er.

»Mach das mit der Erotik.«

»Okay …«

Sobald er es gesagt hatte, ließ die Anspannung zwischen ihnen nach. Als hätten sie endlich die Stricke gefunden, die sie fesselten und daran hinderten, aufeinander zuzugehen, und sie endgültig entzweigeschnitten.

Colin legte das Messer weg, trat zu ihr und schlang die Arme um ihre Taille. Dabei verschmierte er feuchten Teig auf ihrem Shirt, doch sie achtete nicht darauf, sondern zog ihn noch näher an sich heran.

»Dann sollte ich mich von nun an auf die Recherche konzentrieren«, raunte er und fuhr sanft mit den Lippen über ihre Ohrmuschel.

Allison hakte ihre Füße hinter seinen Oberschenkeln zusammen. »Betrachte mich als offenes Buch, in dem du nach Herzenslust stöbern kannst.«

Kapitel 29

Da bis zu ihrem großen Auftritt in Wendys Kurs nur noch zwei Wochen blieben und auch das Pensum für die anderen Kurse höher war als je zuvor, hatte Allison wenig Zeit, um mit Colin oder ihrer Studiengruppe abzuhängen. Sie hatten sogar auf das letzte ihrer verordneten Samstagstreffen – diesmal bei Ethan – verzichtet (worüber sich allerdings keiner beschwert hatte), weil sie für ihren Kurs zu viktorianischer Geschichte eine kommentierte Bibliographie zusammenstellen mussten.

Und genau zu diesem Zweck saßen sie gerade zu fünft um Colins riesigen Esstisch.

Allisons Handy vibrierte. Sie brauchte eine Weile, um es unter all den Artikeln zu finden, die sie vor sich ausgebreitet hatte.

»Wie wäre es mal mit einer tragbaren Arbeitshilfe?«, meinte Ethan. »Du solltest dir wirklich einen Laptop gönnen.«

»Danke, ich bevorzuge meine tragfähige Arbeitshilfe – meinen Schreibtisch«, entgegnete Allison und fand endlich ihr Telefon.

MOM

Dein Vater sagt, du hättest dich noch kein einziges Mal bei ihm gemeldet. Er ist jetzt schon fast eine Woche zu Hause.

Allison war es leid, ständig ein schlechtes Gewissen eingeredet zu bekommen. Und dass ihre Mutter nicht akzeptierte, dass sie auf Distanz zu Jed gehen wollte. Sie tippte so heftig auf ihr Handy ein, dass zwei ihrer Stifte vom Tisch rollten. Dann stellte sie das Gerät auf stumm und stopfte es in ihre Handtasche.

Colin, der neben ihr saß, sah sie fragend an.

»Ich hätte mich an Unis bewerben sollen, die von Maine weiter entfernt liegen als Rhode Island«, brummte sie. Hinter Colin sah sie Ned, den Ritter, der sie aus leerem Visier überwachte wie eine mittelalterliche Version von Big Brother.

»Deine Mom?«

Allison nickte. »Ich wette, Standford ist um diese Jahreszeit auch ganz nett.« Oder Sibirien. Oder Narnia. Vielleicht auch Mittelerde oder Alices Wunderland. Camelot. Überall, wo sie keinen Handy-Empfang hätte.

»Da hätte ich einen Platz gehabt«, sagte Ethan, ohne von seinem Laptop aufzublicken.

Link hörte auf zu tippen und sah ihn an. »Damals für dein Grundstudium?«

Windbeutel schüttelte den Kopf. »Zum Promotionsprogramm. Ich habe von allen acht Unis, an denen ich mich beworben hatte, Zusagen bekommen: Harvard, Brown, Berkeley, Stanford, Princeton, Yale, Claymore, Northwestern.« Er zählte sie an seinen Fingern ab.

Colin zuckte fast unmerklich zusammen und schob mit unruhigen Händen seine Notizen von links nach rechts.

Allison mochte sich nicht vorstellen, wie er sich gerade fühlen musste. Ethans Liste übertraf selbst ihre eigene – überschaubare – Zahl an Unis, die sie angenommen hätten.

Sie tastete unter dem Tisch nach seinem Knie und drückte es kurz. Lieber hätte sie ihm einen Kuss auf die Schläfe gegeben, aber sie hatten ihre Beziehung noch nicht offiziell bekanntgegeben. Sie hatten sie sich noch nicht einmal gegenseitig klar bestätigt.

Colin hielt den Blick starr auf seine Unterlagen gerichtet.

»Ich habe mich dann wegen Isha Behi für Claymore entschieden. Obwohl sie mich in Berkeley praktisch angefleht haben, zu ihnen zu kommen.« Ethan sagte es so lapidar, als würde er eine Einkaufsliste vorlesen, was Allison unweigerlich herausforderte, sich nach einem passenden Wurfgeschoss umzusehen. Die Überheblichkeit dieses Typen sollte definitiv zurechtgestutzt werden.

Wie durch Ethans Angeberei angelockt, sprang unvermittelt Captain Pepper Jack auf den Tisch. Er dehnte seine langen orangefarbenen Beine und stolzierte quer über die Tischplatte, wobei er jedem Blatt Papier und jedem Stift, an denen er vorbeikam, einen kleinen Schubs gab. Als er bei Ethan ankam, ließ er sich auf seine Ausgabe von *Nicholas Nickleby* fallen und fing an, genüsslich daran herumzuknabbern. Mit seinem einen Auge beobachtete er Windbeutel aufmerksam, fast, als wolle er ihn zu einem Kommentar provozieren.

Colin stand auf. Die Stuhlbeine quietschten laut über den Boden. »Warte, ich bringe ihn weg. Er sollte eigentlich in meinem Schlafzimmer bleiben.«

Er hob den Kater hoch (und schob dabei – absichtlich, wie Allison vermutete – Ethans Buch zu Boden) und trug ihn nicht in Richtung seines Schlafzimmers, sondern in die Küche.

Allison entschuldigte sich unter dem Vorwand, ein Glas Wasser zu holen, und eilte ihm nach. Ihr noch volles Glas ließ sie dabei versehentlich auf dem Tisch stehen.

Colin stand vor der breiten Küchenspüle und starrte aus dem Fenster. Zu seinen Füßen rangelte Captain Pepper Jack mit einem Säckchen Katzenminze.

»Hey«, sagte sie leise. »Alles okay?«

Er räusperte sich und zog die Schultern hoch. »Ich muss nur den Kater versorgen.«

»Der ist aber nicht in der Spüle.«

Colin wirkte noch verkrampfter.

Allison stellte sich neben ihn und legte eine Hand an seinen Rücken. Sie versuchte, sich in sein Blickfeld zu schieben, aber er drehte den Kopf weg, so dass sie versuchen musste, über die Reflexion in der Fensterscheibe in seinem Gesicht zu lesen. »Wenn es wegen Ethan ist: Der ist ein Arschloch. Das wissen wir doch.«

»Jepp.« Seine Kiefermuskeln arbeiteten, während er die Schublade neben der Spüle aufzog, eine Handvoll Besteck herausgriff und es Allison in die Hände drückte. Löffel, Gabeln und Messer staken in alle Richtungen. »Wo wir schon einmal hier sind, können wir den Kuchen holen, den ich gekauft habe.«

»Colin.« Es fühlte sich an, als würde sie durch eine Glaswand mit ihm kommunizieren.

Sein Blick war hart. »Ich will nicht darüber reden. Vor allem nicht, während sie hier sind.«

Allison schloss die Augen und atmete einmal tief durch. Das war der alte Colin. Wenn er früher an der Brown frustriert gewesen war, hatte er auch immer dicht gemacht. Sie nicht an sich herangelassen. Lieber ihren Konkurrenzkampf verschärft, als sich mit dem akuten Problem zu befassen.

Sie wandte sich ab und drückte das Besteck gegen ihre Brust. Doch sie kam nur einen Schritt weit, bevor Colin sie am Arm zurückhielt.

»Es ist immer dasselbe, was mich fertigmacht«, sagte er. »Unsicherheit. Die Angst, dass ich im Grunde gar nicht hier hingehöre. Fünfundzwanzig Absagen und nur eine Zusage. Gegen Ethans Quote ist das ein Scheiß. Und ich bin sicher, bei den anderen sieht es ähnlich aus. Link hat wahrscheinlich zehn Zusagen bekommen.« Er schüttelte den Kopf. »Du sicher auch.«

Der Schatten des alten Colin verzog sich und ließ den Mann sichtbar werden, den sie jetzt kennengelernt hatte. Den sie unwiderstehlich fand in seiner Art, wie er einfach losredete und ihr sagte, was er dachte.

»Ganz und gar nicht«, antwortete sie. »Und wo jemand sonst noch angenommen worden wäre, zählt nicht im Mindesten. Wir sind an der Claymore, und hier gehören wir hin.«

Colin schob die Brille hoch und nickte. »Ich weiß. Ich weiß. Diese Unterrichtseinheit in Wendys Kurs macht mich ganz verrückt.« Er presste die Lippen zusammen. »Tut mir leid. Ich weiß, wir wollten nicht mehr darüber reden.«

Allison drückte seine Hand. »Das können wir aber, wenn du es willst.« Und sie meinte es ehrlich, unabhängig davon, wie schön es in den letzten Tagen gewesen war, sich keine Gedanken darüber zu machen. Es war, als würden sie nicht miteinander konkurrieren. Sie konnten einfach … zusammen sein.

Er schüttelte den Kopf. »Alles okay.« Wie um es zu beweisen, zog er Allison zu sich und legte sanft eine Hand um ihren Nacken.

Das Besteck klirrte zu Boden, als Allison es fallenließ, um ihre Hände um Colins Hals zu schlingen. Dass die anderen im Raum nebenan saßen, blendete sie völlig aus. Sie nahm nur Colin und sich selbst wahr, nur die Berührung seiner Finger auf ihrem Rücken, seine Zunge in ihrem Mund, den Geruch seines Haargels in ihrer Nase.

Sie taumelte rückwärts, immer weiter, bis sie gegen den Kühlschrank stieß.

Colin krallte sich in ihrem Shirt fest. Sein Kuss wurde intensiver, drängender. Als könne er alle negativen Gedanken aus seinem Kopf verdrängen, wenn er sie nur fest genug küsste.

Genau diese Erlösung wünschte sie ihm geben zu können, und sie erwiderte den Kuss mit derselben Intensität.

Ohne nachzudenken, ließ sie ihre Hand zwischen sich nach unten gleiten. Colin stöhnte leise, was sie als Einladung empfand, den Druck zu verstärken. Doch dann hörte Allison das denkbar Schlimmste.

Ethans Stimme. Die näher kam. »Colin, hast du eigentlich auch richtigen Alkohol im Haus?«

Ihnen blieb keine Zeit, sich voneinander zu lösen oder sonst irgendwie zu wappnen, bevor Ethan im Türrahmen erschien. Mit offenem Mund starrte er sie an. Allison fuhr sich durchs Haar, während Colin seine Jacke wieder über die Schultern zog.

»Was habt ihr da …?«

»Nichts«, erwiderten sie unisono.

Das schien der letzte Beweis gewesen zu sein, den Ethan gebraucht hatte. Er drehte sich um und kehrte ins Wohnzimmer zurück. Sofort stürzten Allison und Colin ihm hinterher und raunten zischend seinen Namen. Doch Ethan reagierte nicht darauf. Sobald er Link und Mandy sah, deutete er über die Schulter nach hinten und verkündete so plump und emotionslos, wie es seine Art war: »Die zwei ficken übrigens.«

Allisons klopfte das Herz bis zum Hals, und sie sah Colin an. Jetzt würden es alle erfahren. Alle würden sie nun genau beobachten – als wären sie Protagonisten einer Uni-Soap-Opera. Es würde zusätzlichen Druck erzeugen. Was auch immer zwischen ihnen war, würde kaputtgehen, noch ehe sie es selbst genau erkundet hätten.

Allison wollte protestieren, aber sie fand keine Worte, um es zu leugnen. Sie wollte nicht so tun, als würde zwischen ihr und Colin nichts sein. Und obwohl er unter seinen Sommersprossen bleich geworden war, sagte Colins Gesichtsausdruck, dass er ebenso empfand.

Bevor sie also etwas erwidern konnten, begann Mandy zu lachen. »Natürlich tun sie das.« Sie grinste Allison an, als würden sie dieses Geheimnis schon länger teilen.

Auch Link nickte. »Zwischen euch beiden war doch von Anfang an Hass-Flirten angesagt. Ich wundere mich, dass es so lange gedauert hat.«

Verständnislos blickte Allison in die Runde. Sie selbst hatte doch bis vor Kurzem gar keine Ahnung gehabt, was sie für Colin empfand. Wie hatten die anderen es erkennen können?

»Es ist … mehr als das.« Colin stellte sich neben Allison und nahm ihre Hand. »Stimmt doch, oder?«, flüsterte er leise, so dass nur sie es hören konnte. Die Unsicherheit in seiner Stimme ging Allison ans Herz. Sie zeigte ihr, dass sie diesen Weg gemeinsam gingen. Dass sie die alten Spuren auslöschen wollten, um neue zu finden.

»Genau. Wir sind …«, sie wollte es endlich aussprechen, um es in Stein zu meißeln, »… zusammen.«

Colin hob ihre Hand an die Lippen. »Absolut zusammen.«

Mandy strahlte. »Das ist ja noch viel besser.«

Sie setzten sich wieder an den Tisch, schoben ihre Hausaufgaben zur Seite und erzählten ihren Freunden, wie sie sich an der Brown kennengelernt und hier wiedergetroffen hatten. Und die ganze Zeit über hatte Allison das Gefühl, dass Mandys Worte absolut der Wahrheit entsprachen.

Denn ohne jeden Zweifel war es zwischen ihr und Colin viel, viel besser so.

Kapitel 30

Für einen Monat im Jahr wurde der Wetlands Trail im Roger Williams Zoo Park zu einem regelrechten Halloweenkürbis-Wunderland. Von innen beleuchtete Kürbisse aller Größen und Formen zeigten grinsende, grimmige oder geifernde Fratzen. In manche waren auf äußerst kunstvolle Weise gemäldeähnliche Portraits von Berühmtheiten, fiktive Charaktere oder Szenen und sogar Landschaften eingeschnitzt worden. Die Kürbisse säumten die Wege, hingen von Ästen, standen auf Zäunen oder Pfählen, balancierten auf Dächern und sonstigen Flächen. Im Prinzip war an jedem nur erdenklichen Platz ein beleuchteter Kürbis untergebracht, und alle leuchteten mit Mond und Sternen um die Wette.

Allison zog Colin zu einer Gruppe von Kürbissen, die wie Seeungeheuer aussahen, und inspizierte fasziniert das Monster von Loch Ness. Dann seufzte sie glücklich. »Ich liebe es hier!«

Seit ihrem ersten Studienjahr an der Brown besuchte sie dieses Kürbisspektakel regelmäßig. Halloween war sowieso schon ihre liebste Zeit im Jahr, aber die Kunstfertigkeit, mit der diese Kürbisse geschnitzt waren, und ihre schiere Menge verliehen diesem Ort eine ganz besondere und einzigartige Magie.

In zehn Tagen wäre es an Colin, in Wendys Kurs zu zeigen,

was er drauf hatte, und Allison hatte zur Ablenkung diesen Ausflug vorgeschlagen. Nach all der Lernerei konnten sie beide eine Auszeit gut gebrauchen, und weil Halloween in diesem Jahr auf einen Freitag fiel, war der Wetlands Trail der perfekte Ort für den Abend vor Allerheiligen.

Colin bewunderte einen Krakenkürbis. »Sieh dir mal die Details in den Tentakeln an. Ich kann so was nicht mal auf Papier zeichnen, und diese Leute ritzen solche Meisterwerke mit Messern, Feilen und was weiß ich in *Gemüse.*« Er küsste Allison sanft auf die Schläfe.

»Wahrscheinlich fangen sie auch mit einer Bleistiftskizze an«, mutmaßte Allison.

Colin machte ein empörtes Gesicht. Seine Brillengläser blitzten im Licht der funkelnden Kürbisse. »Zerstöre mir nicht meine Illusion.«

Sein nächster Kuss landete leicht und kitzelnd knapp vor ihrem Ohrläppchen. Allison schloss die Augen und erschauderte. Dieser Mund brachte sie ständig aus dem Konzept …

Als sie zum Rundweg zurückkehrten, rannte eine Gruppe Kinder in Superheldenkostümen an ihnen vorbei, wobei ihnen ihre mit Süßigkeiten gefüllten Tüten gegen die Beine schlugen. Tagsüber hatte es viel geregnet, und sie patschten durch die Pfützen, dass das Wasser nur so in alle Richtungen spritzte. Allison wischte sich ein paar Tropfen von ihrer gestreiften Chiffonbluse. (Vielleicht war es ein Fehler gewesen, sie in diesem halb unter Wasser stehenden Zoo anzuziehen, aber dies war immerhin ein Date, und sie wollte, verdammt noch mal, auch so aussehen.)

Sie sah den Kindern hinterher, als sie um die Ecke verschwanden. »In Kostümen hätten wir wahrscheinlich besser her gepasst.«

Colin schnaubte. »Ich *habe* ein Kostüm an.« Er zog seine Jacke am Revers auseinander und gab den Blick auf das darunterliegende T-Shirt mit großem rotem Kreuz auf weißem Grund frei – das Zeichen der Tempelritter.

»Ein T-Shirt ist aber kein Kostüm.«

»*Du* hast doch gesagt, ich soll das Schwert und den Schild im Auto lassen.«

Als er bei ihr aufgekreuzt war, hatte er ein Plastikschwert in der Hand gehabt, das nicht einmal so breit war wie sein Arm, und den dazugehörigen Schild hatte er sich an den Ellbogen gehängt wie eine Handtasche. »Dein Mangel an Perfektionismus war erschreckend.«

»Tja, dann werde ich mir beim nächsten Mal wohl meine eigene Rüstung schmieden lassen müssen.«

Allison blieb stehen und stemmte die Hände in die Hüften. »Wenn man bedenkt, dass ich einen großen Teil meiner Jugend damit verbracht habe, jede Nackenbeißer-Romanze mit spärlich bekleidetem Ritter auf dem Cover zu verschlingen, und jetzt in Vollzeit deren Ahnen studiere, finde ich, das ist das Mindeste, was du tun könntest.« Sie verschwieg, wie oft sie seinerzeit geträumt hatte, von einem heißen, galanten Ritter auf seinem Pferd mitgenommen zu werden.

Colin deutete eine Verbeugung an. »Dann schwöre ich, Milady, dass die nächste Rüstung, die ich anlege, authentisch sein wird.«

Zufrieden (und durch diese Vorstellung vielleicht ein wenig abgelenkt) hakte sie sich bei ihm ein. Obwohl ihre Fahrt nach

Maine erst zwei Wochen zurücklag, fühlte sich der Umgang mit ihm schon so vertraut an. Als wären sie seit Jahren zusammen – das Wort löste immer noch ein wunderbar kribbeliges Gefühl in ihr aus – und nicht erst seit vierzehn Tagen. Nicht, weil sie in alte Muster verfielen, sondern weil sie neue fanden, die schon immer dagewesen sein mussten und nur auf sie gewartet hatten.

Eine Weile marschierten sie friedlich schweigend nebeneinander her, unterbrochen nur durch einen gelegentlichen Kuss oder staunende Bewunderung, wenn ein Kürbis besonders schön gestaltet war. Irgendwann erreichten sie das Ende des Spazierwegs und reihten sich in die Schlange vorm Imbiss ein. Der Duft nach Pommes Frites und Donuts war zu verlockend. Allison hatte tagsüber so intensiv an ihrer PowerPoint-Präsentation für ihren Vortrag in Wendys Kurs gearbeitet, dass sie ganz vergessen hatte, zu Mittag zu essen.

Während sie die Speisekarte studierte, die über dem Fenster zum Bestellen hing, hörte sie plötzlich eine Stimme, die denkbar unwillkommen war.

Cole. Nur ein paar Meter vor ihnen. Laut lachend.

Blitzschnell drehte Allison ihm den Rücken zu. Das Herz schlug ihr bis zum Hals, sie konnte kaum schlucken. Nur wenige Stunden zuvor hatte sie ihn aus ihrem Unterricht werfen müssen, weil er ständig gestört hatte, und er war der letzte Mensch, dem sie hier begegnen wollte. Vor allem mit Colin an ihrer Seite, der immer noch glaubte, ihre Tutorien liefen super.

Sie fasste seine Hand und zog ihn aus der Warteschlange. »Wir sind ja noch gar nicht bei den Elefanten vorbeigegangen.

Die *liebe* ich. Die sind wie überdimensionale haarlose Hunde. Mit ihren großen Ohren …« Sie plapperte ebenso schnell, wie ihr Herz raste. Cole durfte sie nicht sehen. Sie hatte keine Ahnung, was sie außerhalb ihres Unterrichtsraums zu ihm sagen sollte, in dem sie wenigstens noch ein bisschen Autorität hatte. Und dann würde Colin Fragen stellen, und sie würde lügen müssen. Oder die Wahrheit sagen. Und keins von beidem war gerade eine Option für sie.

»Ja, und sie stinken auch ganz furchtbar«, ergänzte Colin und sah sich sehnsüchtig nach dem Imbiss um.

Sie ignorierte seinen Blick und zog fester an seinem Arm. »Komm schon. Je eher wir dort sind, desto eher können wir auch wieder zurück.«

»Wir könnten auch *zuerst* etwas essen und *dann* zu den Elefanten gehen …«

»Colin.« Sie spähte ihm über die Schulter. Cole und seine Entourage hatten ihr Essen bekommen und setzten sich in ihre Richtung in Bewegung.

Allison ging schneller. Colin musste fast laufen, um mit ihr Schritt zu halten.

Da waren schon die Mähnenschafe. Und daneben das Pinselohrschwein. Gleich hinter der nächsten Ecke würden die Elefanten sein. Mit vielen hohen Mauern und Nischen zum Besichtigen und vielen Möglichkeiten, sich zu verstecken, bis Cole verschwunden wäre.

Sie waren nur noch wenige Schritte vom Gehege entfernt, als Colin abrupt stehenblieb. Sie sah ihn an und deutete über ihre Schulter: »Wir sind glei…«

Der Rest des Satzes blieb ihr im Halse stecken, denn es war zu spät. Cole und seine Bande standen bei den Pinselohrschweinen, und das einzige Hindernis zwischen ihnen war ein bloßer Jägerzaun. Er würde sie sehen. Was würde er tun? Was, wenn er erwähnte, dass sie ausgerastet war und ihn hinausgeworfen hatte? Sie war sicher, dass Colin in seinen Tutorien noch nie die Geduld verloren hatte. Wahrscheinlich hatte ihn auch noch nie jemand aus dem Kurs unterbrochen. Wie sollte er sie weiterhin für eine gute Lehrerin halten, wenn er wusste, wie es in ihrem Unterricht tatsächlich zuging?

Allison tat das Einzige, was ihr in diesem Moment zu ihrer Rettung einfiel: Sie stürzte auf Colin zu und schlang die Arme um seinen Hals. Sie stellte sich vor, dass es spontan wirkte. Leidenschaftlich. Romantisch. Sie würden sich in sternenklarer Nacht neben den flackernd tanzenden Lichtern wunderschöner Halloweenkürbisse küssen …

Dann aber stieß sie mit der Nase gegen seine Wange und stöhnte erschrocken auf, was wie ein unattraktives Grunzen klang. Aber das war noch nicht das Schlimmste, denn Colin verlor die Balance und fiel in die riesige Pfütze hinter ihnen. Und zu allem Überfluss riss er Allison mit sich.

Die Pfütze war matschig und kalt, Dreckwasser spritzte ihr in Gesicht und Haare, durchnässte ihre Jeans und die Bluse.

Colin saß reglos und mit ausgestreckten Beinen neben ihr wie eine schnurlose Marionette. Ein zum Leben erweckter Pinocchio, der den Mund auf und zu klappte, ohne dass etwas herauskam.

Verstohlen hielt Allison unter ihren Zuschauern nach Cole Ausschau. Ein oder zwei der Umstehenden schossen ein Foto, andere lachten. Niemand kam auf die Idee zu helfen. Aus dem

Augenwinkel entdeckte sie Coles Red-Sox-Jacke, die gerade um die Ecke verschwand.

Natürlich war er den anderen Weg gegangen. Er hatte sie überhaupt nicht wahrgenommen.

»Was sollte *das* denn?« Colin fuhr sich über die Augen und verteilte dabei den Matsch im ganzen Gesicht.

Allison wurde rot. Sie hatte ihnen ganz umsonst ein Schlammbad beschert. »Ich wollte die Elefanten sehen«, murmelte sie kleinlaut und hievte sich beschämt auf die Füße.

»Und vor ihnen rumknutschen?« Auch Colin erhob sich und wrang seine durchnässten Jackenärmel aus. Wie Regen platschten die Tropfen in die Pfütze.

»Es hat mich einfach überkommen«, erwiderte sie hilflos.

»Allison.«

Seufzend trat sie gegen einen Stein. Sie hatten vereinbart, über nichts zu sprechen, das mit Wendys Kurs zu tun hatte. Wahrscheinlich war das der Grund, weshalb es zwischen ihnen so gut lief. Kein Wettbewerb. Keine Konkurrenz. Und sie hatte Colin schon seit Wochen nicht mehr anlügen müssen. Die Vorstellung, es nun wieder zu tun, sorgte für einen Klumpen in ihrer Kehle. Den sie nicht einfach ignorieren konnte und wollte.

»Cole ist hier.« Ein kalter Windstoß fegte über den Weg, und sie schlang ihre nassen Arme um den Oberkörper.

»Aus Wendys Kurs?«

Sie nickte. »Und aus einem meiner Tutorien.«

Ernst sah Colin sie an. »Soll er nicht sehen, dass wir zusammen sind?«

»Nein, das ist es nicht. *Alle* sollen sehen, dass wir zusammen sind. Ich wollte nur nicht, dass Cole *mich* sieht.«

»Warum?«

Sie ließ die Schultern hängen. Sie wollte es nicht laut aussprechen.

»Allison.« Colin sprach ihren Namen so sanft und ermutigend, dass ihre Anspannung nachließ und sie sich traute, die Wahrheit zu sagen.

»Ich bin keine gute Lehrerin.«

»Was meinst du damit? Natürlich bist du das.«

Er wollte ihre Hände nehmen, doch sie versteckte sie hinter ihrem Rücken. Sie mochte ihn jetzt nicht berühren – das Thema war ihr zu unangenehm.

»Ich war nicht ehrlich, was meine Tutorien angeht.« Sie lehnte sich gegen den nächsten Zaun. »Ich bekomme meine Studierenden kaum zum Reden. Manche von ihnen, wie Cole, hören mir nicht einmal zu. Ich weiß einfach nicht, was ich falsch mache. Vielleicht weiß ich nicht, wie man gute Fragen stellt, oder sie haben kein Vertrauen zu mir, oder ich bin langweilig, oder …« Sie zuckte die Schultern. Sie konnte alle möglichen Gründe für ihr Versagen auflisten, aber das löschte ihre Lügen nicht aus. Ihr wurde schwer ums Herz. »Ich kann es einfach nicht.«

Noch nie war ihr etwas so dermaßen schwergefallen. Wenn sie vor ihren Studierenden stand und sah, dass die Hälfte von ihnen auf ihre Handys starrten oder am Laptop andere Aufgaben bearbeiteten und die andere Hälfte lustlos herumkritzelte, löste sich ihr Selbstvertrauen in Luft auf. Es war, als würde die kluge, selbstsichere Version ihres Ichs verschwinden – weil sie nur Fassade war. Seit ein paar Wochen zweifelte sie an genau jenen Teilen ihrer Persönlichkeit, auf die sie immer so stolz gewesen war, und sie fürchtete, dass Colin jetzt, wo er die Wahrheit kannte, sie auch anzweifeln würde. »In den ersten Wochen war zwischen uns dieser heftige Konkurrenzkampf. Ich konnte nicht zulassen, dass du mich für nicht gut genug hältst, also habe ich gelogen.« Sie ballte die Fäuste. »Dann, nachdem es zwischen uns … anders wurde, hatte ich gehofft, dass es sich allmählich bessert und meine Behauptungen zur Wahrheit würden.« Doch das war nicht passiert. Und nun fürchtete Allison, dass es nie passieren würde.

Colin verschränkte die Arme. »Und warum erzählst du es mir jetzt?«

Das war nicht die Frage, die Allison erwartet hatte. Vor lauter Nervosität dauerte es ewig, bis sie eine Antwort formulieren konnte. »Weil wir …« Sie räusperte sich. »Wir … *du* verdienst es, dass ich ehrlich bin.«

»Du hättest es mir schon früher sagen können.«

Nach der Fahrt zu ihrer Mutter wäre es vielleicht möglich gewesen, aber vorher nicht. Vorher hätte er jede ihrer Schwächen zu seinem Vorteil genutzt.

Oder unterstellte sie dies dem alten Colin? Ihre Vergangenheit war ein solcher Morast, dass Allison nicht sicher wusste, wann genau er zu dem Mann geworden war, der jetzt vor ihr stand. »Ich sage es dir jetzt.«

Sein Adamsapfel hob und senkte sich beim Schlucken, während er sie unverwandt ansah. Er wirkte … nicht verärgert, sondern aufgewühlt. Als wisse er nicht, was er tun sollte. »Allison.«

Sie trat einen Schritt auf ihn zu. Die kalten Klamotten ließen sie frösteln.

»Ich …« Er nahm die Brille ab und putzte die Gläser mit einer trockenen Stelle seines T-Shirts. »Ich verstehe, warum du das Gefühl hattest, lügen zu müssen. Aber das war das alte Wir.« Er nahm ihre Hand und hob sie behutsam an die Lippen, so wie er es immer tat.

Sein warmer Atem hauchte sanft über ihre kalte Haut. Sie fühlte sich durchschaubar und verletzlich, nun, da die letzte ihrer Lügen offenbart war. Nichts stand mehr zwischen ihnen. »Und das neue Wir ist anders.«

Er küsste erst ihre Fingerknöchel, dann ihre Handfläche. Sie spürte sein Lächeln auf ihrer Haut. »Definitiv.«

Früher hätte der Kampf um den Platz als Wendys Mentee gereicht, um sie auseinanderzubringen. Doch die neue Version ihres »Wir« war stärker und widerstandsfähiger. Sie war sicher, dass es alles überstehen würde. Orkane. Tornados. Das Promotionsstudium.

Was auch immer nach ihrer Präsentation in Wendys Kurs geschehen würde, wie immer Wendy sich entschiede, sie würden damit fertigwerden. Als Team, nicht als Rivalen. Solange sie nur zusammen waren, wäre alles gut.

Allison schmiegte sich an ihn. Der Arm, den Colin ihr um die Schultern legte, war stark und verlässlich.

Er zog Allison dicht an seine Seite und sagte: »Lass uns eine heiße Schokolade trinken. Diese Elefanten sehen aus, als wäre ihnen deutlich wärmer als uns.«

Kapitel 31

Der fröhliche Refrain eines alten Twist-Songs tönte aus Colins Autolautsprechern. Während er durch die endlosen Einbahnstraßen von Providence navigierte, nickte er im Takt dazu. Seit er Allison abgeholt hatte, hatte er nicht mehr aufgehört zu grinsen.

Sie konnte diese unbekümmerte Fröhlichkeit nicht nachvollziehen. Bis zu ihren Vorträgen waren es nur noch wenige Tage, sie hatten unendlich viel für ihre Kurse zu tun, und Allison fühlte sich schon bei dem bloßen Gedanken an all das überfordert. Ob sie gerade im Seminar war oder sonst wo: Immer gab es etwas, das sie erledigen *könnte* – die Leseliste abarbeiten, die Hausaufgaben ihrer Studierenden korrigieren, noch mehr recherchieren, um ihre PowerPoint aufzupeppen … Ihre Zeit fühlte sich nur noch fremdbestimmt an. Und bei den seltenen Gelegenheiten, zu denen sie sich mal eine Auszeit gestattete, sorgte sie sich unentwegt, wie lange sie brauchen würde, um all das wieder aufzuholen.

Und genau das tat sie auch jetzt, während draußen die beleuchteten Restaurants und Geschäfte vorbeihuschten.

»Wo fahren wir denn hin?« Was Allison eigentlich wissen wollte, war, wie er mit seinen Vorbereitungen zurechtkam, und warum zum Teufel *er* nicht ausflippte. Aber sie hatten ja versprochen, alle Uni-Themen aus ihrer Beziehung herauszuhalten, und daran wollte sie sich halten, so neugierig sie auch war.

Also versuchte sie, sich lieber auf die Überraschung zu konzentrieren. Colin hatte nichts weiter angekündigt, als dass sie ein Kleid anziehen solle, und im Moment fuhren sie durch einen Teil der Stadt, in dem sie noch nie gewesen war. Das Abendessen lag schon hinter ihr – und sie hatte keine Ahnung, was sie erwartete.

Colin tat, als würde er vor seinem Mund einen Reißverschluss zuziehen und einen Schlüssel aus dem Fenster werfen.

»Du weißt schon, dass Reißverschlüsse keine Schlüssel haben, oder?«

Seufzend griff er zum Fenster, als würde er den Schlüssel zurückholen, drehte ihn ein paarmal einem seiner Mundwinkel herum und warf ihn dann erneut nach draußen.

Allison schnaubte. »Ich bin sicher, du hast ihn so oft herumgedreht, dass du am Ende wieder aufgeschlossen hast.«

»Ich hasse dich«, sagte er trocken, aber das Leuchten in seinen Augen sprach das genaue Gegenteil.

Wenige Minuten später fuhr er auf den Parkplatz vor einer Ladenfront. Auf dem Schild über dem Eingang stand *Katrinas Tanzschule*. Colin stellte den Motor ab und grinste Allison an. »Ich dachte, es wird Zeit, dass wir etwas anderes lernen als den Cowboy Hustle.«

Sie bekam große Augen. »Ist das dein Ernst?« Tanzstunden, vor allem solche, in denen sie vorhersehbar schlecht sein würden, waren das Letzte, womit sie im Moment ihre Zeit verbringen sollten.

Colin legte eine Hand auf ihr Knie. Bis zu dieser Berührung war ihr nicht aufgefallen, wie heftig sie damit gewippt hatte. Himmel, sie war wirklich ganz und gar überspannt. »Ich glaube, es würde uns beiden guttun, uns mal auf etwas anderes zu konzentrieren. Selbst, wenn es nur für eine Stunde ist.« War sie die ganze Woche so aufgedreht gewesen und hatte es nicht einmal gemerkt? So sehr, dass Colin sich bemüßigt gefühlt hatte, ein »Heilmittel« zu finden?

Sie sah erneut auf das Schild. »Aber da hätten wir doch auch ins Kino gehen können.« Oder besser noch: sich betrinken oder Sex haben (am besten beides). Irgendetwas, das buchstäblich die Chemie in ihrem Hirn veränderte und den panischen Teil betäubte.

Colin öffnete seine Tür. »Ich dachte, wir brauchen etwas mit mehr Action.« Bevor er ausstieg, hob er ihre Hand wieder auf diese unnachahmliche Weise an seine Lippen, die sie zu Wachs werden ließ. »Außerdem war dieser Abend damals mit dem Line Dance so …« Er schüttelte den Kopf und küsste erneut ihre Hand.

So … wie? Unglaublich? Magisch? Unvergesslich? Sie wollte, dass er den Satz beendete, aber er streifte nur ein drittes Mal ihre Hand mit seinen Lippen und bedeutete ihr, ihm zu folgen.

Allison wurde warm ums Herz. Wann immer sie sich an diese Nacht erinnerte, musste sie daran denken, wie gut sie sich verstanden hatten. Nicht nur, dass sie viel gelacht und Spaß miteinander gehabt hatten, sie hatten Hand in Hand gearbeitet, das perfekte Team. Colin hatte sich zuverlässig an die Schritte erinnert und Allison sie mit ihrem guten Taktgefühl im Rhythmus gehalten. Wenn sie es zu der Zeit schon geschafft hätten, mehr aufeinander einzugehen und ihre Rivalität hintanzustellen, hätten sie auch damals schon etwas Besonderes haben können. Sie hätten die letzten zwei Jahre nicht vergeuden müssen.

War das der Grund, weshalb Colin diesen Abend heraufbeschwor? Um ihr zu zeigen, dass sie ein gutes Team waren? Dass, egal was nach dieser Woche passierte … wie auch immer Wendy sich entschied, sie diese Beziehung aufrechterhalten konnten, wenn sie es nur wollten? Wenn sie entschieden, dass es die Mühe wert war?

Während sie Colin zum Eingang zur Tanzschule folgte, merkte sie, dass sie immer sicherer wurde, dass es so war.

In der folgenden Stunde gab eine ebenso freundliche wie geduldige Katrina ihr Bestes, um den zwei am wenigsten begabten Menschen der Welt einen einfachen Walzer und einen Anfänger-Samba beizubringen.

Trotz ihrer plattgetretenen Zehen schafften es Allison und Colin nach einiger Zeit, das Grundprinzip des Walzerschritts halbwegs zu verinnerlichen.

Mit dem Samba sah das schon anders aus. Die Musik war zu schnell und zackig, die Schrittfolge zu kompliziert, und bei der Partnerarbeit war mehr gefordert, als nur die Hände in der richtigen Höhe zu halten. Allison musste sich sehr zusammenreißen, um nicht kichernd zusammenzubrechen, wenn Colin die Hüften kreisen ließ, und fiel jedes Mal hin, wenn er sie in eine tiefe Figur sinken ließ.

Nur zwischendurch gab es ein paar Takte, die sie ganz gut hinbekamen: einige Cha-Cha-Schritte mit einer Folge kreisender Hüftbewegungen, nach denen Colin sie in eine Drehung führte. Die meiste Zeit über kamen sie sich vor wie neugeborene Kälber, die noch keine rechte Kontrolle über ihre Beine hatten, doch bei dieser Abfolge fühlte Allison sich wohl. Sogar sexy.

In der letzten Viertelstunde ließ Katrina sie allein üben. Sobald sie den Raum verlassen hatte, verringerte Colin die Distanz zu Allison, so dass sie gemeinsam die Hüften kreisen ließen und sich aneinander pressten, als wollten sie sich nie mehr loslassen.

Dann neigte er sein Gesicht über diese zarte Stelle zwischen Schulter und Hals, deren Berührung automatisch Schauer der Erregung in ihr auslöste. »Ich glaube, diesen Schritt müssen wir noch einmal üben«, flüsterte er rau.

»Meinst du diesen?« Auch ihre Stimme klang vor Begierde leicht belegt. Sie wiegte ihren Körper hin und her, und Colin folgte jeder Bewegung.

Die fünfminütige Fahrt zu Allisons Haus war die reinste Qual, bis Colin endlich in ihre Auffahrt fuhr. Am liebsten wäre sie sofort ins Haus gesprintet, wartete jedoch, bis er ihr die Beifahrertür öffnete. Während sie ausstieg, umfasste er ihr Gesicht mit beiden Händen und küsste sie.

Begierig erwiderte sie seinen Kuss. Ihre Zungen bedrängten und umspielten einander, so wie sie auch mit dem Körper überall Kontakt suchten und sich nicht mehr voneinander lösen wollten.

Der Weg bis in ihr Zimmer war definitiv zu weit, aber gleich hinter der Eingangstür stand neben der Treppe ein Tisch. Allison setzte sich darauf, während Colin seine Hose abstreifte. Sie war dermaßen erregt und bereit, dass sie fast schon kam, als er nur in sie eindrang.

Dieses innige Gefühl des Zusammenseins war überwältigend. In Colins Armen fühlte Allison sich sicher und geborgen, wie zu Hause, auch wenn ihr Herz so wild klopfte, als wäre sie gerade zu neuen, unbekannten Ufern aufgebrochen, die sie schon immer hatte sehen wollen.

Eine Stunde – und eine zweite Runde – später lagen sie in Allisons Bett. Im Hintergrund erklang das leise Murmeln der Wiederholung irgendeiner Krimiserie, und das gedimmte Leuchten des Fernsehbildschirms schimmerte auf die zerwühlten Laken und ihre verschlungenen Beine.

Allisons Kopf lag an Colins Schulter, und er drehte eine ihrer Haarsträhnen um den Finger.

»Erzähl mal«, sagte er leise, »was gibt es Neues von deiner Mutter?«

Abrupt und mit einem Laut zwischen Quietschen und Kreischen richtete Allison sich auf und zog die Bettdecke über die Brust. »Sprich nicht von meiner Mutter, wenn ich nackt bin.«

Er musste lachen. »Oh, entschuldige.« Es bedurfte einiger Überredung (und einer Menge zärtlicher Küsse), um sie dazu zu bewegen, sich wieder hinzulegen. »Aber da ich sie nun schon erwähnt habe: Läuft es wieder besser zwischen euch? Hat Mrs. Avery aufgehört, ständig von deinem Vater zu reden?«

»Du sollst meine Mutter doch Cassandra nennen.«

Colin hob die Hände. »O nein. Vielleicht, wenn wir verheiratet sind, aber bis dahin sind die Eltern von Partnern strikt Mr. oder Mrs. oder ein gender-neutrales Äquivalent.«

Allison musste vor Schreck husten und drehte sich auf den Bauch, um Colin besser ansehen zu können. »Wenn wir *was* sind?«

Er wurde rot bis über die Ohren und versuchte, sich ein Kissen vors Gesicht zu halten, aber sie zog es wieder weg. »Ich meinte nicht … also nicht du und ich, also *wir beide* … sondern so ganz allgemein … wenn *man* verheiratet ist. Ich würde niemandes Eltern mit Vornamen anreden, bis sie offiziell meine Schwiegereltern sind. Das ist es, was ich meinte.«

Allison hatte großen Spaß daran, ihn in seiner Verlegenheit noch ein wenig zu traktieren. »Wir haben noch nicht einmal darüber gesprochen, ob ich überhaupt heiraten will,« sagte sie. »Hast du auch schon Kinder geplant? Denn ich will definitiv keine.«

Jetzt zog Colin die Bettdecke über sein Gesicht. »Ich meinte nicht *uns*«, beharrte er, durch die Stofflagen gedämpft.

»Wie soll denn mein Hochzeitskleid aussehen? Und wo findet die Hochzeit statt? Hast du einen Binder? Darf ich den mal sehen?«

Schon zum zweiten Mal an diesem Abend knurrte Colin: »Ich hasse dich«, aber Allison ließ nicht locker.

Lachend sagte sie: »Gib's zu: Du *liiieeebst* mich!«

Colin ließ die Decke sinken und sah sie aus großen Augen an. Sein Mund zuckte leicht, und sein Gesicht wurde vollkommen ernst. Als er wieder sprach, war seine Stimme kaum lauter als der Fernseher. »Was, wenn es so wäre?«

Nun war sie es, die nach Worten rang. »Wie bitte?«

»Wäre das so seltsam?«

Sie sah ihn an. War das ein Scherz? Sie wagte nicht zu antworten, ehe sie nicht sicher war. Denn tatsächlich wären ihr diese Worte auch schon ein paarmal fast herausgerutscht.

Sie hatte ihn schon einmal geliebt. Es wäre so leicht, wieder dorthin zurückzukehren.

»Meinst du das ernst?« Sie lagen einander zugewandt, als würde ein unsichtbares Band sie immer näher zueinander ziehen.

»Allison.« Sein Blick hielt ihren fest. »Ich kann mich nicht in dich verlieben. Diesen Weg kann ich nicht mehr gehen. Denn ich bin längst dort. Ich habe nie aufgehört, dich zu lieben.«

Es kam so unvermittelt, dass es sie umgehauen hätte, hätte sie nicht bereits gelegen. Sie wollte vor Gefühl zerfließen, wollte in ihn hineinfließen, sich ihm hingeben. Sie schob sich ein Stück höher, bis sie auf Augenhöhe waren, und küsste ihn.

»Ich liebe dich auch«, flüsterte sie.

Kapitel 32

Zwei Abende später saß Allison auf Mandys Couch und schüttelte ihr Handy, als könnte sie so eine Nachricht herauslocken.

Abgesehen von einem erneuten Update zu Jed von ihrer Mutter hatte es den ganzen Tag keinen Mucks von sich gegeben. Zweimal hatte sie die Lautstärke überprüft, das Gerät aus- und wieder eingeschaltet, ebenso den Router, aber alles schien intakt zu sein. Offenbar war es einfach so, dass sie keine Nachricht von jemandem (genauer gesagt: Colin) bekommen hatte. Ihr *Guten-Morgen*-Gruß an »Unbekannt« wartete im Chat einsam und verlassen auf Antwort.

Mandy blickte von ihrer Kreuzstickerei auf und runzelte die Stirn. »Ich glaube nicht, dass das wie ein Polaroid-Bild funktioniert.«

»Weißt du eigentlich, dass das ein Mythos ist?« Die Nadel, die sie gerade durch den Stoff stach, erwischte sie am Daumen. Allison verzog das Gesicht – sie sollte sich wirklich bald mal einen Fingerhut besorgen. Oder aufhören, mit spitzen Gegenständen zu hantieren, wenn sie gestresst war.

»Was ist ein Mythos?«

»Dass man Polaroid-Fotos schütteln muss. OutKast hat mit seinem Song eine ganze Generation angelogen.« Das hatte Colin ihr erzählt. Colin … Sie bekam einen Kloß im Hals.

Mandy schürzte die Lippen. »Gut zu wissen. Werde ich mir merken.« Sie tippte sich gegen die Schläfe. »Aber im Ernst: Was machst du da mit deinem Handy? Seit dem Essen fummelst du dauernd daran herum.«

Allison legte ihre Stickerei beiseite und ließ sich tiefer in Mandys urgemütliches Sofa sinken. »Ich habe den ganzen Tag noch nichts von Colin gehört.«

Und am Montag im Grunde auch nichts mehr. Sie hatten zusammengekuschelt in Allisons Bett gelegen, immer noch ein wenig außer Atem von ihrem Liebesgeständnis-Sex, als Colins Tante anrief. Was sie sagte, konnte Allison nicht hören, aber Colin war schlagartig erblasst. Noch während er telefonierte, zog er sich die Hose an. »Sie brauchen mich bei Charlie«, sagte er, nachdem er aufgelegt hatte.

Auch Allison war aufgestanden und suchte in der Dunkelheit nach ihrer Unterwäsche. »Was ist los?«

»Ich weiß es nicht genau.« Er sammelte seine Sachen zusammen und stopfte sie in seinen Rucksack.

Allison zog die Kommodenschublade auf. »Was soll ich mitnehmen?«

»Wofür?«

»Na, ich komme doch mit.«

Colin nahm ihre Hand und drückte sie. »Das ist lieb gemeint, aber heute nicht. Es ist spät. Und nachts ist er meist nicht er selbst. Manchmal wird er dann gemein. Ich möchte nicht, dass du ihn so erlebst.«

Allison sank in sich zusammen. Ihr war, als würde er ihr eine Tür vor der Nase zuschlagen. »Melde dich bitte und sag Bescheid, was los ist.«

»Natürlich.« Der flüchtige Kuss auf ihre Stirn, bevor er die Treppe hinuntereilte, war nicht sonderlich beruhigend.

Und das war das letzte Mal, dass Allison ihn gesehen und, abgesehen von ein paar knappen Nachrichten gestern, von ihm gehört hatte.

»Hm. Komisch. In Viktorianischer Literatur war er auch nicht, oder?«, hakte Mandy nach.

»Er hat all seine Kurse verpasst.« Im Moment war Allison nicht einmal sicher, ob er morgen seine Lesung bei Wendy halten würde. »Es ist irgendwas mit seinem Großvater.«

Nun legte auch Mandy ihr Stickzeug weg. »Mist. Was ist los?«

Als Colins feste Freundin sollte Allison das wissen. Sie sollte über alles informiert sein, was ihm Stress und Sorgen bereitete, so wie er solche Dinge von ihr wusste. Doch sie konnte nichts weiter tun, als mit den Schultern zu zucken. »Ich weiß, dass er dement ist, aber es hörte sich nach etwas anderem an. Colin hat nicht viel dazu gesagt.«

»Aha, dann ist er also so einer.«

Allison stutzte. »Was für einer?«

»Einer, der sich nicht von anderen helfen lässt.«

Der alte Colin war definitiv so gewesen.

Mandy nahm ein Erdnussplätzchen vom Keksteller auf dem Couchtisch. »Mein Exfreund war so. Wenn es irgendein Problem gab, ist er einfach abgetaucht. Ihn zum Reden zu bringen war, wie mit einem Plastiklöffel an Titan zu kratzen.«

Allison dachte an Colins abwehrende Antwort, als sie angeboten hatte, ihn zu begleiten. An seine knappen, vagen Nachrichten am Dienstag. Und sein Schweigen von heute. Er ließ sie definitiv nicht an sich heran.

»Habt ihr euch deswegen getrennt?«, wollte sie von Mandy wissen.

»Nein. Er hat mich betrogen.«

»Er sei hiermit verflucht.«

Mandy lachte. »Ich habe all seine teuren *Star-Wars*-Figuren zerbrochen, das war Strafe genug.« Sie biss in ihren Keks. »Aber ehrlich: Es war das Beste so. Wir waren fast die ganze College-Zeit über zusammen, und ich glaube, die Luft war schon eine Weile raus. Wir wussten nur nicht, wie wir es beenden sollten.«

»Also ist er fremdgegangen.«

»Im Prinzip: ja.«

»Scheiß auf ihn.« Allison nahm ihre Stickarbeit wieder auf. »Ich würde ja vorschlagen, dass Colin dich mal mit einem Freund zusammenbringt, aber wenn das so weitergeht, wäre das am Ende noch Ethan.«

Mandy lachte schallend. »Na ja, also theoretisch ist der ja sogar ganz heiß, aber seine Art macht alles kaputt. Kannst du dir Sex mit ihm vorstellen?«

»O Gott, nein!«

»Wahrscheinlich bringt er dazu ein Lehrbuch mit.«

»Oder korrigiert beim Dirty Talk deine Grammatik«, meinte Allison.

»Lass als einzigstes deine Socken an«, hauchte Mandy mit gespielt verführerischer Stimme.

»Es muss ›einziges‹ heißen«, konterte Allison mit strenger Stimme und hob belehrend den Finger.

Dann brachen beide in schallendes Gelächter aus.

Als Allison eine halbe Stunde später ihre Sachen zusammenpackte, tat ihr vom Lachen immer noch der Bauch weh, und sie hatte zumindest für ein paar Minuten aufgehört, sich Gedanken über Colin zu machen.

Ihr Wohnzimmer sah aus, als wäre darin ein Stoffladen explodiert.

Das Sofa war zur Hälfte mit gelben, rosafarbenen und weißen Stoffstreifen bedeckt, über die andere Hälfte hatte Sophie maulbeerfarbene Seide drapiert. Auf der Sitzfläche des Sessels lag kreisförmig ausgebreitet cremefarbener Baumwollstoff, an der Lehne hing grauer Knautschsamt wie ein Cape. Stofffetzen in allen möglichen Farben und Formen waren auf dem Boden verteilt wie Schneiderkonfetti. Und in der Mitte des Raumes stand knapp vor dem Fernseher eine Schneiderpuppe mit einem ärmellosen schwarzen Kleid mit großen Sonnenblumen. Das Kleid hatte einen Schlüsselloch-Ausschnitt, über dem der Stoff raffiniert verknotet war. Vor dem Metallfuß der Puppe schlief Monty, um jede seiner Pfoten eine kleine Stoffschleife gebunden.

»Sophie?« Allison stellte ihre Tasche ab und sah sich um. Sie hörte nur das leise Summen des Fernsehers und ein feines Kratzen, wenn Monty im Traum rannte und seine Krallen über den Boden schleifen ließ.

Seit dem Gespräch über Colin war die Stimmung zwischen Allison und Sophie deutlich angespannt, auch wenn sie es in den seltenen Momenten, in denen sie beide zu Hause waren, überspielten.

Jetzt hörte Allison Schritte auf der Treppe. »Hey.«

Sophie hatte schwarzen Stoff über ihren Kopf gelegt und trug noch mehr davon im Arm, so dass sie wie eine Nonne aussah.

»Ist dir dein Zimmer zu klein geworden?«, witzelte Allison.

»Ja. Tut mir leid. Ich muss vor dem Wochenende noch hunderttausend Sachen erledigen.« Als Sophie an ihr vorbeiging, nahm Allison ihren typischen Zimtduft wahr. »Ich habe einen Vorstellungstermin in Boston.«

Sie hätte Allison ebenso gut Excalibur in die Eingeweide stoßen können. »Das ist ja toll.« Sie bemühte sich, begeistert zu klingen. »Bei wem?«

»Kisses and Hugs. Ein neues, ziemlich angesagtes Plus-size-Label. Eric ist mit einem ihrer Chef-Designer befreundet und hat ihnen meine Zeichnungen gegeben. Da haben sie angerufen.«

Allison staunte. »Solche Verbindungen hat der Wikinger?«

»Ich weiß, er kann wie ein Neandertaler wirken, aber er ist ein witziger Typ. Und er ist Model, also kennt er praktisch *jeden.*«

Allison musste die Angst vor dem Alleinsein herunterschlucken, die ihr die Kehle hinaufkroch. »Das klingt nach einer echten Chance.« Sie kniete sich vor Monty auf den Boden und zog den Welpen auf ihren Schoß. Wenigstens ihr Hund würde immer bei ihr bleiben. Sie sorgte schließlich für sein Fressen.

Sophie musterte sie, während sie einen Seidenstoff zusammenlegte. »Hättest du morgen Zeit, um für ein paar Sachen Modell zu stehen?«

»Für Fotos?«

»Ja. Ich nehme die Kleider natürlich mit, aber es ist immer besser, wenn ich ihnen auch zeigen kann, wie sie getragen aussehen – an einem echten Körper. Und du bist ein tolles Model.«

Sie wusste, dass Sophie ihr damit ein Friedensangebot machte, aber der sture, engherzige Teil von ihr wollte ihre Freundin nicht dabei unterstützen, sie zu verlassen. In ihrem Innern begann eine finstere Schlacht.

»Wie lange wird das wohl dauern – was meinst du? Ich habe nächste Woche eine große Präsentation.« Das stimmte immerhin. Unabhängig davon, ob Colin seinen eigenen Vortrag morgen halten würde oder nicht, wäre sie nächste Woche dran. Sie musste alles noch mindestens dreimal durchgehen, um der Sache den letzten Schliff zu geben.

Sophie zog die Stirn kraus. »Ich dachte, wir könnten einen Mädelsabend daraus machen. Nur wir zwei, Chinesisch und Thai …«, was bei ihnen eine lange Tradition hatte, denn sie konnten sich nie entscheiden, was sie lieber mochten, »… und kitschige Liebesfilme gucken …«

Allison presste die Hände auf den Bauch, um dem Schmerz, der sich dort breitmachte, ein Ende zu bereiten. Sophies Vorschlag klang perfekt. Es war genau das, was sie brauchten.

»Aber wir können es auch ganz schnell erledigen, wenn du lernen musst oder dich mit Colin treffen willst …«

»Das werde ich nicht«, entfuhr es Allison.

Sophie reagierte sofort. »Was hat er angestellt?«, fragte sie scharf.

Verblüfft sah Allison sie an. »Was meinst du?«

»Ich kenne das nur zu gut – diese *Colin-hat-sich-wie-ein-Arschloch-verhalten*-Stimme.«

Allison legte Monty zurück in sein Stoffbett unter der Schneiderpuppe und stand auf. »Er hat gerade Wichtiges zu tun und lässt mich nicht an sich ran.«

Sie war überrascht, als Sophie nichts erwiderte, sondern nur nickte.

Allison rieb mit den Händen über ihre Hose und behauptete, sie sehne sich nach ihrem Schlafanzug, um nach oben flüchten zu können. In Gedanken schrieb sie schon eine WCS-Liste.

WCS, WENN DEIN FESTER FREUND DICH WÄHREND EINER KRISE IGNORIERT

1. Er empfindet deine Gegenwart als stressig, nicht als beruhigend.
2. Er will sich lieber von jemand anderem trösten lassen.
3.

»Allison?« Plötzlich stand Sophie hinter ihr.

»Ja?«

»Ich will doch nur das Beste für dich.«

Allison schluckte. »Auch, wenn das Colin ist?«

Sophie kniff den Mund zusammen, als hätte sie in eine Zitrone gebissen, nickte aber. »Ich lasse dich nicht im Stich, auch wenn ich weggehe. Das weißt du, oder?« Ihr Kinn zitterte leicht, als hätte sie Angst vor Allisons Antwort. »Zwillinge im Geiste – für immer.«

In Allisons Augen brannten Tränen, die sie nicht wegblinzeln konnte. »Und du weißt, dass ich dir nur das Allerbeste wünsche, oder?« Es war die Wahrheit, selbst wenn sie wehtat. Selbst wenn es bedeutete, dass alles anders werden würde.

Sophie lächelte. Auch über ihre Wangen liefen die Tränen. »Wir werden beide unseren Weg gehen. Und Erfolg haben.«

Wie gern wollte Allison ihr glauben.

Sobald sie in ihr Zimmer kam, tippte sie in ihr Handy.

Allison Avery

Ich wünschte, du würdest mir sagen, was los ist.

Sie musste aufhören, bei Problemen zu schweigen und ihren Ärger in sich hineinzufressen, aus Angst, die Beziehung dadurch zu gefährden. Hätte sie Sophie gleich gesagt, was sie empfand, und ihr sofort von Colin erzählt, hätten sie nicht so viel Zeit mit unguter Stimmung verbracht. Und wenn sie Jed damals schon gesagt hätte, wie sie sich fühlte, würde sie jetzt vielleicht nicht diesen Rattenschwanz ungelöster Probleme hinter sich herziehen.

Sie wollte nicht, dass Colin ein weiterer Punkt auf ihrer Liste verschwiegener Probleme wäre, die sie quälten.

Ihr Handy vibrierte.

Unbekannt

Ich weiß, dass du es gerade nicht leicht hast mit mir. Es tut mir leid.

Allison Avery

Wie kann ich helfen?

Unbekannt

Zieh morgen dein Cheerleader-Outfit an.

Allison Avery

Du hältst deinen Vortrag?

Unbekannt

Klar.

Allison Avery

Ich dachte, du würdest das im Moment vielleicht nicht schaffen.

Unbekannt

Es ist jetzt wichtiger denn je.

Allison Avery

Wie meinst du das?

Unbekannt

Das erzähle ich dir morgen. Versprochen. Wenn ich diese Präsentation vom Tisch habe, erzähle ich dir alles in Ruhe.

Das klang geheimnisvoll. Fast ein wenig unheilvoll. Aber immerhin teilte er sich ihr mit.

Allison Avery

Okay.

Unbekannt

Ich liebe dich.

Sehr.

Allison Avery

Ich liebe dich auch.

Sie warf das Telefon aufs Bett und nahm sich ihr Laptop. Wenn man Antworten wollte, konnte sich das Warten auf morgen wie eine Ewigkeit anfühlen und die Gedanken kreisten in ihrem Kopf.

Es gab nur einen Weg, sie zu beruhigen.

Sie auf etwas anderes zu lenken.

Sie öffnete ihre Präsentation und starrte zum gefühlt hundertsten Mal auf die erste Folie.

Das Schöne ist ein Biest.

Kapitel 33

Konnte es als allgemein anerkannte Tatsache gelten, dass das Erlangen eines PhD automatisch mit dem Verlust jeglicher Kompetenz im Umgang mit technischen Geräten einherging?

Allison formulierte diese Hypothese für sich, während sie Wendy und Colin vorn im Hörsaal dabei beobachtete, wie sie hin und her liefen, abwechselnd Knöpfe auf dem Kontrollpaneel und Tasten an Colins Laptop drückten und vor dem Beamer herumwinkten, als hätte der einen eingebauten Bewegungsmelder.

»Ich schwöre, das Ding will sich nur rächen. Ich habe es letzte Woche ›archaisch‹ genannt, und jetzt weigert es sich zu funktionieren.« Wendys Armreifen (heute aus Onyx) klackerten, als sie die Hände über dem Kopf zusammenschlug.

»Sind alle Kabel richtig eingesteckt?«, rief Allison von ihrem Platz aus. Sie hatte zweimal angeboten zu helfen, worauf Colin sie buchstäblich vom Podest geschoben hatte. Er musste eine Wahnsinns-Präsentation vorbereitet haben, denn seit seiner Ankunft vor einigen Minuten hatte er keine Sekunde stillsitzen können, und auf seiner blassen Stirn stand der Schweiß.

Es liegt nicht an dir, versuchte Allison sich selbst zum gefühlt fünfzigsten Mal zu beruhigen. *Er ist nervös*. Nach diesem Kurs würden sie miteinander reden, so wie er es versprochen hatte, und alles wäre wieder gut. Krise bewältigt. Berg erklommen. Feinde besiegt.

»Natürlich ist alles richtig eingesteckt«, schnauzte Colin zurück.

»Und was ist das da?« Allison deutete auf ein HDMI-Kabel, das neben dem Podest herabhing.

»Scheiße.« Er schnitt eine Grimasse, stöpselte das Kabel in seinen Adapter, und der riesige Bildschirm an der Wand leuchtete auf. Ein überlebensgroßer Captain Pepper Jack lag auf der Rückenlehne eines leicht abgewetzten Sofas und musterte in gewohnter Apathie den Kursraum.

Colin kehrte zu ihrem Tisch zurück, fischte ein Notizbuch aus seiner Tasche und fing an, darin zu blättern. Seine Hände zitterten.

»Hey.« Allison zog kurz an seiner Jacke. Sie war aus stahlgrauer Wolle, mit Zopfmuster, und hatte seit Ewigkeiten in der linken Tasche vorn ein Loch. Das wusste sie, denn er hatte diese Jacke an dem Tag getragen, als er mit ihr Schluss gemacht hatte. Damals hatte sie es als das hässlichste Kleidungsstück aller Zeiten empfunden, aber heute gefiel ihr, wie sie seine breiten Schultern betonte und die Farbe seiner Augen unterstrich. »Ruhig atmen«, flüsterte sie.

Er zuckte zusammen.

Sie zog ihre Hände zurück. »Geht es um Charlie? Ist was passiert?«

Er starrte auf eine leere Seite in seinem Notizbuch. »Nein. Nein, nichts dergleichen.« Er schluckte. »Ich will nur, dass das hier vorbei ist.«

»Du wirst das super machen. Deine Studierenden lieben dich, das weißt du doch.« *Anders als meine*, schwang zwischen den Zeilen mit. Sie wunderte sich selbst, wie sehr sie sich freute, dass er den Subtext verstand. Keine Geheimnisse mehr. »*Ich* liebe dich.«

Er schüttelte den Kopf. In seinen Haaren war so viel Gel, dass sie sich nicht bewegten. Nichts konnte Colins Nerven mehr beruhigen als Styling-Produkte. »Aber die ganze Zeit reden zu müssen – vor Wendy … So gut kenne ich mich mit diesem Kram doch längst nicht aus …«

Allison runzelte die Stirn. »Natürlich tust du das. Du hast dich so tief eingearbeitet. Und im Notfall bin ich auch noch da.«

Er starrte vor sich hin. Sein Adamsapfel glitt beim Schlucken deutlich auf und ab, und er kaute von innen auf seiner Wange.

Nun schob er die Brille hoch und rieb sich über die Augen, dann sah er Allison endlich an. »Was, wenn … wenn das heute nicht so läuft wie geplant?«

»Was meinst du?«

Er schloss die Augen und straffte die Schultern, als müsse er sich wappnen. Hatte er so große Angst zu versagen? Oder fürchtete er, was passieren würde, wenn er am Ende die Stelle als Mentee bekäme?

Natürlich wäre Allison dann enttäuscht. Und auch ein bisschen sauer. Aber wenn Colin es sich aus eigener Kraft verdient hätte, könnte sie ihm das kaum zum Vorwurf machen.

Zum ersten Mal dachte sie ernsthaft darüber nach, was es bedeuten würde. Es wäre verdammt noch mal beschissen. Und würde sehr, sehr wehtun. Aber anders als beim *Rising Star* würden sie gemeinsam damit fertigwerden und nicht zulassen, dass es sie auseinanderbrachte.

»Wird zwischen uns alles gut bleiben?«, fragte er nun. »Egal, was heute passiert?« Es klang fast wie ein Flehen.

Allison lehnte sich über den Tisch und nahm nun doch seine Hand. »Zwischen uns wird alles gut bleiben«, versprach sie. »Immer.«

Er schloss die Augen, als er sie wieder öffnete, war sein Blick wie in ein schwarzes Loch. Alles andere war ausgeblendet.

Er hob ihre Hand an seine Lippen, so wie er es schon millionenmal getan hatte, und dennoch war es diesmal anders.

Wendy räusperte sich, und Colin ließ Allisons Hand los, als hätte man ihn fortgerissen.

»Du schaffst das«, ermutigte sie ihn erneut, und er ging zum Podium.

Hoffentlich würden ihm die Worte etwas von dem Druck nehmen, den er sich selbst machte. Unter dem alles stand, was sie hier ablieferten. Jede Wortmeldung im Unterricht, jeder Aufsatz, den sie abgeben mussten, jeder Atemzug, den sie auf dem Campus machten, konnte das ausschlaggebende Gewicht auf der Waagschale sein. Ein perfekter Vortrag konnte zu einem Platz als Mentee führen, der sich dann auf die ganze Karriere auswirkte, während ein schlechter Tag, ein misslungener Aufsatz den Unterschied zwischen einem Abschluss als PhD oder dem bloßem MA (und damit einem Ausschluss aus dem Doktorandenprogramm) bedeuten mochte. Kein Wunder, dass Colin nervös war. Wenn es hier an der Claymore nicht klappte, hätte er keine weitere Chance mehr.

Während er sich am Rednerpult einrichtete, bat Wendy den Kurs um Ruhe und sprach ein paar einleitende Worte zu seinem Vortrag. Einige der Studierenden klatschten, ein paar johlten begeistert auf.

Es versetzte Allison einen Stich, doch sie schob ihre Eifersucht beiseite. Colin hatte das Recht, in etwas gut zu sein.

Dann sah er Allison an. Er lächelte ein wenig, als würde ihr Anblick ihm Mut machen. Sie schüttelte eine halb erhobene Faust, wie eine Anfeuerungsgeste beim Sport.

Dann erhellte sich die riesige Projektionsfläche, und das Bild von Colins Display wurde langsam scharf. Allison versuchte zu erraten, was er als Titelbild genommen haben könnte. Sie konnte sich gut vorstellen, dass er etwas provozierend Pornographisches gewählt hatte, um die Studierenden zu schockieren. Ein freizügiges mittelalterliches Gemälde oder irgendeinen grenzwertigen Cartoon. Vielleicht ein Standbild aus einem modernen Pornofilm.

Obwohl diese Vermutungen schon wild genug waren, blieb Allison bei dem, was sie dann tatsächlich sah, fast das Herz stehen.

Es war das Foto eines Schönheitswettbewerbs. Sieben Frauen standen auf der Bühne. Sechs von ihnen, drei auf jeder Seite, waren angemessen hübsch zurechtgemacht, mit kunstvollen Frisuren, glitzerndem Diamantschmuck und langen Satinkleidern, die sich um ihre Körper schmiegten. Nur die Frau in der Mitte trug eine Krone und hielt ein Bouquet Rosen an die Brust gepresst. Anders als bei den anderen war ihr Kleid zerrissen und zerlöchert, ihr Make-up verschmiert. Unter ihrem aufgetürmten Haarknoten waren kahle Stellen zu erkennen, ihre Haut war blutig abgeschürft. Anstelle von Augen hatte sie schwarze Löcher. Sie bleckte die Zähne, und aus ihrem Mund troff eine dunkle Flüssigkeit.

Über dem Bild stand in eleganter Schnörkelschrift: *Das Schöne ist ein Biest.*

Noch ehe Colin das erste Wort sprach, sprang Allison auf und verließ den Saal.

Kapitel 34

Unbekannt

Wo bist du? [Nachricht gelöscht von Allison]

Ich wollte dir nach meinem Vortrag doch alles erklären, weißt du nicht mehr? Das war ernst gemeint – ich habe es versprochen! [Nachricht gelöscht von Allison]

Allison. Bitte sprich mit mir. [Nachricht gelöscht von Allison]

Ich liebe dich. [Nachricht gelöscht von Allison]

Allison Avery

Lass mich in Ruhe.

Kapitel 35

»Zwar bin ich selbst ein lasterhafter Mann,
Doch kann ich auch moralisch reden.«

Oder: Warum Colin Benjamin ein lügendes, betrügendes Arschloch ist und eine Stelle als Mentee nicht verdient:

1. *Er hat plagiiert. Eine der akademischen Todsünden. Betrug ist in Dantes Inferno der achte Kreis der Hölle.*
2. *Er hat mit Allison nur geschlafen, um ihre Arbeit zu stehlen. Allein zu diesem Zweck hat er sie manipuliert. Er sollte geklont werden und zweifach in den achten Höllenkreis verdammt werden.*
3. *Hat er es wirklich aus eigener Kraft geschafft, an der Claymore angenommen zu werden …?*

Aufgebracht tippte Allison in das geöffnete E-Mail-Fenster.

War das von Anfang an Colins Plan gewesen? Sie in Arglosigkeit einzulullen? Ihr Vertrauen zu erschleichen, indem er (vermutlich vorgetäuschtes) Versagen eingestand? Sie zu verleiten, dasselbe zu tun? Sie dazu zu bringen, sich wieder in ihn zu verlieben, damit er ihre (natürlich bessere) Vortragsidee stehlen und die Stelle als Mentee erringen konnte? Er war eine verabscheuungswürdige Mischung aus Rumpelstilzchen, Stevensons Mr. Hyde, dem niederträchtigen Taschendieb aus Dickens' Oliver Twist plus einer Prise von Marlowes *Doctor Faustus* und dem Satan aus Miltons *Verlorenem Paradies*. Ein Gauner. Ein Betrüger. Ein Dämon.

Und sie war so blöd gewesen, ihm zu vertrauen. Sie hätte es besser wissen müssen.

Diesmal würde er allerdings nicht gewinnen. Sie würde es nicht zulassen. Ihn intellektuell niedermetzeln, bis nichts weiter von ihm übrig wäre als blutiger Brei.

Genau das hätte sie von Anfang an tun sollen.

»Das ist allerunterstes Niveau, selbst für seine Verhältnisse.« Aufgebracht lief Sophie in Allisons Zimmer hin und her. Aus ihrem Mund ragte ein Stück rote Lakritzstange. Monty wuselte um sie herum und schnappte nach ihren Fersen. Die Kleider für Sophies Vorstellungstermin, in denen sie Allison fotografieren wollte, lagen ausgebreitet auf dem Bett, abgesehen vom Matrosenkleid, das Allison schon angezogen hatte, weil es ihr einen Selbstvertrauens-Booster gab (es schmiegte sich perfekt um ihre Kurven, weil Sophie einfach ein Genie war). »Du wirst ihn fertigmachen, hoffe ich.«

Allison strich über Kragen und Ausschnitt ihres Kleides. Allein, wie die Ecken ihr Dekolleté betonten, fühlte sich nach einer ganz eigenen Art der Rache an. Sie würde Colin fertigmachen *und* dabei phantastisch aussehen. Doppelschlag.

»Ich schreibe gerade die E-Mail.« Wendy würde das Zitat aus Chaucers *Prolog des Ablasskrämers* bestimmt gefallen, und von Colins Betrug wäre sie sicher ebenso entsetzt wie Allison.

Dieser Vortrag samt der PowerPoint war ihre bisher beste Arbeit gewesen. Seit so langer Zeit hatte sie sich über die Analyse der Schönheit in mittelalterlicher Literatur Gedanken gemacht. Etwas Vergleichbares würde sie nicht mehr zusammenbekommen, jedenfalls nicht innerhalb von vier Tagen. Wahrscheinlich niemals mehr.

Sie hatte keine andere Wahl. Sie musste Wendy alles erzählen.

Sophie zog das Lakritz aus dem Mund und wedelte damit, jedes Wort betonend, durch die Luft. »Schreib ihr, die sollen schnell handeln. Ich will, dass er exmatrikuliert ist, bevor ich ihn zerfetze.«

Allison schnaubte. Sie hatte das Gefühl, ihr Puls würde das Tempo bestimmen, mit dem sie auf die Tasten einhämmerte. Und egal, wie schnell ihre Finger über das Keyboard flogen, konnten sie doch nicht mit den wütenden Gedanken mithalten, die ihr wie ein stürmisches Meer durch den Kopf brausten.

Sie musste sich auf ihren Vortrag konzentrieren, auf die Uni, auf das, was sie irgendwie wieder geradebiegen konnte, denn wenn sie ihrem Schmerz nachgab, würde sie zusammenbrechen.

Nein, sie würde *nicht* zusammenbrechen. Nicht seinetwegen. Niemandes wegen.

Sie drückte sich kurz die Fingerknöchel auf die brennenden Augen und schrieb weiter. Gerade als sie die letzten Buchstaben ihrer Verabschiedung tippte, hörte sie jemanden ihren Namen rufen.

Es klang gedämpft, wie eine Stimme am Telefon. Oder von weit entfernt. Beim nächsten Ruf sprangen sie und Sophie auf die Füße.

Ihr Zimmerfenster ging auf die Straße hinaus. Allison öffnete es und streckte den Kopf ins Freie, um am kleinen Verandadach vorbeischauen zu können.

Auf dem Gehweg stand Colin. Er trug noch immer diese schreckliche Strickjacke, sein Haar glänzte noch immer vor Gel. Er hatte ihre Welt zum Einstürzen gebracht, und kein einziges seiner Haare saß am falschen Platz. Dafür hasste Allison ihn umso mehr.

»Was willst du hier?« Sie sprach leise, damit er sich anstrengen musste, sie zu hören.

Er hob eine Hand, um die Sonne abzuschirmen, und sah zu Allison hinauf. »Du antwortest nicht auf meine Nachrichten.«

»Ich will nicht mit dir reden.«

»Bitte. Du musst.«

»Ich muss gar nichts.« Allison trat zurück und schickte sich an, das Fenster zu schließen.

»Verpiss dich, Colin«, rief Sophie hinter ihr.

»Allison, bitte.« Colin setzte sich auf die Gehwegplatten und verschränkte die Arme vor der Brust. »Ich gehe nicht weg, bevor du nicht mit mir geredet hast.«

Er war stur genug, um es ernst zu meinen, und Allison würde keinen klaren Gedanken für ihren Vortrag fassen können, wenn der unsägliche (Lügner, Betrüger, Affenarsch) Colin Benjamin draußen saß und auf sie lauerte.

Sie warf das Fenster zu und ging zur Treppe. »Ich komme wieder«, grollte sie Terminator-mäßig.

»Mach ihn fertig«, forderte Sophie.

Das Herz klopfte ihr bis zum Hals, aber sie bemühte sich, ruhig und distanziert zu wirken, als sie auf die Veranda trat. Sie dankte Sophie im Stillen für das Kleid, straffte die Schultern und blickte kühl auf Colin hinab.

Er sprang auf die Füße. Noch vor Kurzem hätte sie die anerkennende Art, wie er sie musterte, vor Lust erschauern lassen, doch in diesem Augenblick spürte sie nur Wut. Dieses Kleid war für sie gemacht, für sie allein.

»Danke, dass …«

»Du hast zwei Minuten.« Allison verschränkte die Arme.

Seufzend fuhr er mit einer Hand durch sein Haar und brachte es endlich in Unordnung. »Es tut mir leid. Ich dachte … Ich dachte, wenn ich mein Thema ändere, würde es bessere Voraussetzungen für uns beide schaffen. Wir könnten am selben Strang ziehen. Wir …«

»Blödsinn.« Allison löste ihre Arme und ballte die Fäuste. »Wir sind weit davon entfernt, am selben Strang zu ziehen. Wenn ich am Dienstag meinen Vortrag halte, wird es aussehen, als hätte ich dich kopiert. Ich bereite diese Vorlesung seit Wochen vor. Auf Grundlage einer Idee, die ich schon vor Jahren formuliert habe. Und jetzt habe ich *nichts* mehr.« Sie stampfte die Verandastufen hinunter, bis sie auf Augenhöhe waren. »Sei ehrlich: Hast du nur vorgegeben, bei deinem Thema unsicher zu sein, damit ich meins verrate?« Sie zitterte. »Wann hast du dir überlegt, dass du mich täuschen würdest?« Es kostete Kraft, ihn nicht anzuschreien, aber sie wollte ihm nicht die Genugtuung geben, sie so sehr erschüttert zu haben, dass sie die Fassung verlor. »War überhaupt irgendetwas echt zwischen uns? Oder hast du mich von Anfang an benutzt – als Rückversicherung, damit du auch ja gewinnen würdest?«

»Nein. Das war nicht … Allison.« Seine Stimme klang flehend.

Er hatte sie verletzt, beschädigt, ausgeweidet. Er hatte ihr alles genommen, was sie liebte und worin sie gut war – ihre Ideen, ihre Fähigkeit, Texte zu durchdringen und zu interpretieren, ihre Analysen – und es gegen sie verwendet. Eine schlechte Lehrende war sie ohnehin schon, aber nun würde sie auch noch als eine schlechte Wissenschaftlerin dastehen.

Aber sie hatte die rechte Waffe, um zurückzuschlagen. »Vielleicht gehörst du nicht in dieses Programm, wenn du keine eigenen Ideen entwickeln kannst.«

Er zog den Kopf ein, als hätte sie ihn mit etwas beworfen. Seine Hände zuckten. Kranke Kolibris. Sterbende Schmetterlinge, die nach einem letzten Ruheplatz suchten. Er öffnete den Mund, doch es kam nichts heraus.

Was, wenn es stimmte? Was, wenn er gelogen hatte, als er sagte, seine Tante hätte keinen Einfluss auf die Zusage der Claymore gehabt? Wer so dreist war, Allisons Ideen zu klauen, dem war auch zuzutrauen, dass er sich mit allen Mitteln in ein Doktorandenstudium mogelte. »Vielleicht hat dich deine Tante deswegen in dieses Programm hineinschummeln müssen.«

Jetzt fiel Colin die Kinnlade herunter. »Du weißt, dass sie das nicht getan hat.«

»Ich weiß überhaupt nichts.« Allison stieg die Stufen wieder hinauf. Die Tür war eine Million Meilen entfernt. »Und ich kenne dich überhaupt nicht. Denn der Typ, mit dem ich mir einbildete, zusammen zu sein …«, sie hielt inne und starrte ihn eiskalt an, »… den ich mir einbildete zu *lieben*, hätte nicht ausgerechnet dieselbe Jacke angezogen, in der er vor zwei Jahren mit mir Schluss gemacht hat, um einen Vortrag zu halten, den er mir *gestohlen* hat. Um einen Platz als Mentee zu ergattern, auf den ich schon seit einer halben Ewigkeit hinarbeite.«

Er war zu weit von ihr entfernt, um ihn zu berühren, und dennoch war er ihr viel zu nahe. Jeder einzelne Ort in dieser Straße, in dieser Stadt, diesem Staat, diesem Erdteil, auf diesem *Planeten*, wäre ihm zu nahe.

»Ich will dich nie wiedersehen.« Sie drehte sich um. »Komm ja nicht mehr her.«

Sie fühlte sich wie mit Blei gefüllt. Taub und abgestorben. Trotzdem schaffte sie es irgendwie ins Haus zurück.

In ihrem Zimmer musterte Sophie sie aufmerksam, während sie sich wieder vor ihren Computer setzte. Die beißende Wut, die ihre erste Version der E-Mail an Wendy befeuert hatte, war verraucht. An ihre Stelle trat eine solche Traurigkeit, dass sie fürchtete, in deren Tiefe zu versinken.

Mit tauben Fingern tippte sie eine neue Nachricht an ihre Professorin, schickte sie ab und brach in Tränen aus.

Kapitel 36

Eine dampfende Schüssel in den Händen, schob Mei sich durch die Tür zum Büro der anglistischen Fakultät.

Eilig stellte sie die Schüssel ab und pustete sich auf die Finger. »Hallo, Allison. Brauchst du etwas?«

Nach ihren beiden Tutorien war Allison aus der Bibliothek der Haber Hall praktisch her*gerannt*, aber Wendys Büro war noch dunkel. Was passieren konnte, wenn man eine halbe Stunde zu früh kam.

»Ich warte nur auf Wendy.« Sie trommelte mit den Fingern auf den Schreibtisch und spähte noch einmal durch die Tür, als könnte Wendy sich in der Zwischenzeit in ihr Büro gebeamt haben.

Ihr Handy vibrierte, aber Allison hatte keine Lust nachzusehen. Es war wahrscheinlich sowieso nur Colin.

Schon wieder.

Er schien nicht zu wissen, wann Schluss war. Wenn er dachte, dies sei wieder eine dieser Situationen, bei denen er sich mit seiner Beharrlichkeit durchsetzen könnte, hatte er sich geschnitten.

Sie sollte seine Nummer blockieren, aber sie wollte warten, bis sie mit Wendy gesprochen hätte, damit sie Colins Untergang noch aus erster Hand miterleben konnte. Sie hatte entschieden, dass sie Wendy lieber persönlich informieren wollte, anstatt alles in einer E-Mail zu erläutern.

Mei rührte ihr Essen um – es duftete nach Reis und Schweinefleisch und köstlichen Gewürzen. »Du siehst aus wie meine Tochter, wenn sie mir etwas zu beichten hat.« Sie grinste. »Hast du etwa mit meinem Make-up gespielt?«

Trotz ihrer Angespanntheit musste Allison lachen. »Nein, es ist nichts.«

»Es sieht aber nicht aus wie nichts. Los, raus damit.«

Vielleicht wäre Meis neutrale Perspektive hilfreich und könnte Allison dabei helfen, vor diesem Treffen ihre Gedanken zu sortieren. Sie seufzte. »Ist es dir schon mal passiert, dass jemand deine Ideen geklaut hat?«

Mei runzelte die Stirn. »Du meinst, wenn du im Kurs eine These formuliert hast und jemand anders macht daraus eine eigene Arbeit?«

»So ähnlich.« Allison brachte es nicht über sich zu sagen, dass es noch viel ungeheuerlicher war.

»Ja, kenne ich. Das ist mir in meinem zweiten Jahr hier passiert. Und es fühlte sich ziemlich beschissen an. Als ich mit dem PhD-Programm anfing, hatte ich fast romantische Vorstellungen davon, wie es sein würde: Alle sitzen einträchtig beieinander, tauschen ihre Gedanken und Ideen aus und arbeiten als Gruppe von Wissenschaftlern zusammen. Und oft genug war es auch so.«

Es tat Allison gut zu hören, dass sie mit ihren hehren Erwartungen nicht allein war.

Mei schob sich einen Löffel voll in den Mund und kaute bedächtig. »Aber die Welt wird für Akademiker immer kleiner und prekärer, und was Jobangebote angeht, fühlt man sich wie in einer Geisterstadt. Unter diesem Druck wird so manch einer zu einer falschen Entscheidung verführt.«

Das schien Allison ein sehr nachsichtiger Blick auf den Diebstahl geistigen Eigentums zu sein. Aber trotz ihrer Wut wusste sie natürlich, unter welchem Druck Colin stand. Er wollte, dass seine Familie stolz auf ihn wäre, und sein Selbstwertgefühl war nach all den Absagen so arg gebeutelt – es musste erdrückend sein. Aber natürlich gab nichts davon ihm das Recht, Allisons Arbeit und ihre Ideen zu stehlen. Sie konnte ihm das nicht einfach so verzeihen, nur weil er nachvollziehbare Gründe gehabt hatte.

Er hatte sie hintergangen. Und sie hatte nicht um dieses Treffen mit Wendy gebeten, um Colins Beweggründe zu verstehen. Sie war hier, um die Sache für sich selbst wieder geradezubiegen. »Was hast du damals gemacht?«, wollte sie von Mei wissen. »Hast du die betreffende Person zur Rede gestellt? Bist zu deiner Professorin gegangen?«

Allison war nicht sicher, wie viel sie Wendy erzählen wollte. Natürlich würde sie erklären, dass »Das Schöne ist ein Biest« *ihr* Thema für die Präsentation im Kurs gewesen war. Aber sollte sie auch ihren Verdacht hinsichtlich Colins Tante zur Sprache bringen? Sollte sie schildern, wie Colin sie manipuliert hatte?

Mei schüttelte den Kopf. »Ich habe mir etwas anderes überlegt.«

Allison stutzte. Gar nichts zu sagen, schien mehr in Colins Interesse als in ihrem. »Aber was, wenn es deine allerbeste Idee gewesen wäre? Wenn du wirklich richtig lange darüber nachgedacht hättest?«

Mei zog die oberste Schreibtischschublade auf und nahm eine kleine Schüssel mit eingewickelten Karamellbonbons heraus. Sie bot Allison einen an. »Mein Vorrat für Notfälle. Lass dir den Bonbon auf der Zunge zergehen. Nicht kauen. Wirkt ungemein beruhigend.«

Allison tat, wie ihr geheißen, auch wenn es ihr ganz und gar gegen den Strich ging. Sie musste Bonbons oder Lollis oder Zuckerstangen immer gleich zerbeißen, sobald sie sie in den Mund steckte. Süßigkeiten waren zum Kauen da und nicht, um sie im Mund in Spucke zu baden.

Der Karamellbonbon war süß und buttrig mit einem Hauch von Salz. Während Allison sich darauf konzentrierte, ihre Zähne im Zaum zu halten, merkte sie, wie ihr Puls herunterfuhr.

Mei nickte, als könnte sie es auch sehen. »In uns steckt mehr als nur eine Idee. Wenn du *einen* zündenden Gedanken hattest, wirst du auch einen *zweiten* bekommen. Und den behältst du dann lieber für dich.« Sie schob Allison noch einen Bonbon hin. »Und besorg dir einen Bonbonvorrat für Notfälle. Deine Dissertation wird es dir danken.«

Als ob Allison je so weit kommen würde!

Nicht zu sagen, was Colin getan hatte, fühlte sich schwach und falsch an. Als würde sie zulassen, dass er sich einfach über sie hinwegsetzte, so wie Jed es immer getan hatte. Aber Mei hatte recht. Wenn Allison all ihre Energie darauf verwandte, auf ihrem Recht zu bestehen und an ihrem Thema festzuhalten, würde sie nie die Kraft aufbringen, ein neues zu finden und auszuarbeiten.

Dabei war sie doch geradezu eine Bibliothek: voller Geschichten und Wörter und klarer Begriffe. Und ihr Gehirn war die reinste Nähmaschine, die all das ebenso kreativ und fleißig wie Sophie in neue Formen und zu neuen Ideen fügte.

Allison musste Colin nicht denunzieren, um zu gewinnen. Ihre beste Rache wäre, sich den Posten als Mentee aus eigener Kraft zu holen.

Die meisten ihrer Treffen mit Wendy hatten beim Essen stattgefunden, dies war das erste Mal, dass sie länger als eine Minute in ihrem Büro verbrachte.

Ihre Professorin hatte es auf interessante Weise geschafft, eine Art Hüttenromantik in den winzigen Raum zu zaubern. An einer Wand stand ein breiter Schreibtisch aus fast verwittertem Holz, das Schattierungen von Grau und bläulichem Braun zeigte. Seitlich davon stand ein quadratisches Tablett mit einem mosaikhaft besetzten Rand aus Seeglas, auf dem kleine Sukkulenten-Töpfchen als Aktenhalter dienten. Ihre Stifte hatte Wendy in zwei kleinen umgedrehten Laternen untergebracht. Alle Lampen im Raum waren mit Tüchern verhängt, um das harsche Röhrenlicht zu dämpfen.

Wendy setzte sich in einen Sessel mit Paisley-Muster, und Allison nahm auf einem Stuhl mit gerader Rückenlehne Platz, der aus einer alten Esstischgarnitur zu stammen schien. Auf der Fensterbank stand ein Foto von Wendy, Arm in Arm mit einer dunkelhaarigen Frau, im Hintergrund ein üppig blühender Garten wie aus einem Märchenbuch, daneben das Foto zweier Katzen, die zusammengerollt auf einem Sessel lagen, die eine schmal, mit grau-weißem Fell, die andere eine kräftig wirkende Tuxedo Cat.

»Meine Mädchen«, sagte Wendy. »Gwen …«, sie deutete auf die Katze mit dem wie ein Smoking gemusterten schwarz-weißen Fell, »… und Dave.«

Allison lachte. »Dave?«

Wendys Armreifen (heute in Rosa und Gold) klirrten, als auch sie leise lachte. »So hat sie das Tierheim genannt, und mir gefällt die Botschaft. Namen sind ebenso ein Konstrukt wie das Gender.«

»Perfekt.«

Wendy zog einen Ordner zwischen den Sukkulenten hervor und holte einen Notizblock heraus. Sie blätterte auf die erste freie Seite, schlug die Beine übereinander und sah Allison erwartungsvoll an. Allison fiel auf, dass sie ein bisschen nach Bäckerei duftete – nach Vanille, Zucker und Behaglichkeit.

Allisons Herzklopfen beruhigte sich etwas. Schon allein hier bei ihrer Professorin zu sitzen schien die Wunden, die Colin durch seinen Verrat geschlagen hatte, zu heilen.

»Dann erzählen Sie mal, wie ich Ihnen helfen kann.« Wendy strich sich die blonden Haare aus dem Gesicht; über ihren graublauen Augen trug sie einen Hauch hellvioletten Lidschatten. Das Blumenmuster ihrer langärmeligen Bluse erinnerte an die kunstvollen Tapeten, die man in Zeitschriften über Wohndesign auf Fotos sah. »Ich bin schon sehr gespannt, was Sie uns nächste Woche präsentieren werden.«

Sie schien aufrichtig interessiert, und ihre Worte wirkten wie ein Bannspruch gegen einen bösen Fluch, so dass Allison schlagartig Gewissheit hatte, was sie sagen wollte. Ihre Professorin wollte wohl kaum etwas von Themen hören, die für Allison nicht länger von Interesse waren (weil Colin sie gestohlen hatte) – sie wollte wissen, wie viele neue Ideen sie von Allison als kritischem Geist erwarten konnte. Und über Colin und seinen Betrug zu klagen, würde das keinesfalls zeigen. Zumindest nicht im Positiven.

Sie räusperte sich. »Ich wollte eigentlich etwas zu Chaucer machen, aber als ich mir letztes Wochenende noch einmal Malorys *Morte d'Arthur* vornahm, sind mir die Parallelen zwischen Igraine und Elaine von Corbenic aufgefallen.« Der Legende nach empfing Igraine ihren Sohn, den späteren König Artus, als König Uther Pendragon sich mithilfe von Magie in die Gestalt ihres Ehemannes verwandelte und sich so den Liebesakt mit ihr erschlich. Elaine hinterging den Ritter Lancelot auf ganz ähnliche Weise, indem sie sich als Königin Guinevere verkleidete. Dennoch galt Uther als Held, während Elaine der Ruf einer bösen Betrügerin anhaftete. Schon immer mussten Frauen für die Egos der Männer den Kopf hinhalten. Diese Lektion hatte auch ihr Colin nun schon zweimal erteilt.

Wendy schrieb etwas in ihren Block – offenbar hatte Allison etwas Bemerkenswertes gesagt.

Natürlich hatte sie das. Sie hatte mehr als nur eine gute Idee in ihrem Kopf, denn sie konnte Geschichten entschlüsseln und zeigen, was sich hinter ihnen verbarg.

»Ich würde gern darüber sprechen, wie in Malorys *Le Morte d'Arthur* – beispielhaft für andere mittelalterliche Liebesgeschichten und Legenden – weibliches Begehren herabgewürdigt wird.«

Wendy sah auf ihre Notizen und lächelte. »Das wäre ja eine spannende Weiterentwicklung von Colins Vortrag. Haben Sie das zusammen so geplant?«

Nun spürte Allison doch wieder Wut im Bauch. »In gewisser Weise«, murmelte sie – wenn »geplant« bedeutete, dass beide Themen ihre Ideen waren …

Aber Wendys Kommentar brachte sie auf noch eine andere Idee, die fast wie ein Feuerwerk vor ihrem inneren Auge explodierte. Vielleicht könnte sie diese neue Idee mit ihrer alten verknüpfen. Damit würde sie nicht nur demonstrieren, wie sie als Lehrende Konzepte weiterentwickeln konnte, sondern auch, dass ihre Thesen auf mehr als einem oder zwei Texten beruhten. Und genau diese Breite in der literarischen Analyse würde sie auch für ihre Dissertation brauchen.

Vor Aufregung wurde sie ganz kribbelig. Ja, sie würde es schaffen. Sie würde bis Dienstag einen völlig neuen Vortrag verfassen. Einen *besseren*. Scheiß auf Colin. Sie würde gegen *sich selbst* gewinnen – und damit gegen eine weitaus würdigere Gegnerin.

Sie zog ihr Handy aus der Tasche. »Stört es Sie, wenn ich mir kurz ein paar Notizen mache?«

»Nein, natürlich nicht.« Wendy wandte sich ihrem Bildschirm zu.

Allison registrierte kurz die Benachrichtigungen auf dem Display. Colin hatte einige Nachrichten geschrieben, die sie sofort wegwischte. Aber da waren noch zwei verpasste Anrufe ihrer Mutter.

Wahrscheinlich hatte sie wieder Neuigkeiten zu Jeds Befinden. Allison hatte aufgehört, auf die Nachrichten ihrer Mutter zu antworten, deshalb rief sie nun dauernd an.

Ihr Vater war aus dem Krankenhaus entlassen worden – mehr brauchte Allison nicht zu wissen. Sie entfernte auch die

Anrufbenachrichtigungen und begann, ein paar Zeilen in eine leere E-Mail zu tippen. Plötzlich vibrierte ihr Telefon erneut, es war ihre Mutter. Allison tippte auf *Ablehnen* und schrieb weiter. Eine Sekunde später erschien Cleos Bild auf dem Bildschirm, weil ihre Mutter einen Videoanruf anfragte.

Wendy sah Allison an. »Das scheint wichtig zu sein. Von mir aus können Sie den Anruf gern annehmen.«

»Nein, das kann warten.« Allison versuchte, den Satz zu beenden, den sie gerade begonnen hatte, aber dann rief ihre Mutter erneut an und blockierte so das Display. Allison stöhnte.

»Ist schon okay, Allison. Gehen Sie ruhig dran.«

Mit tiefem Seufzen trat Allison in den Gang hinaus. Ihre Sturheit musste sie von ihrer Mutter geerbt haben. »Hallo, Ma.« Sie versuchte, nicht so genervt zu klingen, wie sie es war. »Ich bin gerade mitten in einem Termin bei meiner Professorin. Kann ich dich später …?«

»Allison.« Die Stimme ihrer Mutter klang brüchig. »Du musst sofort nach Hause kommen.«

Vehement schüttelte Allison den Kopf. »Ich kann nicht. Ich habe am Dienstag eine wahnsinnig wichtige Präsentation und brauche das ganze Wochenende, um daran zu arbeiten.«

»Allison, es geht um deinen Vater.«

Natürlich. Schon wieder. Verdammt. Sie hatte die Nase voll davon. »Lass mich raten. Er hat nicht auf die Empfehlungen des Arztes gehört und jetzt wieder dieses Vorhofflimmern. Und muss wieder geschockt werden. Ich habe darüber gelesen, Ma. Man kann mit dieser Diagnose lange leben, und ich muss nicht jedes Mal nach Hause fahren, wenn er wieder ein Problem damit hat.«

»Allison. Schätzchen.« Die Stimme ihrer Mutter war auf einmal ganz weich. Zu weich. Zu geduldig.

Allison wurde kalt.

»Ich weiß nicht, wie ich es sagen soll. Dein Vater … er ist … tot.«

Kapitel 37

Allisons Augen brannten, obwohl keine Tränen kamen. Seit dem Anruf ihrer Mutter waren fünf Stunden vergangen, und sie spürte immer noch nichts.

Wie ein Zombie war sie in Wendys Büro zurückgewankt. Sie wusste nicht mehr, was sie ihrer Professorin gesagt hatte, aber die herzlichen Worte und freundschaftliche Umarmung klangen noch auf der Fahrt nach Maine tröstend in ihr nach.

Ihre Nachrichten an Sophie und Mandy hatten wie die einer Fremden geklungen, auch das Lenkrad umklammerten die Hände einer anderen. Dass Monty mit seiner kalten Nase gegen ihren Arm stupste, geschah in einer anderen Dimension, und die Allison, die seinen Kopf streichelte, war eine andere Version ihrer selbst. Ein fremdes Herz schlug in einer Brust, die nicht ihre war. Sie war niemand und nirgends und driftete dahin, während ihr Leben vor ihr herlief.

Was für ein Mensch war sie, dass Colin sie in einen Strudel aus Gefühlen stürzen konnte, sie beim Tod ihres Vaters jedoch nichts empfand?

Sie wischte sich kalten Schweiß von der Stirn. Sie sollte jetzt nicht an Colin denken. Er hatte keinen Raum in ihren Gedanken verdient.

Jed war gestorben. Er war tot.

Allison hielt vor dem Haus ihrer Mutter und ließ den Kopf aufs Lenkrad sinken. Wie sollte sie das schaffen? Jed. Colin.

Es war einfach zu viel.

Monty auf dem Rücksitz fiepte und versuchte, sich mit den Vorderpfoten an ihrer Lehne abstützen, um ihr über das Gesicht zu lecken, wobei er zu Boden purzelte. Allison musste lachen. Es klang zwar krächzend und bitter, brachte sie aber immerhin in Bewegung.

Ihre Mum und Cleo warteten schon an der Haustür.

Ihre Mutter, mit rotem Gesicht und tränenüberströmt, breitete die Arme aus. Schuldbewusst blickte Allison zu Boden. Sollte sie selbst nicht auch so aussehen, sollte ihr Körper nicht ihren Schmerz zur Schau stellen? Sie hatte ein Elternteil verloren. Ein denkbar schwerer Verlust.

Aber sie fühlte sich leer. Wie ausgehöhlt.

Ihre Mutter duftete nach Brot und Blumen und *Zuhause*. Während Allison sich umarmen ließ, bekam sie einen Kloß im Hals. Wer hätte gedacht, dass man wegen *nichts* so schwer zu schlucken hatte?

»Mein Schatz! Es tut mir ja so leid.«

Was? Dass Jed tot war oder Allison nichts fühlen konnte? Sie räusperte sich. »Was ist denn überhaupt passiert?«

Ihre Mutter trug ihre kleine Reisetasche zur Treppe. Dann ließ sie sich mit dem Seufzen eines Menschen, der sich noch nie im Leben wirklich Ruhe gegönnt hatte, in ihren Lieblingsfernsehsessel sinken. »Sobald er aus dem Krankenhaus raus war, hat er einfach die Medikamente abgesetzt. Und dann hatte er einen Herzinfarkt. Allein. Paula hat ihn gefunden, als sie ihm ein paar Lebensmittel bringen wollte.«

Allison presste sich die Hand auf den Mund. Es war furchtbar, auf diese Weise allein sterben zu müssen, aber es passte zu Jed. Die Menschen um ihn herum waren ihm eher eine Last gewesen, und sich mit ihren Gefühlen auseinanderzusetzen, hatte er als anstrengend empfunden. Zu viel Drama.

Doch wenn man alle von sich wegstieß, war da am Ende niemand mehr. Allison hatte das in ähnlicher Weise gerade mit Sophie erlebt. Sie setzte sich auf die Couch. Eine Weile hörte man nur das verspielte Balgen und Knurren der zwei Hunde auf dem Teppich.

Als ihre Mutter sich vorlehnte, quietschte der Sessel. »Wir können gern darüber reden«, bot sie an.

»Worüber?« Allison zog sich ein Kissen vor die Brust.

»Wie du dich fühlst.«

»Was, wenn ich nichts fühle?«

Ihre Mutter presste die Lippen zusammen und schüttelte den Kopf. »Natürlich tust du das. Dein Vater ist gerade gestorben.«

»Aber das ist es ja.« Allison umklammerte das Kissen. »Ich weiß, dass er dir wichtig war, aber für mein Leben hatte er nicht mehr Bedeutung als die Wände in diesem Haus.« Sie sah sich um. »Sie sind immer da, aber ich empfinde nichts für sie.«

»Ach, Schätzchen …«

»Nein. Das ist vielleicht nicht das richtige Bild.« Allison betrachtete den Deckenventilator. Einer der Flügel war leicht verbogen und zeigte einen Knick im Metall – entstanden bei dem Versuch der elfjährigen Allison, das Dribbeln mit einem Basketball zu lernen. Jed hatte den Ventilator nie repariert, aber er hatte ihr den Ball geschenkt. »Um mal Bewegung in diesen trägen Körper zu bringen«, hatte er dazu gesagt. Das Haus hatte ebenso viele Wunden durch Jed davongetragen wie Allison. »Vielleicht sollte ich ihn mit einem Spiegel vergleichen, der mich gezwungen hat, meinen Körper auf die Weise zu sehen, wie er ihn sah.«

Ihre Mutter seufzte. »Er war nun mal nicht perfekt.«

»Nein. Er war furchtbar.« Allison warf das Kissen zu Boden. »Warum kannst du das nicht zugeben?«

Ihre Mutter starrte auf die eigenen Hände, und ihre Lippen begannen zu zittern. »Weil ich nicht darüber nachdenken will, dass ich einen furchtbaren Menschen geliebt habe.«

Allison war so gerührt, dass es wehtat. Ihre Mutter hatte ein so großes Herz, dass sie sich nicht vorstellen konnte, jemand hätte überhaupt nichts Gutes in sich. Sie würde einen Skorpion lieben, auch wenn er sie stäche. Aber ebenso wenig wie ihre Mutter Liebe nicht kontrollieren konnte, konnte Allison sich zu Gefühlen zwingen, die sie nun mal nicht empfand.

Aber nach dem, was gestern mit Colin passiert war, konnte sie ein wenig besser nachvollziehen, dass man einen geliebten Menschen möglicherweise nicht so wahrnahm, wie er wirklich war. Der Groll gegenüber ihrer Mutter ließ nach.

Sie kniete sich neben sie hin und lehnte den Kopf gegen ihren Arm. »Ich weiß, ich sollte es tun, aber ich liebe Jed nicht, Ma. Ich kann es einfach nicht. Ich bin nicht wie du. Ich habe nicht endlos viel Liebe in mir, die ich anderen Menschen schenken kann. Das fällt mir nicht so leicht wie dir.«

Mit Colin hatte sie das zweimal getan und fühlte sich nun umso leerer. Jedes Mal, wenn ihr das Herz gebrochen wurde, hatte sie darin weniger Platz für andere – wie bei einem Teller, dessen zersprungene Teile nie wieder richtig zusammengeklebt werden konnten. Wenn sie nicht aufpasste, wäre bald überhaupt kein Raum für jemanden mehr darin.

Der Stuhl quietschte leise, während ihre Mutter nachdenklich vor und zurück wippte, und die Hunde lauschten mit aufgerichteten Ohren.

Allison sah ihre Mutter an. »Ich wünsche mir, dass ich bei dir einfach fühlen darf, was ich fühle – ohne jede Schuldzuweisung. Selbst, wenn ich nichts empfinde. Ich bin es, die damit klarkommen muss. Und so hätte es immer sein sollen. All deine Anrufe, dass ich Jed besuchen soll, den Kontakt halten soll … dass er mich braucht … Es hat wehgetan, weil ich es nicht konnte. Ich hatte immer das Gefühl, dass das, was ich ihm gegenüber empfinde, falsch ist.«

Sie schloss die Augen. Ihre Mutter brauchte eine Weile, ehe sie antworten konnte. »Das tut mir so leid, mein Schatz. So war das nie gemeint. Ich wollte nur nicht, dass du es bereust, wenn er mal nicht mehr da ist. Von deiner Großmutter weiß ich, wie so etwas sich anfühlt – es frisst einen auf.«

»Aber du und Grandma habt immer gestritten. Vielleicht hast du sie zu sehr geliebt. Bei Jed und mir war das nicht so.« Zwischen ihnen hatte keinerlei emotionale Beziehung bestanden. »All diese Schuldzuweisungen, dass ich nicht für ihn da sei, haben mich nur daran erinnert, dass da nichts zwischen uns war.« Allison legte eine Hand auf ihr Herz und spürte, wie es gegen ihre Handfläche pochte. Vielleicht war diese Taubheit einfach ihre Art von Trauer.

Ihre Mutter streichelte ihr über den Kopf. »Es tut mir leid, dass ich das nicht erkannt habe«, sagte sie. »Du bist erwachsen. Ich muss dir mehr zuhören und dich weniger bemuttern.«

Allison lächelte kurz. »Dieser Plan gefällt mir.«

Ihre Mutter räusperte sich. »Tja, und wo wir schon mal dabei sind, könntest du vielleicht auch aufhören, mich zu bemuttern, hm?«

»Was soll das denn heißen?

»Hör auf, meine Rechnungen zu bezahlen.«

»Sie waren überfällig. Ich wollte nur helfen.«

Ihre Mutter nahm ihre Hand. »Das musst du aber nicht. Ich bin mein ganzes Leben lang allein klargekommen. Und das werde ich auch weiterhin.«

Allison wusste nicht, wie sie damit umgehen sollte. »Aber du bist meine Mutter. Ich muss mich doch um dich kümmern.« Ihre Stimme brach, und eine Träne lief ihr über die Wange.

Auch ihre Mutter wischte sich eine Träne aus dem Augenwinkel. »Eines Tages vielleicht. Aber noch nicht jetzt. Ich verspreche, dass ich es dir sagen werde, wenn ich dich brauche. Bis dahin möchte ich mir keine Sorgen darüber machen, dass du dir Sorgen um mich machst. Verstehst du das?« Sie sprach weder mit Nachdruck noch mit irgendeiner Form von Autorität. Das hatte sie bei Allison nie gebraucht – sie beide waren immer ein Team gewesen. Und es fühlte sich gut an, dass sie wieder auf dem Weg dorthin waren.

Aus Spaß versuchte Allison, nach dem schmollend-gleichgültigen Teenager zu klingen, der sie nie gewesen war. »Na guuut – wenn du meinst …«

Ihre Mutter erhob sich mit einem Lächeln. »Dann mache ich uns jetzt mal Tee und werfe ein paar Kekse in den Ofen, damit wir *Magnolien aus Stahl* einlegen und so richtig heulen können.«

Genau das taten sie.

Als Allison schließlich mit dem schlafenden Monty im Arm nach oben ging, hatte sie so viel geweint, wie schon lange nicht mehr.

Keine ihrer Tränen hatte Jed gegolten, und dennoch war es eine Erlösung gewesen, sie rauszulassen. Es hatte ihr einen Teil dieses tauben Gefühls genommen.

Nach kurzem Abduschen kroch sie ins Bett und wartete darauf, dass die Erschöpfung ihr Hirn ausschaltete. Um nicht an Colin zu denken, ging Allison ihre neuen Ideen für den Vortrag durch. Wendy hatte angeboten, den Termin zu verschieben, aber Allison wollte, dass es endlich vorbei wäre. Vorher würde Wendy nicht entscheiden, wen sie als Mentorin betreute, und je länger das dauerte, desto länger wäre Allison mit Colin verbunden.

Sie wollte die Sache vom Tisch haben.

Also strampelte sie ihre Bettdecke doch beiseite und fing an, im Zimmer nach geeignetem Material zu suchen. Hinten im Wandschrank steckte ihre alte Ausgabe von Malorys *Le Morte d'Arthur*. In der untersten Schublade ihres alten Schreibtischs lagen die Utensilien für ihre damalige Wortsammel-Pinnwand: eine Handvoll dicke Filzstifte, zusammengehalten von einem altem Haargummi, und stapelweise Karteikärtchen. Aus dem Nachtschrank kramte sie ihr uraltes und hoffentlich noch funktionsfähiges Tablet aus der High School.

In den nächsten Stunden bastelte Allison ihre Präsentation aus Wissensschnipseln zusammen, wie eine Kindergärtnerin ein Kunstprojekt. Sie rief Sekundärliteratur aus der Online-Bibliothek der Claymore ab, tippte Passagen aus Malory in die

Notizen-App ihres Tablets und gestaltete die Karteikarten als Ersatz für PowerPoint-Folien, inklusive graphischer Elemente wie mit Strichmännchen und -frauchen.

Das Endergebnis war weit von der ausgefeilten Arbeit entfernt, die in Providence in ihrem Rechner schlummerte. Es gab keine pfiffigen Hintergrundbilder, keine schnörkeligen Schriften, keine Clip-Art, keine hochaufgelösten Fotos aus dem Internet. Keine Textausschnitte aus Chaucer, die per PowerPoint-Animation unterstrichen und mit Randnotizen versehen wurden.

Trotzdem fühlte sich das alles für Allison in gewisser Weise ehrlicher und authentischer an. Die Präsentation war weder professionell noch bombastisch. Sie war sicher auch nicht überragend. Aber sie war das Beste, was sie von hier aus geben konnte. Und das musste nun mal reichen.

Als sie ihre Handykamera einrichtete, schimmerten bereits die ersten Sonnenstrahlen am Horizont. Sie war zu müde, um die Ringe unter ihren Augen oder die vom Weinen roten Flecken in ihrem Gesicht zu kaschieren. Sie machte sich auch nicht die Mühe, ihr *Schnauze-ich-lese*-T-Shirt gegen etwas Hübscheres zu tauschen. So, wie sie war, und mit vor Erschöpfung heiserer Stimme filmte sie sich in der nächsten Stunde bei ihrem Vortrag, hielt die Kamera an den passenden Stellen auf ihre improvisierten Folien gerichtet und deutete auf ihre eselsohrige Ausgabe des Malory, wenn sie zu Textanalysen aufforderte.

Während sie das Video hochlud, öffnete sie ihr Mail-Postfach von der Uni, in dem sie ein Dutzend Kondolenz-Mails von den Studis aus ihren Tutorien fand. Sie klickte die erste an.

Hey, Prof A. Verdammte Scheiße, dass dein Dad gestorben ist! Ich hoffe, du bist okay. Ich verspreche, im nächsten Tutorial kein Arsch zu sein. Cole.

Allison hatte gedacht, sie sei leergeweint, aber nun liefen ihr neue Tränen über die Wangen. Mit bebenden Händen lud sie das Video in eine E-Mail, die sie an Wendy adressierte.

Ihre Finger verharrten über dem *Senden*-Befehl. Es war spät (oder früh, je nachdem), und Allison war völlig fertig. Konnte sie sich in diesem Zustand eine derart wichtige Entscheidung zutrauen? Was, wenn es ein Fehler wäre, diese Aufnahme zu schicken? Was, wenn ihre Ungeduld sie ihren Platz als Mentee kostete? Was, wenn dieser übereilte Schritt Wendy bewies, dass sie nicht für die Anforderungen einer Promotion geschaffen war?

Aber ausnahmsweise war Allison das alles egal. Für Perfektion brauchte sie mehr Energie, als sie im Moment übrig hatte. Und in gewisser Weise hatte sie ja genau dieser Drang zur Perfektion in den Schlamassel hineingeritten.

Sie klickte auf *Senden*.

Diesen Vortrag abzuschicken, bedeutete auch, eine Tür zuzuschlagen. Hiermit war ihr Konkurrenzkampf mit Colin beendet. Es gab nichts mehr, worum sie kämpfen musste – alles lag in Wendys Hand.

Kapitel 38

Sophie Andrade

Ich steige jetzt ins Auto.

Allison Avery

Um nach Boston zu deinem Vorstellungsgespräch zu fahren.

Sophie Andrade

Nope, weiter nördlich.

Allison Avery

SOPHIA ROSA ANDRADE. DREH UM.

Und hör sofort auf, beim Fahren zu tippen.

Sophie Andrade

Ich bin noch nicht unterwegs. Stehe in der Auffahrt.

Allison Avery

Dann gib jetzt sofort *Kisses and Hugs* in Boston ins Navi ein.

Sophie Andrade

Ich will dich aber nicht allein lassen.

Allison Avery

Und ich will nicht deine Träume zerstören.

Und auf all die tollen Gratisklamotten verzichten, die für mich abfallen, wenn du dir deine Träume erfüllst.

Komm einfach danach, okay?

Sophie Andrade

🖤

Unbekannt

Ich habe Sophie an eurem Haus getroffen, als sie gerade losfahren wollte. Sie hat mir von deinem Vater erzählt. [Nachricht gelöscht von Allison]

Bist du okay? [Nachricht gelöscht von Allison]

Was kann ich tun? [Nachricht gelöscht von Allison]

Du kannst mich ignorieren, so viel du willst, aber ich verschwinde trotzdem nicht. [Nachricht gelöscht von Allison]

Mandy Garcia

Ich glaube, Ethan trinkt Rasierwasser.

Ich sitze jetzt fast zwei Stunden mit ihm im Auto, und ich schwöre, er dünstet das aus wie Alkohol. Link auf dem Rücksitz muss schon würgen.

Ebenfalls schockierend: Ethan hört im Radio nur Infosender. KEINE MUSIK. NULL.

Und er hält sich tatsächlich ganz exakt an die Geschwindigkeitsbegrenzung! Keine Meile mehr oder weniger.

Das ist das letzte Mal, dass ich mich von dem irgendwo hinfahren lasse.

Liebe Allison,

meine Gedanken sind in dieser schweren Zeit bei Ihnen und Ihrer Familie. Wenn man ein Elternteil verliert, ist das ein furchtbarer Schmerz, dem man wenig weisen Rat entgegensetzen kann außer vielleicht dem, so lange und in der Weise zu trauern, wie nötig ist. Niemand kann nachempfinden, wie groß dieser Verlust für Sie ist und was Sie dabei fühlen. Aber wie auch immer Sie damit umgehen, es wird genau die richtige Art sein – ganz gleich, wie unsinnig es anderen vorkommen mag.

Als ich vor zwei Jahren meine Mutter verlor, habe ich jedes Mal, wenn mir zum Weinen zumute war, eine neue Pflanze gesetzt. Wie Sie sich sicher vorstellen können, ist mein Garten heute üppig bestückt. Aber ich habe das Gefühl, dass jedes dieser Gewächse ihren Geist in sich trägt, und mit jedem neuen Trieb, den ich entdecke, heilt mein Herz ein kleines bisschen mehr.

Ich habe Ihr Video bekommen und es heute dem Kurs gezeigt. Wir fanden es alle großartig, wie Sie sich mit den Ihnen zur Verfügung stehenden Ressourcen arrangiert haben. Sie haben hervorragende Arbeit geleistet, Ihre Ideen zu strukturieren und sie dem Kurs zu präsentieren, und die Studierenden haben mit ebenso großem Interesse wie Enthusiasmus auf Ihre Interpretationen reagiert. Ich glaube, auch Malory hätten Ihre Strichzeichnungen seiner Figuren gefallen 😉 vor allem Lancelot und sein aufragendes … Schwert.

Wenn ich irgendetwas für Sie tun kann, lassen Sie es mich bitte wissen.

Alles Gute
Wendy

Kapitel 39

Die Trauerfeier für Jed hatte erst vor einer halben Stunde begonnen, aber Allison kam es schon jetzt so vor, als hätte sie einer Million Fremder die Hand geschüttelt.

Während das nächste Paar sich vor den geschlossenen Sarg ihres Vaters kniete und die Hände zum Gebet faltete, schluckte sie schwer gegen die raue Trockenheit in ihrem Mund an. Ihre Handflächen waren kalt und klebrig vor Schweiß, und sie wischte sie an ihrer schwarzen Jacke ab.

Allison ließ ihren Blick in den hinteren Teil des Raumes schweifen, wo Sophie und ihre Freunde von der Uni als Gruppe zusammensaßen. Sie waren die Ersten gewesen, die den Saal betreten hatten, und nach der herzlichen Gruppenumarmung am Sarg hatten sie sich in die Ecke verzogen. Hin und wieder kam jemand von ihnen nach vorn, um nach Allison zu sehen.

Unter dem Eisberg ihrer Gefühlstaubheit simmerte Rührung über diese liebevolle Zuwendung. Sie hatte nicht damit gerechnet, so viel Unterstützung zu bekommen.

Sie hoffte nur, dass Colins Abwesenheit nicht zu sehr auffiel.

Colin.

Sofort verdrängte sie den Namen. Sie konnte jetzt nicht an

ihn denken. Oder daran, dass er eigentlich hätte hier sein und ihre Hand halten sollen, so wie er es vor fast einem Monat getan hatte, als alles von Neuem begann.

Sie hasste es, dass nun alles auf einmal endete. Es mochte etwas Poetisches haben, dennoch war es unfair.

Schweiß rann ihr über den Rücken. In diesem Bestattungsinstitut war es zu heiß. Am liebsten hätte Allison ihre Strickjacke ausgezogen, aber das sexy Dekolleté ihres Kleides schien für diesen düsteren Anlass kaum angemessen. Die Kombination aus Hitze und dem schweren Duft der unzähligen Blumenarrangements ließ ihren Hals zuschwellen.

Irgendjemand hatte sich große Mühe gegeben, den Raum behaglich auszustatten: mit weichen Sofas, sonnengelber Wandfarbe und Kissen in verschiedenen Grüntönen. Und doch empfand Allison das Dekor alles andere als tröstlich. Am liebsten wäre sie schreiend hinausgestürmt und hätte ihren zu festen Haarknoten gelöst, um mit wehender Mähne in den Wald zu rennen.

Die aschblonde Frau, die gerade vor dem Sarg kniete, bekreuzigte sich, und Allison verkrampfte. Alles an dieser Veranstaltung kam ihr gestellt vor. Jed war kein praktizierender Katholik gewesen. In seinem Testament hatte ausdrücklich gestanden, er wolle keinen Gottesdienst. Nur eine Trauerfeier und ein schnelles Begräbnis, dann Burger und Bier im Haus von Paulas Sohn. Den letzten Teil würde Allison allerdings auslassen. Vielleicht auch die Beerdigung selbst. Sie musste nicht mitansehen, wie ihr Vater in die Erde gelassen wurde, um zu wissen, dass er nun nicht mehr da war. Für sie war er ohnehin nie richtig da gewesen.

Das Paar erhob sich wieder, und Allison machte sich bereit für eine weitere Runde Smalltalk mit Menschen, deren Namen sie vergessen hätte, noch ehe sie sich verabschiedeten.

Als Jeds einziges leibliches Kind stand Allison neben ihrer Mutter als Erste in der Kondolenzreihe. Paula und ihr Sohn saßen in der ersten Stuhlreihe mit Blick auf den Sarg. Keiner von ihnen hatte mit Allison gesprochen, was ihr sehr recht war.

Die blonde Frau schniefte, als sie nach Allisons Hand griff. »Sie müssen Jeds Tochter sein.«

Allison zwang sich zu einem Lächeln. »Allison.«

»Ich bin Nancy, die Sekretärin Ihres Vaters. Ich erkenne Sie vom Foto auf seinem Schreibtisch.«

Das war Allison neu. Seit der High School war sie nicht mehr im Büro ihres Vaters gewesen, aber alles, woran sie sich erinnerte, war ein signierter Baseball und die ihrem Vater so kostbare Sammlung von Kronkorken an der Wand. Auch Nancy erkannte sie nicht.

Die Frau hielt Allisons Hand fest und drückte sie mehrfach. »Er hat immer so viel von Ihnen gesprochen.«

Allison zuckte zusammen. »Er hat was?«

Nancy lächelte traurig, da sie wohl dachte, dass Allison wegen ihres Kummers so reagierte. »Kurz bevor er ins Krankenhaus kam, hat er erzählt, dass Sie Dozentin sind. Auf dem College. Er sagte, es sei nicht leicht, das zu werden. Die meisten Leute würden zu diesen Programmen gar nicht angenommen.« Das war zwar nicht ganz korrekt, aber mehr, als sie Jed an Detailwissen zu ihrer akademischen Laufbahn zugetraut hatte.

Sie blickte kurz zu ihrer Mutter, die fast unmerklich die Schultern zuckte. Offenbar war das auch für sie neu. »Ich bin noch nicht ganz so weit«, sagte sie zu Nancy, »aber eines Tages werde ich hoffentlich am College unterrichten.«

Nandy tätschelte ihr kurz die Wange. »Ich hoffe, Sie wissen, wie stolz Ihr Vater auf Sie war«, sagte sie, bevor sie weiterging.

Allison blickte zum Sarg. Ihre Augen brannten. Zu hören, was er über sie gesagt hatte – wie jemand, der seine Tochter vielleicht geliebt haben könnte –, ließ ihr ihren Vater fast noch fremder werden.

Sie wünschte, Nancy hätte nichts gesagt. Oder sie es nicht gehört.

Sie schwitzte noch mehr. Allmählich machte sich ein ausgetrocknetes, poröses Gefühl wie bei einem schlimmen Kater in ihr breit. Sie fuhr sich mit der Zunge über die Lippen. Sie brauchte Wasser. Und etwas zu essen. Irgendetwas, um ihren Blutzucker in die Höhe zu treiben. Bei solchen Veranstaltungen sollte es Snacks geben. Und mehr Stühle. Und offene Fenster, verdammt. Ihr war, als hätten gerade schlagartig weitere zwanzig Leute den Raum betreten, die nun den Rest des verbliebenen Sauerstoffs verbrauchten.

Wenn Allison einmal sterben würde, würde sie die Leute bitten, zu Hause zu bleiben und ein gutes Buch zu lesen, anstatt ihre Hinterbliebenen diesem Elend auszusetzen.

Sie versuchte gerade, ihre Wimperntusche vor dem Zerfließen zu retten, entdeckte sie in der Reihe der Gäste ein bekanntes Gesicht.

Wendy Frances zog ihre graue Stola über dem schwarzen Kleid fester und trat an den Sarg. Die in den dünnen Stoff eingestickten Vögel schienen dabei ihre Flügel noch weiter auszubreiten. Während Wendy sich hinkniete, rutschten ihr die schwarzen Armreifen ein Stück den Arm hinauf.

Allisons begann zu zittern. Was machte ihre Professorin hier? Stonington lag gute vier Stunden Autofahrt von Providence entfernt. Hatte Wendy diesen langen Weg auf sich genommen, nur um eine halbe Stunde an der Trauerfeier eines für sie fremden Mannes teilzunehmen?

Oder hatte sie sich entschieden und Colin gewählt – und wollte es Allison schonend beibringen?

Allison strich ihr Kleid glatt. Wenn es so war, dann war es eben so. Umso besser, wenn auch diese Angelegenheit geklärt wäre. Nach der emotionalen Achterbahnfahrt der letzten Tage waren ihre Schmerzrezeptoren wie betäubt, so dass sie es ohnehin kaum spüren würde, wenn sie jetzt diese Nachricht erhielte. Und dann könnte sie endlich dieses schreckliche Semester (samt Colin) hinter sich lassen.

Den Rückspiegel in tausend Teile zerschmettern.

Wendy richtete sich auf und trat zu Allison.

»Was machen Sie hier?«, flüsterte Allison, während sie sich von ihrer Professorin umarmen ließ.

»Ich wollte Ihnen kondolieren und sehen, wie es Ihnen geht.« Wendy lehnte sich zurück und musterte sie aus graublauen Augen, als wären Allisons Gefühle äußerlich sichtbar. Oder mit kleinen Karteikärtchen an ihr befestigt, wie an ihrer alten Wortsammel-Pinnwand.

»Es geht mir einigermaßen okay. Das Verhältnis zu meinem Vater war … belastet.«

»Das macht es nicht unbedingt leichter. In mancher Hinsicht vielleicht noch schwerer …«

Allison, die sich inzwischen nur noch wie ein emotionales Durcheinander fühlte, nickte und zuckte gleichzeitig die Achseln.

Wendy faltete die Hände. »Außerdem hatte ich gehofft, Ihnen ein bisschen Sonnenschein bringen zu können in all dem …«, sie sah sich um, »… Regen.«

Allisons Herz machte einen Satz. Bedeutete das …?

Die Professorin griff in ihre lederne Schultertasche und zog eine brandneue Ausgabe von *Das Mabinogion* heraus. Allison bekam weiche Knie. Das glänzend schwarze Cover mit der altertümlich anmutenden weißen Schrift war das Schönste, was sie je gesehen hatte. Zwischen den Buchseiten klemmte ein Stapel Papier.

»Da sind ein paar Unterlagen, die Sie für die Reise nach Wales im Januar ausfüllen müssen. Und eine Ausgabe von *Das Mabinogion* für den Fall, dass Sie noch keine haben. Ich freue mich schon sehr darauf, mit Ihnen zusammenzuarbeiten.«

Dass sie das Buch genommen hatte, wusste Allison nur, weil sie es plötzlich in den Händen hielt. Auch ihre Extremitäten schienen taub geworden zu sein. »Ich habe gewonnen?«

Wendy lächelte. »Gewonnen ist nicht das Wort, das ich benutzen würde. Sie haben sich den Platz verdient. Für die Reise und als meine wissenschaftliche Assistentin.«

»Und Colin?« Allison hasste es, den Namen aussprechen zu müssen, aber sie musste es einfach wissen. Bestimmt war er am Boden zerstört, auch wenn er es nicht verdient hatte zu gewinnen. So wenig sie das auch zulassen wollte, war sie doch auf einmal voller Mitgefühl für ihn.

»Colins Vortrag zur Frau von Bath und Dame Ragnell …«

»Moment mal. Zu welchem Thema? Hat er nicht zur *Geschichte des Ritters* und *Erec et Enide* referiert?«

Wendy schüttelte den Kopf, so dass sich ihre silbernen Creolen in ihren Locken verfingen. »Er hat anhand zweier Geschichten das Motiv der ›abscheulichen Dame‹ erläutert und gezeigt, wie monströs weibliche Körper in mittelalterlichen Liebesgeschichten dargestellt werden.«

Diesmal gaben Allison die Knie tatsächlich nach. Zum Glück stand hinter ihr ein Stuhl.

Alles um sie herum schien sich zu drehen.

In ihrem ursprünglichen Vortrag hatte es keine Geschichten von »abscheulichen Damen« gegeben. »Dann hat er nicht dargestellt, welchen Einfluss weibliche Schönheit auf ritterliche Männlichkeit hat?«

»Nein, er hat sich allein auf die Darstellung der Weiblichkeit in den Texten konzentriert.« Wendy setzte sich auf das nebenstehende Sofa. »Worum geht es hier gerade?«

Allison spürte, wie sich ihr Magen zusammenzog. Colin hatte ihr nichts gestohlen außer ihrem Titel. Und er hatte das Thema in eine völlig andere Richtung gedeutet. Das musste er gemeint haben, als er sagte, sie könnten »an einem Strang ziehen«.

Und sie hatte sofort ihr Urteil gefällt und ihm unterstellt, er würde ihre Ideen klauen. Als sei das die einzige Möglichkeit, wie er mit ihr in Konkurrenz treten könne.

Sie hörte Wendy ihren Namen sagen und wurde aus ihren Gedanken gerissen.

»Seinem Titel nach hatte ich angenommen … Ich glaube, ich habe da etwas missverstanden.«

»Er hat uns erzählt, dass der Titel von Ihnen stammt, aber dass er perfekt zu Ihren beiden Vorträgen passen würde.«

Allison wurde schwindelig. »Ich wünschte, ich hätte seinen gehört.«

Ihre Professorin lächelte. »Ich weiß, dass Sie und Colin sich nahestehen. Ich hoffe, meine Entscheidung führt nicht zu Spannungen. Er ist ein sehr kluger junger Mann, und wenn er aus seinem Freistellungsjahr zurückkehrt, werden wir dafür sorgen, dass er die besten Chancen bekommt.«

Das Gespräch fühlte sich allmählich wie eine endlose Folge von Peitschenhieben an. Jedes Mal, wenn Allison sich gerade von einem Schlag erholt hatte, sagte Wendy etwas Neues, das sie schmerzhaft traf. »Er verlässt die Uni?«

»Vorübergehend. Er kam gestern zu mir, um mir mitzuteilen, dass er sein Studium für ein Jahr aussetzen möchte. Er wolle sich Zeit nehmen, noch einmal darüber nachzudenken, in welche Richtung er sich entwickeln will.«

»Dann hat er sich also selbst aus dem Rennen genommen?«

Wendy lachte leise. »Nicht im Mindesten. Zuallererst hat er gefragt, für wen als Mentee ich mich entschieden habe.«

Das alles ergab überhaupt keinen Sinn. Allison umklammerte die Armlehnen ihres Stuhls, als könnte die Welt dadurch wieder ins Gleichgewicht kommen.

»Und wissen Sie, was er geantwortet hat, als ich es ihm sagte?«

Allison konnte nur den Kopf schütteln.

»Dass es die richtige Wahl sei.«

Sie spürte eine Träne auf ihrer Wange. Ihr Kopf dröhnte. Colin würde weggehen. Er hatte nichts von ihr gestohlen. Aber das alles in diesem Moment zu begreifen, schien ihr unmöglich. Sie brauchte Zeit, um alles zu überdenken und vernünftig einzusortieren.

Bis dahin hielt sie sich an den guten Nachrichten fest. Was immer zwischen ihr und Colin vorgefallen war – das hier hatte sie *verdient*.

Wendy tätschelte ihre Hand. »Sie haben mir in den letzten Monaten mehrfach bewiesen, dass Sie meine Leidenschaft für mittelalterliche Literatur teilen, und ich glaube, unsere Interessen ergänzen sich so gut, dass wir viel voneinander lernen können.«

»Aber ich bin alles andere als eine gute Lehrerin«, platzte Allison heraus.

Die Professorin lachte amüsiert. »Nach Perfektion habe ich nie gesucht. Außerdem bin ich überzeugt, dass das nicht stimmt.« Sie drückte kurz Allisons Hand. »Und selbst wenn, dann werden Sie eben mit der Zeit besser. Sie werden sich entwickeln.«

Sich entwickeln. Das gefiel Allison.

Sie war es leid, ständig nach Perfektion zu streben. *Die Beste* hatte sie nur wegen Jed sein wollen. Damit er stolz auf sie wäre. Und einsähe, dass er sich getäuscht hatte … Und es hatte ihr nicht das Geringste gebracht.

Genauso wie es Colin und sie nur voneinander entfernt hatte, sich ständig gegenseitig übertrumpfen zu wollen.

Vielleicht sollte sie, anstatt immer die Beste sein zu wollen, es lieber mit »besser werden« versuchen. Denn das bedeutete, dass es immer noch etwas zu lernen gäbe.

Kapitel 40

»Ich werde mich für eine Weile nach nebenan verziehen, aber hier habt ihr jungen Leute schon mal was zu essen. Das war ein langer Tag.«

Allisons Mutter stellte einen Stapel Pizzakartons auf den Couchtisch und winkte ab, als Sophie, Link und Ethan ihr Geld dafür geben wollten. Cleo, die ihr wie immer um die Füße sprang, brachte Link zu Fall, als er versuchte, den Schachtelturm zu erreichen.

Der Geruch von Knoblauch und Käse erfüllte den Raum, und Allisons Magen knurrte. Die Trauerfeier hatte sich so lange hingezogen, dass sie sich nicht mehr erinnern konnte, wann sie zuletzt etwas gegessen hatte.

Seit einer Stunde waren sie nun in ihrem Elternhaus, und Allison hatte sich noch nicht aufraffen können, nach oben zu gehen und sich umzuziehen. Die schwarze Strumpfhose klebte ihr an den Beinen, ihre Füße schmerzten vom langen Stehen, und ohne die Strickjacke fröstelte sie mit ihren nackten Schultern. Bibbernd warf sie sich eine Wolldecke um und kämpfte gegen den Drang, sich hinzulegen und eine Runde zu schlafen.

Ihre Freunde stürzten sich auf die Pizzakartons, redeten wild durcheinander und füllten das Haus endlich wieder mit Leben – in den letzten fünf Tagen war es hier viel zu still gewesen. Allison schloss die Augen. Dass ihre neuen Freunde von der Uni hier waren – plus Sophie – fühlte sich an, als würde sie mit ihrem Lieblingsbuch in ein bequemes Sofa sinken.

Sie brauchte sich nicht mehr allein zu fühlen. Sophie hatte recht gehabt. Die ganze Zeit über, in der sie sich Sorgen gemacht hatte, dass das Leben ihrer besten Freundin sich ohne sie weiterentwickelte, war bei ihr selbst dasselbe passiert. Selbst wenn Sophie den Job in Boston bekommen und wegziehen sollte, würde sie Allison nicht im Stich lassen. Und Allison wäre alles andere als allein.

Während sie die anderen beobachtete, dachte sie noch einmal an ihr Gespräch mit Wendy. Allison hatte ohne Zweifel zu dem Druck auf Colin beigetragen, der ihn dazu gebracht hatte, sein ursprüngliches Thema infrage zu stellen. Sie selbst hatte so sehr an ihren Fähigkeiten als Lehrender gezweifelt, dass sie ständig ihre Stärken in den Vordergrund hatte spielen müssen. Ihr hätte klar sein müssen, dass er sich dabei schlecht fühlte.

Sie nahm ihr Handy und begann zu texten.

Allison Avery

Warum hast du mir nicht gesagt, dass du über Geschichten mit abscheulichen Damen referierst?

Unmittelbar darauf begannen die Antwortpunkte zu tanzen. Allisons Herzschlag schien sich dem schnellen, blinkenden Rhythmus anzupassen. Bis die Punkte wieder verschwanden …

Seufzend lehnte sie den Kopf zurück.

»Alles in Ordnung?« Sophie stand schon halb, um zu ihr zu kommen.

Allison winkte ab. »Ich wollte nur …« Sie seufzte erneut. Sie hatte keine Kraft mehr für Geheimnisse. Und die hatten sowieso nichts Gutes gebracht. »Ihr habt doch alle Wendy Frances bei der Trauerfeier gesehen, oder? Sie kam, um mir zu sagen, dass sie mich als wissenschaftliche Assistentin gewählt hat und ich auf die Forschungsreise nach Wales mitfahren kann.«

Sophie klatschte. »Wow! Das ist ja super!«

»Ja.« Allison zupfte an ihrem Kleidersaum. »Allerdings war Colins Vortrag doch ganz anders, als ich angenommen hatte.«

Mandy zog die Augenbrauen hoch. »Aha?«

»Er hat über Schönheit in mittelalterlichen Liebesgeschichten gesprochen, aber aus einem völlig anderen Blickwinkel, als ich es getan hätte.«

Link zuckte die Schultern. »Trotzdem hätte er es dir vorher sagen können.«

»Vielleicht.« Allison drehte eine Haarsträhne zwischen den Fingern. »Aber ich habe ihm nicht wirklich eine Chance dazu gegeben. Und jetzt geht er weg.«

Mandy reichte ihr eine Schachtel mit Peperoni-Pizza hin. »Ich glaube, sein Großvater ist schwer krank.«

»Ja, seine Demenz wird immer schlimmer«, erwiderte Allison.

Mandy schüttelte den Kopf. »Nein. Sie haben Bauchspeicheldrüsenkrebs bei ihm diagnostiziert. Im vierten Stadium.«

»Was?« Allison konnte es nicht fassen. Sie sprang auf. Wieso hatte Colin ihr das nicht gesagt? Sein Großvater bedeutete ihm alles. Er musste sich schrecklich fühlen. Die Wolldecke rutschte ihr von den Schultern, und sie suchte nach ihrer Handtasche. »Ich muss sofort nach Providence.«

Sophie legte ihr die Decke wieder um und drängte sie, sich hinzusetzen. »Ich glaube nicht, dass er dort ist.«

»Wie kommst du darauf?«

Sophie runzelte die Stirn. »Er ist zwar nicht reingekommen, aber ich glaube, er war bei der Trauerfeier. Ich bin mir ziemlich sicher, dass ich sein Auto gesehen habe. Einen silbernen Honda, oder? Den hatte er schon an der Brown.« Sie hob die Hände. »Ich hatte Angst, dass es dir nur noch mehr wehtun würde, wenn ich es dir sage.«

Allison sank tiefer in die Couchkissen. Der arme Charlie … litt ohnehin schon, und nun kam diese Krankheit hinzu, die bei Demenz bestimmt noch schwieriger zu behandeln wäre. Und Colin musste all diese Last schultern.

Er war vier Stunden gefahren und hatte dann Angst gehabt, ihr unter die Augen zu treten. Das war allein ihre Schuld. Sie hatte die Tür zugeschlagen. Eine Mauer errichtet. Ohne Beweise einfach ihre Schlüsse gezogen. Als ihre Beziehung das erste Mal geendet hatte, war das allein auf Colins Konto gegangen, aber diesmal sah die Sache anders aus.

Sie legte das Stück Pizza beiseite. Ihr war der Appetit vergangen. Scham und Reue brannten bitter in ihrem Innern.

Link reichte ihr eine Flasche Cider. »Den habe ich extra für dich mitgebracht.«

Allison schraubte den Deckel ab und setzte die Flasche an die Lippen. Wenn sie ihre Gefühle schon nicht mit Essen betäuben konnte, dann vielleicht mit Trinken.

Der Geschmack von Äpfeln benetzte ihre Zunge. Erst nach dem ersten großen Schluck fiel ihr Blick auf das Etikett.

Third Chance Cider.

Kapitel 41

Allison wurde von der Türglocke geweckt.

Sie hätte schwören können, dass sie gerade erst eingeschlafen war, doch als sie die Augen öffnete, war es im Haus schon fast dunkel.

Als es erneut klingelte, bellten die Hunde von ihrer Couch, bemühten sich aber nicht, zur Tür zu laufen.

Laut stöhnend richtete Allison sich auf und spähte durch den Vorhang. Die Straßenlaterne beleuchtete die Auffahrt, in der jetzt, nachdem ihre Freunde nach Hause gefahren waren, nur noch ihr eigener Wagen stand. Vom Eingangsbereich kamen Geräusche, als würde dort jemand auf einen blechernen Mülleimer schlagen.

Knurrend schlurfte sie zur Haustür. Die Wanduhr im Flur zeigte neun Uhr, aber das Haus war still, was bedeutete, dass ihre Mutter noch bei den Nachbarn war. Allison trank den letzten Schluck Cider, den Link dagelassen hatte, und öffnete die Eingangstür.

Mit einem dumpfen Knall schlug die Flasche auf den Teppich auf.

Unter dem Vordach stand Colin. Er hatte ihr den Rücken zugewandt und starrte auf die Straße, aber sie würde ihn aus jeder Perspektive erkennen.

Selbst wenn er in einer schlechtsitzenden Rüstung steckte.

Von seiner linken Schulter hing ein Schulterpanzer halb herunter, als wäre der Befestigungsriemen gerissen, und auf der anderen Seite war der Panzer so fest gebunden, dass ihm das Metall in den Hals drückte. Die Armschützer waren behelfsmäßig mit Gürteln festgeschnallt, und der Brustpanzer reichte nur knapp bis zum Bauchnabel und war mit unzähligen Runden aus silbernem Gewebeband befestigt (unter dem eine weinrote Stickjacke herausragte). Der Helm bedeckte den Kopf nur halb, so dass sein Kinn unten herausschaute und das Visier gefährlich wacklig auf seiner Brille balancierte. Komplettiert wurde das bizarre Ensemble durch Beinschützer, die mit Klebeband an seiner engen dunklen Jeans befestigt waren, und … schwarzen Chucks.

»Colin?«

Scheppernd, als würden Kochtöpfe zusammengeschlagen, drehte er sich zu ihr um.

»Was soll denn …« Allison wusste nicht, wie sie ihre Frage beenden sollte. Es gab zu viel auf einmal, was sie wissen wollte.

»Nur, um das mal festzuhalten: Die Männer im Mittelalter waren erheblich kleiner als heute.« Er strich mit den Händen über das Bruststück, als könnte die Geste an der Größe etwas ändern.

Die vielen Beulen im Helm und im ganzen Rest ließen vermuten, dass er einen Hammer benutzt hatte, um sich die Sachen anzuziehen.

»Ist das … Ned?«

Er räusperte sich. »Ja.«

»Warum? Was …? Wieso …?« Allison war unfähig, etwas zu denken oder zu begreifen. Nicht, während er so dastand und sie *auf diese Weise* anschaute. Nicht, während ihr Herz dermaßen schnell klopfte.

Er war hier. Sie hatte ihn nicht ganz vertrieben.

Die Rüstung schepperte von Neuem, als er von einem Fuß auf den anderen trat. »Du wolltest nicht mit mir reden. Und auf meine Nachrichten hast du auch nicht geantwortet. Ich musste etwas *tun*. Ich wollte dir klarmachen, dass es mir leidtut. Und wie viel du mir bedeutest.«

»Und deshalb musste Ned dran glauben?«

Colin senkte den Kopf, wobei das Visier abrutschte und ihm die Brille von der Nase schlug. Sie landete auf der Fußmatte. Ihn zu beobachten, wie er sie ungelenk wieder aufzuklauben versuchte, war den emotionalen Eintrittspreis für diese Vorstellung fast wert.

Schließlich erlöste Allison ihn aus seinem Elend und reichte ihm die Brille.

Beim Aufsetzen stach er sich zweimal fast in die Augen.

»Eigentlich stehe ich nicht so auf Rollenspiele, deshalb weiß ich gar nicht, was das hier soll.«

Colin hustete und räusperte sich wieder. »Ich … ich dachte nur, dass ich vielleicht … wenn ich mich in etwas verkleide, das du liebst, und deine Sprache spreche … dass du mich dann verstehst.«

Auch wenn sein Anblick eher an eine unheimliche Kreuzung aus dem Weißen Ritter aus *Alice hinter den Spiegeln* und Don Quichote erinnerte, gingen ihr seine Worte ans Herz.

»Colin …«

Er hob eine Hand, um sie zum Schweigen zu bringen.

Unter metallischem Klirren zog er ein Stück Papier aus der Hosentasche. Nur ihm (und vielleicht Ethan) konnte einfallen, eine Entschuldigung schriftlich vorzubereiten.

Doch als er den Zettel auffaltete, sah sie, dass es keine vorbereitete Rede war. Die ganze Seite war kreuz und quer vollgeschrieben, links herum, rechts herum, schräg, auf dem Kopf und an der Seite stand etwas in seinem kaum Handschrift zu nennenden Gekritzel.

»Und einst sprach in zwei Versen ein Gelehrter:

Was ist wohl besser denn als Gold?

Jasper!

Und was ist besser gar als Jasper?

Weisheit!

Und was dünkt besser noch als Weisheit?

Das Weib! – Und was ist besser als ein gutes Weib?

Nichts!«

Er stolperte über die mittelenglische Aussprache, verschluckte die Hälfte der Silben und verdarb den Rhythmus. Und trotzdem klangen seine Worte in Allisons Ohren wie schönste Poesie.

»*Die Erzählung von Melibeus* aus den *Canterbury Tales*«, flüsterte sie.

Colin wurde rot und hielt den Blick starr auf seine Notizen gerichtet.

»Huldreiche Lieb', dein heil'ges Band der Dinge!

Wer Gnade wünscht und dich nicht ehrt,

sein Wunsch soll fliegen ohne Flügel.«

»Troilus und Criseyde.«

Er drehte das Blatt um und wollte weiterzitieren, aber Allison griff nach dem Papier und bog es zu sich herum. Sie gab acht, dass sie dabei seine Finger nicht berührte. »Was ist das? Alle Liebeszitate von Geoffrey Chaucer?«

Er schluckte schwer, so dass sein Adamsapfel langsam auf und ab wanderte. »Wenn diese Zeilen noch nicht passen, finde ich bessere …«

»Colin.«

»›Wenn ich nur sie, die hoch mein Herz verehrt
– wird ihre Gunst auch niemals mir bescheert –
erblicken könnte, wär' ich hoch zufrieden!
Ach!‹, rief er aus, ›dir ist der Sieg beschieden,
mein Vetter Palamon, in diesem Streit!
Du bliebst im Kerker voller Seligkeit.
Im Kerker? Nein! Fürwahr, ein Paradies
Fortunas Würfel Dich gewinnen ließ!‹«

Die Passage aus der *Geschichte des Ritters* von ihrem kurzen Vortrag in Wendys Kurs, über die sie sich vor all diesen Wochen uneins gewesen waren.

»Das ist unfassbar romantisch …«

»Ich bin nie dazu gekommen, dir zu sagen, was ich bei diesen Zeilen wirklich fühle.« Nervös zerknüllte er das Blatt in seiner Faust. »Sie erinnern mich an uns. An die Liebe, die auf alle möglichen Arten chaotisch und unvollkommen ist und trotzdem so mächtig. So, wie es unsere Gefühle immer waren.«

Allison spürte Tränen in den Augen brennen, und ihr Herz schlug schneller. Als er den nächsten Vers zitieren wollte, nahm sie nun doch seine Hand.

»Colin, wir müssen reden. Ohne den Helm und den Spickzettel. Und vielleicht *im* Haus? Wo es nicht so kalt ist?«

Er stand nur da und bibberte vor Kälte. Sie musste ihn praktisch mit sich ziehen.

Das Scheppern der Rüstung lockte die Hunde herbei. Cleo und Monty kamen angeschlittert und tollten Colin um die Füße, bis er in all dem Gewusel krachend zu Boden fiel.

Allison lachte zum gefühlt ersten Mal seit einer ganzen Woche und spürte gleichzeitig einen tiefen Schmerz. Sie hatte es vermisst, wie Colin sie immer zum Lachen brachte. Wie viel sie *zusammen* gelacht hatten.

»Das war nicht unbedingt deine beste Idee«, sagte sie und kniete sich neben ihn. Mit viel Gezerre und Getöse, das die Hunde so wild machte, dass Allison sie vorübergehend wegsperren musste, befreite sie seine Beine von den Schutzpanzern.

»Wahrscheinlich nicht.« Seine Stimme hallte im Helm, und sie zogen ihn mit gemeinsamen Kräften von seinem Kopf.

Allison behielt ihn in ihrem Schoß.

»Ich hätte kein Thema nehmen sollen, das deinem so ähnlich ist.«

»Warum hast du mir nichts von Charlie erzählt?«

Sie redeten gleichzeitig, fielen sich ins Wort. Mit verlegenem Lachen ermunterten sie sich gegenseitig, anzufangen, und es dauerte ein paar Sekunden, bis sie sich schließlich geeinigt hatten.

Allison klappte das Visier auf und zu, so dass die Scharniere quietschten. »Mandy hat mir von Charlie erzählt. Ich hätte dir doch helfen wollen. Für dich da sein wollen.«

Colins ungegeltes Haar fiel ihm in die Stirn, und er rieb sich die Schläfen. »Allison, du bewältigst Stress, indem du planst und noch mehr planst und dann noch alle Pläne planst, stimmt's?«

»So ähnlich.« Doch obwohl sie diesen Moment auf fünfhundert verschiedene Arten vorausgeplant, im Geiste unzählige WCS erstellt hatte, war in keinem einzigen ihrer Szenarien Colin in einer Ritterrüstung aufgetaucht und hatte Chaucer zitiert.

»Wenn *ich* Stress habe, mache ich dicht. Ich setze mich nicht nach Plan mit den Dingen auseinander. Ich konzentriere mich auf nur eine Sache und blende alles andere aus. Diese eine Sache war in meinem Fall die bescheuerte Präsentation. Meine Gedanken drehten sich nur noch im Kreis, bis ich überzeugt war, dass mein Thema nichts taugte und ich diese Stelle als wissenschaftlicher Mitarbeiter nie bekommen würde. Dass Charlie sterben könnte, bevor ich etwas vorzuweisen hätte, das ihn stolz auf mich macht.«

Er redete immer schneller, atmete immer schneller und schien kurz vor dem Hyperventilieren zu sein. Allison legte eine Hand auf seine. »Hey«, flüsterte sie.

Er bewegte sich nicht. Er sah auf ihre Hände, als wäre der Anblick ihrer verschlungenen Finger etwas Seltenes und Heiliges. »Ich schwöre, ich habe deine Ideen nicht geklaut. Und ich habe gesagt, dass der Titel von dir stammt. Du hast immer so eloquent davon gesprochen, wie Frauen in Liebesliteratur dargestellt werden, dass ich diesen Ansatz viel besser fand. Er hat mich inspiriert. Ich wollte etwas Neues dazu beitragen. Trotzdem war es natürlich nicht allein meine Idee.« Er schüttelte den Kopf, und die Haare fielen ihm über die Brillengläser.

»Ich habe es nicht einmal gut gemacht. Ich habe das alles am Donnerstagmorgen um drei Uhr zusammengehauen. Ich hätte bei meinem ursprünglichen Thema bleiben sollen. Es wäre besser gewesen.«

Allison drückte seine Hand. »Colin. Du bist genauso klug wie ich. Und hundertmal charismatischer.« Sie seufzte. »Ich bin schuld, dass du das nicht sehen kannst.«

»Aber nein, wieso denn?«

»Ich habe nicht aufgehört, mich mit dir zu messen. Ich glaubte, dir zeigen zu müssen, dass ich besser bin, weil ich mich als Lehrende so mies fand.« Sie stützte den Kopf in ihre freie Hand und versuchte, Colins federleicht streichelnden Daumen auszublenden. »Und dann habe ich dir keine Chance gegeben, es zu erklären, und bin sofort vom Schlimmsten ausgegangen.«

»Aber du weißt, dass Jane nichts getan hat, um mir bei der Aufnahme an die Uni zu helfen, oder?« Er presste die Zähne zusammen, als habe er Angst vor ihrer Antwort.

»Ja, das weiß ich. Ich glaube, ich habe das nur gesagt, damit ich mich selbst besser fühle. Ich habe mich so hintergangen gefühlt.«

Er rutschte näher, und der lose Schulterpanzer klirrte gegen die Brustplatte. »Es stimmt ja auch, dass ich keine tolle Erfolgsbilanz vorzuweisen habe, was uns angeht. Ich mache dir keinen Vorwurf, dass du so schlecht von mir gedacht hast.«

»Trotzdem war es gemein. Und jetzt hat Wendy gesagt, dass du weggehst? Liegt es daran, dass sie sich für mich entschieden hat?«

Sein Lächeln wirkte so brüchig wie seine Rüstung. »Natürlich nicht.«

»Aber du hast dir das doch so sehr gewünscht.«

Als ihre Blicke sich trafen, hatte er feuchte Augen. »Ich glaube, das stimmt gar nicht.« Er drückte ihre Hand gegen seinen Brustpanzer, und Allison ließ es geschehen. Ein Teil von ihr wünschte, er würde ihre Hand an seine Lippen führen. Als würde diese schlichte Geste alles zwischen ihnen wiedergutmachen. »Ich habe mich wegen Charlie für mittelalterliche Literatur entschieden. Und wegen dir. Ich wollte mich den Menschen, die mir etwas bedeuten, nahe fühlen. Ich wollte, dass Charlie stolz auf mich ist. Und dass du mich für deiner würdig hältst.«

»Colin …«

Er schüttelte den Kopf, damit sie schwieg. »Aber dabei habe ich mich selbst verloren. Ich glaube, wenn ich jetzt eine Weile aussetze, um mich um Charlie zu kümmern, kann ich wieder zu mir finden.«

Ohne dass es ihr bewusst war, rutschte nun auch Allison näher an ihn heran. Ihr Knie stieß an seine Hüfte. Ihr Ellbogen gegen seinen. Wie ein Magnet zog er sie immer wieder an sich – sie schien in seinem Orbit gefangen.

»Ich will jede Minute, die er noch hat, mit ihm verbringen. Das ist alles, worum ich mich im Moment kümmern will.« Über seine sommersprossige Wange lief eine Träne.

Allison wischte sie mit den Handrücken fort. »Das klingt, als wüsstest du schon ziemlich genau, was du willst.«

»Aber etwas ganz Wichtiges fehlt noch.«

»Ach ja?« Ihre Haut schien zu vibrieren, als hätte sie dreimal so viele Nerven.

Sie wusste, was er meinte. Und ihre Antwort hatte sie auch schon parat.

Sie beide hatten Fehler gemacht. Sie waren diesen Wettstreit ganz falsch angegangen. Aber seit Colin sie nach Maine gefahren hatte und vielleicht auch schon kurz davor, waren sie ein gutes Team geworden.

»Wollen wir es noch einmal versuchen?« Er suchte ihren Blick. »Diesmal kriege ich es hin. Ich schwör.«

Sie lächelte. »Aller guten Dinge sind drei«

»Es war so falsch, dass ich damals an der Brown mit dir Schluss gemacht habe. Ohne dich konnte mein Leben in keiner Weise neu beginnen. Es fing überhaupt erst an dem Tag an, als du mir über den Weg gelaufen – oder besser gesagt: getanzt – bist.«

Allison legte den Helm beiseite und rüttelte an Colins Brustpanzer. »Ich finde, es wird Zeit, dass du das hier loswirst.«

»Bevor meine Lanze aufragt?«

Lachend schlug sie ihm auf den Arm. Aber die vierhundert Lagen Klebeband ließen sie nicht weit kommen, bevor Colin sie in seine Arme zog.

Und zum ersten Mal in ihrem Leben küsste Allison Avery einen Ritter.

Anmerkung der Übersetzerin

Die Übersetzungen aus dem Werk Geoffrey Chaucers auf den Seiten 183 und 430 f. *((»Ach!« – …))* folgen dieser Ausgabe:

Chaucer, Geoffrey: Canterbury-Erzählungen, in: Geoffrey Chaucers Werke, Straßburg 1886, Band 2. Erstdruck: London (William Caxton), ca. 1478 (n. d.). Hier nach der Übers. v. Adolf von Düring, Straßburg: Karl J. Crübner, 1886. Permalink: http://www.zeno.org/nid/20004649613

LESEPROBE

Prolog

Gegenwart

Beim Anblick des dreckigen Geschirrs in der Spüle gelange ich zu einer schmerzhaften Erkenntnis: Es hat mich übel erwischt.

Nein, eigentlich stimmt das nicht. Ich wusste auch schon vorher, dass es mich übel erwischt hat. Aber wenn ich es nicht gewusst hätte, wäre das der eindeutige Beweis: dass ich nicht einmal einen kurzen Blick auf ein Nudelsieb und zwölf dreckige Gabeln werfen kann, ohne Liams dunkle Augen vor mir zu sehen, wenn er mit verschränkten Armen an der Küchentheke lehnt, und seine strenge, dabei spöttische Stimme zu hören: »Ist das eine postmoderne Kunstinstallation? Oder haben wir einfach kein Spülmittel mehr?«

Und das, nachdem ich spät nach Hause gekommen bin und dabei nicht umhinkam, zur Kenntnis zu nehmen, dass er das Licht auf der Terrasse für mich angelassen hatte. Das … oh, das versetzt meinem Herzen einen Schluckauf, einen ebenso wunderbaren wie qualvollen. Was außerdem Herzschluckauf auslöst: Ich denke daran, das Licht auszuschalten, als ich reingehe. Was mir gar nicht ähnlich sieht – womöglich ein Beweis, dass der Chia-Samen-Brei, den er mir zum Frühstück macht, wenn ich morgens spät dran bin, mein Gehirn tatsächlich besser arbeiten lässt.

Es ist gut, dass ich beschlossen habe auszuziehen. Besser so. Dieser Herzschluckauf ist auf Dauer nicht tragbar, weder in kardiovaskulärer Hinsicht noch was meine geistige Gesundheit angeht. Zwar bin ich ein blutiger Anfänger in der Kunst des Schmachtens, aber ich kann mit Bestimmtheit sagen, dass es alles andere als ein kluger Move ist, mit einem Typen zusammenzuwohnen, den man früher mal gehasst, in den man sich dann aber irgendwie Hals über Kopf verliebt hat. Vertraut mir, ich habe einen Doktor.

(Zwar in einem vollkommen anderen Fachgebiet, aber egal.)

Doch das Schmachten hat auch sein Gutes: Es ist ein konstanter Quell nervöser Energie. Es lässt mich beim Anblick dreckigen Geschirrs denken, dass es doch Spaß machen müsste, die Küche aufzuräumen. Als Liam hereinkommt, folge ich gerade dem unerwarteten Drang, die Spülmaschine einzuräumen. Ich blicke auf, sehe ihn im Türrahmen stehen und befehle meinem Herzen, keinen Schluckauf zu bekommen. Natürlich lässt es sich davon nicht abbringen – als Zugabe macht es noch einen Salto.

Mein Herz ist ein Arschloch.

»Wahrscheinlich fragst du dich, ob mich ein Einbrecher mit vorgehaltener Waffe dazu gezwungen hat, den Abwasch zu erledigen.« Ich lächle Liam strahlend an, ohne wirklich mit einer

Reaktion zu rechnen, denn – er ist Liam. Seinen Gesichtsausdruck zu lesen ist so gut wie unmöglich, doch ich versuche schon lange nicht mehr, klare Hinweise bei ihm zu erkennen, ich fühle sie einfach. Seine Belustigung ist schön und warm, und ich will darin baden. Ich will ihn dazu bringen, den Kopf zu schütteln, auf diese unverkennbare Art »Mara« zu sagen und gegen seinen Willen zu lachen. Ich will mich auf die Zehenspitzen stellen, ihm die verirrte dunkle Strähne aus der Stirn streichen und mich an seine Brust schmiegen, um den frischen, herrlichen Duft seiner Haut einzuatmen.

Doch ich bezweifle, dass er irgendetwas davon will. Also wende ich mich ab und spüle eine Müslischüssel, die sich unter dem Nudelsieb versteckt hat.

»Ich dachte eher, dein Bewusstsein würde von den parasitären Sporen gesteuert, die wir in dieser Doku gesehen haben.« Seine Stimme klingt voll und tief. Sie wird mir so sehr fehlen.

»Das waren Seepocken – ich wusste doch, dass du mittendrin eingeschlafen bist.« Er antwortet nicht. Was völlig in Ordnung ist, denn – Liam. Ein Mann weniger Worte. »Du kennst doch unseren kleinen Nachbarshund, oder? Diese Französische Bulldogge? Er ist wohl bei einem Spaziergang abgehauen, denn er kam gerade mitten auf der Straße auf mich zugerannt. Mit loser Leine und so.« Als ich nach einem Geschirrtuch greife, stößt meine Hand gegen Liam. Nun steht er direkt hinter mir. »Ups. Sorry. Jedenfalls habe ich ihn nach Hause getragen, und er war so süß …«

Abrupt halte ich inne. Denn auf einmal steht Liam nicht nur hinter mir, ich werde gegen die Spüle gedrängt, die Kante der Arbeitsplatte drückt gegen meine Hüfte, und direkt hinter mir ragt eine Wand aus purer Hitze auf.

O mein Gott.

Ist er … Ist er gestolpert? Bestimmt ist er gestolpert. Das ist ein Versehen.

»Liam?«

»Ist das okay, Mara?«, fragt er, zieht sich jedoch nicht zurück. Er bleibt, wo er ist, seine Brust an meinen Rücken gepresst, die Hände zu beiden Seiten meiner Hüften auf die Arbeitsplatte gestützt, und … Träume ich? Ist das ein von Herzschluckauf ausgelöstes kardiovaskuläres Ereignis? Wandelt mein Gehirn meine schändlichsten nächtlichen Phantasien auf einmal in Halluzinationen um?

»Liam?«, keuche ich atemlos, als er sein Gesicht in meinen Haaren vergräbt. Direkt über meiner Schläfe, mit der Nase und vielleicht auch dem Mund, was mir wie Absicht vorkommt. Überhaupt nicht wie ein Versehen. Ist er …? Nein. Nein, sicher nicht.

Doch dann legen sich seine Hände auf meinen Bauch, und in diesem Moment wird mir klar, dass es diesmal anders ist. Das fühlt sich nicht an wie all die flüchtigen Berührungen im Flur, wenn sein Arm im Vorbeigehen den meinen gestreift hat, von denen ich seit Monaten besessen bin. Das fühlt sich nicht an wie jenes eine Mal, als ich über mein Computerkabel gestolpert und fast auf seinem Schoß gelandet bin, und auch nicht wie jener Moment, als er zärtlich mein Handgelenk hielt, um zu sehen, wie schlimm ich meinen Daumen an der Herdplatte verbrannt hatte. Das fühlt sich … »Liam?«

»Schhh.« Ich spüre seine Lippen an meiner Schläfe, warm und beruhigend. »Es ist alles gut, Mara.«

Meinen Bauch durchströmt eine feuchte Wärme.

Kapitel 1

Sechs Monate zuvor

»Ganz im Ernst, *unter einem Dach leben* ist die irreführendste und am meisten Harmonie vorgaukelnde Bezeichnung, die ich je gehört habe. Fehlerhafte Stromkabel? Missbrauch von Heizanlagen? Verdacht auf Brandstiftung? So was gibt es doch nicht bei zwei Leuten, die einigermaßen friedlich nebeneinanderher leben. Wisst ihr, woran ich bei *unter einem Dach* denken muss? Bazookas. Flammenwerfer. Sirenen, die in der Ferne heulen. Denn nichts setzt ein Dach größerer Gefahr aus als zwei Feinde, die die kostbaren Habseligkeiten des jeweils anderen abfackeln. Du willst eine Explosion herbeiführen? Das erreichst du nicht, indem du nett zu deinem Mitbewohner bist. Wenn du allerdings ein Streichholz über seiner mit Benzin getränkten, selbst gemachten Steppdecke anzündest …«

»Miss?«, unterbricht der Uber-Fahrer meine prä-apokalyptischen Phantasien mit schuldbewusstem Gesicht. »Nur zu Ihrer Information, in etwa fünf Minuten sind wir da.«

Zum Dank lächle ich ihm entschuldigend zu und richte den

Blick dann wieder auf mein Handy. Die Gesichter meiner beiden besten Freundinnen nehmen das gesamte Display ein. Ganz klein oben in der Ecke bin ich zu sehen: noch grimmiger als üblich (na ja, verständlich), noch blasser als üblich (ist das überhaupt möglich?) noch rothaariger als üblich (das muss an irgendeinem Filter liegen, oder?).

»Das ist eine absolut nachvollziehbare Argumentation, Mara«, sagt Sadie, leicht irritiert, »und ich möchte dich ermutigen, deine, ähm, durchaus berechtigte Beschwerde an Madame Merriam-Webster oder Monsieur Duden zu senden, oder wer immer für solche Sachen zuständig ist, aber … ich hab dich eigentlich nur gefragt, wie die Beerdigung war.«

»Genau, Mara … wie war … Beerdigung?« Die Soundqualität an Hannahs Ende der Leitung ist grauenhaft, was jedoch nichts Neues ist.

So läuft es wohl, wenn man seine besten Freundinnen im Promotionsstudium kennenlernt: In einem Moment bist du noch überglücklich, hältst dein brandneues Diplom für Ingenieurwesen in Händen und kicherst dich durch die fünfte Runde Midori Sours. Im nächsten bist du in Tränen aufgelöst, weil ihr alle getrennte Wege gehen müsst. FaceTime wird so lebensnotwendig wie Sauerstoff. Und all das ohne neongrüne Cocktails. Deine irren Monologe finden nicht mehr in eurer gemeinsamen Wohnung statt, sondern auf dem Rücksitz eines Uber, auf dem Weg zu einer mehr als seltsamen Unterhaltung.